Sloane Crosley • Lolas Entscheidung

Sloane Crosley
Lolas Entscheidung

Roman

Aus dem Amerikanischen
von Alexander Wagner

KEIN&ABER
POCKET

Es gibt nur einen Ort außer dem Himmel, wo wir vor allen Gefahren und Wirrungen der Liebe vollkommen sicher sind: die Hölle.

C. S. LEWIS

Die Hölle, das sind die anderen.

SARTRE

PROLOG

Unter den Toten gibt es eine Art Glücksspiel. Jede Woche nehmen sie an einer Lotterie teil. Sie halten Lose in ihren staubigen, knöchernen Fingern und schleichen sich damit an einen Hut heran. Dieser steht auf einem kleinen Tisch mitten auf dem Hauptplatz ihres jeweiligen Wohnviertels. Sie strecken ihre Arme aus wie die Klauen eines Greifautomaten und lassen ihre Zettel in den Hut fallen. Die Hüte werden dann von einem besonders gespenstischen bürokratischen Angestellten eingesammelt, und ihr Inhalt wird in eine sich drehende Kugel geleert, deren Standort geheim ist. Wieder zu Hause schalten die Toten ihre Fernsehgeräte ein oder schließen die Telefone oder AM/FM-Radios an, je nachdem, in welcher Ära sie gestorben sind. Dann warten sie. Anfänglich gab es eine Debatte darüber, ob die Lotterie live übertragen werden sollte. Die Bedenken hatten mit den Zeitzonen zu tun. Im Jenseits sind Tag und Nacht identisch mit den irdischen Zeiten. Es schien unfair, dass jeder jemals verblichene Japaner bei Bekanntgabe der Ergebnisse schlafen würde. Schließlich befand man es jedoch für sinnvoller, überhaupt einen Zeitpunkt auszuwählen, als völlig darauf zu verzichten.

Der Hauptgewinn der Lotterie besteht in der

Chance, für genau drei Minuten noch einmal unter den Lebenden zu weilen. In drei Minuten kann man wenig ausrichten (abgesehen von Mord, wie man so hört), aber mehr als das ist ihnen nun mal nicht gestattet. Was vermutlich auch erklärt, warum jeder Spuk und jede Geistersichtung der Geschichte ungefähr genau diese Zeitspanne dauert. Geister unternehmen keine Roadtrips. Sie warten nicht mit dir in der Schlange im Supermarkt oder schauen dir beim Fernsehen über die Schulter. Natürlich versuchen immer wieder einige, ihr Zeitbudget auszudehnen. Das sind solche Geister, die, als sie noch Menschen waren, in Umkleidekabinen schlenderten und Hosen in einem Tempo anprobierten, als hätten sie es vorher noch nie mit Hosen zu tun gehabt. Doch solche werden rasch wieder zurückzitiert. Obendrein wird ihnen auf alle Ewigkeit die Teilnahme an der Lotterie verweigert. Eine vernichtende Strafe. Trotzdem bedeutet ihnen die Gelegenheit, eine rissige Zimmerdecke anzustarren, sich die Hände zu waschen, den Tisch zu decken oder ihr Zimmer aufzuräumen, so viel, dass sie dafür alles riskieren. Sie vermissen die Teilnahme an diesen kleinen Alltagsdingen so heftig, dass die Sehnsucht danach sie über alle Maßen verzehrt.

Diese Geschichte tischte Clive Glenns Mutter ihm immer dann auf, wenn er sich über Langeweile beklagte.

Ich denke in letzter Zeit oft über diese Geschichte nach, was seltsam ist, denn Clive hat mir seitdem noch reichlich anderen Stoff zum Nachdenken gegeben. Sie fungiert zwar eher als lustige Anekdote denn als ernst zu nehmende Lektion, aber ein Aspekt der Geschichte hat sich bei ihm festgesetzt, vermutlich der falsche. Das hat die Kindheit nun mal so an sich. Deine Eltern packen dir einen Koffer voller pädagogischer Weisheiten, und wenn du erwachsen bist, stellt sich heraus, dass das meiste davon unnützer Ballast ist. Man muss ausmisten und seinen eigenen Koffer packen. Ich erinnere mich an den Tag, an dem Clive ganz ernsthaft von dieser parallelen Geisterwelt erzählte, und ich glaubte, er wolle sich darüber lustig machen. Aber nein, in Wahrheit legte er ein Geständnis ab. Damals kam mir zum ersten Mal der Verdacht, dass bei ihm etwas nicht in Ordnung war. Und zwar ganz und gar nicht in Ordnung. Trotz all unserer Gemeinsamkeiten an der Oberfläche tummelte sich in Clives Abgründen eine ganze Schar einäugiger Tiefseekreaturen.

Es war an einem Freitagnachmittag. Wir saßen um den Konferenztisch, auf den Kanten der ergonomischen Stühle, vor uns die halb leeren Plastikschüsseln mit Salat, erhitzt von urbanen Sonnenstrahlen. In der Mitte lagen die unberührten Servietten des Lieferdienstes. Zunächst gingen wir davon aus, Clive betrachte die verrückten Erziehungspraktiken seiner Mutter als Unterhaltungsstoff für die Lunchpause. Aber nein, er wollte die Idee ernsthaft diskutieren. Ob wir es für möglich hielten, dass das Totenreich tatsächlich so funktionierte? Dass unsere Existenz auf diese Weise in unterschiedlichen Ebenen strukturiert war? Er forderte uns auf, über den Tellerrand zu schauen, hinter die »Naturwissenschaften«, und uns zu fragen, was jenseits davon möglich war.

Aber wir waren nicht in der Lage, uns solchen Fragen zu stellen, geschweige denn, darauf zu antworten. Wir waren jung und arm und aßen im Büro zu Mittag, damit wir nicht selbst dafür zahlen mussten, da der Lieferservice bei uns inbegriffen war. Wir kramten nach passenden Gesprächsstoffen. Vadis hatte eine Tante, die mal einen Exorzisten angeheuert hatte. Zach besaß einen Toaster, der sich mitten in der Nacht von selbst einschaltete. War das nicht gruselig? Clive verabschiedete sich unter dem Vorwand, einen Anruf machen zu müssen.

Ich hatte gehofft, damit wäre die Sache erledigt. Aber als wir am nächsten Tag aus einer Redaktionssitzung kamen, hielt Clive mich auf und erzählte mir, wie er einmal im Gebäude einen Geist gesehen hatte. Unser Magazin war seit mehr als einem Jahrzehnt in diesem Gebäude untergebracht. Vor uns war hier eine Branding-Agentur, vor ihnen Werbeleute, davor ein Berlitz-Sprachzentrum und ganz früher ein Pan-Am-Callcenter. Wirklich, es hätte jeder sein können, der hier durch die Hallen spukte. Es sei keine Gestalt gewesen, stellte Clive richtig, sondern viel eher »ein Schatten, der sich eigenständig bewegte«. Konnte ich glauben, dass irgendein armer Trottel seine Auszeit von der ewigen Verdammnis genutzt hatte, um die blinkende Toner-LED an unserem Kopierer anzuglotzen? Ich schüttelte den Kopf. Was ich hingegen nicht glauben konnte, war, dass wir dieses Gespräch führten.

Der Schatten, fuhr er unaufgefordert fort, erinnere uns an etwas, das jenseits der gewohnten Bahnen unseres Denkens liege. An eine Welt, die trotz unserer Skepsis und unserer mentalen Scheuklappen nicht weniger schlüssig und real sei.

»Mystik«, schloss er, »ist für ihre Anhänger ebenso logisch wie Mathematik.«

Ich blinzelte und wartete, ob er noch etwas hinzufügen würde. Tat er aber nicht. »Willst du mich verscheißern mit diesem Quatsch?«

An diesem Punkt sollte ich wohl erwähnen, dass besagtes Magazin, bei dem Clive elf Jahre Chefredakteur und ich neun Jahre lang seine Stellvertreterin war, *Modern Psychology* hieß. Also eine wissenschaftliche Fachzeitschrift, vielleicht eine der ältesten und renommiertesten des Landes, wenn nicht der Welt. Wir waren die Schwellenwächter des Berufsstands, wir entschieden über die Relevanz von Forschungsergebnissen, waren die Entzauberer von Mythen. Daher war ich für diese Art von Gesprächen nicht ausgebildet, schon gar nicht von meinem Mentor, einem von wissenschaftlicher Logik und Whiskey beseelten Mann. Ich fühlte mich von seinem Hang zum Okkulten verraten, so wie er sich durch mein schnelles Urteil. Schon bald begann er mich zu meiden, entzog mir sein Vertrauen, flüsterte in meiner Anwesenheit ins Telefon, fehlte ohne jede Vorankündigung bei der Arbeit. Auch unsere Kolleginnen und Kollegen setzte er darüber nie in Kenntnis. Wann immer etwas von oben abgenickt werden musste, fragten sie mich nach Clive. Wohin er verschwunden sei. Oder wann er wieder da wäre. Immer kamen sie zu mir. Aber ich hatte keine Ahnung.

Das war, bevor das Magazin den Bach runterging, genau wie die gesamte Printmedienlandschaft, und wir uns alle neu orientieren mussten.

Und jetzt? Nun, nichts weiter, Clive. Jetzt bist du tot.

Ich sage es dir nur ungern, aber das Leben auf Erden ist auch ohne dich weitergegangen. All deine Machenschaften haben die gewohnten menschlichen Sichtweisen nicht großartig verändert. Gefühle lassen sich nicht durch äußere Manipulationen kaufen oder heilen. Die Menschen sind nicht deine Marionetten. Aber falls es dich tröstet: *Ich* bin nicht mehr dieselbe. Nicht nach allem, was du mir angetan hast. Zum Beispiel glaube ich nicht mehr an Zufälle. Oft habe ich das Gefühl, jemand würde mir hinter der nächsten Ecke auflauern, und dieses Gefühl ist so stark, dass ich dann in die entgegengesetzte Richtung gehe. In Menschenmengen bin ich immer angespannt, was nichts Außergewöhnliches ist, aber auch der Rückzug in die Einsamkeit kann eine trügerische Falle sein. Beim Einschlafen regt sich eine nicht unbedingt wohlwollende Energie hinter meinen Augenlidern. Als könnte ich den Mechanismus eines Vorhangs hören, der zugezogen wird. Und falls es dir hilft: Es tut mir leid. Es ist nicht leicht das zuzugeben, angesichts der vielen Zeit, die ich darauf verschwendet habe, mich von dir ungerecht behandelt zu fühlen. Aber ich nehme an, der Tod ist ein ultimatives Gleitgel für die Wahrheit. Du warst einmal mein Freund, und es tut mir leid, dass ich nicht mehr Verständnis für dich aufgebracht habe, als es noch möglich gewesen wäre.

Ich bin auf meine Projektionen hereingefallen und habe die Person dahinter vernachlässigt. Ich wünschte, ich hätte dir an jenem Tag im Konferenzraum besser zugehört. Du wolltest uns erklären, dass jeder von uns, so wie die Toten, alles riskieren würde – Geld, Vernunft, Sicherheit – für eine klitzekleine Chance, in die Vergangenheit zurückzukehren, um unsere Entscheidungen besser zu verstehen, das heillose Durcheinander, das wir sind. Falls es dir also hilft, Clive: Ich glaube, dass du jetzt gerade da draußen bist, deinen Namen auf einen Loszettel kritzelst und geduldig darauf wartest, bis du an der Reihe bist. Das glaube ich wirklich. Falls es dir hilft: Ich weiß, dass du mich verdammt noch mal hören kannst.

1

Unser Dinner in Chinatown plätscherte so vor sich hin, also stand ich auf, um Zigaretten zu holen. Einfach um mich zu beschäftigen, weniger um ein Verlangen zu befriedigen. Es sei denn, man betrachtet den Wunsch nach einem Moment Ruhe vor anderen Menschen als Verlangen. Ich bin Nichtraucherin, zumindest offiziell. Die meisten meiner Freunde würden sich wundern, mich mit einer Zigarette zu sehen. Ich rauche sie auch nie zu Ende, sondern hinterlasse eine Spur langer weißer Kippen. Manchmal frage ich mich, wie andere diese Spuren abgebrochenen Genusses deuten, abgesehen davon, dass sie sie als Müll wahrnehmen. Ich fantasiere über ihre Fantasien: Limousinen, die früher als erwartet eintreffen, um mich zu einem glamourösen Ereignis zu bringen. Manchmal wird es auch düsterer. Eine Entführung, ein Lieferwagen, Männer mit Skimasken, die mich auf die Ladefläche stoßen und die Tür hinter mir zuschlagen. Die Speichelspuren auf dem Filter – damit werden sie mich identifizieren. Aber die Unwahrscheinlichkeit, in Downtown Manhattan von der Straße gezerrt zu werden, lässt mich diese Idee rasch wieder verwerfen. Obwohl das immer noch besser wäre als Rauchen.

»Welche Sorte?«, fragte Vadis und löste sich allzu bereitwillig von Zach.

Ihr Gesicht war gerötet. Energisch stütze sie einen Ellbogen auf den Tisch und erzeugte ein kleines Seebeben in ihrem Weinglas. Goldene Armreifen klimperten ihren Arm hinab, lieferten sich eine Verfolgungsjagd, bis sie sich unten wieder vereinten. Zach griff nach seinem Handy, als wäre auch er von etwas abgelenkt worden.

»Die mit dem Nikotin drin.«

»Oh«, sagte sie, irgendwie enttäuscht.

Welche Sorte. Was für eine sinnlose Frage. Zigaretten unterscheiden sich nicht wirklich, außerdem rauchte Vadis nicht. Allerdings strotzte sie immer schon vor sinnlosen Fragen. Etwa wenn sie wissen wollte, wann Sitzungen begannen, zu denen sie gar nicht gebeten war, oder ob ich die Kontaktdaten eines längst verstorbenen Psychiaters hätte, ob B. F. Skinner Haustiere besessen hätte, ob »wir« einen Standpunkt zu diesem Feature über emotionale Intelligenz hätten, ob ich zufällig doppelseitiges Klebeband hätte. Wer bitte, in der Geschichte der Menschheit, hatte jemals zufällig doppelseitiges Klebeband vorrätig? Wenn ich ihr dann erklärte, ich könne ihr leider nicht helfen, seufzte sie über meinen Schreibtisch hinweg und trommelte mit ihren aristokratischen Fingern auf meinem Monitor, als ob ihr Verharren eine günstigere Antwort heraufbeschwören könnte. Je länger sie dastand, desto beleidigender wurde ihre Anwesenheit. Es war Vadis' Art zu suggerieren, sie kenne die Gedanken anderer Menschen besser als diese selbst.

»Ich habe mal einen Artikel in *Harper's* gelesen«, bemerkte Zach, der immer noch auf sein Display starrte, »über Leute, die auf Ambien allen möglichen Scheiß bauen. Sie sind in der Zimmerecke aufgewacht oder haben ihre Unterwäsche gekocht. Diese eine Frau hat ihre Zigaretten mit Butter bestrichen und dann gegessen.«

»*Harper's* hat so was veröffentlicht?«, fragte ich.

»Irgendwo«, sagte er. »Als mahnendes Exempel.«

»Das ist keine Geschichte über Zigaretten«, korrigierte ihn Vadis und fuhr sich mit gespreizten Fingern durchs Haar, »es ist eine Geschichte über Ambien.«

»Oder über Butter«, bot ich an.

»Es ist eine Geschichte über die Vereinigung von Begehren.«

»Sag nicht Begehren«, rügte sie ihn.

»Also eine Orgie der Laster.«

Sie sah ihn streng an.

»Sag bloß nicht ›Orgie‹.«

»Wahrscheinlich hat die Frau die Pillen in Butter zerkleinert und die Zigaretten dann darin gewälzt«, murmelte Zach.

»Was?!«, zischte Vadis.

»Wie einen mexikanischen Maiskolben.«

»Keiner kapiert, wovon du redest.«

»Lola schon.«

»Lasst mich bitte aus dem Spiel, ja?«, sagte ich.

Wie war es dazu gekommen, dass ich mich mit solchen Leuten umgab? Ich hatte doch andere Freunde vor ihnen gehabt, oder nicht? Es war schwer, sich daran zu erinnern. Die Auflösung von *Modern Psychology* war wie ein Startschuss gewesen, in dessen Folge wir uns in verschiedene Ecken des beruflichen Universums zerstreut hatten. Vadis ging zu einem von einer Prominenten geführten »Bettwaren und Lifestyle«-Unternehmen (die willkürliche Abgrenzung zwischen »Bettwaren« und »Lifestyle« amüsierte uns alle). Dort organisierte sie Events und produzierte Content (Blogbeiträge mit Überschriften wie »Bei uns reißt der Faden nicht ab« und »Badebomben, die in Stille detonieren«). Häufig klagte sie über ihre flatterhafte, ungestüme und anmaßende Chefin – Eigenschaften, die ich durchaus mit Vadis selbst in Verbindung brachte. Daher war es schwer einzuschätzen, ob die Promi-Frau das Problem darstellte, oder Vadis es in Wahrheit nicht gewohnt war, sich mit ihrem Spiegelbild auseinanderzusetzen.

Zach landete in der PR-Abteilung einer Headhunter-Agentur. Deren Gedanke war wohl gewesen: Wenn *Modern Psychology*, das weltweit führende Psychologiemagazin, Zach eingestellt hatte, musste er ein guter Menschenkenner sein. Er musste zweifellos ein Gespür für die Bedürfnisse der Leute besitzen. Als sie ihn feuerten, führten sie als Grund eine Persönlichkeitsstörung an. Dass sie sechs Monate gebraucht hatten, um zu diesem Schluss zu kommen, war alarmierend. Eigentlich hätte Zach es als Ruhmesblatt verbuchen können, von diesem Laden gefeuert worden zu sein. Doch ein arbeitsloser Headhunter war natürlich ein wandelnder Witz, und das fand nicht einmal er lustig. Desillusioniert von den amerikanischen Unternehmen und der »Korruption der Medien«, entschied er sich für etwas

Handfesteres. Anstatt sich mit einem »nebulösen Faksimile« von Kultur zufriedenzugeben, trat er in die Gig Economy ein. Er lieferte Arzneimittel aus, baute Bücherregale, bohrte Löcher in die Wände von Hochschulabsolventen mit zwei linken Daumen und holte Hundemedikamente für alte Damen ab. Er meinte, er hätte es vorgezogen, für die Hunde selbst zu arbeiten.

Von Clives Protegés blieb nur ich auf Kurs. Oder zumindest nahe am Kurs. Ich leitete den Kunst- und Kulturteil einer Webseite namens *Radio New York*, dem Lieblingsprojekt eines Risikokapitalgebers, der uns weitgehend freie Hand ließ. Ich lieferte mundgerechte Nostalgie in Form von Listen beliebter Bücher, Filme und Podcasts, ich gab Essays über beliebte Bücher, Filme oder Podcasts in Auftrag, oder ich schrieb Kommentare zu Essays über beliebte Bücher, Filme oder Podcasts. Es war gewissermaßen der Lloyd-Dobler-Albtraum des neuen Millenniums. *Radio New York* brachte alles auf gängiges Format. Die Kultur der Quoten und Reviews war für einige schwierig (für mich) und für andere eine Selbstverständlichkeit (für jeden unter fünfunddreißig). Aber zumindest war hier das Gespenst des Niedergangs der Medien weniger bedrohlich als bei *Modern Psychology*, dessen Niedergang irgendwann viel mehr Bedeutung beigemessen wurde, als das Magazin je hatte. In der neuen Medienlandschaft waren Abbau und Kürzungen Teil des Deals. Wie wenn man als Stuntdouble arbeitet: Wahrscheinlich passiert dir nicht gleich was Schlimmes, aber eines Tages wirst du damit rechnen müssen.

»Ist noch was von dem pikanten Blumenkohlzeugs übrig?«, fragte Vadis und spähte auf dem Tisch umher.

Der Tisch war eindeutig abgeräumt und alle Gerichte waren durch Dessert-Speisekarten ersetzt worden.

»Ich mache mir manchmal Sorgen um dich«, sagte Zach.

»Mach dir lieber welche um dich«, sagte sie und tätschelte ihm die Wange.

Sein Kopf zuckte leicht zurück, offenbar unsicher, ob es sich um die ersehnte liebevolle Zuwendung handelte.

Ich tastete nach meiner Jacke auf der Rücklehne meines Stuhls. Eine dünne Armeejacke, leicht entflammbar, mehr modisches Statement als von echtem Gebrauchswert. Zur Not würde ich sie als Kollateralschaden hier zurücklassen.

Zu Beginn waren diese Dinner eine Rettungsleine in die Vergangenheit. Ins Leben gerufen hatte sie Clive Glenn, unser ehemaliger König, womit er den Eindruck von wenn auch beschnittener Führungsstärke vermittelte. Das war es, wonach wir uns sehnten und was wir verloren hatten. Es hatte eine Zeit gegeben, in der wir jeden Augenblick des Tages miteinander verbracht und über Artikel wie »Produktive Auseinandersetzungen mit Kollegen« debattiert hatten. Wir hatten Schiffbruch an den Zeitschriftenkiosken erlitten, waren aber von Arztpraxen am Leben erhalten worden, die es uns erlaubten, pro Exemplar sage und schreibe 17,5 Leser angeben zu können. Wir waren nicht zu den coolen

Partys eingeladen worden (außer manchmal Vadis), zu den ausufernden Twitter-Schlachten (außer oft Zach) oder zu den Diskussionsrunden im Fernsehen (außer gegen Ende Clive). Aber wir zahlten nur niedrige Krankenversicherungsbeiträge, und wir konnten unseren gegenseitigen Anblick ertragen.

Doch leider waren auch wir von der geschrumpften Aufmerksamkeitsspanne der Amerikaner nicht verschont geblieben. Die Werbetreibenden hatten die Nutzlosigkeit der Zeitschriftenwerbung erkannt, selbst bei einem klar umrissenen Zielpublikum wie unserem. Printanzeigen seien so, als würde man »Perlen in ein Fass ohne Boden werfen«, meinte ein Kundenvertreter, eine Katachrese, über die wir lange witzelten: *so als würde man Perlen in ein Fass ohne Boden schmeißen, wenn man Hopfen und Malz zum Fenster rauswerfe.* Aber im Endeffekt führte es dazu, dass wir unser Erscheinen von monatlich auf zweimonatlich, von zweimonatlich auf vierteljährlich, von vierteljährlich auf nur online, von nur online auf Newsletter, von Newsletter auf Schall und Rauch umstellten.

Nur Clive ging aus dieser Erfahrung irgendwie aufgewertet hervor. Nicht unbeschadet, so wie ich, die bis zu einer neuen Festanstellung bei einer Medien-Gastfamilie untergebracht wurde. *Aufgewertet.* Bereits als sein Name noch das Impressum krönte, hatte er begonnen, sich der lästigen Geschäftsführungsaufgaben des Magazins zu entledigen und sich zu einem vollwertigen Psychoguru zu entwickeln. Er schrieb das Vorwort zu einer Anthologie über psychischen Schmerz. Er erfand ein

Trinkspiel, das sich über die klinische Diagnose von Alkoholabhängigkeit lustig machte und das er auf exklusiven Dinnerpartys mit Prominenten spielte, die Videos davon auf ihren privaten Social-Media-Accounts posteten. Als die Videos öffentlich wurden, entschuldigte er sich für seine Gefühllosigkeit, was ihm einen Auftritt bei *National Public Radio* einbrachte. Eine Zeit lang bekam er sogar seine eigene Talkshow. Tragetaschen mit der Silhouette seines Kopfes darauf kamen in Umlauf. Seine Honorare für Vorträge stiegen ins Astronomische. Aber selbst bei Clive, mit seinen Brain-Wise™-Meditationskits und schicken Freunden, selbst bei Clive hatte ich nie das Gefühl, einer von uns sei alleine so glücklich, wie wir es zusammen gewesen waren.

Deshalb fürchtete ich, so widersinnig es klingt, diese Abendessen.

Wir trugen unser früheres Ich vor dem Hintergrund des jetzigen zur Schau. Wir hatten uns zu sehr voneinander entfernt, waren ängstlich darauf bedacht, die Kluft zu überbrücken. Wir hakten Gesprächsthemen ab, als würden wir ein Auto inspizieren. *Wie gehts der Familie? Im Job? Bei der Wohnungssuche?* Als ob tiefere Erkundigungen einen Krater der Traurigkeit aufreißen könnten, aus dem wir nie wieder auftauchen würden. In einem indischen Restaurant beobachtete ich Zach einmal dabei, wie er mürrisch Käsewürfel aus seinem Saag Paneer herauspickte. Warum hatte er es überhaupt bestellt? Offenbar hatte er eine masochistische Beziehung zu Milchprodukten. Ich fragte ihn nach seinen Plänen für den Sommer.

»Lola«, sagte er und verzog das Gesicht, »versuchst du etwa, Konversation zu betreiben?«

Wir hassten es, diese Fragen zu stellen. Außerdem kannte ich bereits alle Antworten. So etwa wusste ich *alles* über Clives Immobilienjagd. Er hatte in meinem zunehmend gentrifizierten Viertel ein Gebäude entkernen lassen, ein Duplex-Penthouse mit Fußbodenheizung im Bad und mit zwei Terrassen, von denen eine sogar über zwei Seiten hinweg im Mittelteil eines Designmagazins prangte. Die Anlage war konzipiert für kinderlose Männer, die sich früh und ohne Konsequenzen hatten scheiden lassen, Männer, die mit fünfzig noch jung waren. Clive lebte jetzt mit seiner Freundin zusammen, einer Giraffe namens Chantal, mit so dünnen Schenkeln, dass wahrscheinlich Vögel sie für Äste hielten und sich daraufsetzten. Nach wie vor war er der Poster-Boy für New Yorker Geschiedene, für das Sammeln harmloser Kunst und das Bezirzen von Frauen, die halb so alt waren wie er, indem er Linguine für sie kochte. Manchmal entdeckte ich ihn auf dem Subway-Bahnsteig und verbarg mich rasch. Nichts, worauf ich stolz war. Aber ich war einfach nie in der richtigen Gemütsverfassung, um Clive zu begegnen.

Und doch war da immer die Versuchung, einen Fremden anzuquatschen, auf Clive zu deuten und zu flüstern: »Fragen Sie mich alles über diesen Mann da drüben.«

»Lola verlässt uns schon?«, grölte Clive von seinem Ende des Tischs.

Er hatte Schluckauf, fand das aber offenbar höchst vergnüglich, wie ein Baby. Keiner kam nüchtern aus diesen Dinner-Gelagen heraus. Vielleicht, weil sie freitagabends stattfanden. Möglicherweise lag es aber auch daran, dass Clive nie die Rechnung übernahm und alle Vorschläge in diese Richtung abschmetterte. Zachs Theorie war, dass Clives Geiz ihm das Gefühl vermittelte, er bewerbe sich um ein politisches Amt. *Versammelt euch, ihr Städter, und seht zu, wie der Multimillionär einen Hotdog isst!* Ich hielt es eher für eine Respektsbekundung, so als wären wir jetzt, da er uns nicht mehr feuern konnte, alle auf Augenhöhe. Vadis meinte, wir würden uns deswegen unnötig einen Kopf machen: Reiche Leute bleiben reich, indem sie kein Geld ausgeben. Sie musste es ja wissen, schließlich wurde sie von der Gesellschaftsdame im Bettengeschäft haarsträubend unterbezahlt. Was auch immer die Gründe waren, am Ende teilten wir jedes Mal die Rechnung, und um die anderen bluten zu lassen, schnitten wir uns ins eigene Fleisch und bestellten jeder so viele Cocktails wie möglich.

»Wie kannst du nur?«, fragte Clive und tat, als wäre er tief verletzt.

»Weil ich kein Interesse daran habe, Zeit mit dir zu verbringen.«

»Lügnerin«, brüllte er und hämmerte auf den Tisch.

Selbst betrunken und leicht derangiert wie ein nach Met schreiender Wikinger, war der Mann verführerisch. Vielleicht nicht für mich, zumindest nicht mehr, aber ganz sicher für die Chantals dieser Welt. Man

musste sich nur seine reliefartigen Wangenknochen ansehen, an denen sich seine Jugend wie ein Cliffhanger
festklammerte. Oder seine funkelnden Augen von un-
bestimmter Farbe, die unter dem üppigen Haarschopf
blitzten. Oder die Narbe am Kinn, die von einem Fahr-
radunfall als Kind in einer Stadt ohne fähigen plasti-
schen Chirurgen herrührte.

»Wohin gehst du?«, fragte er und klang diesmal etwas
aufrichtiger.

Ich hielt zwei Finger vor meine Lippen und zog sie
wieder weg. Ich spürte, dass er sich am liebsten mit mir
verdrückt hätte, das kommunikative Äquivalent zum
Vertilgen eines Hotdogs. Aber er durfte nicht riskieren, von einem Wellness-Fanatiker mit großer Inter-
net-Followerschaft beim Rauchen erwischt zu werden.
Außerdem war da sein alles dominierender Wunsch,
Hof zu halten. Jetzt zu gehen, hieße einzugestehen, dass
das Gespräch auch ohne ihn als Moderator weiterlaufen
würde.

Eine lange Bar verband den Eingangsbereich mit dem
Speisesaal im hinteren Teil. Barbesucher ruckelten vergeblich an ihren im Boden festgeschraubten Hockern.
Sie schlürften Cocktails, garniert mit dunklen Kirschen
und Zitrusschalen auf Spießchen. Die verspiegelte
Wand hinter der Bar projizierte die Reihen mit Spiri-
tuosen ins Unendliche. Die Vorstellung, dass ein Fremder in diesen Laden stolperte und feststellte, dass der
ganze Prunk und Protz sich überall auf der Welt glich,
berührte mich merkwürdig. Wir hatten Mitte Mai,

eine Jahreszeit, die einmal als »Frühling« galt, trotzdem waren die schweren Samtvorhänge im Eingangsbereich noch nicht abgenommen worden. Sie zu durchschreiten vermittelte einem den Eindruck, eine Bühne zu betreten.

Dieser Teil Chinatowns war mir nicht vertraut, soweit einem eine Insel, die man bewohnt, nicht vertraut sein kann. Ein paar Blocks weiter erfuhr das Viertel eine sogenannte Mini-Aufwertung in Form veganer Lebensmittelläden und gehobener Boutiquen, in denen Designstudenten arbeiteten. Die Preise dort ließen sich erahnen, wenn man den Abstand zwischen den Kleiderbügeln mit der Höhe der Betriebskosten multiplizierte. Für mich war das irritierend, denn es bestand eigentlich keine Notwendigkeit für eine Aufwertung. Das Viertel lag schon seit Jahren im Trend. Was auch immer neu an Geschäften eröffnet wurde, entsprang weder günstigen Mieten noch einer echten gemeinschaftlichen Entwicklung, sodass es sich anfühlte, als hätten Leute Schichten von routinierter Nonchalance aufgetragen, nachdem sie ohne Sinn für Geschichte die Entdeckerfahne in einem Viertel gehisst hatten, in dem die Bewohner schon seit 2005 Biowein tranken.

Diese ganze vermeintliche Coolness ging mir gegen den Strich. Sie machte mich müde. Also bog ich nach links ab, in Richtung des Houston-Viertels, einer weniger angesagten Gegend. Dort gab es Reste eines Straßenmarktes, Kleiderständer mit steifen Lederjacken, die auf die Straße hinausragten. Ich kam an einer Galerie ohne Kunst vorbei, an einer Kellerbar ohne Schild, an namenlosen Klingeln. Schließlich entdeckte ich das grelle Gelb einer elektrischen Markise. Sie gehörte zu einer erstklassigen Bodega; eine mit so vielen Energieriegeln, dass man sich aufgefordert fühlte auszurechnen, wie lange der Körper durchhalten würde, wenn er in dem Laden eingesperrt wäre. Ich wartete hinter einem älteren Mann, der einen Lottoschein ausfüllte und ein Päckchen Merits verlangte. Sein Hosensaum schleifte über den Boden, der Kassierer ertrug ihn geduldig. Auf der Kasse thronte eine Plastikkatze mit großen Augen, die ihre Pfote in stillem Protest auf- und abbewegte.

Als die Reihe an mir war, wollte ich besonders gesund und normal wirken. Ich verzichtete auf die angebotenen Streichhölzer in einem Ton, als würde ich mein Erbe ausschlagen.

»Ich nehme noch ein Feuerzeug«, sagte ich. »Bitte.«

Der Kassierer schob eines über die Plastiktheke. Ich ratschte kurz mit dem Daumen über das Metallrädchen.

»Zünden Sie das nicht in Ihrer Tasche an«, warnte er.

»Das würde mir nicht im Traum einfallen.«

In Wahrheit träumte ich davon und tat es oft. Manchmal hatte ich Sorge, ich könnte in einer geistigen Abwesenheit mit einem Feuerzeug in meiner Tasche spielen und mich so in Brand stecken. Angesichts solcher Vorstellungen grenzte es an ein Wunder, dass es noch nie passiert war.

Ich kehrte auf der gleichen Straßenseite zurück und hielt die Zigarettenpackung in meine Handfläche gepresst. Zwanglose Begegnungen mit Fremden bereiteten mir unverhältnismäßig große Freude. Ich vermute, das lag daran, dass dies die Art von Interaktion war, die ich gerne von allen Männern dargeboten bekommen hätte, mit denen ich je ausgegangen war. Oder andersherum. So viele meiner früheren Beziehungen hatten mit Streitereien in öffentlichen Verkehrsmitteln oder langen, unwürdigen SMS-Verläufen geendet. Oft hatte ich gedacht: Wenn ich dich nur dabei erleben könnte, wie du deine Post durchgehst. Oder Flugtickets buchst. Und wenn du mich dabei sehen könntest, wie ich dem Taxifahrer eine gute Nacht wünsche. Oder wir einander dabei, wie wir unsere Sozialversicherungsnummern aufsagen, um unsere Identitäten nachzuweisen. Wo blieben nur diese verführerisch funktionalen Menschen, sobald der Sex ins Spiel kam?

Genau in diesem Moment entdeckte ich meinen Ex-Freund Amos.

Amos stand mit einem hochgewachsenen Begleiter vor dem Restaurant. Die beiden teilten sich eine Steinplatte des Gehwegs, wobei der Begleiter seinen Daumen unter den Riemen einer Umhängetasche schob, um die Schulter zu entlasten. Offensichtlich waren sie gerade herausgekommen. Höhere Mächte hatten uns vor einer Begegnung im Restaurant bewahrt, aber damit waren die Möglichkeiten höherer Mächte bereits ausgeschöpft. Jetzt, nachdem ich weggegangen und wiedergekommen war, wuschen sie ihre Hände in Unschuld.

Nie hätte ich damit gerechnet, dass Amos von diesem Laden gehört hatte, geschweige denn ihn besuchen würde. Als wir noch zusammen waren, hatte er die »fetischisierten Preise« Manhattans verteufelt. Die Stadt war in seinen Augen seelenlos, gentrifiziert, einst für die ganz Jungen und die ganz Reichen, jetzt nur noch für die ganz Reichen und die ganz Seelenlosen. Die wahre Persönlichkeit der Stadt lag in der Vergangenheit, ihr Stolz war illusorisch, reiner Wahn. Ich war meist zu müde gewesen, um mich zu wehren – wahrscheinlich, weil ich mich bis raus nach Bed-Stuy zu ihm hatte schleppen müssen. Es schien nicht der Mühe wert, unsere fast identischen Mieten oder die Pilates-Studios in seiner Nachbarschaft als Argumente ins Feld zu führen. Außerdem hat Amos nie kapiert, dass er mich mit jeder Deklaration meines Wohnorts als tote Zone darin bekräftigte, dort zu leben. Das Auge eines Hurrikans mag nicht für jeden zugänglich sein, aber es ist immerhin das Auge.

Gegen Ende unserer Beziehung empfand ich eine Art trotzige Liebe zu all den Dingen, die Amos verabscheute. Nicht nur zu Manhattan, sondern auch zu Streaming-Diensten, Naturvideos, teuren Kosmetikartikeln, Popmusik, Smartphones, Stränden, dekorativen Sofakissen, Wasser in Plastikflaschen, alternativen Milchprodukten, Küchengeräten (zu einem Kirschentsteiner – wer hätte das gedacht!) und Katzen. Ich war so besessen von diesen Dingen (es war bestimmt nicht das erste Mal, dass jemand aus Trotz ein Kätzchen adoptierte), dass ich mir einredete, sie würden mehr über mich aussagen als die tieferen Gemeinsamkeiten zwischen Amos und mir. Ich wurde wütend auf Bücher und Politik, auf die ganze Nischenkultur, die uns zusammengebracht hatte. Als hätte sie mich verraten, indem sie mich in die Arme eines Mannes getrieben hatte, der Clive als Scharlatan und meine Freunde als »moralisch verwahrlost« diagnostizierte.

Unsere Beziehung hätte niemals zwei Jahre gehalten, wäre da nicht Kit gewesen. Amos hatte eine Cousine in den Zwanzigern namens Kit, ein Hollywood-Starlet mit einer Vorliebe für Filterzigaretten und Filmzitate. Aber sie war seine Blutsverwandte, und das machte sie für Amos erträglich, was ihn wiederum für mich erträglich machte. Als Kit in New York einen Film drehte, gingen wir zu dritt zum Dinner. Sie bestellte, als ob sie und der Kellner an einem gemeinsamen Projekt arbeiten würden. Sie erzählte Geschichten aus Amos' Kindheit und überzeugte uns, von Tequila zu Mezcal zu konvertieren.

»Du eignest dich wirklich als Missionarin«, sagte Amos zu ihr. »Zu schade, dass du Jüdin bist.«

Kit zerknüllte die Verpackung des Strohhalms zu einem Ball und schnippte sie in Amos' Gesicht, und er kicherte. Sie weckte einen weniger verschlossenen Amos in ihm. Er verzichtete vor ihr darauf, sich über den Hollywood-Industriekomplex lustig zu machen. Als die Rechnung kam, schnappte Kit sie, als ob es nichts wäre. Ich hatte vorher noch nie jemanden erlebt, der eine Rechnung entgegennahm, ohne dabei einen Moment den Gesprächsfaden zu verlieren. Amos zuckte nicht mit der Wimper. Obwohl wir jedes einzelne Mal, wenn ich mir die Rechnung schnappte, danach schrägen Sex hatten.

Nach unserer Trennung ertappte ich mich dabei, wie ich Kits Multicam-Sitcom anschaute und in ihrem Gesicht nach seiner Kieferpartie suchte. Nicht aus Selbstquälerei, obwohl das natürlich auch ein Grund war, sondern um nach Beweisen dafür zu suchen, dass Amos echt gewesen war, dass ich tatsächlich die Kontaktlinsenlösung dieser Person in meinem Medizinschrank aufbewahrt hatte. So habe ich mich oft nach Trennungen gefühlt, egal, wer den Schlussstrich gezogen hatte – dieser stets gleiche Schock, dass das Leben nicht mit einem einzigen Schlag endete. Langfristig ein tröstliches Konzept, kurzfristig ein niederschmetterndes. Resilienz wird überschätzt. Gefühlt von einem Lastwagen überrollt zu werden und am nächsten Morgen mit der Subway zu fahren, ist nicht rühmlich, es ist Wahnsinn. Aber dank Kit konnte ich diesen Trauerprozess auf unbestimmte Zeit hinausschieben. Ich verfolgte ihre Sendung mit fast religiöser Hingabe, sodass meine Leidenschaft dafür ein von Amos unabhängiges Eigenleben annahm. Im Büro teilten Zach und ich uns einen Arbeitsplatz, daher drängte ich ihm Zusammenfassungen der Handlung auf, obwohl er keinerlei Interesse an einer Sitcom für Teenager hatte. Ich studierte die Kritiken und googelte Kits Namen, um zu sehen, ob jemand ihre Leistung hervorgehoben hatte. Diese Artikel wurden sofort weggeklickt, sobald ich Clive oder Vadis hinter mir ahnte.

Als die Sendung abgesetzt wurde, verspürte ich eine zweite Welle des Trennungsschmerzes, die sich ähnlich anfühlte wie die erste. Schon längst vergessen geglaubte

Details tauchten wieder auf – die Löcher in Amos' Kleidung, die Kratzer auf seinen Platten, die merkwürdige Form von Unfähigkeit, die es ihm unmöglich machte, einen Spüllappen auszuwringen. Ich erinnerte mich nur zu gut an die Einrichtung seiner Wohnung. Vor allem an das muffige Sofa, auf dem er mir erklärte, Monogamie sei ein überholtes Konstrukt, das uns von den Puritanern hinterlassen worden sei. Das sei gar nicht ich, das müsse ich endlich verstehen. Nur dass ich es doch war, weil es eben nur eine von mir gab.

Wir hockten da, als wären wir die Gäste seiner Einrichtung. Ich erklärte ihm, dass mir seine Art und Weise darüber zu sprechen, nicht gefiel. So als hätte er ein Gebrechen, das ihn dazu zwang, seinen Penis in eine Vielzahl von Menschen zu stecken. Ich fügte hinzu, dass ich jemandem, sogar ihm, Fremdgehen verzeihen könnte, aber auf keinen Fall, sogar ihm nicht, wenn er es darauf anlege.

»Warum nennst du es ›Fremdgehen‹?«, fragte er in seinem einschüchternden Tonfall.

»Nenn es meinetwegen, wie du willst«, sagte ich. »Nudeln. Ich werde nicht ruhig hier sitzen, während du jede Frau, die du triffst, nudelst.«

»*Jede* Frau, das ist eher unwahrscheinlich«, erwiderte er spöttisch.

Unsere Trennung lag etwa sechs Jahre zurück. Kits Sitcom war vor zwei Jahren abgesetzt worden. Als ich jetzt auf Amos zuging, befürchtete ich, dass diese Diskrepanz der Trauerzeit spürbar sein würde. Außerdem trug ich zufällig dasselbe Hemd wie in der Nacht unserer Trennung, ganz so, als wäre ich seither in einem Mausoleum herumgelaufen und hätte abgestandene Amos-Adler-Luft geatmet. Ich rief mir in Erinnerung, dass ich jetzt ein erfülltes Leben hatte. Ich hatte eine Festanstellung, die ich nicht völlig hasste. Gute Freunde. Zehn Finger, zehn Zehen. Ich hatte mir noch vor zwölf Uhr mittags den Schlaf aus den Augen gerieben. Außerdem hatte ich Sex gehabt.

Und was noch wichtiger war: Der Sex, den ich hatte, war mit meinem Verlobten. Mein Verlobter, den ich heiraten wollte, dem ich ein Leben in gegenseitiger Toleranz vorgaukelte.

Er war ein Mann, der nie andere Frauen nudeln würde (obwohl ich mir manchmal Sorgen machte, dass es mir in dem Punkt einfach an Vorstellungskraft mangelte), oder der wochenlang abtauchen würde, um dann die Funkstille mit einem dreitausend Worte langen Geschwafel zu brechen, oder, noch besser, um jede Funkstille vehement zu leugnen. Möge das Gaslighting die Brücken der Wahrheit erhellen, die wir niederbrennen! Er war ein Mann, dessen Snobismus nachvollziehbar war (die besseren Konzertkarten kaufen, früh wählen gehen, seinen eigenen Kaffee kochen). Er war ein Mann, der mich abends nach meinem Tag fragte, weil es ihn wirklich interessierte, nicht weil er mein Lob dafür einheimsen wollte. Ein Mann, der intuitiv die Relevanz meiner Ferienlagergeschichten erkannte. Ein Mann, der es zuließ, dass ich ihn »Boots« nannte. Ein Spitzname, der während eines Gesprächs über Eltern entstand, die ihren Babys schon im Mutterleib allerlei alberne Namen gaben. Die Implikation, dass er damit in gewisser Weise das *Kind* unserer Beziehung war, war ihm egal. Für ihn spielte das keine Rolle. Denn er war ein Mann, der sich nicht als von der Welt vernachlässigt betrachtete, der in keine existenzielle Krise stürzte, nur weil eine Literaturzeitschrift ihn nicht erwähnt hatte. Er war ein ruhiger, unvoreingenommener Mensch, der Amos Adler nur deshalb kannte, weil ich ihn einmal beiläufig erwähnt hatte.

»*Famous* Amos?«, hatte Boots gefragt und kurz darüber sinniert. »Wie die berühmten Schoko-Kekse?«

»Mehr oder weniger«, hatte ich erwidert und das alte Sweatshirt von Amos zusammengeknüllt, das diesen Wortwechsel ausgelöst hatte.

»Ich habe noch nie einen Amos gekannt.«

Ich wollte hinzufügen: »Ich auch nicht«, aber ich wusste, dass ich dieses Gespräch beenden musste.

Ganz am Anfang unserer Beziehung hatten Boots und ich nämlich vereinbart, nie über unsere Verflossenen zu sprechen, außer im Notfall. Etwa wenn jemand von uns bei einem Unfall ums Leben kam, und der andere sollte die Grabrede halten. Oder jemand wurde zum Staatsoberhaupt eines kleinen Landes gewählt. Es war Boots' Wunsch, ohne die Altlasten der Vergangenheit in die gemeinsame Zukunft zu gehen. Er war traumatisiert von einer früheren Freundin, die von ihrem Ex-Mann besessen gewesen war. Er hatte beständig einen schrecklichen Eiertanz hinlegen müssen, um ihre Triggerpunkte zu vermeiden. Sie »hatte wahnsinnige

Altlasten im Gepäck, wie die Karikatur einer Frau, die Schiffskoffer hinter sich herschleift«.

»Und einen Pudel!«

»Was für ein Pudel?«

»Nichts, erzähl weiter …«

»Wie auch immer, ich schätze, Altlasten sind meine Altlasten.«

Und so ließ ich mich ein auf dieses Arrangement, obwohl ich die Regelung zu radikal fand, unter anderem, weil sie uns gewisser aufregender, für den Sex gut brauchbarer Bilder beraubte. Letztlich war ich von der Regelung am meisten betroffen: Boots hatte nur zwei ernsthafte Beziehungen gehabt, die College-Freundin und die gruselige Freundin eingeschlossen. Wir würden nie mit jemandem an einen Tisch gesetzt werden, zu der er eine Erklärung abliefern musste. Ich hingegen könnte ständig in Erklärungsnotstand geraten. Manche bekommen am Geldautomaten der Liebe eben die kleineren Scheine ausgezahlt. Von kurzen Affären abgesehen hatte ich etwa fünfzehn fünfmonatige Beziehungen, ganz zu schweigen von den sechs- und neunmonatigen, ganz zu schweigen von solchen, die mich nachts heimsuchten wie gespenstische Toaster: *Bist du wach?*

Ich hatte versucht, den Grund dafür zu erforschen. Und dank *Modern Psychology* hatte ich Zugang zur umfassendsten Therapeuten-Datenbank der Welt. Meine Eltern waren immer noch glücklich verheiratet. Niemand hatte mich als Kind im Stich gelassen, mich geschlagen oder mir seine Liebe verweigert. War ich etwa anfällig für das Desinteresse anderer, desinteressiert an echter Zuneigung, entschlossen, mein Herz an Menschen zu verschenken, die es nicht verdient hatten? Pendelte ich zwischen verzweifelter Sehnsucht und trotzigem Rückzug wie ein verwirrtes Kind? War ich auf der Suche nach Vaterfiguren, nur um diese dann vom Podest zu stürzen? Hatte sich Amors Bastard-Bruder in mein Schlafzimmer geschlichen, um mir ins Ohr zu flüstern: »Mein Kind, binde dich niemals«? Irgendwann kam mir sogar der Verdacht, meine Suche nach der Ursache *sei* die Ursache. Aber noch bevor ich diesem Umstand auf den Grund gehen konnte, begegnete ich Boots, und das Ganze hatte sich erledigt. Er konnte meine Brüche zwar nicht flicken, schützte mich aber vor meinem eigenen Narrativ einer Zerbrochenen.

In der Nacht unserer Verlobung (an der Brooklyn-Heights-Promenade, wo die Lichter der Stadt beifällig herüberwinkten) fuhren wir in einem Taxi über die Manhattan Bridge. Zu dem Zeitpunkt war ich schon ziemlich blau und flirtete mit dem Brechreiz. Ich kurbelte das Fenster herunter und schaute an meinem linken Arm entlang, verfolgte ihn bis zu seinem natürlichen Ende.

»Wessen Finger ist das?«, fragte ich.

»Wer hat denn da was drangesteckt?«, neckte Boots mich lachend und erklärte mich für hoffnungslos bezecht.

Aber ich meinte nicht den Ring. Ich war so hackedicht, dass ich tatsächlich von meinem eigenen Finger sprach.

Boots hatte bei meinen Eltern angerufen und um meine Hand angehalten, falls es tatsächlich *meine* Hand war. Das Gespräch kann man sich leicht ausmalen: Einer von ihnen hatte dem anderen zugebrüllt, er solle das Telefon in der Küche abnehmen. Meine Eltern sind keine taffen Menschen. Mit einem simplen Telefonanruf könnte man sie dazu bringen, das Haus zu verkaufen, um erpresserische Terroristen auszubezahlen. Oder ihre Tochter zu verheiraten. Allerdings hatten Boots und ich nie explizit über Heirat gesprochen, nur als schöne Aussicht, so wie wenn man den Kalender schon mal nach möglichen Ferienterminen durchforstet. Also, auch wenn das Thema Hochzeit nicht aus der Luft gegriffen war, würde es sicher kein Schnellschuss werden.

Vermutlich würde ich noch viel Zeit damit verbringen, das alles zu drehen und zu wenden und mich zu fragen, ob ich wohl genauso verunsichert wäre, wenn er ihre Einwilligung *nicht* bekommen hätte. Wahrscheinlich waren die besten Jahre, um das Konzept der Ehe zu durchdenken, in meiner Kindheit gewesen, als das Leben noch hypothetisch vor einem ausgebreitet lag. Bei Erwachsenen wirkte es leicht albern, wenn sie sich über eine weit verbreitete Institution echauffierten, die sie nur vom Hörensagen kannten. Das hatte den Beigeschmack saurer Trauben. Boots war zu einer Zeit in mein Leben getreten, da man mit Recht eine fundierte Haltung zu dem Thema von mir hätte erwarten können. Hätte ich konsequent politisch gedacht, hätte ich die Ehe vermutlich als Kerker betrachtet, als Ausverkauf meiner Freiheit. Viele Menschen erhofften sich davon eine Veränderung, allzu oft jedoch endete es mit einer Gehirnamputation. Aus einer großen Idealisierung war eine Riesenenttäuschung geworden. Aber das Leben besteht nun mal nicht vorwiegend aus Politik, sondern aus ganz alltäglichen Bedürfnissen.

Und so hockte ich auf der Rückbank des Taxis und war vollauf zufrieden damit, nichts weiter zu betrachten als Boots' Profil und die dahinter aufragende Stadt. Selbst wenn ich mir sozusagen die Gewissheit eines anderen ausborgte, würde sie gewiss irgendwann zu meiner eigenen werden. Ich konnte dieses Kapitel in Ruhe sacken lassen. In diesem Moment beschloss ich: Wenn irgendetwas mit mir nicht in Ordnung sein sollte, lag es nur daran, dass ich in New York aufgewachsen und nie weggegangen war.

Was das Wiedersehen mit Amos exponentiell verschlimmerte, war, dass er tatsächlich zu einem *famous* Amos geworden war. Das Schicksal hatte für jeden von uns etwas anderes in petto, aber Amos war es sichtlich gewogen. Meine ganzen nach der Trennung gegen ihn ausgestoßenen Verfluchungen waren offenbar nach hinten losgegangen. Er hatte zwei Romane geschrieben und nach allem, was man so hörte, stellte er gerade seine Gedichtsammlung zusammen. Sein erster Roman war lang und prätentiös gewesen und hatte einen Sturm schlechter Kritik geerntet; er hatte offenbar alles richtig gemacht, um die Leute auf die Palme zu bringen. Der zweite war ebenso lang und prätentiös, handelte aber von einem palästinensischen Jungen, der eines Tages beim Spielen in ein baufälliges Haus gerät. Dort öffnet er einen Küchenschrank und stößt auf einen von der Hamas gegrabenen Tunnel, in den er hineinkriecht. Aber statt in Israel aufzutauchen, landet er in einer alternativen Realität, in der es so etwas wie Krieg nicht gibt. Das Buch hatte vier Wochen lang auf der Bestsellerliste gestanden und war populär genug, um den Konsens über Amos' ersten Roman zu ändern, der nun von »unlesbar« zu »dicht« avancierte. Plötzlich war Amos kein Lyriker mehr, der in der Belletristik dilettierte, sondern ein Romancier, der sich in der Poesie versucht hatte.

Der größere Mann mit der Umhängetasche war vermutlich sein neuer Lektor und musste den Treffpunkt ausgewählt sowie das Essen bezahlt haben. Er bemerkte mich zuerst. Amos registrierte die geteilte Aufmerksamkeit seines Publikums sofort und folgte dem Blick des größeren Mannes. Er lächelte und wippte auf den Fersen nach hinten.

»Hallo«, sagte ich und umarmte ihn, damit ich etwas Zeit gewann, bevor ich ihm ins Gesicht sehen musste.

»Lola«, flüsterte er halb.

»Ich würde dich am liebsten *Fremder* nennen.«

»Nur zu«, sagte er und drückte sein Kinn gegen meine Schulter.

»Hallo, Fremder.«

Als wir uns voneinander lösten, hatte er diesen seligen Ausdruck im Gesicht. Hier war jemand, der ausgiebig getrauert hatte, dessen Erinnerung von allem Schmerzhaften gereinigt war.

»Kommst du oder gehst du?«

»Weder noch«, sagte ich und hielt die Zigaretten-schachtel hoch. »Ich komme zurück.«

Amos rauchte regelmäßiger als ich, oder zumindest hatte er das damals getan.

»Wie *gehts* dir?«, fragte er, als hätte er mir ein Wahr-heitsserum verabreicht.

»Ach weißt du, ich streune durch die dunklen Stra-ßen Chinatowns. Und du?«

»Oh, viel zu viel los, um es in einem Satz zu fassen.«

Mühsam verkniff ich mir, das Feuerzeug in meiner Tasche zu zünden.

»Schön, dich zu sehen«, fuhr er fort. »Arbeitest du immer noch als Redakteurin?«

»Pinkelst du immer noch im Stehen?«

»Was?«

»Nichts«, sagte ich und winkte ab. »Ja, natürlich bin ich noch Redakteurin. Ich bin jetzt bei *Radio New York*.«

»Diese Tech-Konzern-Geschichte?«

»Es ist keine Tech-Konzern-Geschichte«, sagte ich, »es wird nur so finanziert. Ich bin ein wenig enttäuscht, dass du nicht weißt, wo ich arbeite.«

»Oder tue ich vielleicht nur so, als wüsste ich es nicht?«

»Tja, interessante Frage. Clive, Vadis und all die an-deren sind auch im Lokal.«

»Du machst Witze«, sagte Amos und spähte über seine Schulter nach hinten, als würden sie dort ihre Nasen an die Scheibe drücken. »Ich habe sie nicht gesehen.«

»Nun, ist vermutlich auch besser so.«

»Ich hatte nie ein Problem mit diesen Leuten.«

»Clive ist nun weniger aufgedreht«, sagte ich, »seit er seinen inneren Frieden gefunden und eine Milliarde Dollar gescheffelt hat. Und Vadis ist, keine Ahnung …«

»Faucht keine Praktikanten mehr an?«

»Nein, kein Fauchen mehr. Sie steht jetzt auf Gypsy-Chic.«

»Ich tue jetzt mal so, als hätte ich eine Ahnung, was das ist. Aber Mann, wie konnte ich dich nur übersehen?«

Sollten wir einfach gleich auf dem Bürgersteig ficken und es hinter uns bringen? Amos war kleiner als die meisten Typen, mit denen ich zusammen gewesen war. »Napoleonisch sexy«, wie Vadis ihn nach der Diashow auf meinem Smartphone charakterisiert hatte. Amos auf einer Tagung, finster dreinblickend. Amos auf einer Party, finster dreinblickend. Amos auf einem Steg in Maine, finster dreinblickend. Ein Immobilienmakler, der gar nicht Amos war. Der Erfolg hatte den Mann von Welt in ihm entfesselt. Seine in Wahrheit elegante Erscheinung war lediglich im Körper eines Hungerkünstlers gefangen gewesen. Vor allem seine Kieferpartie war für schicke Anzüge prädestiniert und scharf vom Hals abgesetzt, wie bei einem PEZ-Spender.

Ich reichte dem großen Mann die Hand und spürte, wie Amos' Blick meine Brüste streifte.

»Wir sind uns schon mal begegnet«, sagte er knapp und drückte meine Hand, »Roger«.

Es tat mir leid für Roger, dass er nicht seine eigene

Ex-Freundin hatte, die er auf seiner eigenen Gehweg-platte vögeln konnte, aber mich gleich dafür bestrafen? Dafür hatte er keinen Grund.

»Natürlich«, sagte ich und schüttelte den Kopf. »Ar-beitet ihr zusammen?«

»Du fragst, ob er mein Autor ist?«

Nein, ich frage natürlich, ob ihr auf einer Baustelle malocht.

»Ja, genau.«

»Schön wärs«, sagte Roger.

»Er wünscht es sich«, bestätigte Amos, als sei das ein wahnsinnig witziger Insiderscherz zwischen ihnen.

»Warum bist du es dann nicht? Roger, keine Ah-nung, ob dir das bewusst ist, aber Amos ist ein brillanter Schriftsteller. Ich bin sicher, er hat noch weitere ein bis sechs Bücher auf der Pfanne.«

»Klar, aber ich will mich nicht mit Jeannine anlegen.«

»Jeannine Bonner«, sagte ich, nur um zu beweisen, dass auch ich mir Namen von Leuten merken konnte.

»Jeannine ist *sehr* besitzergreifend«, seufzte Amos, als wäre es eine Bürde, von der legendären Redakteurin betreut zu werden und mit ihr vertrauten Umgang zu pflegen.

Roger nahm seine Brille ab und putzte sie an seinem Hemd. Er war mindestens fünf Jahre jünger als Amos, vielleicht sogar acht. Meiner Meinung nach dünstete er Wohngemeinschaftsmuff aus. Laminatböden. Kakerla-kenfallen.

»Hoffentlich hast du nicht für sein Essen bezahlt«, sagte ich, »da Amos ja bereits Eigentum einer anderen ist.«

»Eher andersherum«, kicherte Roger.

»Willst du damit andeuten, Amos betrachtet Frauen als sein Eigentum? Ist es schon so weit, dass man sich jetzt offen zu so etwas bekennt?«

»Kannst du dir vorstellen, dass wir mal zusammen waren?«, fragte Amos, und dann zu mir gewandt: »Holen wir uns nun einen Drink, oder was? Roger muss nach Hause, um sich in ein paar Stunden von einem schreienden Baby wecken zu lassen.«

Roger stieß einen theatralischen Seufzer aus. Mein Blick wanderte hinab zu seiner linken Hand, wo mein Gehirn eine unwahrscheinliche Annahme bestätigt fand – ja, dort steckte ein goldener Ring. Die Kakerlakenfallen lösten sich in Luft auf und wurden ersetzt durch Stofftiere und tiefgefrorene Muttermilch. Ich fühlte, wie der Tod die Wände meines Uterus mit Spinnwebengirlanden auskleidete.

»Ich hole rasch meine Jacke«, verkündete ich.

Ich verließ die beiden in der festen Überzeugung, dass Roger sich bei meiner Rückkehr verdünnisiert haben würde. Als Puffer war er einerseits zwar hilfreich, andererseits hatte ich keine Freude an dem Anteil meiner selbst, der von einer jungen Familie in Torschlusspanik gestürzt wurde.

Drinnen wartete meine Jacke wie ein Zombie über meinem Stuhl.

»Wir haben deine Taschen durchwühlt«, verkündete Vadis.

»Was Brauchbares gefunden?«

»Nichts. Einen kaputten Kuli.«

»Lass die Jacke hängen«, ordnete Clive an und reckte sich. »Bleib noch ein bisschen.«

Eine Kellnerin war dabei, die Stühle hochzustellen. Holz klapperte gegen Holz.

»Nö«, sagte ich, »ich verlasse euch alle.«

»Buh«, grunzte Zach, der mittlerweile betrunken genug für Gefühlsäußerungen war.

Alkohol kickte den Intellektuellen in ihm aus dem System. Von Amos Adlers Anwesenheit zu erfahren, würde ihn wenig begeistern. Amos war eine erfolgreichere, selbstbewusstere Version Zachs. Sie gehörten zur gleichen Spezies. Dieselbe politische Haltung, dieselben Denkweisen. Was auch die Hauptursache für Zachs Abneigung gegen Amos war, aber eine zu naheliegende Schlussfolgerung, als dass er sie je selbst gezogen hätte. Stattdessen quälte er sich schon seit Jahren mit Analysen, warum Amos Adler »so ätzend« war. Ich küsste sie alle in die Luft neben ihren Gesichtern. Als Vadis an der Reihe war, flüsterte ich: »Amos. Draußen.«

»Was?!«, zischte sie, mit einem scharfen »s«.

Sie verdrehte sich in ihrem Stuhl, als ob das genauere Betrachten meines Körpers weitere Wahrheiten enthüllen könnte. Wenn es eine weitere mitteilungswerte Wahrheit gab, dann lediglich meine Überraschung darüber, dass Vadis sich an Amos erinnerte. In Bezug auf Männer hatte sie eine Art inverses Erinnerungsvermögen. Je dauerhafter ein Mann in meinem Leben war, desto höher die Wahrscheinlichkeit, dass sie ihm einen abwertenden Spitznamen verpasste oder seinen Namen gleich ganz vergaß. Eines Abends verkündete ich ihr, sie erfinde diese Namen nur deshalb, weil die Männer dann in gewisser Weise irreal blieben. Und dergestalt entmachtet, konnten sie mich ihr nicht wegnehmen. Was nicht wirklich ernst gemeint war. Aber so plappert man eben daher in seinen Zwanzigern, wenn man in einer Toilettenkabine hockt, voll auf Koks ist und die Tiefen seiner Freundschaften auslotet.

Als ich mich dann mit jemandem verlobte, der den Spitznamen eines ungeborenen Babys trug, schien ich Vadis' Job für sie zu übernehmen.

»Amos«, flüsterte Vadis und schaute zur Tür. »Ich fasse es nicht.«

Dann drehte sie sich abrupt um und rief: »Clive!«

»Was ist?!«, rief er zurück. »Himmel.«

»Vadis«, sagte ich und legte meine Hand auf ihre Schulter. »Nicht.«

»Nichts!«, sagte sie, bevor sie sich wieder zu mir umdrehte. »Was hat der denn hier zu suchen?«

»Na ja, um ehrlich zu sein, was haben wir alle hier zu suchen?«

»Klar. Stimmt auch wieder. Ich dachte nur … Okay. Viel Spaß. Berichte mir. Und nimm dich in Acht.«

»Vor Amos? Ich lasse dich wissen, wenn er mir einen Federkiel in den Hals rammt.«

»Ich meine so ganz allgemein. Mach dir Notizen.«

Sie tippte an ihre Schläfe, als würde sie einen imaginären Knopf drücken.

»Okay«, erwiderte ich und tätschelte ihr das Haar. »Du bist schräg. Süß, aber schräg.«

Rasch entfernte ich mich, ich hatte es eilig, wieder

nach draußen zu kommen. Bestimmt empfand Amos unser Wiedersehen genauso spannungsgeladen wie ich. Er könnte einfach verschwinden. Aber als ich durch den Vorhang hinaustrat, war er noch da.

»Wohin?«

Zu meiner Enttäuschung verließ er sich bei der Lokalsuche nach wie vor auf mich. In den Jahren der Funkstille zwischen uns hatte ich Amos eine neue Persönlichkeit angedichtet, die all seine Vorzüge vereinte und all seine Schwächen ausblendete. In diesem Fall sein totales Unvermögen, ein Lokal auszuwählen.

»Einen Augenblick.«

Ich zückte mein Handy und scrollte hastig durch meine Nachrichten. Vor Kurzem war ich mit Boots hier in der Gegend in einer Bar verabredet gewesen, sie war geradezu perfekt, aber der Name fiel mir nicht mehr ein. Diese Bar mit Amos aufzusuchen, fühlte sich weniger wie Verrat an, sondern eher wie eine Absicherung. Der Ort würde mich daran erinnern, dass ich in einer festen Beziehung war und nur noch gesunde Verbindungen pflegte. Ich hielt das Telefon vors Gesicht, und das Display setzte ein Spotlight, genau dorthin, wo Amos schon die ganze Zeit hinstarrte.

»Und wenn du fertig bist«, sagte er, »erzählst du mir, was das hier zu bedeuten hat.«

Er schnappte sich meine Hand mit dem Verlobungsring und hielt sie hoch. Meine Hand erschlaffte in seiner wie eine Serviette in ihrem Serviettenring. Ungefähr so groß kam mir der Ring plötzlich vor. Der Ring hatte Boots' Großmutter gehört. Mir ist es ein Rätsel, warum meine Generation glaubt, die Generationen vor uns hätten noch echten Stil besessen, was heutzutage nur noch wenige von sich behaupten könnten. Der Diamant war trüb und birnenförmig. Seine Fassung ließ mich unwillkürlich an das Wort »Krallen« denken. Ich lernte auf verlustreiche Weise, ihn jedes Mal nach innen zu drehen, bevor ich einen Pullover überzog.

»Er hat zwei Aspekte«, entschied Boots. »Er ist Waffe und Ring in einem!«

Er gewann allem eine positive Seite ab. Eine der Eigenschaften, die mir gleich an ihm gefallen hatte. Ich war nicht scharf auf einen weiteren Poeten, der seine Depressionen zu einer zwangsläufigen Begleiterscheinung von Intelligenz stilisierte. Der einzige Haken war: Wenn es in der Subway stank, das Essen in einem Lokal ungenießbar oder das Hotelzimmer zu laut war, war Boots der Letzte, der sich beim Manager beschwerte. Aber das Leben war eben kein durchgängiges Zuckerschlecken, sagte ich mir, gelegentlich muss man auch in den sauren Apfel beißen. Als ich mir bei unserem vierten Date den Knöchel brach, weigerte Boots sich, die Krankenschwester in der Notaufnahme um Schmerzmittel zu bitten.

»Sie hat versprochen, dass sie gleich welche bringt«, versicherte er mir.

»Aber das war vor dreißig Minuten.«

Wir kannten uns noch nicht gut genug, um ihn als meinen persönlichen Pitbull einzusetzen. Der Ausflug in die Notaufnahme war ein verfrühter Stresstest für unsere Beziehung. Doch schon da erkannte ich, dass ich es mit einem Mann zu tun hatte, der an meiner Seite ausharrte, so lange es nötig war, der mir Blumen brachte und sich jeden kritischen Kommentar verkniff, als ich mir nach der Behandlung eine Zigarette anzündete.

»Ich wusste nicht, dass du rauchst.«

»Tue ich auch nicht«, sagte ich. Ich hatte kurzzeitig mein eigentliches Vorhaben vergessen, ihn positiv zu beeindrucken.

Der Filter blieb kurz an meiner Lippe kleben, als ich die Kippe wegzog und auf den Boden schnippte.

»Mir war auch nicht klar, dass du Abfall auf die Straße wirfst.«

Was, wenn er das ernst meinte? Und was, wenn er niemals einer Krankenschwester Dampf machen würde? Oder es zuließe, dass ihm für die falschen Blumen zu viel berechnet wurde?

Es war nur ein Ring. Aber manchmal, wenn mich jemand beglückwünschte, machte ich nur eine abschätzige Bemerkung. Als stünde der Ring dafür, wie distanziert meine Gefühle für Boots in letzter Zeit geworden waren, für die geheimen Zweifel, die ich ihm gegenüber nicht aussprechen konnte. In dieser Hinsicht war der Ring gefährlich. Auch wenn wir beide immer wieder Scherze über seine Hässlichkeit machten.

Ich entzog Amos meine Hand.

Er räusperte sich.

»Was ist?«

»Ich habe nichts gesagt«, erwiderte er mit erhobenen Händen.

Ich hatte meine Beziehung nicht verheimlicht. Und wo blieb eigentlich der Dank dafür, dass ich sie nicht ständig aufs Tapet brachte? Ich hatte nichts Falsches getan, außer womöglich eine Grundlage für einen Fehltritt zu schaffen. Mein einziges Vergehen war, dass ich mich zu sehr auf Amos verließ. Ich wusste, sobald er den Ring bemerkte, wären wir in Sicherheit. Amos war auf der Oberfläche unerträglich, aber tief im Inneren gut. Ich hingegen machte mir langsam Sorgen, dass es bei mir umgekehrt sein könnte.

Wir hockten an einem frisch lackierten Holztresen unter blinkendem Weihnachtsschmuck, den man einfach hatte hängen lassen. Möglicherweise weil New York das ganze Jahr über den Kälteeinbruch fürchtete und stets gegen grauen Himmel und Schnee gewappnet war. Ich suchte nach einem Haken unter der Theke und platzierte dann einen Fuß auf die Fußraste von Amos' Hocker, sodass eins meiner Beine zwischen seine ragte. Wir prosteten einander zu. Dann fragte er mich, warum ich nicht verliebt sei in Boots.

»Hoppla«, sagte ich und schlürfte Bierschaum. »Lange Vorreden waren noch nie deine Sache.«

»Deine auch nicht. Beantworte die Frage.«

»Aber ich *liebe* ihn«, betonte ich.

Amos zuckte zusammen. Dieses bemühte »lieben« hatte mich verraten. Alles was ich wollte, war, dass Amos' Fingerspitzen über mein Knie strichen, das Kribbeln unserer alten Elektrizität. Natürlich liebte ich Boots. Wir waren seit zwei Jahren zusammen – nach seiner Rechnung sogar mehr als zwei. Aber jetzt zuzugeben, dass ich bei Boots nicht in einem Käfig ohne Liebe eingesperrt war, wäre in diesem Moment ein Stimmungskiller.

»Warst du *jemals* in ihn *ver*liebt?«, fragte Amos.

»Definiere *Liebe*«, sagte ich und warf den Köder aus. »Definiere *jemals*.«

Amos verdrehte die Augen.

»Du willst wissen, ob ich jemals sechs Stunden am Stück mit ihm telefoniert habe? Oder ob ich mitten in der Nacht nach Upstate gefahren bin, um mich bei ihm zu entschuldigen, nur um mich dann ein zweites Mal mit ihm zu zoffen, bevor ich ihn zu den Waschbären auf die Veranda ausgesperrt habe? Nein, das nicht.«

»Da bin ich ja froh, dass ich der Einzige gewesen bin.«

»Ich habe nie gesagt, dass du der Einzige gewesen bist.«

»Kluges Mädchen«, sagte Amos und nahm einen Schluck Bier.

»So nennen sie die Dinosaurier in den Filmen, kurz bevor sie sie erschießen.«

»Du bist immer noch schlagfertig.«

»Fick dich. Wir sind gleich alt. Sprich nicht mit mir, als hätte ich Demenz.«

Amos senkte seufzend den Kopf, und sein Nacken wurde entblößt. Ich spielte eine Realität durch, in der wir uns nie getrennt hatten, in der er nur mit *mir* zusammen sein wollte, seinen Penis nur in *mich* stecken wollte. Würde er mich dann jetzt küssen? Oder würden wir uns voneinander abgestoßen fühlen? Denn nur weil man etwas vorzeitig beendet, heißt das noch lange nicht, dass es nicht doch irgendwann zu Ende geht. Meistens läuft es genau darauf hinaus.

Ein drahtiger Mann in kurzärmeligem Hemd kam aus der Toilette, zog ein Buch aus seinem Rucksack, begann zu lesen und nippte dabei an seinem Fernet. Er sah aus wie ein Doktorand. Amos und ich beobachteten ihn, die Ablenkung schenkte uns einen Moment der Entlastung. Amos interessierte natürlich, was der Mann las. Mich mehr die Frage, warum manche erwachsene Männer Rucksäcke trugen. Im besten Fall suggerieren sie damit eine gewisse Naturverbundenheit, im schlimmsten Fall ein lebenslanges Studentendasein.

»Ich weiß, was du von mir denkst«, sagte Amos und drehte sich wieder zu mir um.

»Da bin ich aber gespannt.«

»Letztendlich wollten wir beide das Gleiche, Lola. Ich wollte eine echte Beziehung, in der wir beide in einer Wohnung sitzen, Take-away essen, und nicht nur rumficken.«

»Du wolltest mit halb Nordamerika ins Bett.«

Ich stieß mein Knie gegen die Innenseite seines Schenkels.

»Ja, aber das war nicht der einzige Grund für unsere Trennung.«

»Amos. Ich weiß nicht, ob wir uns einen Gefallen tun, zu diesem Zeitpunkt über ›weitere Gründe‹ zu diskutieren.«

»Ich bin überzeugt, dass unsere Art der Liebe, die

der sechsstündigen Telefongespräche, früher oder später in eine andere Art der Liebe übergegangen wäre. Und diese zweite Art ist viel wichtiger. Da hast du sicher recht. Aber aus welchen Gründen auch immer, wir haben nur die intensive Liebe erlebt. Ich konnte die zweite Art innerhalb deiner Zeitvorgaben nicht erreichen.«

»Wir waren jahrelang zusammen. Buchstäblich. Jahre.«

»Wir tragen beide keine Schuld.«

»Aber bist nicht doch hauptsächlich du schuld?«

Der Mann am Ende der Bar saß mit aufgestützten Ellbogen da und las, als befänden wir uns in einer Bibliothek mit Schanklizenz. Vielleicht sollte meine Generation mehr Wert auf die Auswahl von Schmuck legen als auf die Suche nach Lebenspartnern. Vielleicht hat uns das Internet verdorben, und das mehr als vermutet. Wobei wir ja in dieser Hinsicht immer schon einiges vermuteten. Warum konnte ich nicht einfach mit dem Typ am Ende der Bar zusammen sein? Könnte ich nicht auch mit ihm glücklich sein? Was für einen Unterschied würde das machen?

»Jede Beziehung braucht beide Arten von Liebe, um auf Dauer zu bestehen«, erklärte Amos und versuchte, meinen Blick zu erhaschen. »Ein galvanisierendes Agens.«

»So wie Säure im Gesicht?«

»Woran wirst du dich erinnern, wenn ihr siebzig seid, du und dieser Typ?«

»Und mit ›dieser Typ‹ meinst du meinen *Verlobten*?«

»Leidenschaft ist das, was in Erinnerung bleibt. Klar werdet ihr Jahrzehnte haben, hin- und herzuschwimmen und so viele Bahnen zu ziehen, wie ihr wollt, aber es fängt immer damit an, dass man sich vom Beckenrand abstößt. Richtig Schwung holt.«

Ich kippte den Rest meines Biers.

»Liebe ist kein Sport, Amos. Kein Wettkampf. Das ist dein Problem. Das ist der Grund, warum du dich weigerst, mit einer Frau ›Runden zu schwimmen‹.«

»Ich rede nicht von Wettschwimmen, sondern davon, nicht unterzugehen.«

»Und du weißt das natürlich alles, weil du so viel Erfahrung mit Monogamie hast?«

»Ich weise den Vorwurf zurück, ich sei nicht erfahren genug, vor allem, wenn er von dir kommt. Die Idee, man müsse eine lange Beziehung hinter sich haben, um über eine gute Beziehung Bescheid zu wissen, ist eine gesellschaftlich verbreitete Lüge. Sie soll Männer dazu zu bringen, sich niederzulassen, und Frauen, sich zu binden. Überdies ist es ein kapitalistischer Taschenspielertrick, um die Massen zu höheren Versicherungsprämien zu bewegen. Für wie fantasielos hält mich die Welt? Warum glauben die, ich könnte mir bestimmte Dinge nicht ausmalen? Beispielsweise habe ich noch nie meine eigene Pisse getrunken, kann mir den Geschmack aber mit ziemlicher Sicherheit vorstellen.«

»Weil du die Pisse anderer Leute getrunken hast?«

»Sei keine Klugscheißerin.«

»Vor fünf Sekunden hat es dir noch gefallen, dass ich klug bin.«

»Der Punkt ist, dass ich mir unsere gemeinsame Zukunft nicht vorstellen konnte. Du wolltest jemanden, der ein idealtypisches Leben mit dir führt, und das konnte ich nicht bieten. Aber toll, vielleicht hast du es ja jetzt.«

»Leck mich.«

»Du würdest nicht so an die Decke gehen, wenn es nicht zutreffen würde.«

»Hast du schon mal was von bösartiger Verleumdung gehört?«

Der Mann am Ende der Bar blickte von seinem Buch auf. Der Barkeeper schaltete Musik ein, diesen melancholischen Sound, bei dem man am liebsten gleich losheulen würde. Die Stille war mir vorher gar nicht aufgefallen. Als wir den Laden betreten hatten, war sie ein willkommener Teil der Atmosphäre gewesen, jetzt bereitete sie mir Unbehagen, als hätte ich mich an etwas Unrechtem erfreut. Wie wenn man seine Pasta schon halb aufgegessen hat, und dann kommt der Kellner und will Parmesan darüberreiben.

Amos witterte seine Chance.

»Dann erzähl mir einfach von ihm.«

Natürlich war es grundverkehrt, mit Amos über Boots zu reden, so als würde man eine geliebte Katze an einen Löwen verfüttern. Also lieferte ich Amos eine möglichst harmlose Geschichte.

»Wir haben uns auf einer Überraschungsparty kennengelernt. Ich war mit einem Freund dort verabredet, der darauf bestanden hatte, dass ich früher komme, und als ich dann unterwegs ganz in meiner Nähe das Geburtstagskind die Straße überqueren sah, sprang ich auf den Zebrastreifen und wäre um ein Haar von einem Bus plattgewalzt worden. Ich spürte schon den Luftstoß, und drinnen sahen einige Fahrgäste mit schreckverzerrten Gesichtern einen vermeintlichen Selbstmord vor sich ablaufen. Doch dann stürzte wie aus dem Nichts dieser Typ herbei, riss mich an sich und bugsierte mich von der Straße.«

»Das Geburtstagskind?«

»Nein, ein anderer Typ. Aber ihr seht nach einer Weile ohnehin alle gleich aus, ist euch das bewusst? Jedenfalls waren wir beide so high vom Adrenalin, dass wir die ganze Nacht nicht aufhören konnten zu lachen. Dann hat er mich gefragt, ob ich mit ihm ausgehen würde. Seitdem machen wir immer Witze, dass ich mich vor den Bus werfen wollte, um ihm aus dem Weg zu gehen.«

»Du standst also unter Schock bei eurer ersten Begegnung.«

»Nein, stimmt nicht.«

»Warum macht ihr keine Witze darüber, dass er dir das Leben gerettet hat?«

»Keine Ahnung, Amos«, sagte ich und verschränkte die Arme. »Vielleicht warten wir beide auf den Tag, an dem ich mich umdrehe und sage: ›Stimmt, Arschloch, ich *habe* mich vor den Bus gestürzt, um dir aus dem Weg zu gehen.‹ Das war jetzt ein dummer Scherz.«

»War es das?«

»*War es das?*«, äffte ich ihn nach. »Sollte je der Tag kommen, an dem du dich in einer festen Partnerschaft wiederfindest, wirst du realisieren, dass jede Beziehung zerbrechliche Stellen hat. Manchmal verunsichert mich diese Macht, uns jederzeit auseinanderbringen zu können, wenn ich es wollte. Gelegentlich möchte ich die Beziehung in die Luft jagen, allein aufgrund ihrer Existenz. Aber dann geht das Gefühl wieder vorbei.«

»Klingt ziemlich trostlos.«

»Für dich ist es das. Aber ich bin nicht wie du. Ich muss nicht aus jedem Raum flüchten, weil ich mich eingesperrt fühle.«

»Du bist genau wie ich. Du *glaubst*, du willst Monogamie, aber das wäre anders, wenn wir was miteinander hätten.«

»Kreidest du mir jetzt an, dass ich dich mal mochte?«

»Ich will damit nur sagen, dass Willenskraft allein nicht reicht, um mit diesem Kerl glücklich zu werden.«

»Warts ab.« Ich fixierte ihn, als wollte ich ein Loch in sein Gesicht brennen.

»Wäre ich an seiner Stelle gewesen, wäre diese Party unser erstes Date gewesen, und das High hätte nie geendet.«

»Oh doch, das hätte es«, sagte ich und lachte. »Das Date hätte vielleicht eine Woche gedauert, aber die ganze Beziehung höchstens einen Monat.«

»Ja«, sagte er, »du hast recht.«

»Ich weiß, dass ich recht habe.«

»Es hätte nicht gehalten.«

»Das sagte ich ja.«

»Denn wenn ich dieser Typ wäre, hätte ich dich schon längst verlassen.«

Bevor ich etwas erwidern konnte, verschwand Amos aufs Klo, um zu pinkeln. An der Toilettentür klebte ein schwarz-goldener Aufkleber in Form eines Mannes. Wut kroch in mir hoch, wenn ich daran dachte, wie selbstverständlich sich Amos mit diesem Aufkleber identifizierte, wie verbunden er sich mit jedem kraftvollen, brillanten, nachdenklichen Mann fühlen durfte, der durch diese Tür ging, aber auch mit jedem dummen, anmaßenden und grausamen, wie selbstverständlich er mit dieser Klasse von Menschen verschmolz, für die diese Welt geschaffen schien.

Ich nahm mein Handy hervor und öffnete wahllos eine App, um mich an einen anderen Ort zu teleportieren. Eine Freundin hatte eine Fotostory von ihren vertrockneten Zimmerpflanzen gepostet, die im weitesten Sinne unsere Unzulänglichkeit symbolisierten. Amos hatte keinen Schimmer davon, was eine Frau in New York durchmachte, die nicht wusste, ob sie mit dem richtigen Mann zusammen war. Für den Fall, dass ich Boots tatsächlich verlassen sollte, schien mir die Aussicht auf die Dating-Szene wenig verlockend. Je älter eine Frau wird, desto mehr muss sie darauf achten, Männer nicht mit den peinlichen Details ihrer Vergangenheit zu vergraulen. Das war der entscheidende Punkt: Verschrecke die Männer nicht. Diejenigen Männer, die dich in deinem Mitteilungsdrang ermutigen, tun dies meist nur, um ihre Entscheidung zu beschleunigen. Sie wissen zwar, dass auch über sie geurteilt wird, aber wir Frauen sind als Richter nachsichtiger. Männer fragen dich über deine Verletzungen und erfahrenen Demütigungen aus, bis du dich durch das Interesse so geschmeichelt fühlst, dass du vergisst, dass solche Interviews in Wahrheit Ausmusterungsverfahren sind. Und das Ganze läuft unter dem Deckmäntelchen des Flirtens, was es nur noch übler macht.

Vadis nannte es die »Millennial Quiz Show«.

»Erzähl ihnen einfach von deinem schlimmsten Erlebnis und bring es hinter dich.«

»Für mich klingt das eher nach McCarthy-Anhörungen. So, als sollte ich Mittäter preisgeben und allem abschwören.«

»Dummkopf. Es geht nur um dich und dein Trauma.«

»Und wenn ich zu dem Typen sagen müsste: Mein schlimmstes Erlebnis ist das Gespräch, das wir gerade führen?«

»Das solltest du vielleicht besser verschweigen.«

Dagegen wirkte der Lebenslauf von Männern aus meinem Bekanntenkreis, selbst bei Zach, mit zunehmendem Alter eher attraktiver. Jede noch so große Lücke darin geriet zu etwas Eigenwilligem und Abenteuerlichem. Herzschmerz war etwas, das ihnen schicksalhaft widerfuhr, nichts, was sie selbst verursachten. Der Feminismus hat uns in diesem Punkt im Stich gelassen. Frauen sollen in jedem Kapitel wie aus einem Kokon schlüpfen, göttliche Geschöpfe mit ein paar winzigen Fehlern. Und was kommt dabei für ein Unsinn heraus? Fotostorys von toten Zimmerpflanzen.

Als Amos zurückkehrte, hatte der Mann mit dem Buch die Bar bereits verlassen. Weitere Gäste waren eingetroffen, offenbar mit dem ausdrücklichen Vorsatz, über die sozialen Verfehlungen eines abwesenden Freundes zu diskutieren. Amos hatte einen griesgrämigen Gesichtsausdruck, wie jemand, der sich zu lange im Toilettenspiegel einer Bar begutachtet hatte. Er trug ein Hemd, das an seinem Bauch klaffte und den Nabel entblößte.

»Wir können das Thema beenden, wenn es dich belastet«, bot er an.

»Gut«, sagte ich, »aber nicht, weil es mich belastet. Sondern weil es sonst ausufert und ich morgen mit dem Gefühl aufwache, nichts über dich erfahren zu haben. Erzähl mir von deinem Leben.«

»Ich habe kein Leben.«

»Dann erzähl mir von dem neuen Buch.«

»Es hängt mir zum Hals heraus, mich über das Buch reden zu hören. Letztlich fasse ich immer nur meine eigene Meinung zusammen, als hätte ich sie irgendwo gelesen. Es ist schwierig, über etwas zu sprechen, das man eigentlich lieben sollte, mit dem man sich aber nicht mehr verbunden fühlt. Vielleicht kannst du mir da einen Tipp geben.«

»Mein Rat wäre, dem Prozess zu vertrauen.«

»Sag mir, was so toll an ihm ist.«

»Amos.«

»Sag mir, wie er heißt.«

»Nein.«

»Ich finde es sowieso heraus.«

»Dann findest du es eben heraus.«

»Kenne ich ihn?«

»Nein.«

»Dann sag mir, wie er heißt.«

»Amos.«

»Komm schon.«

»Ich will nicht hören, wie du seinen Namen aussprichst!«

Der Barkeeper schaute zu uns, als warte er darauf, ob noch mehr käme. Es war wohl das Beschützendste, was ich je über Boots gesagt hatte, und gleichzeitig das Enthüllendste über meine verbliebenen Gefühle für Amos. Nervös zupfte ich meine Cocktailserviette in kleine Fetzen.

»Er ist rücksichtsvoll. Die Menschen mögen ihn. Er ist ungewöhnlich groß. Du würdest ihn hassen.«

»Was heißt ungewöhnlich?«

»Etwa einsneunzig.«

»Das ist nicht so ungewöhnlich.«

»Er ist ein guter Zuhörer. Bei manchen hat man das Gefühl, sie sind wie Schüler, die sich permanent schnipsend melden, wenn der Lehrer spricht. So ist er nicht. Er ist klug, ohne abgehoben zu sein. Zudem habe ich ihn noch nie angeschaut und mich gefragt, was er denkt.«

»Vielleicht denkt er ja gar nichts?«

»Er war auf der Brown.«

»Krass.«

»Er stammt aus Illinois. Er bläst Glas.«

»Dann besorgt er es dir sicher gut mit dem Mund.«

»Er fertigt Skulpturen, wenn du es unbedingt wissen willst. Er hat auch sein eigenes Geschäft, er verkauft Glaswaren an Restaurants.«

»Ein Willy Loman mit Ivy-League-Ausbildung.«

»Ich weiß nicht, warum ich ihn vor dir verteidige. Er macht unter anderem Per Se.«

»Er macht was *per se*?«

»Das Restaurant.«

»Oh. Thomas Keller ›macht‹ Per Se. Er ist der Besitzer. Du solltest eigentlich mit ihm verlobt sein.«

Amos rechnete anscheinend fest damit, eines Tages aus den Nachrichten von meiner Heirat mit einem Prominenten zu erfahren. Oder mit einem Diplomaten. Die Definition eines Kompliments war für ihn, jemanden von der Masse »abzuheben«. In unserer Anfangszeit hatte er immer aufgezählt, wie sehr ich mich von anderen Frauen unterschied, hatte Eigenschaften wie Intelligenz und gesunden Menschenverstand hervorgehoben – und mich damit vor die Wahl gestellt, das Kompliment zurückzuweisen oder mein ganzes Geschlecht zu verraten.

Er fischte ein Taschentuch aus seiner Segeltuchumhängetasche mit Lederbesatz. Offenbar hatte ich das gute Stück angestarrt.

»Meine Cousine hat sie mir vermacht«, sagte er. »Sie bekam sie als Werbegeschenk.«

Kit. Ich hätte ihn zu gerne nach ihr ausgefragt. Jahrelang hatte ich fantasiert, ihr ginge es vielleicht ähnlich. *Was ist aus Lola geworden, Amos? Sie war die Einzige, die ich echt mochte.* Aber bevor ich ihn in ein Gespräch darüber verwickeln konnte, verkündete er, es sei spät geworden. Wir sollten aufbrechen. Vor einer Stunde hatte ich mir noch ausgemalt, wie Amos mich in einem dunklen Hauseingang an die Wand presst. Jetzt pochte mein Schädel, meine Augen brannten, und aus Amos' Magen drang ein nicht menschlich klingendes Quietschen.

»Krankenhaus?«, fragte ich und runzelte die Stirn.

»Roger hat mich überredet, das General-Tso-Soufflé mit ihm zu teilen«, jammerte er und umklammerte seinen Bauch. »Nun herrscht in mir ein grummelndes Grollen.«

»Du solltest Restaurantkritiken schreiben.«

Ich glitt von meinem Hocker und griff nach meinem Mantel.

»Das war eine selbstauferlegte Strafe«, sagte er. »Ich habe das Lokal ausgewählt.«

Ich erstarrte, die Arme halb in den Ärmeln. »Du hast tatsächlich ein Lokal ausgewählt?«

»Mehr oder weniger. Roger ist in Baby-Land abgetaucht, also habe ich Jeannine gefragt. Fühlst du dich manchmal auch wie gelähmt, wenn du ein Lokal aussuchen sollst, so als wärst du noch nie in deinem Leben ausgegangen?«

Amos hatte die Angewohnheit, alltägliche Probleme als karmische Verfluchungen hinzustellen. Eine unzureichend aufgeladene MetroCard, das passierte nur ihm. Spam war eine persönlich gemeinte Attacke gegen ihn.

»Das hört sich vielleicht verrückt an«, sagte er, »aber als du vorhin plötzlich aufgetaucht bist, hatte ich ein abgefahrenes Déjà-vu. Wusstest du, was man über das Déjà-vu herausgefunden hat? Das Gehirn verarbeitet vorübergehend die Gegenwart in der Vergangenheitsform, wie wenn beim Schlucken etwas in die falsche Röhre gerät. Du solltest darüber für *Modern Psychology* schreiben.«

»Erstens arbeite ich dort nicht mehr, zweitens bin ich keine Autorin, und drittens wurde das Magazin eingestampft.«

»Oh. Richtig. Nun, es war kein eigentliches Déjà-vu. Es war eher Hellsichtigkeit. Als ob mein Eidechsenhirn mir befohlen hätte, weiter vor dem Lokal stehen zu bleiben. Ich glaube, ich habe auf dich gewartet.«

»Amos, das ist das Süßeste, was du mir je gesagt hast.«

Es herrschte kaum Verkehr auf der Straße. Die Luft war stickig, als hätte jemand einen Deckel über die Stadt gestülpt. Ich hörte das elektronische Piepen eines Müllwagens und wurde leicht panisch, weil ich dachte, es sei schon drei Uhr morgens. Aber es war ein ganz normaler LKW im Rückwärtsgang, und es war erst Mitternacht. Ich brauchte kein schlechtes Gewissen zu haben, wenn ich mit einem anderen Mann ausging und trank, sogar mit einem, mit dem ich mal zusammen gewesen war. Ich hatte einfach das Zeitgefühl verloren. Es war lediglich ein emotionaler One-Night-Stand gewesen, keine sexuelle Affäre. Trotzdem fühlte ich mich schuldig, weil ich mich nicht bei Boots gemeldet hatte.

Amos griff in meine Jackentasche und zog eine Zigarette heraus. Eine ziemlich vertrauliche Geste, so darin herumzufischen.

»Lola, darf ich dir einen weiteren Rat geben?«, fragte er und zündete die Zigarette an.

Das Knistern der brennenden Kippe klang wie Wasser auf durstiger Erde.

»Gab es vorher schon einen Rat, der mir entgangen ist?«

»Es ist mehr eine Beobachtung.«

»Ah, der Herr möchte einen Kommentar abgeben.«

»Was ich an dir am meisten liebte, war deine Tatkraft.«

»Einer von uns musste ja die Kinozeiten nachschauen.«

»Ich meine nicht in Bezug auf mich. Ich meine, du entscheidest Dinge und tust sie dann. Wenn du beschließt, auf dieser beschissenen Insel zu leben, dann lebst du auf dieser beschissenen Insel. Wenn du beschließt, blauzumachen und ins Museum zu gehen, dann überlegst du nicht hin und her, bis du es schließlich doch sein lässt. Und du hast keine Angst vor *Veränderung*. Wenn du deinen Job an den Nagel hängen willst, dann hängst du ihn an den Nagel.«

»Ich wurde gefeuert, weil das Magazin pleite ging.«

»Oh«, sagte er und blies Rauch in die Luft. »Wirklich?«

Ich nickte.

»Nun, das ändert nichts an meinem Standpunkt. Ausgerechnet du, ich meine, heirate oder heirate nicht, aber Unentschlossenheit passt nicht zu dir. Eigensinnig *und* unentschlossen zu sein, das ist fatal.«

»Welche Unentschlossenheit? Warum hackst du ständig darauf herum?«

»Weil ich dich kenne. Und selbst wenn wir beide

hundert Jahre alt werden und ich nie wieder mit dir spreche, haben wir uns etwa zehn Prozent unseres Lebens gekannt. Das ist eine ganze Menge. Aber es geht mich ja nichts an.«

»Ach, *jetzt* geht es dich plötzlich nichts mehr an?«

Er schaute sich um, kurzzeitig verwirrt über seinen Standort.

»Noch einmal in die Subway, noch einmal, Freunde!«, deklamierte er. »Gott, ist Shakespeare nicht großartig? Man braucht nicht einmal ein Verb, um irgendwo anzukommen.«

»Amos, dein Charme ist verschwendet an die Praktikantinnen dieser Stadt.«

»Das sagst du nur, weil du noch nie einen Praktikanten gebumst hast.«

Ich umarmte ihn fest. Sein Körper fühlte sich fremd an in meinen Armen.

»Ich habe das seltsame Gefühl, dass wir uns vielleicht nie wiedersehen«, sagte ich.

»Das war wohl ein Scherz, oder? Wir haben Hunderte von gemeinsamen Bekannten.«

»Stimmt schon, aber wir haben uns trotzdem jahrelang nicht gesehen.«

»Nun«, sagte er und entfernte sich, »jetzt ist der Bann gebrochen.«

Ich nickte, spürte aber einen unerwarteten Stich des Verlustes. Früher hing über Amos' Schreibtisch immer das eine Zitat eines obskuren Philosophen: *Jeder Abschied ist ein kleiner Trauerfall, jeder Orgasmus ein kleiner Tod.* Er gab mir seine neue Telefonnummer, tippte sie selbst in mein Handy, als wäre ich zu betrunken. (War ich zu betrunken dazu?) Ich war froh, die Nummer zu haben. Nicht um Amos zu kontaktieren, sondern um nicht aus der Fassung zu geraten bei einem Anruf von ihm. Aber als ich nach Hause kam, stellte ich fest, dass ich sie gelöscht hatte, als ich sie speichern wollte.

2

Gegenüber von unserem Apartment befand sich ein 24-Stunden-Diner namens North Star Canteen. Wobei »Star« nicht ausgeschrieben, sondern durch einen Neonstern ersetzt war, einen Asterisk, der einen nach einer nicht vorhandenen Fußnote suchen ließ. Selbst in tiefster Nacht herrschte in unserer Wohnung ein dämmriger Schimmer. Keinem von uns beiden wäre in den Sinn gekommen, die Wohnungsbesichtigung auf Mitternacht zu legen. Wenn eine Wohnung allerdings mit Hunderten von gläsernen Objekten zugestellt ist, hat es auch seine Vorteile, wenn man sieht, wohin man tappt.

Zwischen gewaltigen Rollen mit Luftpolsterfolie, die wie lässige Schlägertypen an der Wand lehnten, verlief ein schmaler Flur, der vom Wohnzimmer ins Schlafzimmer führte und von Regalbrettern mit Glaswaren flankiert war. Sie klebten an der Wand wie Pilze an einem Baumstamm. Wir redeten uns ein, das alles sei nur so hoch angebracht und darum schwer abzustauben, damit die Katze nichts umstieß. In Wahrheit befürchteten wir ein Missgeschick von uns selbst. Dort standen von Hand gedrehte Kerzenständer, mundgeblasene Schalen, Sake-Tassen, Tortenständer. Auf dem längsten Regal waren Boots' individuelle Kreationen aufgereiht, die wegen vermeintlicher Mängel nicht auf seiner Webseite zu finden waren.

Es handelte sich um kleine Skulpturen, in sich verschlungen wie Medusenhaar oder zerschmolzen wie tropfendes Kerzenwachs, durchzogen von Blasen und Sprüngen. Sie hatten Beulen, wo sie vom Stab abgeschnitten worden waren, wie hervorstehende Nabelbrüche oder seltsame Verfärbungen durch unvorhergesehene Abkühlungsvorgänge. Es gab einen Satz russischer Matrjoschkas, raffiniert koloriert, die mittlere Puppe am dunkelsten. Aber anscheinend waren die Farbabstufungen nicht ganz wie gewünscht. Beim Glasblasen entschied sich vieles auf der Zielgeraden, wenn das Material sich abkühlte und verfestigte.

Ich mochte es, wie differenziert seine Wahrnehmung in diesem Bereich war.

Ich küsste die Katze auf den Kopf, mein kleines, boshaftes Kätzchen, das unterdessen eine ganz Große war. Ich hatte sie Rocket getauft. Das passte nicht zu ihr, nicht einmal als sie noch ein Katzenbaby war. Sie aalte sich den ganzen Tag in der Sonne wie eine selbstmörderische Nacktschnecke. Sie war unfassbar faul, und ihre größte körperliche Leistung bestand darin, ihre Hinterpfoten in den Himmel zu recken, um leichter an ihren eigenen Anus zu gelangen.

Boots war allergisch gegen Katzen, weswegen ihn ein kaum je versiegender Tränenstrom plagte, aber er hatte sich daran gewöhnt und seinen Frieden damit gemacht. Ebenso wie mit der zahlenmäßigen Überlegenheit seiner pingeligen weiblichen Mitbewohnerinnen, die nach ihren eigenen Regeln lebten und rücksichtlos aus seinem Stoizismus Kapital schlugen. Immerhin hatte er schwere Verdunkelungsrollos im Schlafzimmer angebracht. Selbst er, für den Unbehaglichkeit ein Fremdwort war, hatte zugestimmt, dass etwas wegen der Lichtverhältnisse unternommen werden *musste*.

»Man muss nur richtig laut Death Metal aufdrehen, dann passt schon alles«, pflegte er zu sagen.

Boots war schon im Bett, als ich über die Dielen knarrte.

»Wie war das Dinner?«, fragte er verschlafen.

Er lag zusammengerollt mit dem Gesicht zur Wand. Dieser Mann gehörte in ein Bett mit California-King-Maßen, nicht in ein schlaffes Doppelbett, das an einem Heizungsrohr klebte. Er wirkte darin irgendwie albern, wie ein Bär auf einem Dreirad. Ich war plötzlich sehr betrunken und musste etwas Festes berühren. Ich zog die Bettdecke zurück, tastete im Dunkeln nach seinem Rücken, und meine Fingerspitzen verharrten auf seinen Muttermalen. Ich und seine Haut führten oft Zwiegespräche. So hatte ich eine ganz eigene Beziehung zu den Sommersprossen auf seinen Schultern, diesen stummen Zeugen einer Kindheit, von der ich kaum etwas wusste. Vadis lasse grüßen, brummte ich, obwohl das gar nicht stimmte.

»Dann Grüße an Vadis zurück. Wie spät ist es?«

»Es ist fast eins.«

»Ach, wirklich? Ich war richtig weggesackt. Kannst du bitte ewig so weitermachen?«

Ich strich mit den Fingern über seinen Arm, streichelte seine Schulter, liebkoste die eine oder andere Brandnarbe. Haarlose Streifen, die im Dämmerlicht rosa schimmerten.

»Ich muss für ein paar Wochen nach San Francisco«, verkündete er. »Ab Montag.«

»Was gibts in San Francisco?«

»Weed. Facebook.«

»Ha ha.«

»Massenhaft Obdachlose aufgrund eines kaputten Gesundheitssystems?«

»Weniger ha ha.«

»Es gibt dort eine Restaurantkette, für die ich vielleicht Weingläser entwerfen kann. Und Salatteller aus Glas, was aus hundert Gründen bescheuert ist, aber es wäre ein großer Auftrag. Ihnen gehören auch ein paar Läden in Vegas.«

»San Francisco«, seufzte ich, als ob ich die Existenz San Franciscos bestreiten würde.

Ich starrte auf seinen Kopf, der in das spärlich durch die Jalousien sickernde Licht getaucht war, fuhr mit den Fingern über seinen Schädel und spürte, wie sein Haar wieder zurück an seinen Platz fiel. Er gab ein lustvolles kleines Stöhnen von sich, war aber offenbar zu müde, dem weiter nachzugehen. Wofür ich ihm dankbar war. Einerseits war die Begegnung mit Amos ein Aphrodisiakum. Andererseits hatte ich begonnen, die Zeiten zu protokollieren, in denen Boots keinen Sex haben wollte, damit ich mich in den Zeiten, in denen ich keinen Sex haben wollte, besser fühlen konnte. Es hatte sich zwischen uns eine respektvolle Ordnung der Dinge herausgebildet, die eher an Kuchenbacken erinnerte (feuchte Zutaten zu den trockenen geben, erhitzen und zudecken) als an Sex. Die Zeiten, in denen wir alle Zutaten einfach wahllos in eine heiße Pfanne geworfen hatten, waren zu schnell passé. Wie war das mit dem Vögeln? Musste uns die Schamesröte ins Gesicht steigen, wenn wir den Fokus auf diesen Aspekt unseres gemeinsamen Lebens lenkten? Ja, musste sie, wenn »das fühlt sich gut an« bereits als Dirty Talk durchging. Wir verwendeten das Wort meistens nur dann, wenn wir es nicht taten. Neulich ertappte ich mich dabei, wie ich ihn in einem Tonfall »hart« nannte, der eher in ein Gespräch über Wasserqualität gepasst hätte.

»Warum so spät?«, fragte er.

»Wir waren nach der Arbeit noch was trinken.«

»War es lustig?«

»Megalustig«, flüsterte ich. »Nichts auf der Welt wird je wieder so lustig sein.«

»Okay«, sagte er. »Nacht, Baby.«

Es war nie *schlecht* mit Boots, aber ich fragte mich, was für eine Messlatte das für eine Ehe war: eine niedrige oder eine hohe? Wenn ich über unser gemeinsames Leben nachdachte, fühlte es sich meistens bequem und unkompliziert an, wie eine Picknickdecke, die beim Ausbreiten auf Anhieb in die richtige Form fällt. Ein anderes Mal kam es mir vor, als wären wir Geschwister, die bei einem Familienausflug in dasselbe Bett gelegt worden waren. Hauptsache kein Schnarchen und kein Treten. Mehr war nicht verlangt. So konnte ich ihn in meiner Fantasie gelegentlich zu einer Kombination aus allen meinen Verflossenen ummodellieren. Eine Testosteron-Hydra. Wenn er von diesem Kraftakt wüsste, oder noch schlimmer, von den Momenten, in denen ich mir mich als Prostituierte ausmalen musste – und das nicht auf eine lustige Weise –, um mit ihm zu schlafen, wäre das vernichtend.

Gewiss hatte auch Boots seine Zweifel, aber er manövrierte erfolgreich um die Einsicht herum, *ich* könnte der Grund dafür sein. Vielmehr führte er unsere Momente der Entfremdung auf die gemeinsame Angst vor denselben Göttern zurück. So galten seine Bedenken vor allem logistischen Hürden oder unbequemen, aber notwendigen Kompromissen: Wie würden wir unsere beiden Familien zusammenführen? Würden sich potenzielle Babys auf unseren potenziellen Schlaf auswirken? Was, wenn einer von uns spielsüchtig würde, wir in einen Trailer ziehen und uns von frittierten Grillen und Dosenbier ernähren müssten?

Meine Zweifel waren abstrakter, aber auch bedrohlicher. Ich machte mir Sorgen über den Verrat durch oder an meinen Erinnerungen. Als wäre mein früheres Liebesleben eine Bombe, die nur darauf wartete, hochzugehen, oder, schlimmer noch, als würde sie *nie* mehr hochgehen. Ich befürchtete, eines Tages aufzuwachen und die Vergangenheit so gut verdrängt zu haben, dass ich mich selbst nicht mehr wiedererkannte. Ich würde in einer verhassten Provinzstadt leben, langsam den Kontakt zu meinen Freunden und dann zum kulturellen Geschehen verlieren, nur noch Bücher lesen, die in Zeitschriften empfohlen wurden, die in Nagelstudios auslagen, die einzige mir bekannte Kunst würde sich auf meinem Smartphone abspielen, und ich würde nur noch Theaterstücke anschauen, die fürs Kino adaptiert waren. Dabei würde ich so tun müssen, als wäre daran nichts verkehrt, denn natürlich war daran auch nichts verkehrt. Zumindest nicht für diese Version meiner selbst. Aber war das tatsächlich der Fluchtpunkt all meiner Liebesdramen und meiner Karriere, war das ihr natürlicher Abschluss? Ein Leben mit palliativem Fernsehen? Wenn ich mich jemals ruhelos und sehnsüchtig fühlen würde, dann müsste Boots ausreichen. Und wenn er das nicht konnte? Dann würde ich ihn mit heimlicher Verachtung bestrafen. Ich wollte mir gar nicht so viele Sorgen machen. Aber mir blieb keine Wahl: Schließlich musste ich mir Sorgen für zwei machen.

Ich schloss die Augen und ließ meine Gedanken an den Rändern verschwimmen. Bald befand ich mich in einem olympischen Schwimmbecken und drehte meine Runden. Männer füllten die Tribüne. Ich kannte sie alle, aber ihre Gesichter blieben schemenhaft. Einige jubelten mir zu, andere verhöhnten mich, wieder andere ignorierten mich. Ich wollte aus dem Becken steigen, aber ich musste nach einem Schatz tauchen und durfte erst wieder hochkommen, wenn ich ihn gefunden hatte. Schließlich entdeckte ich ihn, neben einem der Wasserfilter treibend. Es war das Diaphragma meiner Mutter aus den Siebzigerjahren, das ich im wirklichen Leben nie gesehen hatte, aber in meinem Traum sofort erkannte. Durchscheinende Gewebestücke hingen daran und schwebten an blutigen Fäden. Ich musste so heftig lachen, dass ich hustend erwachte.

Die Katze hatte die Angewohnheit entwickelt, so lange um meinen Schreibtischstuhl herumzuschleichen, bis ich sie hochnahm. Sie war durchaus in der Lage, selbst hochzuspringen, aber es hatte nur einige Male Liftservice bedurft, und schon forderte sie diesen als selbstverständlich ein. Boots hatte dieses Verhalten geduldet, für ihn war es in Ordnung (wenn auch nicht für seine Augäpfel – er hatte einmal versucht, sie mit Ofenhandschuhen zu streicheln, was sie strikt zurückgewiesen hatte). Er war auch nicht derjenige, der die Hälfte der Woche von zu Hause aus arbeitete und Texte auf Überflüssiges hin redigierte. Manchmal empfand ich es als befriedigendes Spiel, unserem Publikum vorzugaukeln, *Radio New York* habe eine frische, innovative Sicht auf die Welt. Aber eine intellektuelle Webseite waren wir ganz sicher nicht.

Einmal pro Stunde miaute die Katze, tat so, als würde sie weglaufen, blieb dann aber nah genug stehen, dass ich sie greifen konnte. Dann fiepte sie, als ob das Ganze nicht ihre Idee gewesen wäre.

Als wir am nächsten Morgen diesen kleinen Tanz zum wiederholten Male aufführten, leuchtete mein Handy auf. Ich überarbeitete gerade den ersten Entwurf eines Artikels über »Wut-Räume«. Mehrere Immobilienmakler von Lofts hatten einen Weg gefunden, um zwischen den Vermietungen Geld zu scheffeln. Sie verlangten 75 Dollar pro Person, die dort Fernseher und Spiegel zertrümmern konnten, boten aber weder Gesichtsschutz noch Handschuhe an. Eine Klage war vorprogrammiert. Oder ein neuer Modetrend. Je nachdem, was zuerst kam. Die Wut-Räume waren teurer als die Escape Rooms, denn, so erklärte ein Makler unserem Reporter: »Man kann die Sachen nicht wieder unkaputt machen.«

Die eingegangene Nachricht war von einer Studienfreundin, Eliza Baxter, die fragte, ob ich mit ihr am Abend essen gehen wolle. Eliza und ich waren uns während des Studiums nie besonders nahegestanden. Trotzdem entschieden wir nach unserem Abschluss, dass wir eigentlich dicke Freundinnen hätten werden können, wenn wir nur etwas reifer gewesen wären und über unsere oberflächlichen Differenzen hätten hinwegsehen können. Kurz nach dieser Erkenntnis zog sie nach Cincinnati, und so bestand unsere Freundschaft nur noch aus aufbauenden Kommentaren in den Social Media und seltenen Abendessen, wenn ihre Anwaltskanzlei sie hierherschickte.

Ja, schrieb ich ihr zurück, *GEBONGT. Wo übernachtest du/besondere Restaurantwünsche?*

Ich spähte auf unsere Kühlschranktür, hinter der sich eine Flasche Knoblauchsoße und eine Pappschachtel mit braunem Reis befand (eine gesunde Idee, deren Zeit nie gekommen war). Boots hätte kein Problem damit, daraus eine Mahlzeit zu zaubern.

Bronxville!!! Lange Geschichte, frag nicht – sie erzählte sie trotzdem –, *Jordans Mutter hat einen »Zusammenbruch«, ich bleibe für zwei Nächte hier oben, eine habe ich für mich allein gebucht. Du hast so ein Glück.*

GENIAL, schrieb ich.

Weiß schon, wo ich hinwill. Warte …

Als ich auf den Link klickte, näherte ich mein Gesicht ungläubig dem Telefon und entfernte es dann wieder, wobei ich in eine imaginäre Posaune blies. Ich hatte das Gefühl, als würde ich zum Ort eines Verbrechens befragt. Ja, Officer, das ist der Ort. Das ist die verspiegelte Bar mit den schicken Cocktails. Das ist die Szechuan-Fischcremesuppe, der süß-saure Porree, das General-Tso-Soufflé.

Können wir woanders hin, ich war gerade dort.

Von ihr kam ein stirnrunzelndes Emoji zurück. Verwirrt. Rund. Gelb. Die Frau kam nie in die Stadt. Sie war dazu verdammt, ihre Schwiegermutter zu trösten, die ein Problem mit Eliza hatte wegen Nebensächlichkeiten wie der Tatsache, dass Eliza keine Jüdin war.

Jordans Freund ist der Souschef!!

Zwei Abende hintereinander dasselbe Restaurant besuchen zu müssen, war eindeutig ein Erste-Welt-Problem, wenn es überhaupt eines war. New Yorker verhielten sich zu gesellschaftlichen Ereignissen im Rhythmus von Schutzimpfungen. Sie besuchten alle zwei Jahre das Whitney, alle fünf Jahre Coney Island, das Ballett alle zwanzig Jahre. Zu diesen Leuten wollte ich nicht gehören. Außerdem schrieb mir niemand vor, das General-Tso-Soufflé zu bestellen und dann Videos zu posten, wie sich das salzige Plateau in sich selbst zusammenfaltete.

Ich hatte Boots nie von Eliza erzählt, was sich zum Problem auszuwachsen drohte. Am Anfang unserer Beziehung hatte die Erwähnung von Freunden und Bekannten dazu geführt, dass wir einander Geschichten von Sommerabenteuern oder ersten Jobs erzählten – wichtige Anekdoten, wie sie in Bewerbungsgesprächen für eine Greencard nützlich sind oder jeglichen Beziehungen eine persönliche Dimension verleihen. Aber nach einer Weile war ein Rubikon überschritten. Alles war plötzlich symbolisch aufgeladen. Kürzlich hatte einer seiner Freunde erwähnt, er würde gerne im Grand Canyon angeln gehen. Ich erwiderte, der Grand Canyon sei zwar tatsächlich so schön wie in der Werbung, aber es gebe dort erstaunlich wenig Fische. Woraufhin mir Boots einen misstrauischen Blick zuwarf, als hätte ich ihm absichtlich vorenthalten, den Grand Canyon besucht zu haben. Er war ein paar Jahre älter als ich. Eigentlich hätte sogar Johnny-Two-Chicks hier trotz seiner wenigen Liebesbeziehungen wissen können, wie schwierig es war, einem anderen Menschen die prägenden Erfahrungen eines ganzen Lebens zu vermitteln. Mit Vadis und Clive war ich einem solchen fließenden Austausch am nächsten gekommen. Aber vermutlich nur, weil ich viele Jahre lang neun Stunden täglich mit ihnen verbracht hatte.

Hätte ich wie Boots in Studienzeiten in einem Wohnheim mit lauter aufgeweckten, unkomplizierten Menschen zusammengelebt, wäre ich wohl auch nie auf die Suche nach anderen Kreisen gegangen. Aber so hatte der Temperamentsunterschied zwischen unseren

Freunden die abgründige Tiefe wie besagter Canyon. Beispielsweise trafen wir uns mit seinen wohlanständigen Freunden zu einem gepflegten Picknick im Prospect Park, und während sie gutmütige Neckereien austauschten, erhielt ich eine Reihe Nachrichten von Vadis, in denen es darum ging, dass der DJ, mit dem sie zu vögeln aufgehört hatte, in ihre Wohnung eingebrochen war und auf ihren offenen Laptop geschissen hatte. Irgendwann verflüchtigte sich mein schlechtes Gewissen, seine Freunde nicht bedingungslos wertzuschätzen. Kein toskanischer Getreide-Salat mehr, bitte. Keine Gruppen-E-Mails mehr, die mit *Hey, ihr lieben Leute* begannen. Kein achtsamer, niedrig dosierter Drogenkonsum und keine kleinkarierten politischen Meinungen. Nie mehr nostalgisches Gelaber über die Vergangenheit, das als Ersatz für nicht gelebte Gegenwart fungierte.

Strategisch geschickt setzte ich Elizas Existenz zunächst in einen Kontext. Ich zeichnete ihre Verbindung zu Menschen nach, denen Boots bereits begegnet war, und spielte ihre Bedeutung herunter, während ich mein Unbehagen über diese Vorgehensweise verdrängte. Natürlich schämte ich mich nicht für Boots – wenn überhaupt, war ich stolz auf meine Nähe zu einem so liebenswerten Menschen –, aber ich konnte in seiner Anwesenheit nicht offen über ihn reden. Diese *Girls-Night-Out*-Logik hätte ihm von seinen beiden Freundinnen eigentlich vertraut sein sollen.

»Ich will sie dir nicht vorenthalten«, erklärte ich, »aber ich sehe Eliza so gut wie nie. Wenn sie das nächste Mal kommt, laden wir sie zu uns ein.«

Unser Küchentisch war mit Teilen eines kaputten Bunsenbrenners und Pappkartons übersät. Boots reparierte gerade den Brenner, und in den Kartons befanden sich seine Werke, von denen er in den letzten Tagen tatsächlich einige verkauft hatte. Vier im letzten Monat, nach null in den letzten sechs Monaten. Das schien uns beiden eine gesunde Entwicklung zu sein.

»Ist schon gut«, sagte er mit heiterer Miene. »Ich bleibe einfach hier und schaue mir die ganzen Serien ohne dich an.«

»Klingt traurig.«

»Wann kann ich mit deiner Rückkehr rechnen?«

Er wirkte den Tränen nahe, aber das kam natürlich von der Katze.

»Ich frage rein aus Neugier«, fügte er hinzu, »ich sitze bestimmt nicht die ganze Zeit neben dem Telefon.«

Er nahm sein Handy und warf es auf einen Sessel am anderen Ende des Zimmers.

Die Kellnerin ignorierte meine vertrauliche Begrüßung und fischte eine Speisekarte aus dem Ständer. Wer ging schon zwei Abende hintereinander in das gleiche Restaurant? Niemand, bestätigte ich mir innerlich, und dabei sollten wir es belassen. In einer anderen Stadt, selbst in einem anderen Viertel, würde ein wiederholter Besuch als Auszeichnung empfunden. Aber dieser Ort war zu trendy. Und vermutlich bekam die Bedienung dieses Essen nach Feierabend umsonst und hatte es über. Sie führte mich zu Eliza, die bereits in einer Nische saß, abgeschirmt vom Lärm des Lokals. Von der Decke hingen spindeldürre Orchideen, die sich mit krummen Gelenken nach unten reckten.

»Glaubst du, die sind echt?«, fragte Eliza. Ihr Nagellack hatte denselben Farbton wie die Blütenblätter.

»Definitiv.«

»Fancytown«, sagte sie und pfiff durch die Zähne.

Innerhalb weniger Minuten entwarf Eliza das Bild eines fernen Universums. In diesem Universum drängte ihr Mann auf ein zweites Kind. Ich wusste das bereits aufgrund ihrer Tweets. Frischgebackene Mütter müssen alle Debatten über die Nöte der Mutterschaft sowie alle Artikel über die entsprechenden Verhältnisse in Ländern wie Bhutan posten, um aufdringlich darauf hinzuweisen, dass auch sie etwas Beängstigendes und Schmerzhaftes erlebt haben. Zugegebenermaßen auf sauberen Laken und mit jeder Menge Medikamente, dennoch waren sie in eine universelle Schwesternschaft eingetreten. Obwohl ich so meine Zweifel hatte, dass die von ihnen bemitleideten Mütter den Wunsch verspürten, sich mit den Elizas dieser Welt zu verbünden.

Elizas Offline-Universum wiederum wurde beherrscht von Schmonzetten aus der örtlichen Bibliothek, Erstickungsgefahren, hohem Fieber, defekten Beckenböden, benzinbespritzten Schuhen und Nachbarschaftsstreitigkeiten. Einem Nachbarschaftsstreit war ich am nächsten gekommen, als wir unsere Nachbarin dabei erwischten, wie sie unsere verirrte Fußmatte von ihrer Tür wegkickte.

»Habt ihr Leute vor, schwanger zu werden?«

»Keine Ahnung. Wir werden eine Münze werfen müssen.«

»Im Ernst, du bist achtunddreißig.«

»Ich weiß. Ich kann zählen.«

»Lass es nicht an mir aus«, sagte sie und presste die Worte durch ihre hyper-ebenmäßigen Zahnreihen.

»Was soll ich nicht an wem auslassen?«

Womöglich hatte ich *nie* wirklich eine Verbindung zu Eliza aufgebaut. Womöglich erinnerten wir einander einfach nur gegenseitig an unsere Jugend, und das Gefühl von Verbundenheit wurzelte in unserem jeweiligen Narzissmus, weshalb diese ungleiche Beziehung drohte, ebenso rasch in sich zusammenzufallen wie ein Soufflé.

Nach der Hälfte des Essens erschien ihr Souschef-Freund mit einer Bestellung von Ziegenkäse-Beignets. Er müsse sofort zurück in die Küche, erklärte er, aber davor wolle er Eliza umarmen. Für einen Freund ihres Mannes war er unerwartet jung. Er trug eine Halskette aus Puka-Muscheln, hatte krauses Haar und riesige, leere Augen, die in eine mittlere Entfernung zu starren schienen. In *Modern Psychology* stand einmal, Starren in mittlere Ferne deute auf einen kleinen Schlaganfall hin, und unser Redakteur hatte eigenmächtig die Worte »einer urbanen Legende zufolge« rausgestrichen. Das wurde eine harte Woche.

»Wie schmeckt euer Essen?«, fragte er und unterdrückte ein angespanntes Grinsen.

Bei dieser Frage durchzuckte mich immer die Sorge, man wolle mich vergiften, aber Eliza schenkte ihm ein beruhigendes Lächeln. Er bettelte förmlich um ihre Anerkennung.

»Brody ist wie Jordans kleiner Bruder«, erklärte sie, nachdem er verschwunden war. »Er hat sich wirklich schwergetan im Leben, bevor er auf die Kochschule ging.«

»Drogen?«

»Nein, das ist Brody. Der *Hängematten*-Junge.«

Offenbar rechnete sie damit, dass mich diese Information umhauen würde.

»Du kennst die Geschichte«, beharrte sie. »Ein wirklich abschreckendes Beispiel.«

»Vor was?«, fragte ich amüsiert. »Vorsicht vor Kissenabdrücken im Gesicht nach dem Nickerchen?«

Angesichts meiner entsetzlichen Unwissenheit erzählte mir Eliza die Geschichte. Als Brody noch klein war, hatte seine Mutter einen vermögenden Mann geheiratet. Sie waren mit dem Privatflugzeug zusammen zu dessen Haus am See geflogen, wo sie Brody mit dem kleinen Sohn des Mannes alleine gelassen hatten, damit die beiden sich anfreundeten. Währenddessen hatten ihre Eltern Sex und kochten Hummer. Eines Morgens hatte das Kind Brody wachgerüttelt, weil es draußen in der Hängematte spielen wollte.

»Oh ... *nein*.«

Eliza fuhr fort: Also nahm Brody den Kleinen mit nach draußen, und sie spielten ein Spiel, bei dem Brody ihn in der Hängematte wie in einem Kokon einwickelte und dann losließ. Das Kind bestand darauf, immer schneller zu werden und sich wilder zu drehen.

Schließlich wickelte Brody das Netz zu eng. Der Kleine konnte sich nicht mehr festhalten. Er schlug mit dem Kopf gegen einen Stein und »das wars«.

»Das ist die schlimmste Geschichte aller Zeiten«, sagte Eliza. »Du hast sie wahrscheinlich irgendwo in deinem Hinterkopf gespeichert.«

»Nein. Auch wenn ich nicht auf den Kopf gefallen bin.«

»Du bist ein Biest.«

»Tragödien machen mich nervös.«

»Es ist ähnlich wie bei diesen alten Kühlschränken, bei denen die Leute inzwischen die Türen entfernen, bevor sie sie auf den Bürgersteig stellen, weil mal ein Kind beim Spielen in einem erstickt ist. So bringen sie jetzt auf Hängematten Warnungen an. Wegen Brody. *Unserem* Brody.«

»Schicken sie einen nicht in den Knast wegen so was?«

»Lola, er war ein Kind. Er wurde zur Therapie geschickt. Gott, du bist so gnadenlos.«

»Was soll das denn heißen?«

Eliza zuckte mit den Schultern, als hätte sie das Wort aus einem Hut geangelt und fische nun nach einem anderen.

»Urteilend? Na ja, nicht ständig. Unversöhnlich vielleicht. Immer auf der Suche nach einem Fehler.«

»Ich habe eher das Gefühl, ich suche immer nach einem *Mangel* an Fehlern.«

»Ja, genau das meine ich mit urteilend.«

»So fühlt es sich aber nicht an. Sondern als hätte ich eigentlich Anerkennung dafür verdient.«

Unser Kellner kam vorbei und fragte, ob wir »noch etwas bestellen« wollten. Wir schüttelten den Kopf. Plötzlich kam mir jeder im Restaurant glücklich vor. Anfangs, weil sie wegen der dreißig Dollar teuren Vorspeisen lachten und gestikulierten, inzwischen, weil sie nie einen unfreiwilligen Totschlag begangen hatten. Die Wehrlosigkeit unserer Spezies stand in keinem Verhältnis zu ihren vielen Möglichkeiten, Schaden anzurichten.

»Ich muss pinkeln«, verkündete Eliza und schlängelte sich aus der Nische.

In ihrer Abwesenheit konsultierte ich mein Handy. Ich wollte sehen, ob die Geschichte populär genug war, um im Netz unter »Brody« und »Hängematte« Treffer zu erzielen. Doch bevor ich mich der Suche widmen konnte, sprangen mir zwei Nachrichten entgegen. Die erste stammte von Boots. Ein Foto von Rocket, mit gespreizten Beinen auf dem Rücken liegend, begleitet von seinem Kommentar: »Schlampe«. Die zweite bot mir Wi-Fi-Netzwerke in der Nähe an. Die meisten waren Kauderwelsch oder Zahlenfolgen, aber eines stach heraus: »Willis Klees Phone«.

Gut möglich, dass es mehrere Willis Klees auf der Welt, in diesem Land und sogar in dieser Stadt gab. Aber wie viele, so fragte ich mich, hatten im Sommer 2011 ein brennendes Räucherstäbchen auf der Fensterbank einer Frühstückspension in Carmel, Kalifornien, liegen lassen und diese fast abgefackelt? Wie viele hatten mich dann einen Monat später in eine Abtreibungsklinik begleitet, mit zitternden Knien im Wartezimmer gesessen, einen Becher mit Eiswürfeln in der Hand?

Nicht so viele.

Mein Blick huschte durch den Raum. Nichts zu sehen. Und dann, oben auf der Treppe zu den Toiletten, tauchte plötzlich Willis auf. Wie eine Fata Morgana. Nicht vergleichbar mit der Art, in der Amos wie eine Fata Morgana erschienen war, so als könnte er gleich wieder verschwinden, sondern so, wie Willis Klee niemals wirklich real gewirkt hatte. Es war unübersehbar: Willis war der physisch attraktivste Mann, mit dem ich je zusammen gewesen war, ein echter Volltreffer in der Rubrik »Behalte das Baby«. Aber ich war zu jung gewesen, um ein Baby zu bekommen. Ich war in dem »Wo kann ich das Baby *abgeben*?«-Alter, und Willis war zu sehr ein wandelndes Klischee, um ein Vater zu sein, zumindest nach meinem damaligen Dafürhalten. Fragte man ihn nach Vaterschaft, schwärmte er davon, wie toll es sein würde, seinem Sohn das Footballspielen und Fahrradfahren beizubringen. Ich ärgerte mich über die Realitätsferne dieser Fantasie. Wenn ich mich über ein kleines Mädchen nur deshalb gefreut hätte, um es dann hübsch herausputzen zu können, wäre ich lieber unfruchtbar gewesen.

Die zehn Jahre seit unserer letzten Begegnung hatten seiner Attraktivität keinen Abbruch getan. Gleichzeitig schien er als Mensch passabler geworden zu sein, als er sich zwischen den Tischen durchwand und sich dabei die Haare hinter die Ohren strich. Ein vertrauter Tick. Er tat es immer dann, wenn er sich darauf vorbereitete, wegen irgendeiner Sache falsche Bescheidenheit an den Tag zu legen.

Es hatte sich eher um ein Experiment als um eine Beziehung gehandelt. Wir begegneten einander an Vadis' Geburtstag in einer überfüllten Bar und wollten beide einen Drink bestellen. Willis versuchte, mir Platz zu machen. Der vollendete Gentleman. Er tat dies nicht, um mich anzubaggern, sondern weil ich über die richtigen anatomischen Voraussetzungen verfügte, um Ritterlichkeit auszulösen. Im Gedränge war das Einzige an ihm, was ich genauer begutachten konnte, seine Hände. An seinem Zeigefinger steckte ein klobiger Goldring. Er sah zu wenig ramponiert aus für ein Familienerbstück. Wahrscheinlich handelte es sich um einen College-Ring. Damals wählte Vadis noch Bars mit zwanzig Biersorten vom Fass aus, die von Männern bevölkert wurden, die *potenziell* College-Ringe trugen und deren emotionale Bandbreite bereits ausgeschöpft war, wenn sie Musik von Wilco hörten.

Ich bedankte mich bei Willis für den geschaffenen Platz. In dem Moment sah er mich zum ersten Mal richtig an. Ich war verblüfft, fast erschrocken über sein Gesicht. Dieses »Superman-schlüpft-in-die-Telefonzelle«-Gesicht. Diese perfekte Nase, die bei allen Marmorskulpturen Griechenlands und Italiens angestrebt worden war.

»Hi!«, zwitscherte er und reichte mir über die kurze Distanz die Hand. »Ich bin Willis.«

»Lola«, sagte ich und behielt meine Hand bei mir.

Wie vertrauenswürdig kann ein Mensch sein, der sich mit seinem Namen vorstellt?

»Hier drin ist es so dicht gedrängt wie in dieser Dial-

Seifen-Werbung«, sagte er. »Du weißt schon: ›Sind Sie nicht froh, dass Sie Dial benutzen?‹«

»›Wünschen Sie sich nicht, jeder würde das tun?‹«

Ah, wir waren also ungefähr im gleichen Alter. Dieselben Werbespots, dieselben Zeichentrickfilme, dieselbe verschwommene Erinnerung an historische Ereignisse. Oh, wie unterschiedlich die Natur zwei Exemplare der gleichen Spezies geformt hatte! Es war, als ob in unseren jeweiligen Kreißsälen eine Stoppuhr angeklickt worden wäre, und Willis hätte sich in die eine Richtung bewegt, sehr schnell, und ich in die andere, sehr langsam.

Willis strahlte, ein breites Lächeln, das die Aufmerksamkeit des Barkeepers erregte, obwohl es gar nicht ihm galt. Es war auch auf niemanden sonst gerichtet, denn Willis schien erstaunlicherweise keine Ahnung von seiner eigenen Attraktivität zu haben. Mir war das unverständlich. Sicher hatte er doch empirische Beweise dafür, dass die Welt ihn anders behandelte. Erst später wurde mir klar, dass es nicht ein Mangel an Beweisen war, sondern ein *Übermaß*, das eine Blase um Willis bildete. Jede Unterbrechung in der unterwürfigen Zuneigung des Universums wurde als geringfügige Störung betrachtet und abgetan. Der Effekt war derselbe wie bei einer selbstbewussten Person, nur ging die Rechnung nicht ganz auf. Es ist eine Form von Geisteskrankheit, anzunehmen, dass jeder, der dich niedersticht, dich eigentlich umarmen wollte.

Ich bestellte ein Corona, Willis folgte meinem Beispiel und schob die Limette mit handwerklicher Präzision in den Flaschenhals. Er blickte konsterniert, als ich ihn fragte, woher er kam. Ich blickte konsterniert, weil er konsterniert blickte.

»Iowa«, gab er zu und zeichnete mit seinem Finger die Umrisse eines Rechtecks.

»Ah.«

Kurz schoss mir durch den Kopf, ob ich es vielleicht mit einem Missionar zu tun hatte und mich schleunigst aus dem Gespräch zurückziehen sollte.

»Eigentlich«, korrigierte er sich, »schaut es eher so aus.«

Er zeichnete ein weiteres Rechteck mit einem Schnörkel an der Seite.

»Und ist das dein College-Ring?«

Ich deutete mit meinem Flaschenhals auf seine Hand.

»Oh nein«, sagte er und strich sich die Haare hinter die Ohren. »Das ist mein Olympia-Ring.«

»Wofür?«

»Für die Olympischen Spiele?«

»Du verarschst mich.«

Ich riss seine Hand an mich. Natürlich waren die fünf Kreise auf der Oberseite eingeprägt und die Flammen an der Seite eingeätzt. Ich hielt seine Hand fest, bis die Kreise einen Abdruck auf meiner Haut hinterließen, und bis mir bewusst wurde, dass ich gerade die Hand eines Fremden in meiner hielt. Da ich noch nie für einen Sportler geschwärmt hatte und nur über geringe sportliche Fähigkeiten verfügte, war ich überrascht darüber, wie sehr ich mir wünschte, Willis' Ruhm möge auf mich abfärben. Vielleicht, weil er unauslöschlich war, eine Leistung, die niemand jemals als überbewertet abtun konnte. New York war ein Feld voller in die Höhe geschossener Mohnblumen, die auf ihre Enthauptung warteten. Doch hier schob sich ein unbestreitbarer Erfolg durch den Beton. Willis war nicht nur Weitspringer – ein Nischenfach, selbst nach olympischen Maßstäben –, sondern er war der beste Weitspringer der Welt. Jetzt ergab alles einen Sinn: Er sprach wie Captain America, weil er Captain America *war*.

Willis war in der Stadt, um im New York Athletic Club eine Auszeichnung zu überreichen. Er erwähnte die Auszeichnung, als müsste ich sie kennen, und nannte das Hilton Garden Inn einfach nur das Hilton. Außerdem unterschied er die Subway-Linien nach ihren Farben und nicht nach den Buchstaben. Auf seine Bitte hin schilderte ich die Besonderheiten aller Stadtteile Manhattans und Brooklyns und erklärte ihm, dass eine Burrata »ein Thanksgiving-Truthahn aber aus Käse« war. Gerne würde ich sagen, es sei Willis' Wissbegierde gewesen, die mich an seiner Seite hielt, noch lange nachdem Vadis in die nächste Bar weitergezogen war. Aber in Wahrheit spürte ich keine tiefere Verbindung zu ihm. Ausnahmsweise wollte ich nichts anderes von einem Mann, als ihn nackt zu sehen. Falls ich abgesehen davon noch etwas wollte, dann ihm die neuartige Erfahrung zu bescheren, eine ganz durchschnittliche, unsportliche Frau nackt zu erleben.

Es gab Teile von Willis' Körper, die ich bei anderen Männern nur beiläufig bemerkt hatte. Die Oberschen-

kel zum Beispiel. Ich hatte sie immer für einen Über-
gangsbereich gehalten, wie ein Autobahnzubringer, die
den Hintern mit den Knien verband. Oder der Rücken, der bei ihm gespickt mit zusätzlichen Muskeln
war, die sich geschmeidig unter der Haut bewegten, jedes Mal, wenn er sich bewegte. Ich besaß keinerlei zusätzlichen Muskeln. Immerhin passte ich durch die Tür
seines Hotelzimmers. Willis schien von dieser Tatsache
sehr angetan und starrte mich mit einem Ausdruck in
den Augen an, der sich langsam beleidigend anfühlte.
Um in einer olympischen Sportart eine Medaille zu
gewinnen, muss man seinen Körper als etwas Besonderes betrachten. Man rechnet damit, dass sich all die
harte Arbeit auszahlt, weil sie in ein genetisch überle-
genes Gefäß gegossen wird. Wenn man in dieser Welt
kleinster körperlicher Unterschiede zu Hause ist, die in
Sekunden und Millimetern gemessen werden, nimmt
man wohl an, dass die unsportliche Zivilbevölkerung
froh ist, wenn sie überhaupt aufrecht stehen kann. Deshalb war Willis sicher erfreut darüber, dass meine Knie
nicht knirschten und meine Hüftknochen hervorstan-
den, wenn ich auf dem Rücken lag.

»Ich bin davon ausgegangen, du hättest den Körper
einer Bibliothekarin«, sagte er und streichelte meine
Seite.

»Dann gehörst du nicht zu den Typen, die heiße
Fantasien mit Bibliothekarinnen haben.«

»Gibt es tatsächlich Typen, die von Bibliothekarinnen träumen?«

Am nächsten Morgen erwachte ich durch das Piepen

des elektronischen Tastenfelds an der Tür. Willis war hinunter in die Lobby gegangen und kehrte mit zwei bunt bedruckten Kaffeetassen zurück.

»Ich bringe jemandem Kaffee ans Bett«, verkündete er verblüfft über sich selbst und schüttelte den Kopf.

Obwohl er dreimal um die Welt gereist war und von Seoul bis Salzburg über Sandgruben gesprungen war, hatte Willis kaum Dating-Erfahrung. Kein Abschlussball, keine Liebesdramen, keine bitter bereuten Entscheidungen. Doch jetzt startete er eine Aufholjagd. Seine Vorgehensweise hatte dabei etwas rührend Naives. Einer Frau Kaffee ans Hotelbett zu bringen, war wie eine Szene aus einem Film.

Ich bedankte mich bei Willis und nippte. Auch er nippte, sah sich im Raum um und lächelte die Wände an. Dann wurde sein Gesicht schlaff, und er eröffnete mir, er müsse ein Geständnis ablegen. Es stimme zwar, sagte er, dass er wegen der Preisverleihung in der Stadt sei, außerdem werde er aber auch hierherziehen. Auf Dauer. Er hatte schon immer in New York leben und aufs College gehen wollen. Also hatte er beschlossen, zwei Fliegen mit dem Vorlesungsverzeichnis der NYU zu schlagen.

»Ich will einfach nur die bestmögliche Version meiner selbst werden«, bekannte er im typischen Wortlaut eines Profisportlers.

»Natürlich willst du das. Dein Körper ist dein Tempel, meiner ist mein Müllschlucker.«

»Aber dein Geist ist dein Tempel, und ohne eine Ausbildung wird meiner zu meinem Müllschlucker.«

»Punkt für dich.«

Dann fragte er mich, ob ich an diesem Abend schon verabredet sei. Wahrscheinlich hätte ich Ja sagen sollen und dies als den unkompliziertesten One-Night-Stand meines Lebens abhaken sollen. Letztlich war Willis ein Mensch und kein exotisches Tier, das man auf einer Safari bestaunte. Gleichzeitig dachte ich: Männer gehen ständig mit Frauen aus, die viel schöner sind als sie und mit denen sie keine gemeinsame Zukunft sehen. Sie haben da keinerlei Skrupel. Im Gegenteil: Sie prahlen damit.

»Klar«, sagte ich, »ich komme gerne mit.«

»Wahnsinn! Auf der Einladung steht ›Cocktail-Kleidung‹. Keine Ahnung, was *das* zu bedeuten hat.«

Und so gingen wir gemeinsam zu der Zeremonie, bei der ich mich fühlte wie menschliche Margarine, als ich mir auf der Damentoilette neben den Volleyball-Meisterinnen die Hände wusch. Der Handtuchspender reagierte auf das Winken ihrer Hände, als ob er Schiss vor ihnen hätte. Wir machten einander Komplimente zu unseren Ohrringen.

Während des Cocktailempfangs zuckte ich jedes Mal zusammen, wenn Willis mir die Hand auf die Schulter legte. Der Winkel war einfach so ungewohnt für mich.

»Was erzählst du den Leuten, wie wir uns kennengelernt haben?«, fragte ich.

Für mich befand er sich gefühlt permanent im Training; was Bars grundsätzlich ausschloss.

»Ich erzähle ihnen, dass wir erst seit Kurzem ausgehen.« Er küsste mich auf die Stirn.

Zu meiner Ehrenrettung sei gesagt, dass auch Willis auf Safari war. Eine Redakteurin als Sexobjekt war eindeutig eine neue Herausforderung für ihn. Wir versuchten uns nach Möglichkeit in das Leben des anderen einzugliedern, neugierig, ob wir eines dieser Paare werden könnten, die theoretisch unvereinbar waren, aber in der Praxis durchaus Sinn ergaben. Ein wenig so, als würden wir uns einander wie Medizin verschreiben. Er verfasste einen Artikel über die Geschlechterungleichheit beim Sponsoring durch Sportartikelhersteller. Ich begann mit dem Laufen. Aber niemand war an der Veröffentlichung seines Artikels interessiert, und ich war nach zwei Kilometern außer Puste. Alles in allem dauerte unsere Safari fünf Monate. Und sie hielt nur deshalb so lange, weil Willis es gewohnt war, sich einer enormen körperlichen Disziplin zu unterwerfen, um Dinge zu bewerkstelligen, und ich war es gewohnt, das Gleiche im Kopf zu tun. Das war die Lektion, die wir voneinander lernten: Manchmal führt selbst hartes Training nur zu noch mehr Training.

Dann kam die Abtreibung, was dem Ganzen einen weiteren schweren Dämpfer versetzte.

Irgendwann zog Willis zurück nach Iowa, wo er eine Fitnesstrainerin heiratete. Mich schauderte bei der Vorstellung ihrer Sammlung von Motto-Bechern im gemeinsamen Haus. Das letzte Mal, als ich nachgeforscht hatte, war er gerade Vater von Zwillingsmädchen geworden. Und das war schwer genug herauszufinden gewesen. Willis scherte sich nicht um die Wünsche und Bedürfnisse von Ex-Freundinnen. Er nutzte Social

Media hauptsächlich, um Fotos vom Familienhund zu posten. In zehn Jahren hatte ich nur ein einziges Foto von seiner Frau gefunden, und das war von hinten aufgenommen, mit gespanntem Bizeps und einem T-Shirt, auf dem stand: *Für diese Waffen braucht man keinen Waffenschein!* Ich stellte mir vor, wie er ihr von mir erzählte. Weil *die beiden* vermutlich keine dämliche Vereinbarung getroffen hatten. Und weil Willis, im Gegensatz zu Amos' Cousine Kit, die höchstwahrscheinlich nie einen weiteren Gedanken an mich verschwendet hatte, seiner Frau fast von mir erzählen musste. Ich malte mir aus, wie er vom Tag berichtete, an dem er von meiner Schwangerschaft erfahren hatte, und vom nervenaufreibenden Gespräch danach. Aber in meiner Vorstellung schilderte er die Ereignisse nie wehmütig oder gar moralisierend, sondern wie eine Hürde, die er hatte überwinden müssen. Exakt in diesen Worten.

An Willis' Tisch saßen zwei ältere Männer mit identischen Krawatten. Am Revers des einen hing ein halbes Namensschild. Ich freute mich für Willis, dass er offenbar Karriere gemacht hatte, jenseits des Zentimeters Sand, dem er seinen Champion-Status verdankte. In seiner Wohnung hatte ein gerahmtes Foto von seinem Sieg gestanden, neben der samtbezogenen Schatulle mit der Medaille. Dieses Regalfach hatte auf mich morbide gewirkt. Es hatte mich an Filmszenen erinnert, in denen Kriminalbeamte die Plastiktrophäen im Zimmer eines Teenagermädchens durchstöberten. Auf dem Foto waren Willis' Muskeln angespannt, und an seinem

Hals schwoll eine ehrgeizige Ader. Sein Körper wirkte wie eine einzige zum Zerreißen gespannte Sehne. Im Vordergrund erhob sich ein Tsunami aus Sand. Wenn ich das Foto betrachtete, wurde mir klar, so klar wie einem überhaupt nur etwas sein kann, dass ich niemals so viel Hingabe für etwas aufbringen könnte. Wenn Willis es jedoch betrachtete, sah er den letzten bleibenden Augenblick seines Lebens. Jeder Moment danach war geprägt von einem Zwiespalt, vom Verlangen, sich weiterzuentwickeln, auf der einen und der lähmenden Angst, vergessen zu werden, auf der anderen Seite.

Eliza kehrte von der Toilette zurück, wo sie auch ihren Lipgloss aufgefrischt hatte.

Hektisch gab ich ihr ein Zeichen, sich zu setzen, bevor Willis sie sah. Aber dann fiel mir ein, dass die beiden sich nicht kannten. Nur Vadis hatte ihn kennengelernt. Selbst Clive hatte nur von ihm gehört. »Du hast mit einem Kind geschlafen«, hatte er mit beiläufiger Grausamkeit gewitzelt. »Man sollte dich wegen Unzucht mit Minderjährigen verurteilen.« Trotzdem *wusste* außer Boots jeder von ihm. Wohingegen ich bezweifelte, dass Willis in Iowa herumlief und damit prahlte, einmal etwas mit einer Redakteurin mit hervorstehenden Hüftknochen gehabt zu haben. Boots wusste zwar von der Abtreibung, aber nur wie alt ich damals gewesen war. Keine weiteren Details. Unser Geheimhaltungsvertrag war quasi eigens für Willis erfunden worden. Kein Mann hört gerne die Worte »Ex-Freund« und »Olympionike« im selben Satz.

»Ist das der Speerwerfer?«, fragte Eliza.

»Der Weitspringer.«

»Geh und sag ihm hallo.«

»Kann nicht«, sagte ich und schüttelte den Kopf.

»Was? Warum nicht?«

Als ich den Geschmack an Willis' Mix aus Arglosigkeit und Einfalt zu verlieren begann, verlor ich ihn rapide. Das passiert mir oft in Beziehungen. Vieles, was einmal anziehend schien, stößt einen plötzlich ab, und früher oder später verschwindet man durch dieselbe Tür, durch die man eingetreten ist. Aber ich verabschiedete mich nicht auf die sanfte Tour. Unter dem Vorwand, ihn vor Kritik und Fehlschlägen schützen zu wollen, begann ich, Willis' Karrierepläne in der Luft zu zerpflücken. Als ob ich ihn persönlich ausgegraben und aufgetaut hätte. Plötzlich nervte mich seine Attraktivität, die ihm alle Türen öffnete. Ich verspottete ihn, wenn er eine historische Figur oder einen Filmregisseur nicht kannte, über die ich selbst kaum Bescheid wusste. Einmal schenkte er mir einen Notizblock, wo auf jeder Seite *Du schaffst das!* stand.

»Danke«, sagte ich. »Ich werde meinen Selbstmord-Abschiedsbrief darauf schreiben.«

Dann, die letzte Klippe: Sex. Meine Periode kam früher und blieb länger aus. Ich vertilgte große Mengen an Fast Food, fiel vor dreiundzwanzig Uhr in den Tiefschlaf, schleppte mich um acht Uhr morgens ins Büro, führte nervtötende Gespräche. Meine Versuche, unserem Liebesleben frischen Wind einzuhauchen, waren halbherzig und grausam – ich schob meine Hand in seine Boxershorts, bemerkte sein breites Grinsen und zog sie rasch wieder heraus. Und weil ich mich offensichtlich verpflichtet fühlte, mich wie menschlicher Abschaum zu verhalten, beschloss ich, meine verödete Libido sei etwas *Erhabenes*, ein Beweis meiner Seelentiefe.

Ich wollte um keinen Preis jemandem hallo sagen, der mein schäbiges Verhalten hatte erdulden müssen.

Und dann, ganz plötzlich, geriet die Situation außer Kontrolle.

Brody kam aus der Küche gestürmt und überschlug sich förmlich, um Eliza für ihr Kommen zu danken. Und als hätte eine von uns ihm gegen das Schienbein getreten, brach er in ihren Armen zusammen und begann zu schluchzen. Schulterzuckendes, kieferverrenkendes, gesichtszerknautschendes, ersticktes Schluchzen. Es sei nichts, beteuerte er, das passiere einfach, wenn er getriggert werde. Was in diesem Lokal der Auslöser war, der ihn in die Zeit zurückversetzt hatte, als er einen Jungen zu Tode geschleudert hatte, darüber konnte man nur spekulieren. Die Orchideen vielleicht?

»Es sind die Schuldgefühle«, schniefte Brody zwischen zwei Atemzügen, »die meinen Körper verlassen.«

Eliza schloss ihn in ihre Arme. Sie war großartig darin. Ein Naturtalent. Sie sollte unbedingt ein zweites Kind kriegen. Das halbe Restaurant drehte sich um, auch Willis, der mich natürlich bei dieser Gelegenheit entdeckte. Ich winkte, er deutete auf die Bar.

»Heiliger Strohsack!«, rief er aus und schlug die Hände über dem Kopf zusammen. »Lola!«

»Hi!«, quiekte ich.

In kleinen Dosen war Willis' Begeisterungsfähigkeit

ansteckend. Wie viele andere Ex-Freunde hatte ich gehabt, die emotional bereits über unsere Beziehung hinweg oder mit ihrem Ende beschäftigt waren, bevor sie überhaupt richtig in die Gänge gekommen war? Er umarmte mich und quetschte meine Nase gegen seinen Oberkörper.

»Was hat es damit auf sich?« Er wies mit dem Kinn über meine Schulter hinweg.

»Oh«, sagte ich, dankbar für den gemeinsamen Fokus. »Er ist ein Freund des Mannes meiner Freundin. Er arbeitet hier.«

Eine Information, die als Gesprächsgrundlage kaum ausreichte.

»Er ist der Hängematten-Junge.«

»Was ist ein Hängematten-Junge?«

»Nein, er ist *der* Hängematten-Junge. Du weißt schon, der seinen Stiefbruder in einer Hängematte zu Tode geschleudert hat, darum gibt es jetzt auf allen Hängematten diese Warnhinweise.«

Ich wusste, dass Willis Besitzer einer Hängematte war. Er hatte jede Menge Bilder von dem dämlichen Hund in der dämlichen Hängematte gepostet, obwohl man eigentlich seine verdammte Frau sehen wollte.

»Autsch!«

»Genau. Was machst du denn hier?«

»Hier in diesem Restaurant? Ich habe irgendwo davon gelesen.«

»Nein, in New York.«

»Ich bin wegen einer Konferenz hier. Wir sind gerade nach Fort Worth gezogen.«

»Verstehe«, sagte ich, obwohl ich keinen Zusammenhang zwischen diesen beiden Aussagen sah.

»Ich bin jetzt im Sportmarketing. Die schicken jedes Jahr nur drei Leute von der Firma hierher. Meine Anwesenheit soll demonstrieren, dass die Jungs von der Geschäftsführung Ahnung von den Bedürfnissen eines Sportlers haben.«

Er tätschelte seinen Bauch unter dem Hemd.

»Es ist irgendwie bescheuert, dass sie mich für so was abkommandieren«, sinnierte er und strich sich die Haare hinter die Ohren. »Aber wenn die Pflicht ruft!«

»Und wie gehts den Zwillingen?«

»Oh, *gut*«, sagte er, ohne eine Miene zu verziehen, obwohl ich ganz offensichtlich im Besitz von Informationen war, die er mir nie mitgeteilt hatte. »Und da du schon fragst, muss ich jetzt wohl das hier tun.«

Er scrollte durch Fotos von kleinen Mädchen. Gestellt wirkende Aufnahmen, auf denen die Säuglinge rosa Schleifchen um ihre kahlen Köpfchen trugen. Oder sie schliefen in ihren Bettchen, und die Fotos zeigten hauptsächlich das Kinderzimmer – eine Explosion farblich zueinander passender Mobiles, rosafarbener Tapeten und Sparschweinchen mit Monogrammen. Das letzte Foto zeigte eines der Mädchen nackt auf Willis' altem Sofa, mit seiner Goldmedaille um den Hals. Es gab eine Zeit, da hatte ich auf demselben Sofa gesessen und dasselbe Outfit getragen. Ich gab Willis sein Telefon zurück.

»New York erinnert mich immer an dich«, sagte er.

»Ich fühle mich ehrlich gesagt leicht überfordert in der Rolle als Repräsentantin dieser Stadt.«

»Vergangene Weihnachten waren wir hier, um den Baum am Rockefeller Center zu bewundern. Es war arschkalt. Und ich dachte, wie eisig es in deiner Wohnung wohl sein muss, weil du vor dem Winter nie die Klimaanlage aus dem Fensterrahmen ausbaust und es ständig reinzieht durch das Ding.«

»Ist der Mühe nicht wert.«

»Doch, ist es.«

»Einigen wir uns darauf, dass wir uns nicht einig sind.«

»Einigen wir uns darauf, dass du dir deswegen den Arsch abfrierst!«

Hinter mir in der Sitznische hatte Brody sich der Länge nach ausgestreckt und das Gesicht in den Spalt des Lederpolsters vergraben, als würde er dort nach etwas suchen. Eliza streichelte seinen Arm energisch und mitfühlend zugleich.

Ich erzählte Willis von meinem neuen Job und vom Niedergang des Magazins. Er nahm es zur Kenntnis wie die Aktualisierung eines LinkedIn-Profils, nicht wie das Ende einer ganzen Lebensweise. Er hatte immer geklagt, in New York würden sich alle zu sehr mit ihrer Karriere identifizieren. Aus dem Mund eines Olympiateilnehmers war das nicht nur eine verblüffende Heuchelei, es war auch eine bequeme Pauschalisierung, die zu einem Athleten zwar passte, ihn aber zu einem besonders herzlosen Zivilisten machte. Willis verstand nie, »was denn so schlimm sein sollte« an etwas, ganz gleich, wie schwerwiegend es war. Ein Hakenkreuz, mit Edding auf ein Werbeplakat geschmiert, war für ihn »nur ein einzelner Idiot«. Die globale Erwärmung war »etwas ganz Natürliches, das ohnehin irgendwann passieren würde«. Und sollte Rocket sterben, wäre er sicher der Erste, der darin eine wunderbare Gelegenheit sähe, sich ein neugeborenes Katzenjunges zuzulegen.

Diese Weltsicht hatte ihre unabweisbaren Vorteile. Willis kannte die Antworten auf seine eigenen Fragen, bevor er sie stellte. Ebenso wie Boots war auch er nie von Zweifeln geplagt. Aber anders als bei Boots gehörten zu seinem Wortschatz Begriffe wie »Ziele«. Eines musste ich ihm lassen: Willis hatte ein gesünderes Verständnis von der eigenen Endlichkeit als die meisten meiner Altersgenossen. Auch wenn ich mit den Konsequenzen, die er daraus zog, nicht einverstanden war. Heirat, Kinder, Wohneigentum? Real. Wechselnde Jobs, Liebhaber, Vermieter? Fake. Nur deshalb verlobten sich manche Leute: um von der Fake-Liste auf die reale zu kommen. Und ich war jetzt eine von ihnen. Ich hatte ein anderes menschliches Wesen als Wundermittel gegen soziales Randgruppendasein eingesetzt. Ich hob meine linke Hand und präsentierte meinen Ringfinger, wie ich es noch nie zuvor getan hatte, nicht einmal vor dem Spiegel.

»Ahh!«, rief Willis und hob mich in die Höhe.

Ich zappelte, damit er mich wieder runterließ. Mein Magen war voll, und mir gefiel seine Begeisterung nicht. Ich hatte ihn nur beschwichtigen, ihm diesen anthropologischen Forscherblick aus dem Gesicht wischen wollen. Als ich zum ersten Mal diese Reaktion von Männern auf meine Verlobung geerntet hatte,

hatte ich mich geschmeichelt gefühlt. Mein Sirenengesang schien so unüberhörbar gewesen zu sein, dass der Gedanke an die eigene Ehefrau nicht ausgereicht hätte, um die Männer abzuschrecken. Als wäre es für sie eine Erleichterung, dass ich jetzt außer Reichweite war. Aber bald wurde mir klar, dass ihre Erleichterung nichts mit dem lange unterdrückten Wunsch zu tun hatte, mit mir zu schlafen. Es war mein Dasein als alleinstehende Frau, das ihnen Unbehagen bereitet hatte. Sie hatten gezögert, mich in ihren Freundeskreis aufzunehmen, bevor ich nicht Teil eines Paares war. Gelegentlich hatten sie mich zwar nach Dating-Anekdoten ausgefragt, im Namen eines Stellvertreter-Lebens, aber letztlich vermissten sie nur ihr früheres Leben und interessierten sich nicht für mein aktuelles. Unterschwellig musste ich dieses Problem wahrgenommen haben, denn ich hatte mich ständig bemüht, Zufriedenheit und Lebensfreude auszustrahlen, so, als würde mir nichts fehlen. Spürt die Brise, Jungs. Aber wie sich herausstellte, waren all meine Bemühungen vergebens gewesen. Ihre Erleichterung nach meiner Verlobung verriet nur ihr früheres Mitleid mit mir. Ich trauerte um all die vergeudete Zeit, Anfälle von Bitterkeit oder Depression zu verbergen und die Enttäuschungen meines Single-Daseins herunterzuspielen. Ebenso gut hätte ich Sektkelche gegen den Kamin schleudern können.

Eliza versuchte verzweifelt, meinen Blick zu erhaschen. Brody hing immer noch wie ein nasser Sack in der Nische, und ihr letzter Zug nach Bronxville fuhr bereits in einer Stunde.

»Erzähl mir alles über ihn«, sagte Willis.

»Was? Ach so. Er ist Architekt«, log ich.

Auch nach all der Zeit wollte ich auf Willis immer noch den Eindruck eines Wesens aus einer anderen Welt machen. Irgendwie überlegen. Ich bereute es sofort.

»Er ist bestimmt sehr klug.«

»Oh, ich weiß nicht … Das interessiert mich nicht mehr so wie früher.«

»Warum sollte dich Klugheit nicht mehr interessieren?«

»Nun, in gewisser Hinsicht ist sie mir wahrscheinlich sogar wichtiger. Mit fortschreitendem Alter möchte man, dass die Leute im eigenen Umfeld ähnlich viel über die Welt wissen wie man selbst. Damit man die Anspielungen des anderen versteht und die richtigen Links senden kann. Zumindest bei Frauen ist das so. Wir haben keinen Spaß daran, andere Erwachsene von oben herab zu behandeln. Aber trotzdem, Klugheit ist bestimmt nicht die wichtigste Qualität.«

»Du warst schon immer sehr rücksichtsvoll.«

Ich starrte in seine Captain-America-Augen, die hinter seinen Lachfältchen verborgen waren. Seine Einschätzung, ich sei rücksichtsvoll, erfüllte mich mit Traurigkeit. Ich hatte sie nicht verdient, weil mir seine Meinung in entscheidenden Momenten egal gewesen war.

»Hör mal«, sagte ich, »das ist vielleicht komisch, aber wo du jetzt vor mir stehst, wollte ich mich einfach entschuldigen, dass ich so scheiße zu dir war.«

Willis verdrehte die Augen.

»Du warst nicht scheiße zu mir, niemals.«

»Willis. War ich doch. Ständig.«

»Ach was«, sagte er und wuschelte mir durch die Haare, während ich wie erstarrt dastand und ihn machen ließ. »Du warst einfach nur du selbst.«

Ich musterte sein Gesicht. War es möglich, dass er mein ungeheuerliches Verhalten einfach als Gepflogenheit einer anderen Welt verbucht hatte? *In New York schüchtern wir unsere Männer ein, machen uns über ihre Fähigkeiten lustig und überzeugen sie davon, dass ihre Ideen spießig sind.* Willis hatte die Klischees der klassischen Heldenreise auf sein Privatleben übertragen. Er hatte die Geschichte so umgedeutet, dass alle seine Kämpfe notwendig gewesen waren, um ihn bis zur Ziellinie zu bringen – zu seiner Frau, zu seinen kleinen Mädchen und zu seinem Hund. Ich war lediglich ein menschlicher Trainingsplatz gewesen.

»Trotzdem«, sagte ich und starrte an die Decke. »Das mit der Abtreibung tut mir leid. Nicht für dich, meine ich. Nicht wegen des Vorgangs an sich. Nur, du weißt schon, ganz allgemein.«

»Wenn du dich unbedingt für was entschuldigen willst, dann dafür, dass du im Winter deine Klimaanlage nie ausgebaut hast.«

»Ich meine es ernst.«

»Das ist doch Schnee von gestern«, schloss er das Thema ab. »Ein anderes Leben.«

Für mich war es kein anderes Leben, es war immer noch mein eigenes. Das Einzige, das ich hatte. Manchmal malte ich mir aus, wie unser Kind wohl ausgesehen und ob es mich abgelehnt hätte. Was, wenn es Mamas Muskelmasse und Papas Verstand geerbt hätte? Nachdem Willis und ich uns getrennt hatten, war das alles für ihn abgehakt gewesen. Er war zu neuen Ufern aufgebrochen. Die ganze Zeit über hatte ich geglaubt, er sei mein Appetithäppchen, in Wahrheit war ich selbst das Appetithäppchen gewesen. Für Willis war keine Lebenserfahrung krass genug, als dass er sie nicht ordentlich in einer Schublade hätte ablegen können, auch nicht dieses eine Mal, als wir die Mitschuld am Tod eines werdenden Kindes getragen hatten. Seine Frau hatte wahrscheinlich ihre eigenen Schubladen. Vielleicht ein böse entgleistes Aufnahmeritual in die Studentenverbindung. Vielleicht eine echte Vergewaltigung, die sie als »Date Rape« verbuchte, sofern sie überhaupt noch daran dachte. *Einfach nur ein einzelner Idiot.*

Einer der krawattentragenden Männer an Willis' Tisch winkte ihm.

»Die Pflicht ruft«, wiederholte er. »Es war so schön, dich zu sehen, Lola.«

Willis lächelte breit und hüpfte zurück in sein Leben. Dann drehte er sich noch einmal um und brüllte praktisch quer durch das Lokal:

»War das eine Fügung?!«

Die Leute blickten von ihren Tellern auf.

»Keine Ahnung!«, rief ich zurück.

War es eine Fügung? Oder einfach ein unwahrscheinlicher Zufall?

Modern Psychology hatte einmal eine Kolumne der

»Glückssprache« gewidmet. Vier Menschen widerfuhr ein und dasselbe Ereignis, und sie urteilten völlig unterschiedlich darüber: Der eine hielt es für bloßen Zufall, ein anderer für Kismet, ein dritter für Ironie des Schicksals, wieder ein anderer für eine glückliche Fügung. Bloßer Zufall sprach für Chaos, Kismet für unveränderbares Fatum, Ironie des Schicksals für verborgene Ordnung, glückliche Fügung für Glauben. Wie auch immer, Wahrscheinlichkeiten konnte man berechnen, glückliche Fügungen aber nicht. Optimistische Menschen, zu denen auch Willis gehörte, benutzten das Wort »Fügung« da, wo skeptische Menschen »Zufall« verwendeten. Ich war definitiv ein Zufallsmensch.

Eliza steuerte mit meiner Handtasche auf mich zu. Ihr Ausdruck war der einer Mutter, die Windeln wechseln musste, während ihr Mann auf der Toilette Solitär spielte. Aber schließlich hatte ja nicht ich darauf bestanden, ein Lokal mit einem verwirrten Kind in der Küche zu besuchen.

»Warum hast du dieses Lokal gewählt?«

»Hab ich dir doch gesagt.«

Genervt strich sie ihr Haar nach hinten, ein Haargummi zwischen den Zähnen.

»Ich meine, seit wann arbeitet Brody hier? War er bei deinem letzten Besuch schon hier angestellt?«

»Ich glaube, ja. Hoffentlich arbeitet er nach diesem Spektakel heute Abend noch hier.«

Diesem Spektakel. Weinen in der Öffentlichkeit. Ich spähte zu unserem nun leeren Tisch.

»Geht es ihm gut?«

»Kaum anzunehmen. Vermutlich wird es ihm niemals wieder *gut* gehen.«

»Es ist spät, tut mir leid. Bist du startklar?«

»Du bist doch diejenige, die hier wie am Boden festgeklebt war.«

3

Um Boots diesen Zufall zu erklären, hätte ich ihm von Amos erzählen müssen. Und das hätte bedeutet, aus einer Mücke einen Elefanten zu machen. Genau aus diesem Grund gab es unseren Pakt. Der Gedanke dahinter war durchaus sinnvoll. Denn niemand hat wirklich die volle Kontrolle darüber, was für eine ungeahnte Bedeutung ein Ex-Partner in der Fantasie des aktuellen Partners annehmen kann. Jede Trennung erhält in der Nacherzählung eine falsche Dimension. Man kann seine Speisen auf dem Teller noch so sehr auseinander halten, am Ende landen sie alle am gleichen Ort. Außerdem gab es vielleicht fünf Menschen auf der Welt, die sowohl Amos als auch Willis begegnet waren und somit die Eigentümlichkeiten der letzten achtundvierzig Stunden erfassen konnten. Und dann kreuzte ausgerechnet einer dieser fünf unerwartet bei uns auf.

Vadis war in der Gegend, weil sie einen viktorianischen Lampenschirm zur Reparatur bringen wollte. Unser Apartment lag offenbar im Lampenschirmviertel, wovon ich natürlich wieder mal keine Ahnung hatte.

»Straßenzug«, verbesserte sie sich und schnaufte ins Telefon, während sie sich durch den Verkehr schlängelte. »Es ist eher ein Straßenzug.«

»Das hätte mir doch auffallen müssen.«

»Die haben keine *Schaufenster*«, sagte sie, genervt von meiner Unwissenheit. »Das sind Ateliers, die sich auf die Restaurierung von Lampenschirmen spezialisiert haben.«

»So was weißt eben nur du.«

»Nein, nicht nur ich, sonst würden diese Läden nicht überleben. Wie auch immer, ich stehe jetzt vor deiner Tür.«

Es klingelte. Boots steckte seinen Kopf aus dem Bad und ließ eine Dampfwolke in die Wohnung entweichen. Sein Haar klebte am Kopf, ein Streifen Rasierschaum hing an seiner Wange.

»Vadis«, erklärte ich und lehnte mich gegen den Türsummer.

»›Wer kommt denn da unangemeldet vorbei? Etwa ein freundlicher Nachbar?‹ Hält sie sich für Mr. Rogers?«

»War das das Motto dieser Fernsehserie mit Mr. Rogers?«

»Du weißt, was ich meine.«

Erneut drückte ich den Summer und ließ Vadis durch die zweite Tür. Boots kramte nach einem Hemd. Er und Vadis verstanden sich gut, solange ich zum Dolmetschen dabei war. Ich duldete es, dass sie sich gegen mich verbündeten, mich wegen belangloser Dinge aufzogen, beispielsweise wegen meiner ewigen Trödelei beim Verlassen des Hauses, wegen meiner geringen Alkoholtoleranz oder wegen meiner Sammelleidenschaft für Krimskrams wie Streichholzschachteln und Geburtstagskarten. Das waren bereitwillig erbrachte Opfer, um miterleben zu dürfen, wie meine beste Freundin und mein Verlobter die Gesellschaft des jeweils anderen genossen. Aber sobald ich die beiden allein ließ, war es, als ob sich ein Gänseblümchen und ein Tacker um Verständigung bemühten.

Vadis kam mit einem gewaltigen Bündel Weidenkätzchen ins Apartment gestürmt. Der marode Lampenschirm war bereits in der Lampenschirmambulanz abgeliefert worden, und danach hatte sie sich in einen Weidenkätzchen-Kaufrausch gesteigert.

»Lebe ich jetzt auch im Blumenviertel?«

»Du musst mehr aus dem Haus gehen«, schimpfte sie.

Vadis lebte dieses ultra-ländliche Leben, das, weil es in New York stattfand, als hip galt. Sie besaß ein Auto. Sie kompostierte. Sie kannte den Namen ihres Metzgers. Allein schon die Tatsache, dass sie einen Metzger hatte.

»Du bist nass«, verkündete sie und umarmte Boots mit ihrem freien Arm.

»Und du bist eine ausgezeichnete Beobachterin«, erwiderte er.

Er stellte ihre Weidenkätzchen in einen gläsernen Krug auf den Boden.

»Wie ein Elefant im Glasladen«, murmelte er.

Ich bemerkte seinen klammheimlichen Stolz über den abgewandelten Spruch. Daher schenkte ich ihm ein kleines Lächeln, um zu verhindern, dass er nachlegte.

»Warum duschst du?«, fragte sie und beschnüffelte seine Umgebung. »Hast du jemanden umgebracht?«

»Weil ich vom Fitnessstudio komme und gleich mit meinen Freunden ein Bier trinken gehe. Reicht das als Erklärung?«

»Oh«, sagte sie. »Nun, das klingt vernünftig. Lola, du hast einen Mann, der ins Fitnessstudio geht und Bier trinkt. Der ist wie aus dem Katalog. Behalte ihn.«

Offenbar lag diese Bemerkung in einem für Boots akzeptablen Spektrum von Sarkasmus, denn er schenkte ihr ein »ha« und zog sich in unser Schlafzimmer zurück. Vadis und ich setzten uns aufs Sofa, wo sie von einem Typen erzählte, mit dem sie zu schlafen begonnen hatte, der aber auf »Dates tagsüber« bestand. Ich verkündete, wenn ich mit Vadis zusammen wäre und von ihr zum Sex gedrängt würde, würde ich ebenfalls Musikfestivals und Spaziergänge im Park bei Tageslicht vorschlagen.

»Vielleicht«, sagte sie und hatte bereits jedes Interesse an ihrem eigenen Problem verloren.

Liebeswerben war für sie eine einfache Angelegenheit. Vadis: Mir gefällt dein Hemd. Verehrer: Mir gefällt dein Knochenbau. Jeder, der mehr wollte, wurde als lästig empfunden und abgewiesen.

Sie gähnte und klagte über ihre schmerzende Kiefermuskulatur.

»Von den Blowjobs!«, rief sie über ihre Schulter.

»Warum machst du das? Ihm ist doch völlig egal, wem du einen bläst.«

»Vielleicht mach ich's darum.«

Rocket untersuchte mit großem Interesse die Weidenkätzchen. Vadis zog einen Zweig heraus und reichte ihn ihr. Das Geschenk ließ sie erst zurückschrecken, dann fiel sie rücksichtlos darüber her. Boots tauchte auf, hielt einen einzelnen Schuh in der Hand und starrte auf einen Haufen Schuhe neben der Tür.

»Wo ist dein Freund?«, fragte er den Schuh. »Ah ha!«

Als sich die Wohnungstür hinter ihm schloss, flitzte die Katze ins Schlafzimmer, um das Bett zurückzuerobern, und ich spürte, wie sich Vadis' Präsenz in der Wohnung ausbreitete.

»Mir gefällt, was du aus der Wohnung nicht gemacht hast.«

»Wein?«, bot ich an.

»Ja, bitte. Weiß?«

»Rot.«

»Auch gut.«

Ich zerbrach beim Öffnen den Korken, sodass er sich zur Hälfte im Flaschenhals verkeilte. Der einzige Ausweg führte nach unten, also ertränkte ich ihn mit einem Essstäbchen.

»Pass auf die Krümel auf«, warnte ich und reichte ihr ein Glas.

Wir schwiegen einen Moment lang und kuschelten uns aufs Sofa. Vadis knabberte an ihrem Nagellack. Sie offenbarte mir, sie sei von ihrem Liebesleben gelangweilt. Ein Liebesleben sei nicht wirklich ein Teil von ihr, so wie sie das von mir kenne. Sie beneide mich um die lange Reihe meiner Verflossenen. Nicht in der Weise, wie verheiratete Menschen das taten, sondern umgekehrt. Für Vadis war ich ein ganz konventioneller

Beziehungsmensch. Dann fing sie an, mich über Amos zu löchern. Wohin waren wir gegangen? Hatte er mir einen Grund für seine Anwesenheit im Restaurant genannt? Ich erklärte ihr, dass wir etwas getrunken und uns dabei in die Haare bekommen hatten, aber nicht so richtig. Was gab es da viel zu erzählen? Die Welt war nicht aus den Angeln gehoben worden. Sie trommelte mit ihren langen Fingern auf der Rückenlehne meines Sofas.

»Aber etwas Merkwürdiges ist passiert«, sagte ich.

Sie richtete sich kerzengerade auf.

»Ich war gestern Abend wieder im selben Lokal und rate mal, wer aufgekreuzt ist?«

»Morgan Freeman?«

»Lag dir das gerade auf der Zunge?«

Sie zuckte mit den Schultern.

»Willis Klee.«

Sie verschüttete ihren Wein über die Sofakissen, und ein paar Spritzer tropften an ihrer Bauernbluse herab wie zartes Nasenbluten.

»Vadis!«

»Sorry. *Willis* Willis?!«

»Du erinnerst dich an Willis? Zehn Punkte für dich.«

»Ich höre.«

»Macht aber nicht den Eindruck.«

Sie stand auf, um ein Papierhandtuch über dem Waschbecken zu befeuchten und sich die Brust abzutupfen. Der Wasserstrahl klatschte auf einen Löffel und spritzte alles nass.

»Olympioniken vergesse ich nie.«

Vadis war kein teilnahmsloser Mensch, aber interessiert konnte man sie auch nicht unbedingt nennen. Um diesen Charakterzug doch ein wenig anzustacheln, berichtete ich ihr von meinem Gespräch mit Willis. Ich hatte ihr seinerzeit nichts von der Abtreibung verraten. Damals hatten wir uns noch nicht so nahegestanden. Sie hatte gerade erst beim Magazin begonnen, als sie mich zu der Party einlud, bei der ich Willis kennenlernte. Jetzt hing Vadis an meinen Lippen, saugte meinen Bericht förmlich in sich auf. Als ich fertig war, ließ sie sich aufs Sofa zurückplumpsen, als hätte man sie dorthin geschleudert.

»Du weißt ja«, verkündete sie, »ich glaube nicht an Zufälle.«

»Weiß ich das?«

»Es war vorherbestimmt, dass du beide triffst.«

»Und nun ist es eingetroffen.«

Ich stützte mich auf ihr Knie und hievt mich hoch, um den Wein zu holen.

»Und wie fühlst du dich dabei?«

Ich drehte mich um.

Sie betupfte weiter ihre Bluse und wartete auf eine Antwort.

»Keine Ahnung. Ich habe das Gefühl, Zeit ist vergangen, manches Schiff ist vorbeigekommen, und ich bin nicht an Bord gegangen. Oder ich wollte auf ein Schiff, wurde aber über Bord gestoßen. Was mich dazu veranlasst, über die Seetüchtigkeit des Schiffes nachzudenken, in dem ich gerade unterwegs bin. Auf alle Fälle bin ich wohl gerade ziemlich nautisch unterwegs.«

»Du hast große Schwierigkeiten, die Vergangenheit loszulassen«, entschied sie, jetzt voll in Fahrt. »Mehr als jeder andere mir bekannte Mensch. Das ist wie mit deinen Streichholzschachteln.«

»Menschen sammeln Streichholzschachteln, weil sie dekorativ sind.«

»Bei dir bleibt alles in der Umklammerung des Bewusstseins hängen.«

»Hast du dir den Kopf angestoßen auf dem Weg hierher?«

»Es ist wie in diesem Song der Cranberries: Do you have to let it linger? Do you have to, do you have to, do you have to …?«

»Spricht da was dagegen?«

»Ja. Lass uns rausgehen. Das hilft.«

»Ich brauche keine Hilfe.«

»Es ist schön draußen.«

Ich warf einen Blick auf mein nacktes Handgelenk. Ich wollte hier sein, wenn Boots zurückkam. Ich arbeitete gerade an einem inneren Gleichgewicht, versuchte, eine gesunde Balance zu schaffen zwischen meiner Tendenz, ihn an erste Stelle zu setzen und dann wieder meine eigenen Launen. Die meisten Paare schienen diese Selbstregulierung besser hinzukriegen als wir. Sie wussten intuitiv, ob es in Ordnung war, nicht zu Hause zu sein, wenn die andere Hälfte gerade von einer Reise zurückkehrte. Sie bezeichneten sich auch gegenseitig als »meine bessere Hälfte«, ohne gleich zu kotzen. Für sie war zweifelsfrei klar, wann es vertretbar war, sich die ganze Nacht mit einem Ex-Partner herumzutreiben, und wann nicht. Wir dagegen hatten kein klares Konzept. Also schlug ich mich auf die Seite der Pflicht. Womit im Grunde niemandem in unserer Beziehung gedient war.

Vadis' Weidenkätzchen zogen auf dem Subway-Bahnsteig alle Blicke auf sich. Sie hatte ihre Arme durch die Bänder geschlungen, die sie zusammenhielten. Fremde wiesen dem Zweigbündel und ihrer Trägerin offenbar eine besondere kulturelle Bedeutung zu und waren ungewöhnlich verständnisvoll, als die Zweige die Subway-Türen blockierten. Ungewöhnlich verständnisvoll zeigten sie sich sogar, als sich ihre Spitzen in ihre Augen bohrten. Eine Frau bot Vadis einen Sitzplatz an, aber wir blieben lieber schwankend stehen. Es dauerte eine Weile, bis mir auffiel, wie schweigsam sie war.

»Alles in Ordnung?«, fragte ich.

»Ja, natürlich.«

»Du bist nur noch nie einfach spontan bei uns vorbeigekommen.«

»Ich stehe auf Spontaneität.«

»Verstanden«, sagte ich. »Ja zu Spontaneität, aber nein zu Zufällen.«

Ich starrte hinab auf die Köpfe der Fahrgäste, auf die silbernen Scheitellinien der Frauen mittleren Alters, die sie im Spiegel selbst nicht sahen. Auf der anderen Seite des Fensters breitete sich allmählich Dunkelheit aus, ab und zu huschten die üblichen Graffitis vorbei.

»Sind wir im Expresszug?«

Ich mochte das Gefühl nicht, mit hoher Geschwindigkeit an den falschen Ort gekarrt zu werden. Dann fiel mir ein, dass ich ja gar nicht wusste, wohin wir unterwegs waren.

»Bring mich bloß nicht an einen coolen Ort«, meckerte ich. »Dafür bin ich nicht richtig angezogen.«

Wir stiegen an der Canal Street aus und waren fest entschlossen, die Straße sofort zu verlassen. Zumindest ich war das. Der Blick von der Varick Street nach Osten vermittelte einem das Gefühl einer Stadt im alten Wilden Westen. Die bescheidenen Parks und 99-Cent-Pizzerien endeten abrupt, während die Lofts und Fabriken aus dem Boden schossen und der Skyline den Anschein eines Potemkinschen Dorfes verliehen. Meine Toleranz für diesen Stadtteil war mit dem Alter geschwunden. Die Reklametafeln, die den Blick in den Himmel verstellten, die Gehwege, auf denen man wie Tieropfer dem Verkehr preisgegeben war, die Souvenirläden, die von mechanischen Fröschen in Trögen bewacht wurden. Boots und ich hatten einmal ein missratenes Wochenende damit verbracht, uns in dieser Gegend Apartments anzuschauen, obwohl wir weder mental noch emotional und schon gar nicht finanziell dafür bereit waren. Wir wollten einfach mal schauen, was da so angeboten wurde. Nur zum »Spaß«. Also besichtigten wir ein Apartment an der Ecke Canal und Mott. Das Geniale bei diesem Teil der Canal, so erklärte uns der Makler, bestünde darin, dass es »heimlich SoHo« sei.

»Wenn ich SoHo wäre«, überlegte Boots laut, »würde ich es nicht geheim halten«.

Das Apartment hatte ein Dachfenster, Teppichböden und ein kleines Schlafzimmer hinten raus, in das gerade so ein Doppelbett passte, wenn man auf die Nachttische verzichtete. Es gab auch einen Esstisch, der von der Größe her eigentlich in eine Scheune gehört hätte. Er würde zwar entfernt, aber ich wusste, ich würde niemals den Gedanken an die unzähligen Dinnerpartys loswerden, die hier vermutlich gestiegen waren. Wir hätten uns eine solche Wohnung kaum leisten können, und ich war auch nicht scharf darauf, es irgendwie möglich zu machen. Ich würde mich eingesperrt fühlen. Allein bei der Vorstellung, einen Umzugswagen in der Canal in zweiter Reihe zu parken, verkrampfte sich meine Brust.

»Wenn du was nicht magst, dann ist nicht dran zu rütteln«, sagte Boots und stieg vor mir die endlose Treppe hinunter. »Aber damit das klar ist: Ich könnte überall mit dir leben.«

Neben Weidenkätzchen war Vadis auch auf der Jagd nach Schneekugeln. Die Bettwaren-Prominente, für die sie jetzt buckelte, veranstaltete ein intimes Dinner für sechzig Gäste, und Vadis hatte den Auftrag, für alle Tische Schneekugeln zu besorgen.

»Ist das die Überraschung? Eine Shoppingtour? Ich muss sagen, ich hab mich noch nicht ganz mit deinem neuen Job abgefunden.«

»Ich habe Journalismus immer gehasst«, sagte sie, als wäre das Gegenteil von Journalismus, Partyzubehör einzukaufen.

»Aber was haben Schneekugeln mit Bettwaren zu tun?«

»Sie erinnern die Menschen an den Schlaf.«

»Weißt du, was die Leute auch an Schlaf erinnert? Benzos.«

Wir betraten ein kleines Geschäft. Sofort heftete sich eine Verkäuferin an unsere Fersen, als wollten wir hier unser Hochzeitsporzellan kaufen. Ein Mann mittleren Alters, dem eine Brille mit transparentem Rahmen auf der Nase hing, lehnte an der Scheibe hinter der Kasse und füllte ein Kreuzworträtsel aus. Ich drehte eine Glaskugel und stellte die Stadt auf den Kopf. Klumpiger Schnee sammelte sich in der oberen Hälfte der Kugel. Als ich sie wieder kippte, stürzte der Schnee auf die Gebäude. Dagegen herrschte in den Kugeln mit Glitter eher ein Wirbelsturm. Der reflektierende Glitter wirbelte um eine Freiheitsstatue, die eine Sonnenbrille und einen Bikini trug – ein Outfit, das der Logik der Kugel selbst widersprach.

»Gibt es die auch in größer?«, erkundigte sich Vadis.

Der Mann hinter dem Tresen sah nicht von seinem Kreuzworträtsel auf. Die Verkäuferin war an Vadis' Seite und antwortete für ihn.

»Nur was Sie hier sehen.«

Vadis warf ihr einen Blick zu, als wisse sie es besser und die Verkäuferin sei lediglich zum Aufkleben von Preisschildchen da. Sie wartete auf eine ihr genehmere Auskunft, aber die Frau blieb stur. Dann läutete die Türglocke, und die Verkäuferin verschwand, um einen neuen Kunden zu begrüßen.

»Gehen wir?«, fragte Vadis, während sie eine Nachricht schrieb.

Draußen war die Luft mit dem Geruch nach verrottendem Müll gesättigt. Zwei Taxifahrer standen an einer Ampel und beschimpften sich gegenseitig durch die offenen Fenster, während ihre Fahrgäste in dem Tumult auf ihren Handys herumtippten. Ich lächelte. Uber-Fahrer schrien sich nie gegenseitig an, dazu fehlte ihnen die Zeit.

»Weiter zum nächsten Laden?«, fragte ich Vadis.

Wir waren noch keine vier Schritte gegangen, als ich bemerkte, wie sie mich anstarrte. Ihre Augenfarbe war ein diffuses Blau, die Farbe von Spülwasser, nachdem man etwas Marinefarbenes darin gewaschen hatte.

»Was?«

»Fühlst du dich komisch, wenn du hier in der Gegend bist? Oder irgendwie anders?«

»Ich bin einfach nur hungrig.«

Mehrere Abende hintereinander auswärts zu essen war schlecht für den Geldbeutel ebenso wie für den Stoffwechsel, trotzdem musste ich mir jetzt unbedingt etwas Festes zwischen die Kiemen schieben. Wein auf leeren Magen machte mich mittlerweile auf geradezu peinliche Weise beschwipst. Vadis hielt Ausschau nach möglichen Lokalen, dabei kniff sie konzentriert die Augen zusammen, als könne sie durch die Gebäude hindurchsehen. Ich beugte mich nach vorne, um meine Beine zu dehnen. Als ich mich wieder aufrichtete, stieß ich einen Schrei aus. Ich war selbst überrascht über die Lautstärke.

»Herr im Himmel«, beschwerte sich Vadis und rieb sich das Ohr.

Ich ging in die Hocke und zerrte sie an ihrem Ärmel zu mir herunter.

»Was machen wir hier unten?«

War es möglich, bereits nach zwei Gläsern Wein zu halluzinieren? Kann man so wenig vertragen? Dort drüben bei den Obstständen joggte Dave Egan gerade vorbei. Vor mehr als einem Jahrzehnt hatten Dave und ich ein paar Dates. Eigentlich hätte ich eine Belohnung verdient, dass ich ihn überhaupt wiedererkannte; es war wirklich nicht mehr als ein kurzes Intermezzo gewesen. Allerdings hatte er sich auch nicht sonderlich verändert. Was möglicherweise an seiner ständigen Joggerei lag.

Dave war auf der Suche nach einem Idealtypus gewesen, nicht nach einem Menschen. Was Dave brauchte, war eine temperamentvolle Sexbesessene, die Black Jack spielen und einen Vergaser reparieren konnte, jemanden ohne Neurosen oder Beschränkungen, jemanden ohne Nervenenden außer denen in der Klitoris. Er brauchte eine bestimmte Art von Kerl verkleidet als Frau, jemanden, der die Wünsche seines dreizehnjährigen Egos erfüllte. Hätte ich Willis schon gekannt, als ich Dave kannte, dann hätte Dave ihn sicher angebetet. Je mehr Dave mich dazu brachte, Nein zu sagen (nein, ich habe wirklich kein Interesse an Eiswasser-Tauchgängen, nein, ich habe wirklich noch nie ein Auto mit Gangschaltung gefahren, und nein, ich habe noch nie einen Analplug benutzt), und je mehr er mich beschuldigte, mich in den weichen Polstern meiner »Komfortzone« einzukuscheln, desto mehr rebellierte ich.

»Wir leben in New York«, erklärte ich. »Hier liegt ohnehin alles außerhalb der Komfortzone von jedem. Warum es auf die Spitze treiben?«

Ab Date fünf täuschte ich körperliche Macken vor: empfindliche Organe, Muskelzerrungen, eingefleischte Gewohnheiten – wie ein widerspenstiges, bewegungsfaules Kind. Und trotzdem dachte ich: Könnte das nicht trotz allem funktionieren? Denn was mir von Dave wirklich in Erinnerung geblieben war, war nicht Dave selbst, sondern das Gefühl, dass er mir ewige Treue geschworen hätte, wenn ich nur etwas mehr *Einsatz* gezeigt hätte, mehr Bereitschaft mich zu binden. Ich hätte diesen ganze Dating-Quatsch hinter mir lassen und ein Leben wie Eliza führen können. Vorausgesetzt ich hätte den Schalter umgelegt. Aber ich wusste nicht mal, *wo* mein Schalter war.

Dave war einer meiner wenigen blonden Männer, wobei sein arisches Äußeres über seine jüdische Abstammung hinwegtäuschte. Bei unserer letzten Begegnung ließ ich mich zu der Bemerkung hinreißen, dass er vermutlich den Holocaust überlebt hätte, weil er als Nichtjude durchgegangen wäre, was mir wohl kaum gelungen wäre. Dummerweise ging diese Bemerkung eine unselige Verbindung mit meinen »Ich fühle mich schwach«-Ausreden ein. Dabei hatte ich lediglich Folgendes zum Ausdruck bringen wollen: Hätte ich damals in Warschau gelebt, hätte ich jederzeit damit rechnen müssen, abtransportiert zu werden. Aber Dave verstand

meine Andeutung so, dass die im Holocaust umge-
kommenen Juden zu schwach fürs Überleben gewesen
seien, so wie man sich körperlich zu schwach für eine
Kajaktour auf dem Hudson fühlt. Er legte seinen Arm
um mich und verkündete mir, er hätte mich *nur zu*
gerne aus einem Lager herausgeschmuggelt. Oder mir
heimlich »Essensreste« zugeschoben. Daraufhin lächelte
ich halbherzig, was er als Aufforderung zur Weiterfüh-
rung des Ganzen verstand.

»Ich hätte deine Papiere gefälscht«, fuhr er fort. »Ich
hätte dich da rausgeholt … zu einem gewissen Preis,
versteht sich.«

Ich hatte das Gespräch bereits verdrängt, als wir später im Kino saßen und Popcorn knabberten. Aber als
wir in dieser Nacht Sex hatten, war etwas anders, und
keiner von uns wagte den Grund auszusprechen: Er
spielte den Gefängniswärter. Ich hatte keine Ahnung,
dass der nette Dave Egan die geheime Obsession hegte,
Holocaust-Opfer dazu zu bringen, im Austausch für
ihr Leben mit ihm zu ficken. Es war nicht so sehr die
Fantasie, die mich störte, sondern seine mangelnde Einsicht, dass er sie hatte. Noch mehr störte mich, dass er
sich folgenden geschmacklosen Witz nicht verkneifen
konnte: Als ich am nächsten Morgen seine Wohnung
verließ, warf er mir einen Schokoriegel zu. Mein Verlassen seiner Wohnung bezeichnete er als »die Befrei-
ung«.

Wir haben nie wieder miteinander gesprochen.

Dave nutzte die Straßen als Hindernisparcours,
hüpfte am Randstein auf und ab, wich Touristengrup-

pen aus. Ich versuchte mich daran zu erinnern, ob er diese Geschicklichkeit auch nackt im Bett bewiesen hatte. Als er endlich in der Ferne davontrabte, gab ich Vadis ein Zeichen, dass wir wieder auftauchen konnten. In gewisser Weise war ich dankbar für die Dave Egans in meinem Leben und die Indifferenz, die sie bei mir triggerten, wenn man so was wie Indifferenz überhaupt triggern kann. Weder wünschte ich Dave Egan, dass er von einem Lastwagen überfahren wurde oder seinen Job verlor, noch hätte ich es ihm missgönnt, wenn er Lottomillionär geworden wäre. Ich hatte keinerlei Wünsche in Bezug auf ihn. Nicht jede Trennung ist bitter. Nicht jede Beziehung muss mit einer tiefen Verletzung enden. Die meisten lässt man einfach sein, weil sie nicht funktionieren.

Ich sagte Vadis, dass die Luft wieder rein sei. Trotzdem hielt sie weiter Ausschau nach Dave. Sie stellte sich sogar auf Zehenspitzen, als wolle sie loshechten und ihm nachlaufen.

»Du kennst Dave Egan nicht, oder?«

Egal über welches gesellschaftliche Parkett Dave gerade joggte, es gab sicher keine Überschneidung mit Vadis' Kreisen.

»Nein«, sagte sie, während er in der Ferne kleiner wurde. »Aber vielleicht ...«

»Was meinst du mit ›aber vielleicht‹?«

»Möglicherweise sind wir auf Facebook befreundet.«

»Wie das?«

»Durch dich«, sagte sie und verrenkte weiter den Hals.

»Ich glaube, nicht mal *ich* bin mit Dave Egan auf Facebook befreundet.«

»Was spielt das für eine Rolle?«

»Weil es ein Riesenzufall wäre.«

Dave bog nach rechts in die Chrystie Street ein, die Neon-Sohlen seiner Turnschuhe verkleinerten sich zu winzigen Farbpunkten, bevor er endgültig verschwand. Vadis hörte mit halbem Ohr zu und schielte zwischen den Gebäuden hindurch. Eine Frau in einem Bandeau-Top ging vorbei und verschlang ein Gyros, als sei es das Beste, was sie sich je in den Mund geschoben hatte. Mein Magen knurrte. Ich schlug vor, in ein gesundes Restaurant am schicken Ende der Canal zu gehen, das auf die Wünsche seiner Gäste einging und darum einige wenige mit Käse überbackene Gerichte servierte.

»Du musst mit mir kommen«, verkündete sie feierlich. »Aber nicht zum Essen.«

»Fick dich. Warum nicht zum Essen?«

Sie drückte meinen Arm. Sie schien zum Äußersten entschlossen. »Wir sind nah dran«, drängte sie mit dem Gesichtsausdruck eines Bluthundes.

»Willst du mich kidnappen? Ist das dein Lieferwagen?«

Ich nickte in Richtung eines weißen Lieferwagens auf der anderen Straßenseite. Ein Mann lud gerade Kisten mit Kakteenblättern aus, sammelte verlorene Exemplare ein und schmiss sie wie grüne Frisbees zurück in den Wagen.

»Nein«, zischte sie, als ob ich es ernst gemeint hätte.

»Du nervst. Wohin gehen wir?«

»Nirgendwohin. Aber du musst mir versprechen, dass du nicht ausflippst.«

»Warum sollte ich ausflippen, wenn wir nirgendwohin gehen?«

Sie eskortierte mich zur Allen Street hinüber wie eine Schwerstverbrecherin, zu der sie eine persönliche Beziehung aufgebaut hatte und deswegen auf Handschellen verzichten konnte. Der Umgebungswechsel veränderte schlagartig ihre Haltung. Wieder in ruhigeren Gefilden angekommen entspannte sich ihr Gesicht, als sei gerade nichts weiter Ungewöhnliches vorgefallen. Ich erklärte ihr, wenn sie es für einen Scherz halte, drei Abende hintereinander in dasselbe verdammte Restaurant zu gehen, dann sei es kein besonders gelungener. Clive war der einzige mir bekannte Mensch, der Lokale als sein persönliches Wohnzimmer betrachtete und mit seinem Macho-Gehabe Gerichte bestellte, die nicht auf der Speisekarte standen.

Vadis beschleunigte ihre Schritte. Ich folgte ihr auf dem zunehmend schmaler werdenden Gehweg.

»Erinnerst du dich an die Nacht vor hundert Jahren, als du mir erklärt hast, ich würde mir Spitznamen für deine Liebhaber ausdenken, damit sie nicht real wirkten und dich mir deshalb niemals wegnehmen könnten? Wir waren ziemlich high.«

»Hast du sie gerade ›Liebhaber‹ genannt?«

»Also, ja oder nein?«

»Ja. Du hast geheult.«

»Ich hab nicht *geheult*.«

»Du hast das Thema jetzt aufgebracht.«

»Gut, ich war den Tränen nahe. Aber weißt du noch, was danach passiert ist?«

Ich durchforstete mein Gedächtnis, war mir aber nicht sicher, welche Suchkriterien ich anwenden sollte.

»Du bist nach Hause gegangen, und ich bin mit Clive abgezogen.«

»Wie originell. Du erwartest also, dass ich mich an Ereignisse aus deinem Leben erinnere, bei denen ich nicht dabei war.«

»Lola, ich versuche gerade, dir etwas Wichtiges mitzueilen.«

»Hattest du eine Affäre mit *Clive*?«

»Nein! Ekelhaft.«

Da ich mich in verschiedenen Momenten beinahe auf Affären mit Clive eingelassen hätte, fand ich ihre Empörung völlig übertrieben. Doch als jemand, dem durchaus bewusst war, was für eine Katastrophe besagte Affären gewesen wären, konnte ich es gut nachempfinden.

»Wie gesagt, du bist nach Hause, und dann haben Clive und ich – und eigentlich auch Zach – uns noch einen Drink bestellt. Dann hat sich Zach verzogen, und Clive und ich haben uns noch einen Drink genehmigt, und dann noch einen, und so weiter. Und das war dann die Nacht, in der er mir die finanziellen Nöte des Magazins verriet, und auch das neue Gehalt von nur zwanzig Cent pro Wort für die freien Mitarbeiter würde nichts daran ändern. Wir würden untergehen.

Am nächsten Tag sprach er dann allen offiziell die Kündigung aus.«

»Das war der Tag, an dem das Magazin bankrottging? Daran kann ich mich nicht erinnern.«

»Genau.«

Sie gab mir ein Zeichen, mit ihr bei Rot die Straße zu überqueren.

»Wie auch immer, der Barkeeper hatte die letzte Runde angekündigt, und Clive bestellte Champagner. Worauf ich sagte: ›Champagner ist zum Feiern da, wir brauchen Martinis. Traurige Arbeitslosen-Martinis.‹ Aber er bestand darauf, weil er meinte, es *gebe* etwas zu feiern. Und da hat er mir zum ersten Mal davon erzählt.«

Vadis umklammerte die Weidenkätzchen mit einem Arm und langte in ihre Gesäßtasche. Sie zog eine Visitenkarte aus cremefarbenem Papier hervor. Ich nahm sie ihr ab und spürte das Gewicht zwischen meinen Fingern. Das Papier hatte eine Textur. Auf der einen Seite stand … nichts. Und auf der anderen Seite stand … ebenfalls nichts.

»Unsichtbare Tinte?«

Sie drückte die Karte an den Rändern zusammen, sodass sie in zwei Teile aufklappte. Es war eine kleine Mappe. Mit spitzen Fingern zog ich ein Stück dunkles durchscheinendes Durchschlagpapier heraus. Darauf befand sich eine schwarz-weiße Zeichnung eingefasst in einem Kreis: ein schwarzer Bowler-Hut vor einem runden Bleiglasfenster. Nirgendwo stand ein Wort. Vadis starrte mich erwartungsvoll an.

»O mein Gott.«

»Cool, nicht wahr?«

»Ihr seid in einer Sekte.«

»Ich bin in keiner Sekte. Hätte eine Sekte Visitenkarten?«

»Keine Ahnung. Aber niemand, der in einer Sekte ist, denkt, dass er in einer Sekte ist. Vielleicht bist du in einer Sekte, die sich als Geheimbund tarnt. Und Clive ist euer Anführer. Bist du sicher, dass du keinen Sex mit ihm hattest? Vielleicht hat er es anders bezeichnet, etwa als ›Reinigungszeremonie‹?«

»Das ist nicht witzig.«

»Tja, entweder du bist in einer Sekte oder du bist ein Creative Director«, sagte ich und gab ihr die Karte zurück. »Ich bin mir nicht sicher, was schlimmer ist.«

»Behalte sie, sie gehört dir.«

»Ich fasse es nicht. Wie hast du es geschafft, das so lange vor mir geheim zu halten? Es muss dich innerlich schier zerrissen haben. Keine Ahnung, ob ich sauer oder beeindruckt sein soll.«

»Lola! Ich will da kein großes Mysterium draus machen. Du sollst nur mit mir kommen. Dann wird sich alles zeigen. Warum ist das so schwer? Gott, du bist so gnadenlos.«

»Was haben nur alle mit diesem Wort? Ich bin nicht gnadenlos.«

»Urteilend, meinetwegen. Oder rechthaberisch. Bist du denn kein bisschen neugierig?«

»Nicht wirklich! Offenbar habt ihr es ja bisher auch nicht für nötig gehalten, mich einzuweihen. Du *und*

Clive. Dein neuer bester Freund. Außerdem, darf ich ehrlich sein? Jedes Mal, wenn du mich an irgendeinen geheimen Ort geschleppt hast, endete es damit, dass ich MDMA eingepfiffen und mich mit Arschlöchern in Jumpsuits unterhalten habe.«

»Es ist nichts dergleichen, ich schwöre«, bettelte sie. »Komm schon, ich bitte dich nie um etwas.«

»Du bittest mich ständig um etwas.«

Sie seufzte und warf die Hände in die Luft. Es war beunruhigend, sie so zu sehen. Das Kräfteverhältnis in unserer Freundschaft war immer zu ihren Gunsten ausgefallen, nicht weil sie das forcierte, sondern weil sie selbstverständlich davon ausging, dass die Welt sich ihrem Willen fügte – was sie auch tat. Diese Stadt war gerammelt voll mit genetischen Gewinnern, die allerdings immer noch für ihre Mahlzeiten selbst aufkommen und bei der Zulassungsstelle Schlange stehen mussten. Aber Vadis' Überzeugung, die Welt müsse nach ihrer Pfeife tanzen, war nicht manipulativ, sondern eine ausgemachte Sache. Sollte ich mich je entschließen, zu der Sorte Mensch zu werden, der seinen Pass zu erneuern vergaß und es trotzdem schaffte, das Land zu verlassen, könnte ich morgen Vadis sein.

Wir bogen um die Ecke, und die metallenen Kellertüren im Gehweg dröhnten unter unseren Schritten. Wir erreichten die Straße mit der hell erleuchteten Bodega, in der ich mir vor meiner Begegnung mit Amos Zigaretten gekauft hatte. Die Plastikkatze winkte von der Kasse herab. Angeblich symbolisieren diese Katzen Glück. Gute Omen.

»Et voilà!«, rief Vadis aus.

Es war ein enttäuschender Anblick. Eingezwängt zwischen der Bodega und einem Apartmenthaus stand eine alte Synagoge. Ich musste schon ein Dutzend Mal daran vorbeigegangen sein. Sie wirkte fehl am Platz zwischen den modernen Eigentumswohnungen auf der einen Seite und der Bodega auf der anderen, als hätte sie sich im Nachhinein hineingedrängelt. An ihren Ecken ragten Türmchen auf, jeweils bewacht von zwei Löwen, die hinabspähten und mitten im Brüllen erstarrt schienen. Unter ihren Tatzen hingen verdeckte Überwachungskameras. Alle Fenster waren mit Brettern vernagelt, bis auf einen Davidstern aus Bleiglas in der Mitte der Fassade, bei dem etliche Glasstücke fehlten. Der untere Teil der Fassade war mit Graffiti verziert, der obere mit Taubenkot, als hätten sich hier zwei Spezies miteinander abgesprochen.

»Bist du jetzt Jüdin?«

Ich blickte zu Vadis, die nicht antwortete, und dann wieder zu dem Gebäude. Ich habe nie verstanden, warum man die Synagogen der Stadt, in denen nicht mehr praktiziert wurde, nicht in Co-ops und Coworking Spaces umwandelte. Vielleicht gab es Probleme mit dem Denkmalschutz. Oder sie waren baufällig. Vielleicht herrschte auch ein alternder Bildhauer mit einem Septum-Piercing über sie. Was auch immer der Grund war, in vielen dieser Gebäude hausten jetzt die Ratten. Oder alle, die verzweifelt genug waren, um dort unerlaubt einzudringen. Zu denen gehörten offenbar auch wir.

»Das ist kein unerlaubtes Eindringen«, erklärte Vadis. »Pass auf.«

Sie trat einen Schritt zurück und vergewisserte sich, dass eine der Überwachungskameras ein klares Bild von ihr aufnahm. Ein rotes Licht blinkte abweisend. Sie marschierte auf der Stelle. Sie hüpfte auf und ab. Schließlich wickelte sie ihren Jackenärmel um die Faust und donnerte gegen die Tür, bis sie bebte. In meinem Mund formten sich die Worte: *Lass uns lieber von hier verschwinden.* Außer in einem Horrorfilm hatte ich noch nie jemanden diesen Satz sagen hören. Nichts bringt das unheimliche Knarren der Tür eines alten Anwesens so zur Geltung wie ein: *Lass uns lieber von hier verschwinden.*

»Ich muss jetzt echt keinen geheimen Ort aufsuchen.«

Ich stellte mir vor, wie genervt Boots wäre, wäre er hier Vadis' Launen ausgesetzt. Ihr Snobismus übertraf den meinen bei Weitem: Immer verließ sie eine Party wegen einer noch angesagteren, immer *musste* sie die abgelegensten Traumstrände entdecken, nur um sie schon bei ihrer Ankunft für *out* zu erklären. Einmal bemerkte er sinngemäß: »Ich kann mir nicht vorstellen, dass Vadis eine Flughafentoilette benutzt«, und ich wusste genau, was er meinte.

»Gehen wir Pizza essen«, schlug ich vor.

Ohne mich weiter zu beachten, tippte sie hektisch eine Nachricht. Aber noch bevor sie sie abschicken konnte, hörte ich ein Klicken. Die Tür wurde entriegelt.

»Muss nicht sein«, sagte sie und verdrehte die Augen.

Wir betraten einen muffigen Raum, der so aussah wie befürchtet, nur noch schlimmer, und der auch so roch wie befürchtet, nur noch schlimmer. Nicht zu identifizierende Partikel schwebten durch hereinfallende Lichtstreifen. Irgendwann hatte ein Feuer das Dach zerstört, und an vielen Stellen fehlte der Putz. Löcher in der Mauer waren mit vergilbtem Zeitungspapier zugestopft worden. Bierflaschen ohne Etiketten standen in den Ecken. Zwischen den verkohlten Balken im Dach hingen Spinnweben. Alles wirkte modrig und feucht. Als ich über die Schulter blickte, bemerkte ich ein paar Fußgänger auf der gegenüberliegenden Straßenseite. Sie beäugten uns mit dem für New York typischen Neid auf Menschen, die kraft ihrer Autorität Orte betreten durften, zu denen anderen der Zutritt verwehrt blieb.

Dann knallte die Tür hinter uns zu, und es wurde stockfinster.

Nachdem wir die Taschenlampen unserer Handys eingeschaltet hatten, instruierte mich Vadis, auf meine Schritte zu achten. Ich folgte ihr und trat dorthin, wo sie hintrat. Durch die Löcher im Fenster fiel Nachmittagslicht und strahlte einen der Deckenbalken an. In das Holz waren hebräische Buchstaben und ihre Übersetzung geschnitzt: »Dies ist das Tor des Herrn, die Gerechten werden dort einziehen.«

»Nur der bußfertige Mann wird bestehen«, murmelte ich.

Wir erreichten den hinteren Teil des Raumes und

eine weitere Tür mit einem verrosteten Knauf. Anstatt ihn zu drehen, drückte Vadis einen leuchtend grünen Knopf im Türrahmen, worauf sich die gesamte Tür nach links schob wie eine Platte auf ihren Schienen in einer Jukebox.

Wir betraten einen Raum, der einer Antigravitationskammer glich. Ein Gang, nicht breiter als ein Schrank, ausgekleidet mit Stahlplatten, die mit silberglänzenden Bolzen zusammengenietet waren. Der Gang schien sich in jede Richtung endlos fortzusetzen, was an den Spiegeln an beiden Enden lag. Es roch, als hätte jemand mit Zitrusreiniger frisch geputzt.

»Du bist eine Agentin«, sagte ich und erstellte innerlich eine Liste mit allen für die CIA relevanten Fähigkeiten Vadis'.

»Tatsächlich?«

Sie gab einen fünfstelligen Code in ein Tastenfeld ein, das einen Herzschlag lang blinkte, bevor es einen schrillen Piepton von sich gab und rot wurde. Beim zweiten Versuch behandelte sie die Tasten mit mehr Feingefühl. Die einzelnen Tastentöne ergaben eine Melodie, zu der Vadis beim Drücken textete:

»Ists. Das. Was. Du. Brauchst.«

»Aha«, sagte sie, als die Tastatur die Eingabe nun dudelnd akzeptierte.

»Ernsthaft jetzt, bist du Agentin?«

»Nein.« Eine vertraute Verschlagenheit huschte über ihr Gesicht. »Aber in gewisser Weise bist du eine.«

Sie schob die Stahlwände auseinander. Blinzelnd versuchte ich mit den Ereignissen Schritt zu halten. Vor uns öffnete sich ein marmornes Atrium. Aus einem messingumrahmten Oberlicht strömte Sonne herein. Und aus drei Etagen mit offenen Galeriegängen sickerte weiteres Licht herab. Das Ganze wirkte, als hätte jemand das Guggenheim in quadratische Form gepresst. Über unseren Köpfen hingen zwei Kronleuchter wie Tropfsteine und setzten flimmernde Lichtpunkte. Auf der ehemaligen Frauengalerie hatte man die Bankreihen durch Aktenschränke ersetzt. In einer Ecke war ein Garten angelegt, durch ein Ensemble von wabenförmigen Sonnenkollektoren mit Licht versorgt. Die Paneele waren wellenförmig angeordnet, als habe jemand ein Laken aufgeschüttelt, das mitten in der Bewegung eingefroren war. Darunter wuchsen Farne und Moose, Bambus, Kakteen, Strelitzien und ein paar Cannabispflanzen. In der Mitte plätscherte ein Brunnen.

»Garten«, sagte ich, als hätte ich das Wort gerade neu gelernt.

»Ach, ist dir das auch schon aufgefallen?«, sagte sie und lachte.

Der eigentliche Star der Show war jedoch weder der Garten noch waren es die Kronleuchter. Er erhob sich uns direkt gegenüber: ein eleganter kleiner Aufzug, dort wo einst die Kanzel gestanden haben musste. Man sah durch seine gläsernen Wände auf die Mechanik, auf die Kabel und Räder, wie auf das Innere einer Uhr. Schwer zu sagen, welche Zahnräder funktional und welche rein dekorativ waren. Der Transportkäfig im Inneren war aus Messing, die Außenseite verglast, und das Ganze hatte etwas von einem Flaschenschiff. In der

Mitte führte eine lange Seidenkordel nach oben. Hinter mir ertönte ein Geräusch wie das Zischen einer großen Espressomaschine, und der Bann war gebrochen.

Es handelte sich in der Tat um eine professionelle Siebträgermaschine.

Ein schlaksiger, leicht pickliger Junge um die zwanzig stand in der Nähe des Eingangs hinter einem Tresen. Er trug eine Schiebermütze und eine Fliege. Hinter ihm stapelten sich Tassen und Untertassen, daneben ein Glas mit Strohhalmen. Er lächelte mich an, die Lippen aufeinandergepresst, freundlich und eine Spur geistesgestört.

»Kaffee?«, fragte Vadis.

Aus irgendeinem unlogischen Grund verringerte das Espresso-Kid in meinen Augen die Wahrscheinlichkeit, dass ich hier in die Hände von Organhändlern gefallen war.

»Nein, alles gut, danke.«

Der Aufzug setzte sich in Bewegung, die Räder drehten sich wie ein mechanisches Ballett. Vadis und ich standen dicht nebeneinander und sahen ein Paar menschlicher Füße auf einer Glasplattform herabschweben. Die Füße gehörten zu einem tadellos gekleideten schwarzen Mann in marineblauem Anzug mit rasiermesserscharfen Bügelfalten. Er war groß und hatte eine Glatze, und an seinem Hals schmiegte sich eine Hautfalte an seinen Kragen. Als die Aufzugstüren aufglitten, beugte er sich vor, um ein paar Fusseln von seiner Hose zu zupfen, bevor er zügig durch das Atrium schritt. Dabei hielt er seine Hand zu forsch und zu früh zur

Begrüßung ausgestreckt, wodurch er irritierenderweise den Eindruck eines marschierenden Hitlerjungen erweckte.

»Hallo!«, rief er, als brülle er das schon seit Stunden. Bei uns angekommen, ergriff er meine beiden Hände mit einer der seinen, tätschelte das entstandene Fingergewirr mit der anderen, wobei er es ruckartig hin und her bewegte, als würde er einen Cocktail schütteln. Seine Haut war unerwartet kühl. Dieser ganze Ort war unerwartet kühl. Es kostete wahrscheinlich das Bruttoinlandsprodukt eines kleinen Landes, um ihn gut klimatisiert zu halten.

»Das ist Errol«, stellte Vadis den Mann vor.

»Lola!«, rief Errol aus. »Licht meines Lebens, Feuer meiner Lenden. Na ja, nicht *meiner* Lenden. Hashtag MeAsWell. Hat Vadis dich schon herumgeführt? Espresso?«

Das pickelige Espresso-Kid frischte sein Lächeln auf. Ich schüttelte den Kopf.

»She was a showgirl!«, sang Errol mit vibrierendem Zwerchfell. »Ja, *genau*. With yellow feathers in her hair and a dress cut down to there!«

»Ist das hier eine Eventhalle?«, fragte ich, wobei sich meine Stimme nicht nach meiner eigenen anhörte.

Errol schüttete sich aus vor Lachen, bis er sich schließlich mit einem »Oh, Lola« und dem Abwischen einer unsichtbaren Träne wieder einkriegte.

»Ich habe ihr noch nichts erzählt oder gezeigt«, erklärte Vadis, meine Unwissenheit entschuldigend. »Ich dachte, sie erfährt es besser aus erster Hand.«

»Sie kennen meinen Namen.«

»Und du kennst meinen Namen«, erwiderte Errol lächelnd. »Und ich kenne Vadis' Namen. Wir alle kennen hier die Namen aller anderen. Bitte, folgt mir.«

»Irgendwie finde ich es nicht gut, dass ich ständig wem folgen muss.«

»Du *musst* hier gar nichts.« Meine Bemerkung schien ihm zu missfallen. »Wir sind ganz und gar dem freien Willen verpflichtet.«

»Wir?«

»Es ist nur so, dass es auf dieser Etage keinen Konferenzraum gibt.«

»Tja, na dann …«

Errol lächelte erneut, ein erfreulich schiefes Lächeln, bei dem ein Schneidezahn einen Knicks hinter dem anderen machte.

»Du hast Humor«, befand er.

Wir drängten uns zu dritt in den seltsamen Aufzug, von dem ich schon fast erwartete, er würde uns durch die Decke katapultieren. Vadis stand vor mir. Ich konnte ihr Parfüm riechen, eine teure Mischung aus offenem Kaminfeuer und Bergamotte. Errol blickte ebenfalls zur Aufzugtür und richtete seine Wirbelsäule auf. Der Fahrstuhl war offenbar überflüssig, da das ganze Gebäude wohl kaum mehr als vier Stockwerke hatte, außerdem kroch er im Schneckentempo. Doch keiner der beiden störte sich an seiner Langsamkeit. Mein Blick nach unten ins Atrium wurde durch die surrenden Messingzahnräder beeinträchtigt, aber ich konnte immer noch den Barista erkennen. Er stierte geradeaus, die Augen unbewegt auf die Stelle geheftet, an der wir vorhin noch gestanden hatten, so als hätte er einen kleinen Schlaganfall erlitten.

4

Clive erwartete uns in einem gläsernen Konferenzraum. Auf einem Holztisch hinter ihm befand sich ein
Tablett mit Wasserflaschen. Er sah zugleich mehr und
weniger gefasst aus als bei unserer letzten Begegnung.
Mehr, weil er nicht sturzbetrunken war, weniger, weil
er in großer Sorge schien. Wie ein eingesperrtes Tier
trabte er um die Stühle, wobei sein Jackett flatterte und
das seidene Innenfutter sichtbar wurde. Sein Anzug war
an den Ellbogen zerknittert, wahrscheinlich von einem
langen Tag voller wahnwitziger Machenschaften. Als
wir eintraten, hielt er abrupt inne und setzte ein ge-
winnendes Lächeln auf. Erst dachte ich, Vadis und Errol
würden sich hinter mir verstecken, bis mir klar wurde,
dass sie sich verbeugten. Sie machten tatsächlich einen
Diener. Und das nicht vor mir. Ich war fassungslos.

Hinter Clive hing das einzige dekorative Element im
Raum, die Reproduktion eines Magritte. Ich kannte
das Bild. Es war nicht sein bekanntestes, aber immerhin sein belebtestes. Das Gemälde zeigte Dutzende von
Männern in Anzug und Melone, die vor einem blauen
Himmel schwebten, unter ihnen Dächer. Clive hätte
einer von ihnen sein können, ohne Hut natürlich. Er
verharrte vor dem Gemälde, als gebiete er darüber.

Ich widerstand der Versuchung, mich von seiner Ausstrahlung blenden zu lassen. Was auch immer hier lief, ich blieb standhaft. Ich war kein Clive-Glenn-Groupie.

Bei unserer allerersten Begegnung war Clive Redakteur auf mittlerer Ebene bei einer Gratiszeitung. Ich sah deren Schlagzeilen oft an Kiosken prangen. Wir gingen auf dieselben Partys, verabscheuten dieselben Leute. Schon bald sonderten wir uns von der Herde ab, um uns über Kunst und Psychologie zu unterhalten, und darüber, wie die Technologie uns alle ruinieren würde. Seine Zeitung war gerade dabei, eine Kommentarfunktion für ihre Online-Inhalte freizuschalten. *Kommentare. Von Lesern.* Menschen ohne jeden Sachverstand! Von einem Silicon-Valley-Kumpel hatte er das Gerücht gehört, dass Apple daran arbeitete, Musik- und Mobilfunkfunktionen in einem Gerät zu vereinen. Wer würde wollen, dass Songs mittendrin von Anrufen oder Nachrichten unterbrochen wurden?! In der Umgebung des charismatischen älteren Mannes fühlte ich mich irgendwie etabliert, und damals erschien mir etabliert zu sein als wichtig. Es gefiel mir, wie Clive seine Meinung vertrat, so als brächte er mit jedem Satz seine tiefsten Überzeugungen und Ideale zum Ausdruck. Das ging nicht nur mir so. Er gewann Menschen schnell für sich. Wenn ich ihn in einer Bar traf, witzelte er gerade mit dem Barkeeper und bestellte eine weitere Runde, bevor er auf eine Zigarette hinausging. Waren sie gute Freunde? Nein, immer waren sie einander zum ersten Mal begegnet.

Ein paar Mal hätten wir uns fast geküsst, was der Auftakt zu einer fruchtlosen, schmerzhaften Affäre gewesen wäre. Clive war damals noch mit seiner Freundin aus College-Zeiten verheiratet, die er kaum je erwähnte. Ich war jung, und wegen ihrer Absenz in unseren Gesprächen ging ich davon aus, dass sie sich voneinander entfremdet hätten. Aber natürlich war er einfach nur perfekt darin, seine Gefühle aufzusplitten. Ich durchschaute nicht, dass er mich gerade deshalb so hätschelte, weil er seine Ehe *am Laufen* halten wollte. Wir schürten das Feuer nicht weiter, und während wir unseren Flirt in Echtzeit analysierten, kühlte die ganze Sache ab zu einer guten Freundschaft. Das Reden darüber hatte den Zweck, die juckende Stelle zu kratzen, jedoch ohne wirklich zu handeln. Letztlich schmeichelten wir einander damit nur gegenseitig. Wäre die Anziehung stark genug gewesen, hätte keine noch so detaillierte Analyse sie in Schach halten können. Als Clive und seine College-Liebe sich scheiden ließen, gab es keine juckende Stelle mehr, die hätte gekratzt werden müssen.

Ich war seine erste neu eingestellte Mitarbeiterin, als Clive stellvertretender Herausgeber von *Modern Psychology* wurde. Wir hatten das Magazin wegen seiner Geschichte immer aus der Ferne respektiert, es aber im Grunde nicht gemocht, weil das Leseerlebnis eher dem Verspeisen von Balsaholz glich. Clive hauchte dem Magazin Feuer und Stil ein. Er verlieh ihm eine menschliche Note, ohne dass es sich anbiederte, es bekam Glanz, ohne flach und oberflächlich zu werden. Ich wurde Zeugin seines rasanten Aufstiegs zum Chefredakteur. So wie Clive sich reinhängte, überraschte mich das wenig. Er war ständig mit der Arbeit beschäftigt. Er redete mit seinen Mitarbeitern über ihre Gefühle, als wären sie wichtige Informationsquellen. Er wollte alles über meine Dates mit Männern wissen, als wären sie Laborratten. In dem Punkt glich er Verheirateten, die ihr eigenes Leben als Sinnbild für Kontrolle und deines als Experiment betrachten; die ihr Mitleid mit dir als Empathie tarnen, und ihr Überlegenheitsgefühl als wohlmeinende Freundschaft. Ich berichtete ihm trotzdem auskunftsfreudig über jedes Detail, einfach weil ich ihm nahe sein wollte.

Er behauptete immer, die von ihm als Chefredakteur erwarteten öffentlichen Auftritte seien ihm zuwider. Er fühle sich in Wahrheit wie ein Hochstapler, der im Namen des Magazins an Podiumsdiskussionen teilnehme und in Morgensendungen mit Tipps zur »Entspannung vor der Arbeit« auftrete. Was konnte an einem Tag schon so schiefgelaufen sein, dass man sich vor acht Uhr morgens beruhigen musste? Er schickte uns Videos, in denen er die Pappaufsteller von Talkshow-Wissenschaftlern rammelte. Als er selbst regelmäßiger Gast in diesen Talkshows wurde, riss er nach wie vor Witze darüber. Immerhin könne er dadurch teure Designeranzüge von der Steuer absetzen. Aber bitte bloß keine Nadelstreifen, sagte Clive, die Ermahnungen der Moderatoren wiederholend.

Bald bekam Clive seine eigene Sendung. Einfach mal eben so. Eine Karriere, für die andere Menschen ihr Leben lang schufteten, fiel ihm in den Schoß. Mit der

Show bekam er auch einen eigenen Fahrdienst, eine eigene Garderobe und eine bezaubernde neue Freundin, eine Visagistin namens Chantal, die bereits seit Monaten Clives Poren mit Concealer verkleistert hatte. Sie hatte ein herzförmiges Gesicht und ein eigenes Label für Rougepinsel. Sie schleppte ihn zum Bikram-Yoga, zum Salbei-Räuchern und zu Pediküren. Als die Sendung abgesetzt wurde, verwandelte Clive sich zur Parodie seiner selbst. Er postete Zitate von C. G. Jung in den Social Media. Die Bücherregale in seinem Büro waren nun mit Titeln wie *Die Angst vor der Gegenwart* und *Regression in vergangene Leben* bestückt. Ein vierhundertseitiges Buch mit dem Titel *Wie atme ich richtig?* lag aufgeschlagen in der Ecke, wo einst das *Diagnostische und therapeutische Handbuch* gelegen hatte. Er schloss nun immer seine Tür, um zu meditieren, was wir beharrlich beanstandeten, bis er sie offen ließ. Nun sahen wir ihn kerzengerade und mit zugekniffenen Augen dasitzen, wenn wir vorbeigingen.

»Innerer Frieden als äußere Darbietung«, bemerkte Zach, laut genug, damit Clive es hören konnte.

»Nicht«, sagte ich, weil ich spürte, dass Spott ihn nur noch weiter in diese Richtung treiben würde.

»Er kann mich nicht hören. Oder doch? Clive?!«

Zach beschwerte sich, man könne kaum noch sagen, wo der alte Clive aufhöre und der neue Clive anfinge. Trotzdem verteidigte ich ihn. So etwas wie den neuen Clive gab es nicht. Es geschah alles im Namen des Magazins, dieser Institution, die wir gemeinsam aufbauten. Wir hätten an seiner Stelle dasselbe getan. Sicher, Clive haute gelegentlich den einen oder anderen klischeehaften Spruch raus – man müsse »Grenzen setzen können« und »vor der eigenen Haustür kehren«. Aber er war immer noch der Mensch, dem ich mich in den langen Nächten, in denen wir das Magazin auf den Weg brachten, anvertraute. *Ich* kannte ihn. Besser als alle anderen. Aber das war, bevor Clive abzutauchen begann. Bevor das Magazin den Bach runterging und wir ihn am dringendsten gebraucht hätten. Bevor er anfing, über Paralleluniversen und Metaphysik zu schwafeln.

Und *lange* bevor ich in die Lower East Side in ein Geheimversteck mit einem verdammten Garten geschleppt worden war.

Clive schwieg. Er stand einfach nur da und wartete darauf, dass ich etwas sagte.

»Erstaunlich«, kommentierte ich. »Wenn man bedenkt, dass du nicht mal Jude bist.«

»Es ist ein Mietobjekt«, sagte er und entspannte sich. »Hier sah es früher aus wie in Dresden nach den Luftangriffen.«

»Machst du jetzt auch Immobiliengeschäfte mit Synagogen?«

»Hattest du schon von dem Kaffee?«

»Macht ihr da *Drogen* rein?!«

Errol wirkte todbeleidigt. Er hustete in sein Einstecktuch, entschuldigte sich mit einer knappen Verbeugung und schlug die Glastür klappernd hinter sich zu.

»Verzeih ihm«, sagte Clive. »Die Kaffeebar ist sein Baby. Das ist eine Einundzwanzigtausend-Dollar-Maschine. Aus Italien. Normalerweise ist da eine Schlange, aber im Moment ist praktisch niemand hier. Vadis und ich wollten dich nicht verschrecken.«

Ein unveränderliches Merkmal Clives war dieses Funkeln in seinen Augen, das besagte: Du bist das Experiment, ich bin die Kontrollinstanz.

»Ich würde zu gerne wissen, was du denkst«, fuhr er fort. »Setz dich doch. Bitte.«

Ich zog mir einen Stuhl heran und setzte mich gegenüber von Vadis, die an ihren Weidenkätzchen herumnestelte, als würde sie die Dinger auf Anomalien hin untersuchen. Ich war plötzlich stinksauer auf sie, langte über den Tisch und fegte die Äste zu Boden. Dann lehnte ich mich zurück. Vadis faltete die Hände in ihrem Schoß.

Es klopfte an die Scheibe. Errol war zurück und gestikulierte in Richtung des Aktenkoffers an Clives Seite.

»Nicht vergessen. Ich halte das für wichtig«, rief Errol, die Stimme durch die Glaswand gedämpft.

»In Ordnung«, brummte Clive. »Schon klar.«

Clive ließ die Verschlüsse des Aktenkoffers aufschnappen und zog ein Blatt Papier und einen Stift heraus, die er beide in meine Richtung schob. Ich griff danach. Oben in der Ecke des Dokuments fand sich dasselbe Bowler-Hut-Logo wie auf der Visitenkarte, die Vadis mir gegeben hatte. In den folgenden Paragrafen verbot man mir, *geschützte Informationen im Zusammenhang mit Projektentwicklungen, an denen der Unterzeichnende teilnimmt oder die in Zusammenhang mit deren Klienten, Auftraggebern und Einrichtungen stehen, jetzt und in Zukunft weiterzugeben.*

»Eine Geheimhaltungsvereinbarung? Ist das dein Ernst?«

»Unterschreib es einfach«, zischte Vadis. »Hab ich auch gemacht.«

»Das ist natürlich beruhigend«, sagte ich. »Ist Errol dein Anwalt?«

»Errol ist der Manager dieses Ladens«, erklärte Clive.

»Ah, klar doch. Jemand, der die ganze Arbeit macht, während du dich für einen Radioauftritt verpisst. Alte Gewohnheiten lassen sich nur schwer ablegen, schätze ich.«

Vadis schnaubte. Clive warf ihr einen Blick zu. Ich kritzelte meinen Namen.

»Willkommen in der Golconda«, rief Clive und reckte triumphierend die Arme.

»In der was?«

»Das ist der Name einer berühmten uneinnehmbaren Zitadelle aus dem siebzehnten Jahrhundert in Zentralindien.«

»So berühmt auch wieder nicht.«

»Und zufällig ist es auch der Name dieses Kunstwerks.«

Clive drehte sich um und deutete auf das Bild hinter sich, auf die Männer mit den Bowler-Hüten und seitlich angelegten Armen. Dutzende von ihnen waren in gleichmäßigen Abständen angeordnet, wodurch das Bild eher wie eine Tapete wirkte. Das Auge fand nirgends einen Fixpunkt und war gezwungen, die Figuren wie ein Naturphänomen aufzunehmen, wie Regen oder Hagel. Mir gefiel das Bild mit der Pfeife besser.

»Weder schwebend noch fallend«, verkündete Clive dem Bild zugewandt. »Aufgehängt. Erstarrt. Unfähig, sich vorwärtszubewegen.«

»Das ist kein Druck, oder?«

»Es ist eine Leihgabe.«

»Ein weiteres Mietobjekt?«

»Genau. Und jetzt habe ich der Golconda eine dritte Bedeutung hinzugefügt. So lautet nämlich der Name unseres kleinen Clubs oder unseres Zirkels, wie auch immer du darüber zu denken vorziehst.«

»Ich ziehe es vor, gar nichts darüber zu denken.«

»Das Projekt wird die übliche Einteilung in Fachgebiete transzendieren. Und nein, es ist keine ›Sekte‹. Und du wirst nicht in die ›Sexsklaverei‹ verkauft.«

»Warum versiehst du Sexsklaverei mit in die Luft gemalten Anführungszeichen?«

Vadis strahlte, als seien Clives Worte eine Bestätigung ihrer Existenz.

»Und du glaubst das alles, Vadis?«

»Keine Ahnung, warum du so stinkig auf *mich* bist.«

»Vergesst es. Ich trete auf keinen Fall eurer Nicht-Sekte für reiche Leute bei, daher braucht ihr mich auch nicht weiter einzuführen. Oder mich Crystal sniffen zu lassen, oder was auch immer. Ich bin nicht mal Mitglied eines Fitnessstudios. Diese Entführung war also so was von umsonst.«

Clive erhob sich von seinem Stuhl, schlenderte herüber und legte mir die Hand auf die Schulter. Das sich sofort einstellende tröstliche Gefühl machte mich fertig. Ich hatte oft beobachtet, wie er Menschen die Hand auf die Schulter legte, Fremden vor laufender Kamera, die sich bei Clives Frage »Wie *geht* es dir gerade?« sofort in Tränen aufgelöst hatten. Auch sie hatten das Gewicht dieser Hand gespürt. Ich hasste die Effektivität dieser Geste. Boots war die einzige mir bekannte Person, die dagegen immun war. Einmal, als wir alle beim Abendessen saßen, wollte er von mir wissen, ob Clive Mühe beim Gehen habe. Als ich ihn fragte, wie er darauf käme, erklärte er, Clive habe sich jedes Mal, wenn er vom Tisch aufstand, auf seine Schulter gestützt.

»Er benutzt dich nicht als Stütze«, erklärte ich. »Er versucht nur, dich für sich zu gewinnen.«

Keine Ahnung, warum ich meine eigenen Einsichten nie ernst nahm.

»Erinnerst du dich an Soren Jørgensen?«, fragte Clive.

»Ein weiterer surrealistischer Maler?«

»Ein Fahrstuhlmechaniker, der eine TM-basierte mentale Strömung gegründet hat. Ich habe ihn mal für das Magazin interviewt. Jørgensen hatte keine formale Ausbildung, aber in den frühen Siebzigerjahren begann er zu lehren, dass der menschliche Geist den Riemenscheiben und Rädern eines Traktionsaufzugs gleicht, wie dem, der dich hier hochgebracht hat. Wenn man einen Aufzug anfordert, kommt es einem so vor, als würde die Kabine von unten nach oben oder von oben nach unten geschoben. Ein ähnliches Gefühl haben wir, wenn ein neuer Gedanke aufkommt, als würde er von innen nach außen geschoben. Selbst wenn dieser Gedanke durch äußere Reize ausgelöst wird, analysiert das Gehirn diese Reize und handelt entsprechend. Aber laut Jørgensen kommen unsere Gedanken nicht immer von dort, wo wir glauben, dass sie herkommen.«

»Clive.«

»Ja?«

»Dein schwedischer Fahrstuhlmechaniker war nicht der Erste, der das Unterbewusstsein entdeckt hat.«

»Dänisch. Und wir reden nicht über das Unterbewusstsein. Wir reden von der Annahme, dass alle unsere Gedanken aus unserem Inneren stammen. Jørgensen stellte dagegen die Theorie auf, dass ein Teil unserer Selbst nicht nur von äußeren Kräften angeregt wird, sondern mit ihnen direkt verbunden ist.«

»Das ist keine Theorie. Du sprichst hier von Gedankenkontrolle.«

Er schauderte, als hätte er in etwas Fauliges gebissen.

»Es ist ein ganz alltäglicher Vorgang.« Er stieß die Worte zwischen den Zähnen hervor. »Deine Gehirnwellen senden elektromagnetische Impulse aus, die Energien auf andere Menschen übertragen. Das ist die Kraft der Suggestion. Du tust es in diesem Moment.«

»Also, was denke ich gerade?«

»Nichts Gutes«, bemerkte Vadis leise.

»Wir sind keine Gedankenleser, Lola.«

»Wie viele Leute sind an der Sache beteiligt?«

»Etwas mehr als fünfzig.«

»O Gott.«

»Jørgensen war nicht der Auffassung, dass ein Mensch einen anderen zu etwas *zwingen* kann. Aber der Einfluss, den wir auf das Bewusstsein unserer Mitmenschen haben, hat sich durch die technologische Entwicklung noch verstärkt. Auch wenn wir uns gerne als hydraulische Aufzüge sehen, sind wir in Wahrheit Traktionsaufzüge.«

»Okay.«

»Okay?«

»Okay, du hast eine Sekte für Gedankenkontrolle gegründet, in deren Zentrum eine Espressomaschine steht. Ich freue mich sehr für dich.«

»Es geht *nicht* um Gedankenkontrolle«, sagte er und bemühte sich, ruhig zu bleiben. »Es geht nicht um erzwungene, sondern um ethische Überzeugungsarbeit. Wir binden die Menschen nicht durch Angst und Einschüchterung an uns. Es ist eine Mischung aus unterschwelligen Botschaften und Meditation.«

»Freut mich trotzdem für dich. Aber was habe ich hier verloren?«

Er und Vadis wechselten Blicke. Clive forderte sie mit einem Nicken zum Sprechen auf.

»Also, wenn wir die gesamte Menschheit als ein einziges großes Netzwerk betrachten«, begann Vadis, dankbar, dass man ihr das Wort erteilt hatte, »und wir eine gewisse Energie in einen Teil des Netzwerks einspeisen, hat das Auswirkungen auf einen anderen Teil. Wie das Ziehen eines Fadens. Zum Beispiel wenn dein Verlobungsring den Kaschmirpulli ruiniert, den ich dir geliehen habe.«

»Irgendein Typ hat diesen Pullover bei dir liegen lassen, du weißt nicht mal, wer.«

»Darum geht es nicht.«

»Vadis will damit sagen, dass wir eine Mischung aus ganzheitlichen und technologischen Techniken, aus positiver und negativer Verstärkung, einsetzen, um bestimmte Verhaltensweisen zu fördern. Um bestimmte Handlungen auszulösen.«

Clive lockerte seine Krawatte wie ein Moderator, der sein Studiopublikum anheizt. Wenn er in dieser Verfassung war, hielt ich mich ungern in seiner Nähe auf. Es fühlte sich an, als würde man körperlich geschüttelt.

»Brauchst du ein Whiteboard?«

»Stellen wir uns vor«, sagte er und ignorierte mich, »dass wir in den Stunden vor einem angekündigten Orkan durch diese Stadt laufen. Es weht eine Brise, die sich in keiner Weise von jeder anderen Brise unterscheidet. Müll, der sich in keiner Weise von anderem Müll unterscheidet, wirbelt in einem Kreis, der sich in keiner Weise unterscheidet —«

»Ich habs verstanden. Es geht um Müll.«

»Und trotzdem!«, rief er. »Weil ein Ereignis *angekündigt* wurde, spürst du, wie die Stadt ihre vielen Augen auf einen gemeinsamen Fokus richtet. Die Gespräche verändern sich, die Posts in den Social Media haben neue Inhalte. Die kollektive Energie kann die individuelle Energie überlagern, vor allem, wenn wir ein Individuum zusätzlich magnetisieren können. Und genau da bist du ins Spiel gekommen.«

»Wie bitte?«

»Ja«, bestätigte Vadis. »Du hast richtig gehört: du *bist gekommen*.«

Unwillkürlich dachte ich an die Begegnung mit Amos auf der Straße. *Hallo, Fremder.*

»Das geht schon seit Freitagabend so«, sagte ich.

Clive spähte zu Vadis, die nickte.

»Es funktioniert ein bisschen schneller als erwartet, das ist großartig.«

»Und ich bin der Wirbelsturm?«

»Du bist das Loch«, sagte Vadis. »Das Auge des Donut.«

»Du bist unsere Fallstudie, unser Modell.«

Ich legte meinen Kopf auf den Tisch und stöhnte. Ich betrachtete den Magritte, in der Erwartung, all die Männer würden sich bewegen. Hatte ich gespürt, was hier vorging? Wäre ich mehr in meinem Körper zu Hause gewesen wie diese Menschen, die dem ständigen Dopaminrausch der Social Media entsagten, hätte ich es vielleicht wahrnehmen können.

»Wann hast du mich als Loch auserkoren?«

»Beim vorletzten Ehemaligen-Dinner.«

»In diesem Jerk-Chicken-Laden?«

Die Erinnerung an scharfes Fleisch und Scotch Bonnet ließ mich sauer aufstoßen. Ich bemerkte mein Spiegelbild in der Glaswand und zwang mich, hindurchzusehen, vorbei an den Kronleuchtern, dorthin, wo die Aktenschränke in Reih und Glied standen. Ein indisch aussehender Mann mit einem karierten Oberteil und eine ältere weißhaarige Dame mit großem Schmuck liefen vorbei. Sie passierten eine koreanische Frau, etwa im gleichen Alter wie der Barista, in weißer Tunika und silbernen Schuhen. Sie grüßten einander mit einer kleinen Verbeugung, die allerdings weniger theatralisch ausfiel als der Diener, den Vadis und Errol vor Clive gemacht hatten. Die Koreanerin trug eine Brille mit Goldrahmen und schob einen Wagen mit einem Monitor, dessen Kabel über den Rand hingen. Keiner von ihnen schaute zu uns.

»Du hast das in zwei Monaten aufgebaut?«

»Oh, nein«, korrigierte mich Clive. »Ich hatte den Mietvertrag bereits unterschrieben, als das Magazin eingestellt wurde. Aber versuch du mal, eine Baugenehmigung für einen Tempel zu kriegen. Lange Zeit kam kein Geld rein. Dann fingen wir an, Investoren zu gewinnen und Mitgliedschaften zu verkaufen, hauptsächlich durch Empfehlungen.«

»Wer sind all diese Leute?«

»Das darf ich dir nicht sagen.«

»Ich habe eine Geheimhaltungsvereinbarung unterschrieben.«

»Deswegen verraten wir dir noch lange nicht, wer JFK erschossen hat«, spottete Vadis.

Clive und ich neigten simultan die Köpfe zur Seite und fixierten sie.

»Schön. Aber warum ich?«

»Weil wir dich kennen«, erwiderte Clive, als würde dieses simple Argument alles erklären. »Und du hast ein klar umgrenztes Problem, das geografisch lokalisierbar, leicht zu manipulieren und romantischer Natur ist. Wenn es um die Macht der Suggestion geht, ist die Liebe unserer Erfahrung nach die am leichtesten anzuzapfende Frequenz. Jede andere Emotion flackert hell auf und verlischt ebenso rasch wieder. Aber die Liebe hinterlässt ein Netzwerk unterschwelliger Verbindungen. Und du, meine Süße, warst *häufig* verliebt.«

»Verschossen«, korrigierte ihn Vadis. »Eine serielle Monogamistin. Eine Menschensammlerin.«

»Woher bezieht ihr eure Fakten?«

»Romantische Gefühle hinterlassen einen neurologischen Fußabdruck«, fuhr Clive fort. »Aber wir brauchten dazugehörige Namen. Und Daten über diese Namen. Als deine Freunde konnten wir beobachten, wie du über Jahrzehnte ein zerstörerisches und hoffnungslos heimgesuchtes Liebesleben geführt hast. Du bist besessen von den Dämonen der Vergangenheit. Und du hast dich in dem Punkt immer bereitwillig mitgeteilt.«

»Klar doch. Fickt euch. Und was ist mit Zach?«

Vadis rümpfte die Nase.

»Wer würde mit Zach monogamisieren wollen?«

»Nein, ich meine, ob Zach davon weiß?«

»Zach weiß nichts von alledem«, sagte Clive.

»Muss er auch nicht. Er glaubt ja ohnehin schon, dass die Reichen den Armen eine Gehirnwäsche verpassen!«

»Du musst aufhören, es als Gedankenkontrolle zu betrachten.«

»Wenn es keine Gedankenkontrolle ist, dann *muss* ich ja auch nichts tun.«

»Lola, selbst wenn die Macht der Suggestion Gedankenkontrolle wäre, was *nicht* der Fall ist, bist du nicht die Kontrollierte. Wir ermutigen die Menschen lediglich, sich in einem Radius von fünf Blocks um diesen Ort hier zu bewegen, um dabei zu helfen, die weltweit erste harmonische Bündelung von geistigem und maschinellem Lernen zu kreieren. Das ist alles. Einer unserer Mitarbeiter war früher bei der NYPD. Wenn ich dir sein Honorar verrate, fällst du in Ohnmacht. Wir haben hier einen Ressourcenspezialisten der NSA, einen Agenten des Israelischen Geheimdiensts, einen Fachmann für Werbealgorithmen, einen Professor für Medienwissenschaften, den ehemaligen Angestellten Nummer neun eines allgegenwärtigen Technologiekonzerns. Wusstest du, dass Ex-Partner die viertbeliebteste Sucheingabe sind, nach Pornos, aber noch *vor* Krankheiten?«

»Das wusste ich nicht.«

»Hör zu, es funktioniert tatsächlich. Wir können dir nicht überallhin folgen, aber wenn du dich in den nächsten zwei Wochen in einer vertretbaren Entfernung von diesem Ort hier bewegst —«

»Dann stolpere ich garantiert über einen Ex.«

»Ziemlich sicher.«

»Weil du ein Spionage-Superteam zusammengestellt hast, um mein Leben ins Chaos zu stürzen mit … Vibes?«

»Nicht um es ins Chaos zu stürzen, sondern um zu *helfen*. Und nicht mit *Vibes*. Sondern durch Energie und Beeinflussung der Social Media. Wenn du es simpel ausdrücken willst.«

»Ich habs nun mal gerne einfach. Wusstet ihr eigentlich, dass Boots die Stadt verlässt?«

Clive schüttelte den Kopf und stieß die Luft aus.

»Ihr wusstet es nicht?«

»Wir überwachen dich nicht, Lola«, sagte Vadis.

»Eigentlich«, korrigierte Clive, »ist es das Einzige, was wir tun. Aber nein, wir wussten es nicht.«

»Okay. Aber wie hast du Eliza dazu gebracht, dieses Restaurant auszuwählen?«

»Eliza«, summte Clive, als ob er sich an den Titel eines Songs erinnern würde. »Ich wusste nicht mal, dass sie existiert, bis Vadis mir auf dem Weg hierher eine SMS schrieb. Vermutlich war ihr Erscheinen eher ein meditatives als ein technologisches Resultat.«

»Ein meditatives Resultat?«

»Wir haben einen großen Raum, in dem Menschen sitzen und über dich nachdenken«, sagte Vadis, als wäre dies ihr eigener Lebenstraum.

»Du wirst feststellen, dass sich die Zufälle auf ganz natürliche Weise häufen werden«, sagte Clive. »Die Wahrscheinlichkeit, dass Eliza ein Restaurant in dieser Gegend auswählt, war ziemlich hoch. Lola, *noch* geht es hier nur um dich. Aber wenn wir es schon schaffen, dass genügend Leute mit peripherem Wissen über eine Person deren Lebensumstände beeinflussen, dann stell dir vor, was alles verhindert werden könnte. Ich weiß, ich klinge wie ein durchgeknallter Weltverbesserer, aber stell dir die langfristigen Auswirkungen auf PTBS, Trauer, Sucht, Trauma, vielleicht eines Tages auch auf Klimawandel und *Atomkrieg* vor ...«

»Du willst Kim Jong-un mit all seinen Ex-Frauen konfrontieren?«

»Vadis, würdest du uns entschuldigen?«

Vadis seufzte, stieß sich vom Tisch ab und neigte dabei den Kopf in seine Richtung. Sie sammelte ihre

Weidenkätzchen vom Boden auf. Sobald sie abgezogen war, lupfte Clive sein Hosenbein und hockte sich auf die Tischkante.

»Lola, stell es dir vor wie in *Eine Weihnachtgeschichte.*«

»Ja, aber im Stil stark beeinflusst von *Der Exorzist.*«

»Tut mir leid, dass wir dich nicht eingeweiht haben. Das Ganze mutet sicher etwas geheimnisvoll an.«

»Geheimnisvoll? Bin ich fünf? Ich finde es schlichtweg unmoralisch.«

»Wir konnten dich nicht informieren. Schau, wie du jetzt reagierst. Du hättest den ganzen Prozess ausgehebelt. Wir haben dich und die Männer hier in der Nähe gebraucht.«

»Clive. Man sollte seinen Ex-Freunden höchstens einmal im Jahr über den Weg laufen, wenn überhaupt.«

»Aber nur weil du die Alternative nicht siehst. Was wäre jedoch, wenn du dich auf die Begegnung mit der Vergangenheit vorbereiten könntest, anstatt von ihr zufällig überrumpelt zu werden?«

»Mir kommt es vor, als würdest du Gott spielen. Oder als ob du selbst das Gefühl hast, du spielst Gott.«

Ich konzentrierte mich auf eine zufällige Stelle von Clive – einen Knopf an seinem Hemd – und stellte mir vor, wie er den Knopf durch das Knopfloch schob.

In meiner Hosentasche befanden sich die Chatverläufe mit allen Männern, mit denen ich je eine Beziehung hatte, wie flüchtig sie auch gewesen war. Vadis hatte Recht. Ich war eine Menschensammlerin. Manchmal rief ich einen alten Chat auf und spürte, wie ich durch einen Tunnel rückwärtsstürzte und am anderen Ende mit äußerst lebhaften Gefühlen wieder auftauchte, die eigentlich nur blasse Erinnerungen sein sollten. So als würde ich Salz in eine Wunde reiben und dann frustriert darüber sein, dass sie nicht schneller heilt. Ein falsches Gefühl der Verbundenheit stellte sich ein, wenn ich die Worte dieser Männer wieder las, die ja längst nicht mehr ihre eigenen waren, sondern Artefakte ihres früheren Ichs. Es war nicht gesund, eine Sitcom mit der Cousine meines Ex zu schauen. Aber es war wie mit dem Rauchen: Ich tat es mit der vagen Gewissheit, dass es jedes Mal toxisch war und mein Körper irgendwann den Preis dafür würde zahlen müssen.

»Ich möchte dir etwas zeigen«, sagte Clive.

Wir schritten durch die Halle zu den Aktenschränken, wo er mehrere Schubladen öffnete und schloss.

»Ah, da, hinter dir.«

Ich trat zur Seite, als er gegen eine der mittleren Schubladen drückte. Sie glitt heraus. Er entnahm ein laminiertes Blatt, auf dem *MENÜ* stand.

»Das ist ein Entwurf für zukünftige Szenarien«, verkündete er und reichte mir das Blatt.

Auf der glatten Oberfläche schimmerte das Licht der Kronleuchter. Meine Hand zitterte, daher packte ich das Blatt mit beiden Händen:

Willkommen in der Golconda. Wir freuen uns, unseren Mitgliedern die folgenden Pakete anbieten zu können. Bitte beachten Sie, dass aus Sicherheits- und Rechtsgründen und wegen personeller Einschränkungen nur ein Paket pro Kalenderjahr gebucht werden kann. Preis auf Anfrage.

»Komm schon«, sagte er. »Lies es laut vor.«

Ich räusperte mich.

»»Blut auf der Straße: Du entdeckst deinen Ex blutend auf der Straße, weil er vom Fahrrad gestürzt ist. Diese Person verletzt und in Gefahr zu sehen, weckt in dir die Fantasie, dich wieder um sie zu kümmern, die Beziehung kommt zu einem befriedigenden Abschluss, der Kreis schließt sich.‹«

Ich blickte zu ihm auf, sah die Falten rund um seine Augenwinkel.

»Du bist krank. Ein totaler Soziopath.«

»Was du nicht sagst.«

Er schnippte gegen die Ecke des Blattes.

»»Die Hölle sind die anderen: Du beobachtest durch einen Zwei-Wege-Spiegel, wie alle deine Ex-Freunde zusammen in einem Raum eingesperrt sind. Du verfolgst mit, wie lange sie brauchen, um herauszufinden, dass du der gemeinsame Nenner bist. Im Flugzeug: Jedes Mal, wenn du ein Flugzeug besteigst, sitzt du neben einem Ex-Partner. Geeignet für Geschäftsreisende. Bitte beachten: Wir sind nicht verantwortlich für die Dauer des Fluges.‹ Jesus.«

»Ja, das ist ein Knaller. Stell dir vor, du fliegst nach Tokyo und neben dir sitzt jemand, der dir das Herz gebrochen hat.«

»Nein. Du bist ein Sadist. ›Heldenverehrung: Dein Ex, der dich für einen schrecklichen Menschen hält, wird Zeuge, wie du in letzter Sekunde ein Kind vor einem herandonnernden Lastwagen in Sicherheit bringst. Abhängig von der Verfügbarkeit.‹«

»Des Lastwagens?«

»Des Kindes.«

»Clive!«

»Es ist ja nur ein Prototyp!«

»Das Verhör: Wollten Sie schon immer wissen, was Ihr Ex wirklich von Ihnen hält? Wir sorgen dafür, dass er Zeuge eines Kapitalverbrechens wird, in Polizeigewahrsam genommen und an einen Natrium-Thiopental-Tropf gehängt wird. Sex on the Beach: Noch offen.‹ Was hat es damit auf sich?«

»Im Moment? Wodka und Pfirsichschnaps.«

»Ich fass es nicht.«

»Prototyp!«

»Und du willst diese Erfahrungen an Leute verkaufen? Für wie viel?«

»Das willst du nicht wissen.«

»Überlass das bitte mir.«

»Bis zu zweihundertfünfzigtausend Dollar pro Erfahrung.«

»Also hat tatsächlich alles und jeder seinen Preis.«

»Wir müssen realistisch bleiben! Allein dein Paket hat Monate der Entwicklung gekostet.«

»Aber nehmen wir an, ich bin reich, habe schon einen Haufen Geld für das Studium meiner Kinder in Harvard ausgegeben. Was sollte mich dazu bewegen, auch noch hierfür Geld auszugeben?«

»Überleg mal, wie viel Geld die Leute im Laufe ihres Lebens für Therapien ausgeben. Die Antwort darauf hat *Modern Psychology* ein Vierteljahrhundert lang am Leben erhalten. Wir dagegen bieten den Menschen die Möglichkeit, sich innerhalb von Minuten ihren Dämonen zu stellen.«

»Es sei denn, einer von ihnen besteigt einen Flug nach Tokio.«

»Prototyp!«

Mein Handy vibrierte. Es war eine SMS von Boots: *Geschätzte Ankunftszeit?*

Eine Botschaft der Außenwelt wirkte bizarr an diesem Ort, wie ein Anflug von Realität. Ich fühlte mich, als hätte ich den Everest mit meinem Hausschlüssel in der Hosentasche bestiegen. Ich antwortete, ich sei bald zu Hause, aber Vadis hätte eine persönliche Krise – eine glaubwürdige Lüge, die vermutlich gar nicht mal so weit von der Wahrheit entfernt war.

»Wie heißt mein Paket?«

Clive drehte das Blatt für mich um und deutete darauf: *Cult Classic.*

»Weil du die Erste bist«, sagte er. »Der erste Affe im Weltraum. Der erste selbst verdiente Dollar, der gerahmt an die Wand gehängt wird. Unser Kanarienvogel in der Kohlenmine.«

»Soweit ich weiß, sterben diese Kanarienvögel meistens.«

»Du wirst das Original sein, wenn wir global werden.«

»Wollt ihr nicht erst abwarten, wie sich das entwickelt? Brauchst du nicht mehr Förderung, bevor ich die Erste von irgendwas werde?«

»Lass das meine Sorge sein. Mein Wunsch wäre es, wenn du nach jeder Begegnung Bericht erstattest. Je mehr Daten wir haben, desto besser wird es funktionieren.«

»Und wenn ich es nicht tue?«

Clive erwog diese Vorstellung. Oder besser gesagt, er tat so, als würde er darüber nachdenken.

»Dann wirst du dich nicht weiterentwickeln.«

»Du meinst, das hier wird sich nicht weiterentwickeln«, sagte ich und ließ meinen Finger in der Luft kreisen. »Deine kleine Sekte.«

»Es ist *keine* Sekte.«

Erneut bemerkte ich im gegenüberliegenden Flur die Frau mit dem großen Schmuck. Ich sah nur ihre obere Hälfte, als sie an einem gekrümmten Mann vorbeiging, dessen Stock im Takt seiner Schritte klapperte. Die beiden waren bereits gebeugt, verbeugten sich aber trotzdem voreinander. Ich verzog das Gesicht.

»Vadis und ich sorgen uns um dich. Was auch immer als Nächstes kommt, wir wollen, dass du die bestmögliche Entscheidung triffst.«

»Jetzt ist es raus! Ich kann nicht glauben, dass wir hier über meine Hochzeit reden.«

»Es gibt kein festgelegtes Ziel. Es geht darum herauszufinden, was *du* willst.«

»Lass das. Du bist kein Psychiater, nur weil du im Fernsehen einen spielst.«

Clive riss mir die Menükarte aus der Hand und schob sie zurück in die Schublade, so wie ein Kadaver im Leichenschauhaus zurück in die Wand geschoben wird. Unten machte der Gartenbrunnen ein plätscherndes Geräusch. Clive beugte sich zu mir vor. Er roch wie die überteuertste Citronella-Kerze der Welt. Ich befürchtete, er könnte etwas wirklich Abstoßendes tun, zum Beispiel mich küssen.

»Niemand bekommt je wieder so eine Chance, Lola«, flüsterte er. »Niemand in der Geschichte der Menschheit.«

Ich starrte in sein Gesicht, forschte nach seinen Beweggründen. Dann nickte er Errol zu, der hinter mir im Flur aufgetaucht war.

»Warst du die ganze Zeit hier?«, fragte ich.

»Nur zum Schluss«, sagte Errol.

»Woher wusstest du dann, dass es der Schluss war?«

Clive nickte ihm erneut zu, und ich folgte Errol zum Aufzug. Drinnen hörte man nur noch das Quietschen seiner Schuhe, die Ähnlichkeit mit kleinen Ledersärgen hatten. Er bemerkte einen Fleck auf dem Glas, runzelte die Stirn, zupfte sein Einstecktuch heraus und begann zu wischen. Zu meinen Füßen entdeckte ich ein einzelnes geköpftes Weidenkätzchen, ein kleiner pelziger Käfer, den ich aufhob.

»Wo ist Vadis hin?«, fragte ich.

»Saftbar.«

»Ihr habt hier eine Saftbar?«

»Sie ist zu Chaste Greens rüber«, korrigierte er mich lächelnd. »Warum sollten wir hier drin eine Saftbar haben? Das wäre doch verrückt.«

5

Die mit Kaugummis gesprenkelten Gehwege huschten unter mir hinweg. Auf keinen Fall wollte ich zurück in die Subway. Es war mir unerträglich, mit lauter Fremden in eine Blechbüchse eingesperrt zu sein. Aber auch oberirdisch fühlte es sich nicht gut an. Es war, wie wenn man etwas im Auge hat und das Blinzeln wehtut, aber nicht zu blinzeln tut auch weh. Überall verfolgten mich Erinnerungen, eingefasst in Glas und Beton. Clive hatte meine Schneekugel geschüttelt. Nun war alles in mir auf Romantik ausgerichtet und der Rest in Schwarz und Weiß getaucht. Ich sah jetzt nur noch diese eine Farbe, eine alchemistische Mixtur aus Erinnerung und Sehnsucht.

Hier war diese Kunstgalerie, in der ich einen Mann kennengelernt hatte, der mich dann jahrelang hingehalten hatte, während unsere Gefühle irrlichterten, als würden wir auf das Urteil eines Dritten warten. Dort war der Dessous-Laden, in dem ich ein Vermögen für Unterwäsche ausgegeben hatte, die sich an andere Unterwäsche anklipsen ließ, verschwendet an einen unterbeschäftigten Angebeteten meiner Jugendzeit. Hier war das Buchladen/Buchhandlungs-Café, in dem mein Freund mir eröffnet hatte, er habe jemand anderen kennengelernt. Allerdings war er im Grunde gar nicht mein Freund gewesen. Wir hatten nur einmal einen katastrophalen Roadtrip nach Montreal gemacht. Dummerweise hatte ich an dem Tag, als er mit mir Schluss machte, unerwartet meine Periode, daher saß ich einfach nur da, nickte und blutete, bis er weg war. Dann ging ich auf die Toilette, wickelte meine Unterwäsche in Papierhandtücher und stopfte sie in den Müll.

Seitdem hatte ich diesen Menschen nicht mehr gesehen. Vielleicht würde ich ihm morgen über den Weg laufen.

Die Stadt war eine Parade bis auf Weiteres geschlossener Orte, aus denen man zu früh aufgebrochen oder in denen man verspätet eingetroffen war, vor denen man gesessen hatte, in denen man sich getroffen hatte, um sich voneinander zu verabschieden. Allen geht es so. Wenn man lange genug wartet, wird jeder Ort zu einer Versammlungsstätte einst geliebter Untoter, zu einem weitläufigen Museum privaten Sprengstoffs. Aber würden nun alle meine Bomben auf einmal hochgehen? Die Vergangenheit ist nie tot, sie ist nicht einmal vergangen. Die meisten Männer, mit denen ich etwas hatte, verabscheuten Faulkner. Als selbsthassende Amerikaner zogen sie die Russen vor. Ich sah ihre verschlissenen Exemplare von *Die Brüder Karamasow* vor mir. Ich hörte das Brummen ihrer Kühlschränke, roch den abgestandenen Schweiß in ihren zerwühlten Laken. Und hier auf diesen Stufen hatte ich in einer Silvesternacht mit einem dieser Männer Schluss gemacht, wobei ich mir eingeredet hatte, es sei das einzig Richtige. Schlepp ihn nicht mit ins neue Jahr, dachte ich. Verletze ihn, bevor sich das Portal schließt. Das war, bevor ich wusste, dass der Zeitpunkt einer grausamen Tat sie nicht mehr oder minder grausam macht. Und es war, bevor ich begriff, dass die einzig gute Art, jemanden zu verletzen, die ist, ihn nicht zu verletzen.

Etwas Weiches bremste die aufschwingende Wohnungstür ab. Der Übeltäter: Boots' Reisetasche, die entsetzt aufklaffte und aus der sein Kulturbeutel hervorlugte. Er saß tief ins Sofa eingesunken, sein Gesicht wurde vom Laptop erhellt.

»Wozu das?«, fragte ich und schloss die Tür hinter mir.

»Die Hochzeit von Jess und Adam.«

»Ich wollte wissen, was das im Flur zu suchen hat.«

Ich wollte lieber als jemand erscheinen, der sich über herumfliegende Gegenstände aufregt, als jemand, der die Hochzeit der engsten Freunde meines Verlobten komplett vergessen hat. Jess und Adam, die Lieferanten jeden Bissens toskanischen Getreide-Salats, den ich je vertilgt hatte. Boots unbehelligter Fixierung auf die Lichtblitze des Bildschirms nach zu urteilen, hatte er nichts von meinem Fehltritt mitbekommen.

»Wie wäre es mit mir als Top auf deinem Lap?«, fragte ich, mich auf seinen Schoß schwingend, mein Gesicht dicht vor seinem.

»Dieser Spruch ist ein Scheidungsgrund.«

»Wir sind nicht verheiratet. Außerdem brauchst du dazu keine Gründe. Ist das nervig?«

Er presste seine Lippen auf meine und löste sie dann mit einem lauten Schmatzen.

»Ja«, sagte er. »Gib mir fünf Minuten.«

Ich schaute mit ihm auf den Bildschirm, in der Annahme, er schaue einen Film, aber er wickelte gerade einen weiteren Auftrag ab. Diesmal für ein Stück, das ich nur ungern verschwinden sah: eine gläserne Hand, die von meiner Hand abgeformt war, wenn auch nicht mit Glas (mit Ton oder Gips war das kein Problem, mit Glas wäre es schwere Körperverletzung). Die Fingerspitzen hatten sich, wie Boots erklärte, »sonnenviolett« verfärbt. Bestimmte Arten von Glas enthalten als Aufheller Mangandioxid, das sich jedoch violett verfärbt, wenn es der Sonne ausgesetzt wird. Boots hing nicht sonderlich an der Hand, zumal er zwei meiner echten Hände um sich hatte. Daher hatte die unbelebte Nachbildung lange Zeit auf der Fensterbank in der Küche seiner letzten Wohnung gestanden, bis sie aussah, als hätten Forensiker sie nach Fingerabdrücken abgestaubt.

»Jemand hat die Hand gekauft«, konstatierte ich das Offenkundige.

»Wie gehts Vadis?«

»Gut.«

»Ich dachte, sie hätte eine Krise.«

Bis zu diesem Moment hatte ich nie kapiert, warum Figuren in Filmen ihre magischen Kräfte verheimlichen. Es lag einfach daran, dass sich Geheimnisse, die alle Grenzen des Vorstellbaren sprengen, nicht zwanglos in ein normales Gespräch einfügen lassen. So erwog ich kurz, ihn mit einer Teilwahrheit abzuspeisen: Clive würde einen spirituellen SoHo-House-Club für reiche Snobs eröffnen. Mehr nicht. Aber dann hätte Boots sicher nachgehakt. Zum Beispiel wer den Laden mit Glaswaren ausstatten würde.

»Sie wollte nur reden.«

»Klar doch.« Sein Tonfall hatte eine gewisse Schärfe, von der er wohl vermutete, dass ich sie nicht registrierte.

Er fürchtete offensichtlich, Vadis könne seine zukünftige Ehefrau zu sehr in Beschlag nehmen. Er sorgte sich, dass jeder noch so kleine Spalt im Geflecht unserer Beziehung geweitet würde, wenn ich mich mit seinem genauen Gegenteil umgab, das wahrscheinlich nicht ausreichend gesunden Menschenverstand besaß, um mich auf seine Vorzüge hinzuweisen. Wir hatten selten Streit, aber wenn ich danach mein Handy auch nur berührte, bekam ich sofort ein »Erzählst du jetzt Vadis, was ich für ein Arschloch bin?« zu hören.

»Was soll ich auf dieser Hochzeit anziehen?«

»Es geht ganz leger zu«, sagte er. »Ich trage nur ein Jackett, mehr nicht.«

»Wie Donald Duck?«

»Hm?«

Ich pflückte die Einladung vom Kühlschrank. Der Hochzeitsempfang würde auf einer Ziegenfarm in Long Island stattfinden, in der Nähe des Ortes, wo Jess aufgewachsen war. Die Einladung war mit gepressten Blumen umrandet. Ich mochte Jess und Adam, denn es war unmöglich, sie nicht zu mögen. Unsere Paartreffen waren kultivierte Ereignisse, die Wochen im

Voraus geplant wurden und genau das richtige Maß an Alkohol beinhalteten. Adam diskutierte angeregt über Weltpolitik und Kohlendioxidemissionen; Jess war sehr gefühlsbetont, betatschte einen gerne und wollte wissen, wo ich meine Bluse gekauft hatte. Die Männer bezahlten die Rechnung, was ich gleichzeitig irritierend und gerechtfertigt fand. Wir vier hatten einmal ein Wochenende in den Catskills verbracht. Um so etwas wie Gemütlichkeit zu zaubern, aber vor allem, um mir etwas Freiraum für eine gelegentliche Zigarette zu verschaffen, war ich jeden Morgen früher als die anderen aufgestanden und hatte Bananenbrot gebacken. Nachts, als wir sie beim Sex belauschten, dachte ich sicher nicht zu Unrecht: Ich habe diesen Lärm mit angeheizt. Von Boots' sämtlichen College-Freunden waren Jess und Adam noch am besten zu ertragen. Doch in ihrer beharrlichen Nettigkeit äußerten sie nie etwas, das gegen die Grenzen des guten Geschmacks verstieß. So unmöglich es war, sie nicht zu mögen, so unmöglich war es mir, sie zu lieben.

Ich schob die Plastikkleiderbügel in unserem überfüllten Schrank hin und her. Da gab es Kleider von Musterverkäufen, die am Ende der Stange gehangen hatten, lange Kleider, von denen ich dachte, sie würden mich größer wirken lassen, die an mir aber schlabberig aussahen, oder aufwendig designte Kleider, von denen ich hoffte, ich würde mich darin fühlen wie jemand, der Möbel aus der Mitte des vorigen Jahrhunderts besaß. Ich strich über Stellen auf den Kleidern, wo ich jetzt unberührt war, aber einmal berührt worden war.

Ich sah zu Boots hinüber und hatte das gleiche Gefühl wie neulich, als ich den Mann mit dem Rucksack in der Bar beim Lesen beobachtet hatte. Manchmal schien die Wahl des richtigen Partners das Wichtigste zu sein. Manchmal schien es so unwichtig wie die Entscheidung, was man zu einer Hochzeit anzieht.

An diesem Abend sorgte ich dafür, dass Boots und ich miteinander schliefen. Ich brachte mich bereits in Stimmung, während ich dem Surren seiner elektrischen Zahnbürste lauschte. Selbst in den Momenten, in denen ich ihn am liebsten ermordet hätte, weil er zu passiv war, sah ich immer die Schlagzeile vor mir: *Frau ermordet 40-jährigen kerngesunden Mann mit solider Altersvorsorge: Verschwendung.* Ich hoffte, wenn ich seine Hände auf meinem Rücken spürte, wenn er seine Nase in meinem Nacken vergrub, könnte das die Gedankenflut in meinem Kopf eindämmen. Sex, sei er nun reine Pflichterfüllung oder Sinnesrausch, konnte die Dinge reduzieren. Er machte Beziehungen komplizierter, die gerade begannen oder endeten, aber er vereinfachte sie, wenn man mittendrin war. Seht nur, wie wir dem Verlangen unserer Körper nachgeben und uns über das Unbehagen unseres Verstandes hinwegsetzen. Seht nur, wie wir in diesem für Menschen gemachten Bett animalische Dinge tun und wie Hologramme von einer Position zur nächsten flimmern.

Nachdem Boots eingeschlafen war und die Luft durch seine Nasenlöcher pfiff, schossen mir Fragen durch den Kopf: Wie hatte Clive es geschafft, unbemerkt eine Synagoge zu renovieren? Wie massiv musste

Vadis' Gehirnwäsche gewesen sein, damit sie das alles bis jetzt vor mir geheim halten konnte? Waren die Mitglieder vielleicht auch Scientologen? Glaubte Clive wirklich, er tue etwas *Gutes*? Und wer war für den Zitronenduft im Atrium verantwortlich? Alles nebensächliche Fragen, gemessen an der einen entscheidenden: Hatte ich die Kraft, mich der Vergangenheit zu stellen, ohne von ihr verschlungen zu werden?

Wenn ich mich darauf einließ, würde es zu einem Adventskalender aus der Hölle.

Ich streifte das Laken ab und stand auf, um mir ein Glas Wasser einzuschenken. Im Badezimmer lehnte ich mich am Waschbecken nach vorne, bis meine Nase den Spiegel berührte. Ich hatte meine Hingabe an die Vergangenheit immer als natürlichen Teil meiner Neugierde betrachtet. Wenn ich erfuhr, dass jemand, der mich früher einmal verletzt hatte, heiratete oder Eigentum erwarb, googelte ich ihn. Allzu menschliches Verhalten. Doch ich ging weit über die Grenzen des allzu Menschlichen hinaus. Wenn sie Social-Media-Accounts hatten, dann spielte ich mit dem Gedanken, mich mit gemeinsamen Freunden zu verabreden, in der vagen Hoffnung, ich könnte, während sie auf der Toilette waren, ihre Handys auf relevante Informationen über meine Ex-Freunde hin durchstöbern. Natürlich tat ich das nie. Mir war klar, dass schon der bloße Gedanke verwerflich war. Stattdessen durchstöberte ich die Facebook-Accounts ihrer Familien, die Twitter-Accounts ihrer Kollegen, die Hashtags von Events, zu denen ich nicht eingeladen war. Es wäre sicher effizienter gewe-

sen, gleich einen Google-Alert für diese Männer ein-
zurichten, aber ich unterließ es aus demselben Grund,
aus dem ich nie eine Stange Zigaretten kaufte – eine zu
große Hingabe an schlechte Angewohnheiten.

Wenn die Golconda diese Männer nicht nur durch
die *genau* richtigen Anzeigen und Artikel lenkte, sondern auch meinen Suchverlauf dafür nutzte (dessen
Auswertung für einen NSA-Spezialisten keinerlei Auf-
wand bedeuten würde), hatten sie einen regelrechten
Spickzettel zur Verfügung. Denn manchmal googelte
ich in dem Bemühen, Stunden selbstschädigender Ak-
tivität auszugleichen, Leute, die mich etwas *weniger*
verletzt hatten und daher weniger emotionale Reaktionen hervorriefen. Es war wie eine Form von Kro-
cket, bei dem ich eine Verletzung anstelle einer anderen wegdrosch. Manchmal, wenn ich alle Krocketbälle
weggeschlagen hatte, blieb einer übrig – auf den Clives
Gesicht gemalt war.

In dieser Nacht war ich stinksauer auf Clive, weil er
mich damals nicht gedatet hatte, obwohl er es durchaus
hätte tun können. Wir hatten uns für so schlau gehalten, weil wir ein unpassendes Begehren unterdrückten.
Natürlich war es nicht allein seine Schuld. Aber immerhin war er älter und somit vertraut mit etwas, das
für mich noch in der Zukunft lag, also hielt ich es für
seine Pflicht, vorausschauend zu sein. Hätten wir damals gehandelt, wären wir jetzt vielleicht zusammen,
wären womöglich andere Menschen. Aber das Timing
war ungünstig gewesen. Also hatte mich Clive in die
Welt der Dates getrieben und mich zur perfekten Kan-

didatin für die Golconda gemacht. Und er war jetzt mit Chantal liiert, einer Frau, die sexy Fotos von sich postete mit unvereinbaren Bildunterschriften wie »Gott steckt in den Umwegen« und »Man muss sich nicht wie ein Mann verhalten, um eine starke Frau zu sein«. Als ob das Vorführen eines Badeanzugs am Pool die Lösung für irgendein Problem wäre. Außerdem schoss sie eine schwindelerregende Anzahl von Fotos, die ihre Schuhe von oben zeigten und dabei die Dünnheit ihrer Knöchel zur Schau stellten. Man muss schon eine sehr spezifische Attraktivität besitzen, um das äußerste Ende seiner Extremitäten zu präsentieren, in der Annahme, dass jeder sagt: »Die wird obenrum sicher auch kein Fettkloß sein.«

Clive brauchte niemanden auf Augenhöhe, er brauchte eine Chantal.

Als ich ins Bett zurückkroch, lag Boots immer noch auf der Seite. Hier war ein Mann, für den Verbindlichkeit so selbstverständlich war, dass er zur physischen Manifestation derselben wurde. Jeden Morgen wachte er in der Position auf, in der er sich am Abend zuvor eingerichtet hatte.

»Was soll ich nur tun?«, flüsterte ich seinem Hinterkopf zu.

»Was immer du willst«, murmelte er, halb träumend. »Du siehst in allem hübsch aus.«

Er streckte seine Hand nach hinten und tätschelte meine Hüfte, eine Geste, die sowohl »gute Nacht« als auch »ich will sicherstellen, dass du da bist« bedeutete.

6

Am nächsten Morgen standen wir mit unseren Reise-
taschen unter einer Anzeigetafel in der Penn Station.
Mein Blick war auf die Gleisangaben geheftet. Boots
war in solchen Situationen nicht besonders ehrgeizig.
Wir hatten Fahrkarten, was für ihn bedeutete, dass wir
einen Sitzplatz hatten, und an mehr musste er beim
Zugfahren nicht denken. Ich machte ihm klar, dass dies
die Einstellung eines großen weißen Mannes sei, der in
seiner Geschichte keine Widerstände erfahren und in
seinen Genen keine Unterdrückung gespeichert hatte.

»Ist die Penn Station der richtige Ort, um über das
Patriarchat zu diskutieren?«

»Sie wurde von Männern niedergerissen und von
Männern wiederaufgebaut. Also sag du es mir.«

Ich spannte die Muskeln an, um in die eine oder andere Richtung preschen zu können, zwang meine Synapsen, die Gleisangaben schneller an mein Gehirn zu
übermitteln. Und als ich die relevante Zahl entdeckte,
packte ich Boots' Hand und riss ihn mit mir.

»Peconic, die ersten beiden Wagen«, instruierte uns
ein Schaffner. »Nur die fahren nach Peconic.«

Er schien verärgert darüber, dass wir nicht bereits mit
diesem Wissen auf die Welt gekommen waren.

Boots und ich saßen in der Mittelreihe, unsere Finger zu einem Knochenpuzzle verschränkt. Ich beobachtete, wie draußen Wohnkomplexe in seichte Wasserflächen übergingen und Vögel im Takt auf den Telefonkabeln wippten. Vielleicht könnten wir, wenn wir verheiratet waren, irgendwo hier draußen leben. Eine vom Immobilienboom verschonte Stadt finden. An einem Ort, an dem wir vor Erinnerungen und Zufallsbegegnungen sicher waren. So winzig, dass *kein einziger* Zug hielt, sondern nur eine kleine Rutsche im Waggon aufklappte, über die man auf ein bereitgelegtes Luftkissen glitt. Ich dachte an die Geschichte von Clives Mutter, an die Lotterie und die Orte voller Geister, die alles dafür tun würden, um in die Vergangenheit zu reisen. Alles.

Ich schüttelte meinen Kopf frei.

»Gehts dir gut?«, fragte Boots und drückte meine Hand.

Adams Bruder holte uns am Bahnhof ab, wo eine Frau uns folgte, die ebenfalls im Zug gesessen hatte, nur in einem anderen Waggon. Bei der Vorstellung nuschelte sie unverständlich ihren Namen. Sie behielt ihren Kleidersack genau im Auge, als er in den Kofferraum geladen wurde, und zeigte keine Skrupel, den Bruder wie einen Butler zu behandeln. Boots drehte sich auf dem Beifahrersitz zu mir um und sah mich mit hochgezogenen Brauen an.

»Alle an Bord?«, fragte der Bruder, obwohl wir uns bereits angeschnallt hatten.

Ich vergaß immer, dass das Leben außerhalb der

Stadt eine ganz andere Textur hatte. Die Tage waren hier einfacher, je nach Wunsch wärmer oder kühler. In einem Auto abgeholt zu werden, das kein Display oder Taxameter auf dem Armaturenbrett hatte, erinnerte mich an meine Kindheit. Aber trotz aller äußeren Annehmlichkeiten waren die Materialien dieser Welt viel rauer. Münzen in der Mittelkonsole, Kies in den Schuhen, Zecken im Gras, Eis in den Leitungen und Splitter im Holz. Wir kamen an Jess' Highschool vorbei, einem Stuckpalast in Beige. Das Gebäude wirkte wie ein Gefängnis. Eine elektronische Hinweistafel kündete in hysterischer Erregung von einem bevorstehenden Baseballspiel.

Die Frau und ich unterhielten uns auf dem Rücksitz, wo es nach nassem Hund roch. Sie war gerade dabei, ihre Wohnung unterzuvermieten, was bedeutete, dass sie mir zwar ständig Fragen stellte, dabei jedoch permanent von einem Nachrichtenaustausch über die Schlüsselabgabe abgelenkt wurde. Schließlich verfielen wir in Schweigen. Stunden später, in der Lobby des Hotels, wo sich die Hochzeitsgäste in Erwartung eines Shuttle-Vans versammelt hatten, schnappte ich auf, wie sie sich als Georgette vorstellte. Ich fragte mich, wie mir ein solcher Namen hatte entgehen können. Als sie meinen Namen erfuhr, reagierte sie ähnlich und stimmte den Kinks-Song an: »It's a mixed up, muddled up, shook up world except for Loooo-la!«

»Ja, so heiße ich.«

»La-la-la-la Loooo-la!«

»Toller Song.«

»Jetzt hab ich den ganzen Abend einen Ohrwurm«, sagte Georgette vorwurfsvoll.

Sie setzte sich zu uns in den Van, Boots auf meiner einen Seite und Georgette auf der anderen. Sie trug orangefarbenen Lippenstift und einen Seidenoverall mit einem tiefen V-Ausschnitt, was sie sich erlauben konnte, da sie keine nennenswerten Brüste hatte. Ihr Haar war hochgesteckt, sodass man die auf ihren Nacken tätowierten parallelen Linien sehen konnte. Minimal Chic. Sie schüttelte einen ihrer in Sandalen steckenden Füße in meine Richtung. Ihre Zehennägel waren gezackt, als hätte sie sie mit den Zähnen abgekaut.

»Erinnert ihr euch an die erste Hochzeit, auf der ihr wart?« Sie strich sich eine Haarsträhne hinters Ohr, die sofort wieder zurückfiel. »Ich war ungefähr sechzehn, was beunruhigend ist, weil ich davor hauptsächlich auf Beerdigungen war. Ich schätze, meine Familie ist besser im Sterben als im Heiraten. Wie auch immer, ich glaube, sie fand in einer schäbigen Absteige in Reno statt, obwohl das nicht stimmen kann, es war wahrscheinlich nur ein Hotel mit miesem Teppichboden. Aber wenn man jung ist, denkt man, alle Hochzeiten sollten in magischen Wäldern stattfinden, also ist ein Tagungsraum im Radisson ein Flop. Wart ihr schon mal in Reno? Die *bad parts* der Stadt sind auch die *sad parts* der Stadt, und von wie vielen Orten kann man *das* schon behaupten?«

Sie schaute uns an, als erwartete sie ernsthaft, dass wir ihr einige Orte nennen würden. Dann wechselte sie das Thema und verbreitete ein wenig Klatsch und

Tratsch über Jess und Adam. Offenbar hielt sie den Van für einen Safe Space, um ihre Theorien darüber loszuwerden, was die Braut und der Bräutigam füreinander empfanden. Da sie keinen von uns kannte, fand ich das eher riskant. Sie war mit Adam liiert gewesen, bevor er Jess kennengelernt hatte. Ob wir das wussten? Nein, wussten wir nicht. Nun, so war es. Direkt davor und irgendwie auch währenddessen. Sie hatte das mit Jess nie wirklich »kapiert«, und außerdem gefiel es ihr nicht, wie toll Jess sich wahrscheinlich vorkam, wenn sie eine Frau einlud, mit der Adam früher gevögelt hatte.

»Vielleicht mag sie dich einfach«, schlug Boots vor.

Georgette schnaubte und fuhr unbeirrt fort.

»Und wo bitte bleibt ihr Dankeschön dafür, dass ich ihm beigebracht habe, ihre Muschi nicht wie ein Rammbock zu bearbeiten? Er hat alle seine Finger in mich reingestopft, als ginge es ums nackte Überleben in der Wildnis, als wollte er sich in mir wärmen und meine Eileiter als Handschuhe benutzen. Oder als ob irgendwo da drinnen ein verdammter Buzzer einer Gameshow angebracht wäre. Wisst ihr, was mich wirklich brennend interessiert? Wer waren die Schlampen vor mir, die das mit sich haben machen lassen?«

Boots starrte aus dem Fenster und versuchte, das Gespräch auszublenden. Es war, als hätte jemand Vadis' unangenehmste Eigenschaften abgeschöpft und sie in eine andere Person gegossen. Wobei Vadis ihn nur zum Spaß schockierte und nicht aus Ignoranz. Ich hörte Georgette weiter zu, in der heimlichen Sorge, alles würde nur noch schlimmer, wenn ich mich ebenfalls distanzierte. Nur einmal entstand eine natürliche Pause, als der Fahrer ankündigte, wir würden uns der Ziegenfarm nähern. Wir spähten aus dem Fenster und sahen Wolken vor eine matte Sonne treiben. Bäume tauchten im Fensterrahmen auf und verschwanden ebenso schnell wieder. Auf einem Hügel erhob sich eine blutrote Scheune und dahinter die Spitze eines Zeltdachs.

Während des Empfangs saß Georgette an unserem Tisch. Wie sich herausstellte, hatten wir am selben Tag Geburtstag. Sie war exakt zwei Jahre jünger als ich und hin und weg von diesem Zufall. Da ich jedoch vor Kurzem gelernt hatte, dass es keine Zufälle gibt, zeigte ich mich nicht sonderlich überrascht. Vermutlich hatte auch der DJ den gleichen Geburtstag. Sie gestand, dass es sie irritierte, jüngeren Leuten mit demselben Geburtstag zu begegnen. Ihr dränge sich dann immer das Bild auf, dass die anderen genau in dem Moment aus den Vaginas ihrer Mütter gekrochen waren, als sie in ihren Geburtstagskuchen gebissen hatte. Sie konnte die Vorstellung einfach nicht abschütteln, sah vor ihrem inneren Auge immerzu nur Zuckerguss und Blut.

»Kuchen, Plazenta, Kuchen, Plazenta, Kuchen, Plazenta.«

Ich war von ihrer Zwangsvorstellung ausgenommen, weil ich älter war.

»Aber«, sinnierte sie laut, »wenn du dir vorstellen magst, wie *ich* aus der Vagina meiner Mutter flutsche, will ich dich nicht davon abhalten.«

»Ich will mir den Appetit auf Kuchen nicht verderben.«

»Und ich mir nicht den Appetit auf Vaginas.«

Ihr Schlüsselbein war wie eine Fahrbahnschwelle, die sich beim Lachen auf und ab bewegte. Ich konnte nicht aufhören, sie anzusehen, unsicher, ob ich mich angezogen oder abgestoßen fühlte.

Dann küsste sie mich. Plötzlich und heftig. Eine unvermittelte Attacke. Ich suchte die Menge nach Boots ab, der mir den Rücken zugewandt hatte. Ich schwieg, denn vermutlich wollte sie damit nur eine Reaktion von mir provozieren. Clive hatte das immer mit Pickeln oder Schnittwunden so gemacht, hatte es darauf anlegt, mich aus der Fassung zu bringen. Ohne Erfolg. Georgette hatte einen ähnlichen Ausdruck − kokett, aber selbstgefällig, als lese sie meine Gedanken. Was ich dachte, war: Was, wenn ich Boots für dich verlassen würde, Georgette? Was, wenn die Beziehung zu Boots endete und ich mit ihm in einer verworrenen Zeitschleife feststecken würde, die von meinem ehemaligen Chef gesteuert wurde? Wollte ich dann von ihm heimgesucht werden? Würde man überhaupt mit jemandem zusammen sein wollen, wenn man die Person nie wieder loswurde?

»Mach mal so«, forderte Georgette mich auf, mir die Lippenstiftspuren abzuwischen.

Ich legte meine Finger an meine Lippen, aber ich ertappte mich dabei, dass ich sie rieb, anstatt sie abzuwischen.

Während der ersten Stunde des Empfangs sprach Boots mit allen *außer* Georgette. Er war in seinem Element, und diese Quasselstrippe wilderte in seinem Revier. Schließlich musste er aber doch an unseren Tisch zurückkehren, und nach ein paar Drinks fing er an, sie amüsant zu finden. Er war im Einklang mit dem Grundtenor dieser Hochzeit. Von diesem sicheren Rückhalt aus stellte er ihr Fragen über ihr Leben, ergriff Partei für sie gegen lästige Vermieter und Inkassobüros, und nickte verständnisvoll bei ihren Erzählungen über Freunde, die an einer Überdosis gestorben waren, als hätte er jemals eine einzige an einer Überdosis gestorbene Person gekannt. Im Gegenzug ließen wir sie an ein paar unserer privaten Witze teilhaben. So hatten wir bei unseren ersten Dates ein Spiel gespielt: »Wie viel müsste man mir zahlen, damit ich dich umbringe?« Bei jedem Date war die Summe gestiegen.

Und so wurden wir drei eine Einheit. Wir tanzten zusammen, bewegten unsere Körper auseinander und begegneten einander in der Mitte wieder, als würden wir eine Fahne zusammenfalten. Wir registrierten genau, wenn einer von uns in einem Dixi-Klo verschwand oder mit einem Langweiler festsaß. Wir folgten einander gegenseitig auf Social Media. Jess' Trauzeugin hielt eine Rede darüber, wie sehr Jess die Liebe von Adam verdiente. Ich unterdrückte ein Kichern, als Georgette Adams Finger mimte, die sich durch die Luft bohrten. Ich konnte die Ereignisse des Abends vor uns ablaufen sehen: Normalerweise sah Boots kaum eine andere Frau an – er war in dieser Hinsicht puritanisch, Loyalität war fester Bestandteil seiner Identität, sodass sie jeden abweichenden Impuls unterdrückte –, aber mit Georgette würden wir zum ersten Mal einen Dreier

haben. Ich schlug meine Beine unter dem Tisch über-
einander, streifte mit meiner nackten Wade die warme
Seide ihres Overalls und ließ sie dort verharren. Mein
Unterleib spannte sich in Vorfreude auf das Erlebnis.

»Und wann wird das passieren?«, fragte Georgette
mit einem starren Lächeln.

Sie deutete auf meinen Ring. Man sah, dass sie ihn
nicht mochte.

»Kommenden Herbst«, sagte Boots und sah mich
nach Bestätigung heischend an.

»Das ist noch lange hin«, sagte Georgette.

»Georgette kann unsere Trauzeugin sein!«, platzte
Boots heraus. »Oder unsere Traurednerin. Ist das dasselbe? Eine Zelebrantin?«

»Die Priesterin«, entschied sie.

»Ja, die Priesterin!«

Ich hatte Männer gekannt, die der Alkohol zu hart-
herzigen Unmenschen machte, und ich konnte mich
glücklich schätzen, dass Boots durch den Alkohol groß-
zügig wurde. Wenn wir im Besitz eines Hauses gewesen
wären, hätte er die Besitzurkunde schon längst an einen
Fremden in einer Bar verschenkt. Sobald er getrunken
hatte, wurde er in dieser Hinsicht wie meine Eltern.
Man musste nur nett fragen. Deshalb durfte man ihn
niemals ohne Aufsicht in eine Spielbank lassen. Und
deshalb wachte ich manchmal um zwei Uhr morgens
auf, weil in meinem Wohnzimmer Glasbläser oder
Töpfer mit der Größe ihrer Brennöfen prahlten. Natürlich konnten sie bei uns übernachten, kein Problem.

»*Falls* wir jemals heiraten!«, fügte er hinzu.

»Ooookay«, murmelte ich und verbarg seinen Drink unauffällig hinter dem Blumengesteck auf dem Tisch.

»Lass es uns einfach im Rathaus machen«, entschied er. »Gleich wenn wir zurück sind. Das Gebäude ist da, wir sind da, die *Zelebranten* sind da.«

»Was auch immer wir tun«, sagte ich, »wir sollten vielleicht weiter vorausplanen als bis Montag.«

Georgette ließ einen Löffel in der Kaffeetasse kreisen.

»Hey«, sagte sie, »ich habs kapiert. Ich werde nie heiraten.«

»Da gibts nichts zu kapieren«, sagte ich.

»Klar, da gibts nichts zu kapieren. Wir sind verheiratet.«

»Nein«, sagte ich. »Sind wir nicht.«

»Warum sagst du ›sind wir nicht‹ in diesem Tonfall?«

»Ich sage es nicht in irgendeinem Tonfall, sondern als Tatsache.«

»Georgette«, sagte Boots und wandte sich demonstrativ von mir ab, »du hast einfach noch nicht den Richtigen getroffen.«

Ich ahnte, worauf er hinauswollte, und war frustriert darüber, dass er sich so lange Zeit damit gelassen hatte. Er versuchte, seine neue Freundin aufzumuntern. Aber was sie brauchte, war keine Aufmunterung.

»Menschen sind nichts für mich«, erklärte Georgette diplomatisch. »Nicht auf diese Weise.«

»Was soll das heißen?«

»Siehst du die vital aussehende Frau rechts neben Adams Oma?«

Sie hielt ihren Löffel vor ihr Gesicht wie die Pfote

eines Jagdhundes. Eine große schwarze Frau mit einem strengen Pferdeschwanz nippte an etwas mit einer Limette darin. Georgette erzählte uns, wie sie die Frau bei einer dieser dämlichen College-Orientierungsveranstaltungen kennengelernt hatte, bei denen die Teilnehmer in Paare aufgeteilt wurden und sich gegenseitig die wichtigste Frage stellen sollten, die ihnen einfiel. Der nebulöse Zweck der Übung bestand darin, die Prioritäten des Fragenden aufzuzeigen. Georgette setzte sich der Frau gegenüber und fragte sie, ob sie glaube, dass es einen Gott gebe. Ja, sagte die Frau, natürlich gibt es einen Gott. Dann, als sie an der Reihe war, fragte die Frau Georgette, ob sie sie heiraten wolle. Und jedes Mal, wenn sie sich im folgenden Jahr begegneten, hielt die Frau um ihre Hand an. Die Heiratsanträge wurden zu einer feierlichen Begrüßung, zu einem Scherz, der nie wirklich nur ein Scherz war. Und Georgette lehnte jedes Mal ab, während sie ihre unvollzogene, einseitige Freundschaft fortsetzten.

Nach vier Jahren dieses Unsinns beschloss Georgette, die Frau zu überraschen und sie in den Frühjahrsferien in Cape Cod zu besuchen, wo ihre Eltern ein Haus gemietet hatten. Beim Hören einer Playlist, die ihr die Frau geschickt hatte, war in Georgette der Entschluss gekeimt, sie *doch* zu heiraten. Sie konnte sich das Leben mit ihr gut vorstellen. Als sie ankam, war die Einfahrt voller Autos, also parkte Georgette auf der Straße. Sie überprüfte ihr Gesicht im Rückspiegel und ging auf das Haus zu. Sie wollte gerade anklopfen, als sie Geräusche von der hinteren Veranda hörte. Sie ging ums Haus und entdeckte die Frau, ihre ganze Familie und eine andere Frau, die sie aus ihrem Seminar *Einführung in die ostasiatische Literatur* kannte, sowie *deren* ganze Familie. Auf metallisch glänzenden Ballons stand *Herzlicher Glückwunsch.*

Wie sich herausstellte, hatte die Frau mit der Limette im Drink »jede Tusse auf dem Campus« gefragt, in der Annahme, dass eine von ihnen irgendwann Ja sagen würde. Es war die Garantie für eine gute Geschichte. Und alles, was diese Frau wirklich wollte, war eine gute Geschichte. Georgette hatte sich in den Traum einer anderen verstricken lassen. Als sie mit ihr neben dem Haus stand, dachte sie nur noch an die lange Heimfahrt und wie qualvoll das sein würde. Und im Gehen fragte sie die Frau noch einmal: Glaubst du immer noch, dass es einen Gott gibt? Die Frau antwortete: Ja, natürlich.

»Dann stieg ich in mein Auto und verspürte nie wieder ein romantisches Gefühl für sie. Ich habe sie danach nicht einen Tag in meinem Leben vermisst. Das ist unsere erste Begegnung seitdem. Sie sieht gut aus.«

Boots blinzelte, als Georgette ihre Erzählung mit einem Biss in ein kaltes Steak unterbrach und die Soße von ihrer Gabel abschleckte, am hintersten Teil ihrer Zunge beginnend.

»Vielleicht übersehen wir was«, sagte er.

»Da gibt es nichts zu übersehen«, sagte sie und zuckte mit den Schultern. »Es dauert normalerweise Jahre, um zu lernen, was ich in zwei Sekunden gelernt habe.«

»Und das wäre?«

»Jeder lebt seine eigene Erzählung. Heiraten heißt,

sich auf ein Leben in dem Narrativ eines anderen ein-
zulassen.«

»Wie Jess und Adam dich nicht gebeten haben, die
Trauung zu vollziehen«, sagte Boots.

»Hör zu, sie hält eine Beziehung für eine gute Story,
so wie sie auch an Gott glaubt. Menschen brauchen
diese Märchen, um zu funktionieren. Sollen sie doch,
aber ich muss in keinem anderen Narrativ leben als in
meinem eigenen. Ich weigere mich nicht, dabei mit-
zuspielen« – sie machte eine weitausholende Geste, die
die Sterne über dem Zelt umfasste – »aus Sorge *verletzt*
zu werden. Sondern weil es so etwas wie einen echten
Partner nicht gibt. Es tut mir leid, das gibt es nicht. Was
für ein bescheuertes Wort für die Person, deren Geni-
talien man am häufigsten sieht. Partner sind lediglich
bessere Assistenten, bessere Chefs und bessere Sicher-
heitsdecken, und das wars auch schon.«

»Das klingt eine Spur zynisch«, sagte Boots.

Er schielte zu einer Gruppe von Freunden in der
Ecke. Sie würden ihn bestimmt nicht überfordern.

»Klinge ich deswegen angepisst?«, fragte sie.

»Du klingst resigniert«, sagte ich.

»Und verbittert«, fügte Boots hinzu.

Ich zuckte zusammen. Heute Abend würde es keinen flotten Dreier geben. Georgette hatte es hier mit
einem Ausnahmemann zu tun, den diese Art Logik be-
unruhigte, der Bindungsangst für einen Charakterfehler
hielt.

»Ich weigere mich einfach, mein Leben als Reaktion
auf äußere Zwänge und Reize zu leben.«

»Hältst du das für möglich?«, fragte ich, beugte mich vor und schaute ihr in die Augen, bis ich die Spiegelung der Zeltbeleuchtung darin sah.

»Ja«, sagte sie, als wüsste sie, was Clive mir gezeigt hatte. »Du musst nur lernen, dagegen anzukämpfen.«

»Also gut«, sagte Boots und klopfte sich auf die Knie. »Ich werde mich an der Bar vergnügen. Lola, während ich weg bin, kannst du vielleicht entscheiden, ob unser Leben ein verlogenes Märchen ist.«

»Geh nicht weg«, sagte ich.

»Ich gehe nicht *weg*. Ich gehe an die Bar.«

Er streifte sein Jackett ab. Ich fragte mich, ob ich mich ihm anschließen sollte. Wurde das von mir erwartet? Ich wollte nicht als Georgettes Komplizin dastehen. Auch ich bezweifelte, dass unser gemeinsames Leben nur ein »verlogenes Märchen« war. Aber ich fühlte mich durch diese Frage nicht gleich beleidigt. Das war der Unterschied. Boots wollte nicht nur verhindern, dass das Boot zum Schaukeln gebracht wurde, er versperrte sich auch gegen die Einsicht, dass es sich auf dem Wasser befand. Oder dass wir darin saßen.

Georgette und ich waren die letzten an unserem Tisch. Alle anderen waren auf der Tanzfläche. Sie fischte einen Cannabis-Vaporizer aus einer Tasche ihres Overalls und bot ihn mir an. Ich schüttelte den Kopf. Sie zuckte mit den Schultern und inhalierte. Gäste schlenderten am Rand der Tanzfläche entlang und folgten dem Duft von Buttercreme. Brautjungfern warfen sich für einen Fotografen in Pose, die Hände in die Hüften gestemmt, die Ellbogen in der nächsten Zeitzone.

»Warum eigentlich nicht«, sagte ich. »Doch.«

Der Dampf schmeckte süßlich. Mir war das erdige Kratzen von Joints lieber, das änderte aber nichts an der Tatsache, dass das Zeug hier ausreichend stark war. An der Bar war Boots in ein Gespräch mit dem Bräutigam vertieft, ließ sich von einer der zentralen Gestalten des Abends aufmuntern. Ich wusste, wie dieses Gespräch ablief. Standardisierte Satzhülsen reihten sich wie in einem Sprachlehrbuch aneinander. *Jess und ich sind gerade aus Napa zurückgekommen. Habt ihr dort ein Mietauto genommen? Man ist beweglicher mit einem Mietauto.* Ich musste pinkeln, aber der Fußmarsch zu den Dixi-Klos schien mir unzumutbar. Ich hätte gerne die Zeit beschleunigt. Wie viele Stunden noch, fragte ich mich, bis zum nachhochzeitlichen Brunch in einem nahe gelegenen Antiquitätengeschäft, das auch als Restaurant fungierte? Was ich ganz nebenbei gesagt für kein sonderlich hygienisches Geschäftsmodell hielt.

»*Übrigens*«, fragte Georgette und blies den Rauch seitlich aus ihrem Mund, »wo sind die verdammten Ziegen? Ich meine, hast du hier eine einzige Ziege gesehen?«

Eine Raupe kroch an der Tischkante entlang, schwankte kurz und stürzte dann in die Tiefe.

»Keine Ahnung. Vielleicht schlafen sie.«

»Alles wird gut, weißt du. Betrachte das als voreheliche Paarberatung.«

»Was soll ich als voreheliche Paarberatung betrachten?«

»Solche Gespräche. Du kannst dein Leben nicht auf

Angst und Schuld aufbauen. Du musst tun, was du tun musst, denn du kannst es kein zweites Mal tun. Man kann die Zeit nicht zurückdrehen.«

»Vielleicht doch.«

»Ich sage nur, alles wird *gut*, la-la-la-la Lola. Hier, schau dir das an.«

Sie legte den Vaporizer auf den Tisch, platzierte eine Hand auf ihr Herz und die andere auf meines, wobei ihre Finger fast meinen Hals berührten. Sie wies mich an, zu schweigen, obwohl ich kein Wort gesagt hatte.

»Ich wusste es«, sagte sie und fuhr mit dem Dampfen fort. »Dein Herz ist groß – größer als meins, weil deins schon so oft gebrochen wurde.«

War Georgette der Geist der gegenwärtigen Weihnacht?

»Hat Clive dich geschickt?«

»Wer?« Sie lachte und hustete gleichzeitig.

Boots kam gestärkt zurück, mit zwei Gläsern in der Hand und einer Zigarette, die in seinem Mund wackelte wie ein loser Zahn.

»Du rauchst nicht«, stellte ich fest.

»Iff für diff«, nuschelte er, jetzt wieder besserer Stimmung.

»Mein Held, mein Mörder.«

Georgette kramte noch einmal in ihrer Tasche und fischte ein paar blasse Pillen heraus. Sie untersuchte eine, biss die Hälfte ab und spülte sie mit einem Glas Tonic hinunter. Offensichtlich galt das Gebot der Nüchternheit nur für Getränke.

»Wie nett«, sagte Boots fast schon gemein.

»Scheiße«, sagte Georgette und rieb sich energisch die Arme. »Warum ist es so kalt?«

»Weil wir auf einer Farm sind«, sagte er.

Keiner von uns beiden hatte Lust, gegen diese Logik zu argumentieren. Boots war immer noch reizbar, und er und ich waren für Georgette nicht länger ein interessantes Gesprächsexperiment, geschweige denn ein sexuelles Experiment. Wir waren kleinkariert und berechenbar. Es war, als ob wir alle zusammen ins Kino gegangen wären, und Boots und ich hätten darauf bestanden, für den Abspann zu bleiben, weshalb sie wusste, dass mit uns nichts anzufangen war. »Fazit ist«, sagte sie, als würde sie eine lange Rede zum Abschluss bringen, »ihr scheint wie füreinander geschaffen.«

Ob das nun eine fiese kleine Spitze oder aufrichtig gemeint war, spielte keine Rolle. Ich wunderte mich nur, wie ich mich dieser Fremden so verbunden hatte fühlen können. Und wie ich mich jetzt mit keinem der beiden mehr verbunden fühlte. Am liebsten wäre ich die Straße bis zu einer Bushaltestelle hinuntergelaufen, hätte den Bus bis zur Endstation genommen, um dann in einen anderen Bus umzusteigen, und hätte so den Globus umrundet bis ans Ende meiner Tage. Stattdessen bewegten wir drei uns auf der Stelle und betrachteten das fröhliche Treiben, während mich das kalte Gras an den Fußsohlen kitzelte. Der Brunch morgen würde aromatisiert sein vom Duft nach Mottenkugeln und brutzelndem Speck. Aber, und da lag ich sicher richtig, Georgette würde nicht anwesend sein. Sie hatte wahr-

scheinlich noch nie an einem Hochzeitsbrunch teilge-
nommen. Dazu war es zu sehr eine Verlängerung des
Vortages.

Im Mondlicht bemerkte ich das Glitzern einer Si-
cherheitsnadel im Rücken ihres Overalls, der feine Mechanismus, der ihn zusammenraffte.

7

Ich fand kein Ende beim Abschiednehmen. Als Boots aus der Dusche kam, schlang ich meine Arme um seine Taille und schmiegte mich an seine feuchte Haut. Es war noch nicht richtig hell draußen, aber wegen des Neonsterns hatte man den Eindruck, es wäre bereits später am Morgen. Als wäre ich hypnotisiert, verfolgte ich, wie er sein Handy-Ladekabel aufrollte. Ich stapfte hinter ihm her ins Wohnzimmer und jammerte: »Wie lange noch mal?« Zwei Wochen. Fünfzehn Tage, um genau zu sein. Und, wie er mir in Erinnerung rief: San Francisco war nicht der Mond. Es war offensichtlich, dass er diesen Rollentausch genoss. Obwohl es ihm nicht an Zärtlichkeitsausbrüchen meinerseits mangelte, war er nicht daran gewöhnt, dass sie ohne Hintergedanken erfolgten. Er genoss meine Anhänglichkeit und durchschaute sie nicht als das, was sie in Wahrheit war – die Angst eines Alkoholikers vor einem unverschlossenen Schnapsschrank.

»Ich werde dich auch vermissen«, versicherte er mir. »Du bist mein liebstes Ding.«

Ich verzog keine Miene, als er mich als »Ding« bezeichnete. Ich war zufrieden damit, wie eine unbenutzte Kuchenplatte in ein Regal gestellt zu werden und an nichts denken zu müssen. Ihm beim Verstauen eines Stapels Hemden in seine abgewetzte Tasche zuzusehen, erinnerte mich an das letzte Mal, als ich sie gesehen hatte.

Er war von einem Campingausflug zurückgekehrt, und ich war im Schlafzimmer und las. Ich begrüßte ihn, ohne aufzustehen, was eine eigene Art von performativer Romantik war (er mit seinem »Schatz, ich bin wieder da«, ich mit meinem »Wie war deine Reise?«). Dann fragte er mit bemühter Gelassenheit, ob Rocket mit mir im Schlafzimmer sei.

»Ja?«, sagte ich und nahm Blickkontakt mit der Katze auf.

»Kannst du bitte aufstehen und die Tür schließen, aber drin bleiben?«

»Hm, okay.«

Mir fiel jetzt wieder ein, dass ich es damals zu früh für einen Heiratsantrag gefunden hatte. Wir hatten nicht darüber gesprochen, und der Ring, den er womöglich unterwegs in irgendeinem Tankstellenshop gekauft hatte, würde bei mir sicher keine Begeisterung auslösen. Die Katze und ich hockten mit großen Augen auf dem Bett, während Boots im Wohnzimmer herumwuselte. Ich hörte, wie eine Schachtel aufgeklappt wurde, gefolgt von einem »Du Scheißding!«. Dann riss er die Tür auf.

»Ich hatte einen blinden Passagier. Da war eine Braune Einsiedlerspinne in meiner Tasche. Sie war *nicht* klein, und ich habe sie gefangen. Ich entsorge sie gleich, und dann ist alles gut.«

»Kann so eine Spinne eine Katze töten?«

»Darauf sollten wir es besser nicht ankommen lassen, oder? Bin gleich wieder da!«

Er warf mir eine Kusshand zu und stürzte mit dem Elan eines Jägers zurück ins Wohnzimmer.

Hatte ich ihn jemals so beglückt wie diese giftige Spinne? Ich hätte es gern getan. Es war unschätzbar wertvoll, einen Menschen zu haben, der einen so liebte, wie Boots mich liebte. Ich hielt es nicht für selbstverständlich, dass ein solcher Mensch mit mir unter einem Dach lebte. Aber all meine Bemühungen, Stabilität in Begehren und Vertrautheit in Respekt umzuwandeln, liefen ins Leere.

»Du bist auch mein liebstes Ding«, sagte ich zu ihm.

»Weiß ich«, sagte er.

Ich stand in der offenen Eingangstür und sah ihm hinterher, als er die Treppe hinunter verschwand. Kaum war er weg, gab ich der Katze eine Korrektur bekannt.

»Mein zweitliebstes Ding. Selbstredend.«

Ihr Kinn ruhte zwischen den Pfoten. Sie begriff, dass ich sie ansprach, wusste aber nicht, wie sie von diesem Gespräch profitieren konnte. Sie musterte mich, ohne ihren Kopf zu bewegen. Dann vibrierte mein Telefon, lieferte sich ein Scharmützel mit meinem Schreibtisch. Es war Vadis, die wissen wollte, wie die Hochzeit gewesen war. Ich sparte mir jede Erklärung, es war ihr ohnehin einerlei.

Ich musste einmal in der Woche ins Büro für unsere Teamsitzung, die thematisch in beunruhigender Weise unseren Jahresbesprechungen glichen. Unsere Direktiven für die nächsten zwei Wochen hatten den gleichen Tenor wie die für die nächsten sechs Monate: Es ging darum, eine Balance zwischen den Inhalten und dem Markenaufbau zu schaffen. Unsere Redaktionsleiterin, eine hyperaktive Frau Anfang dreißig, nannte diese Sitzungen »Ideen-Sessions«, ein Wort, das mein Kalender automatisch **fett** hervorhob. Sogar die Roboter wussten, dass »Ideen« ein anmaßendes Wort dafür war. Manchmal war es entmutigend, für einen vielgerühmten Content-Aggregator zu arbeiten, der über Kultur berichtete, anstatt sie hervorzubringen. Unsere Kiefer verbissen sich in Beute, die klickfreudige Schlagzeilen abwarf, nur um festzustellen, dass wir nichts Substanzielles gefasst hatten außer gelegentliche Rechtsstreitigkeiten. Bei echten Medien war die Berichterstattung über Kunst eine Kunst für sich. Aber da wir uns lediglich auf Trends stürzten, an deren Entstehung wir nicht beteiligt waren und die wir teilweise selbst kaum wahrnahmen, hatten wir etwas von Schmarotzern. Die jüngeren Mitarbeiter betrachteten die Sache mit größerem Ernst. *Radio New York* war die einzige Welt, die sie je gekannt hatten. Ihre Ernsthaftigkeit rief in mir Gefühle von Ermüdung und unterschwelligem Groll hervor.

Bei *Modern Psychology* hatten wir zumindest ein klar umrissenes Fachgebiet, das wir abgrasen konnten. Vielleicht lag es nicht an *Radio New York*. Vielleicht lag es an New York selbst, und Amos hatte von Anfang an recht gehabt: Es geschah einfach nichts Neues oder Unerwartetes auf dieser Insel. Abgesehen von der Golconda.

Ich konnte mich unmöglich konzentrieren. In Gesprächsflauten streute ich ein paar wiedergekäute Ideen ein, um den Anschein von Aufmerksamkeit zu erwecken. Nach Ende der Sitzungen wanderte ich zwischen meinem Schreibtisch und der Teeküche hin und her, holte Kaffee, vergaß die Milch, ging zurück, um die Milch zu holen, vergaß den Zucker, ging zurück, um den Zucker zu holen. Ich rührte den Kaffee mit dem Finger um. Das gelegentliche Schrillen des Telefons würgte ich ab.

Boots schrieb mir, nachdem er gelandet war. Als Antwort erhielt er ein »Daumen hoch«, gefolgt von einem *Yay, das Flugzeug ist nicht abgestürzt, yay!* Was ihm ein verwirrtes *LOL?* entlockte.

Ich ließ das Mittagessen zugunsten meiner detektivischen Recherchen sausen, zog mir stattdessen Brezeln aus dem Automaten rein und spickte mein Mousepad mit Salzkörnern. Ich durchforstete mein Gehirn nach allen, mit denen ich je ein Date hatte. In meinem Kopf ratterte ein Rolodex von verblichenen Gesichtern. Männer sind leichte Beute im Internet, weil sie ihre Nachnamen nicht ändern. Jeder Druck auf die Return-Taste förderte weitere professionelle Bewerbungsfotos zutage, weitere Krawatten, noch mehr Grinsen in Kameras, das sie aussehen ließ wie Schulkinder, die alle Landeshauptstädte auswendig hersagen mussten. Oder aber sie waren in einer Branche tätig, in der sie mit verschränkten Armen an einer Backsteinmauer lehnten. Beim Durchscrollen ihrer »Über mich«-Seiten empfand ich fast so etwas wie elterlichen Stolz und vergaß dabei

beinahe, dass dieselben Typen mich damals einen Lö-
wenanteil der Restaurantrechnung hatten übernehmen
lassen, nur weil ich Ziegenkäse auf meiner Pizzahälfte
bestellt hatte, oder die mir einst das Gesicht mit ihren
Barstoppeln wund geschrubbt hatten, auch wenn bestimmt keiner von ihnen einen Handjob mit Schleifpa-
pier zu schätzen gewusst hätte.

Mein Leben lang hatte ich mir die Geschichten meiner Trennungen immer wieder neu erzählt, um mir darin eine aktivere Rolle zu verleihen. Männer mögen
die Vorstellung nicht, sie hätten jemanden verletzt oder
gar zerstört, daher tun sie gerne so, als wäre das nicht
der Fall. Ich habe sie in dem Irrglauben gelassen und
sogar noch darin bestärkt. So standen beide Seiten als
Gewinner da. Aber wie soll man Trost beim Kleinre-
den der eigenen Gefühle finden, wenn man selbst diejenige gewesen war, die diesen Gefühlen überhaupt
erst die Erlaubnis zu unkontrollierter Expansion erteilt
hatte. Ich hatte diesen Prozess einfach übersprungen.
In Wahrheit war ich jedoch das Opfer einer Tonne von
Zurückweisungen gewesen. Jahrelange psychologische
Stabilisierungsbemühungen drohten in sich zusam-
menzukrachen, als ich einen Namen nach dem anderen recherchierte und mich der geballten Demütigung
aussetzte. Ich erlebte diese Männer, wie sie niemand
erleben sollte, nämlich wie aus einer T-Shirt-Kanone
geschossen. Es war so, als müsste ich alle je von mir
gerauchten Zigaretten auf einem einzigen riesengroßen
Haufen vor mir sehen.

Da gab es Männer, deren Dating-Profile sich wie

Verbotstafeln öffentlicher Schwimmbäder gelesen hatten: *Keine Tattoos. Keine Couch-Potatoes. Kein übermäßiger Alkoholkonsum. Keine mäkeligen Esserinnen. Keine, die sich selbst zu ernst nahm. KEIN DRAMA!* Männer, die verlangt hatten, dass eine Frau Sinn für Humor besaß, aber selbst keine Spur davon aufwiesen. Männer, die Fotos von sich mit attraktiven weiblichen Bekannten gepostet hatten, als wollten sie sagen: »Nur damit du ein Gefühl für die Richtung kriegst.« Männer, deren eigene Unsicherheiten so tief saßen, dass sie als Vorwürfe herauskamen: »Wie kann es sein, dass du keinen Freund hast? Was ist dein Problem?« Ich war trotzdem mit ihnen ausgegangen, mit diesen Sträußen von roten Flaggen, neugierig darauf, wie abstoßend ich mich verhalten müsste, um bei ihnen neue Verbote und Erlasse auszulösen, wohl wissend, dass die Antwort lautete: nicht besonders. So viele blutleere Kreaturen, die mein ganzes Blut wollten, die nichts von sich selbst zurückgaben, die mir vorwarfen, ich würde mich nicht »öffnen«, obwohl sie mich höchstens alle zwei Wochen sehen wollten. Die Kanüle der Neugierde wurde eingeführt, die Proben ins Labor gesandt, die Ergebnisse nie mitgeteilt.

Es gab Männer, die mir verkündet hatten, sie würden für kein Geld der Welt mit ihren Ex-Freundinnen schlafen, die dann aber hintenherum fette Schwarzgeldkonten anlegten. Männer, die mit mir Schluss gemacht hatten, weil ich angeblich zu gut für sie war. Aber seit wann lässt man im Restaurant sein Essen zurückgehen, weil es zu lecker ist? Das waren die gleichen Männer, die ständig ins Fitnessstudio verschwanden. Oder alleine in Clubs gingen. Die mir dann versicherten: Die Party war lahm. Die Party war stinklangweilig. Du hättest keinen Spaß gehabt. Männer, die sich nicht für Frauenhasser hielten, weil sie die Taten berühmter Frauen verteidigten. Oder berühmte Frauen rühmten, die einer Minderheit angehörten. Oder berühmte Transfrauen. Männer, die mir vorgeheult hatten, ich würde sie an das Mädchen erinnern, das ihnen auf dem College das Herz gebrochen hatte, oder an das Mädchen, das sie auf der Uni betrogen hatte, völlig harmlose Wehwehchen für jede mir bekannte Frau. Männer, die mir versichert hatten, sie würden diese Stadt nur schreiend und unter Gewaltanwendung verlassen, aber jetzt in Idaho lebten. Eine andere Frau hatte sie gewissermaßen verschleppt. Aber wie war ihr das gelungen? Mit einem Schlag auf den Kopf? Mit einem mit Chloroform getränkten Tuch? Hatte sie ihm auf Nebenstraßen aufgelauert? Das waren dieselben Männer, die behauptet hatten, sie hätten sich aus Angst, Frauen zu verletzen, in den Zölibat begeben. Männer, die glaubten, sie hätten die Traurigkeit *erfunden*, die mir erklärten, ich hätte *keine Ahnung*, wie düster es in ihren Köpfen zuginge, wie tief die Keller ihres Kummers waren. Als gekränkte Narzissten hatten diese Männer ein feines Gespür für Ungerechtigkeiten gegenüber ihren Leidensgenossen. Ja, das Leben war eine Hexenjagd. Sie spielten deine Sünden hoch, verzerrten sie ins Groteske und strichen dich aus einem Programm, von dem du gar nicht wusstest, dass du Teil davon warst. Aber ist das nicht ein Besenstiel zwischen deinen Schenkeln, oder freust du dich, mich zu sehen? Diese Männer waren wie tropische Zierfische, die durch zu viel oder zu wenig Reize leicht zu stressen waren. Manche hatten es über einem Martini mit tantrischer Meditation versucht, indem sie mir in die Augen starrten, hatten mir nach den ersten zehn Minuten versichert, ich sei ihre Seelenverwandte. Manche hatten mich nach dem zweiten Date als ihre Freundin bezeichnet, manche hatten sich noch nach einem Jahr geweigert, mich so zu nennen. Wieder andere hatten mich beim Namen einer anderen genannt. Da waren jüngere Männer, die inzwischen so alt waren wie ich damals, als sie mit mir Schluss gemacht hatten – schämten sie sich inzwischen dafür, dass sie mich mein Alter hatten spüren lassen, jetzt, wo sie aufgeholt hatten? Männer, die mit der Präzision eines Juweliers Linien in weißes Pulver geschnitten hatten. Es sei nur eine einmalige Ausnahme. Eine zweimalige Ausnahme. Es war schwer, irgendetwas als eine fünfundsechzigmalige Ausnahme abzutun. Männer, die mich mehr als einmal verletzt hatten. Was meine Schuld war. Ich hatte den Herd angefasst, um zu sehen, ob er noch heiß war: Er war noch heiß. Männer, die aus ihrer Kopie des Vertrags Papierflieger gebastelt hatten, während ich meinen Teil eingelöst hatte. Der Scheck ist noch unterwegs, die Hand liegt schon auf deinem Oberschenkel. Männer, deren Nachrichten ich Vadis gezeigt hatte, die nur spöttisch auf die Absende-Uhrzeiten schaute. *Blue, I'm blue, we are all of us blue.* Manchmal sind wir auch grün hinter den Ohren oder grün vor Neid. Männer, die mich lieber vermisst hatten, als mit mir zusammen zu sein. Männer, die mir geschworen hatten, sie seien mir verfallen. Worte, die sich in dem Moment so gut angefühlt hatten, dass sie später bestimmt Wirklichkeit würden. Aber als dann »später« kam, waren die Worte vergessen. Bei Gott, sie hatten es doch versucht. Sie schilderten vor Gericht detailliert ihre Anstrengungen. Meine Damen und Herren Geschworenen, mein Mandant hat sich redlich bemüht. Er hat keine Strapazen und Umstände gescheut. Er hat Nachrichten geschrieben, obwohl ihm nicht danach war. Er hat zugehört, obwohl er gelangweilt war. Er hat sich sogar den Geburtstag notiert. Das waren die Schlimmsten von allen, schlimmer als die Fremdgeher und Soziopathen. Denn während sie ihre Fälle darlegten, lösten sie sich aus dem Kontext, in dem wir zwei Personen waren, die einander kannten. Sie waren jetzt einfach nur irgendwelche Menschen, verstrickt in flaumiger Verwirrung, ein wenig kaputt auf die Welt gekommen, aber stets bestrebt, heil zu werden. Das Schicksal hatte uns zur gleichen Zeit in derselben Stadt abgeworfen, und – Wunder über Wunder – wir waren einander *begegnet*. Wie hoch war die Wahrscheinlichkeit? War es eine Fügung? Waren sie nicht alle auf ihre Art ein bisschen liebenswert? In diesem Moment waren sie von ihrem Dasein als Männer befreit. Sie wurden zu geschlechtslosen Wassertropfen, die vor meinen Augen dahintrieben, im Meer der menschlichen Fehlbarkeit, an die Oberfläche steigende Teilchen.

Als ich aufblickte, spiegelten sich bereits die Neon-röhren in den dunklen Fenstern. Ich hörte das Hu-pen der in den Holland Tunnel einfahrenden Autos, gefolgt vom Geräusch des Reinigungswagens, der mit dumpfem Gepolter aus dem Aufzug gerollt wurde. Ein Staubsauger wurde eingeschaltet. Die Putzfrau er-schrak bei meinem Anblick und presste die Hand auf ihr Herz.

In der Nähe der Subway-Station Second Avenue spiel-ten Kinder unter grellem Scheinwerferlicht leiden-schaftlich Fußball. Sie flitzten über das auf dem Kunstra-sen aufgedruckte Yin-Yang-Symbol und hielten ab und zu an, um sich gegenseitig Foulspiele vorzuwerfen. Die Luft war kälter geworden. Ich lehnte mich an einen Eisenzaun, pflückte Blätter von einem Azaleenstrauch und faltete sie zwischen meinen Fingern. Sie gaben ein befriedigendes Knacken von sich. Wie Clive erklärt hatte, war ich der Magnet (ein besserer Ausdruck als »Loch«) in einem abgegrenzten Bezirk, und dieser Ma-gnetismus wirkte konzentrisch. Die Golconda funktio-nierte *hauptsächlich* durch die Kraft der Suggestion, aber Clive ließ die Mitglieder auch Energien aussenden mit dem Ziel, dass sie »wieder zu uns zurückkehren«. Wie bei der am Ufer ansteigenden und wieder sinkenden Flut konnte man schwer vorhersehen, welches Treib-gut in meine Richtung gespült wurde. So war etwa Dave Egan drüben an der Canal angeschwemmt wor-den, ganz im Westen. Vermutlich war die Chance, hier in der Gegend einen Ex zu treffen, ungefähr genauso hoch wie vor der Vordertür der Golconda, wo ich jedoch von einer Kamera aufgenommen würde.

Also blieb ich an Ort und Stelle, beobachtete, wie Pendler die Vorortzüge bestiegen, Touristen nach dem Weg fragten, ein gebückter Mann eine so große Menge an Dosen schleppte, dass es mir wie ein Hohn auf die Ressourcenverschleuderung unserer Gesellschaft vorkam. Vermutlich hätte Clive sein Ziel mit ein paar echten Zauberkünstlern auf der Gehaltsliste genauso gut erreicht. Doch indem er das Ganze mit einer sektenähnlichen Rhetorik unterfütterte, beutete er schamlos und ungeachtet jeder Ethik das Bedürfnis der Menschen nach Sinnstiftung aus. Amos hatte Clive nicht umsonst einen Scharlatan genannt. Trotzdem konzentrierte ich mich weiter darauf, meine Schwingungen auszusenden. Meine Pheromone.

Was mich aber nur zum Schwitzen brachte.

Clive hatte mir erklärt, ich müsse in den nächsten Wochen nicht mit einer chronologischen Reihenfolge rechnen. So war ich mit Amos erst nach Willis zusammengekommen und hatte Dave noch vor den beiden kennengelernt. Allerdings war Clive *überzeugt*, die Reihenfolge habe etwas mit der Stärke der Emotionen zu tun. Was sowohl die Überwachung der Social Media wie auch die Meditationen bestätigten. *Liebe hinterlässt einen neurologischen Fußabdruck.* Ein Suchverlauf der Seele. Es war also unwahrscheinlich, dass ich ehemaligen One-Night-Stands über den Weg laufen würde, da keine der beiden Parteien ausreichend »getriggert« werden konnte. Keine noch so weitverbreitete Werbeaktion für das Boysenbeeren-Duschgel, das ich 2012 benutzt hatte, würde bei einem dieser Männer Wirkung zeigen. Und davon abgesehen? Davon abgesehen waren alle Freiwild.

Mein Blick blieb wachsam, ängstlich und sich zugleich nach dem Wiedererkennen sehnend. Dieses permanente aufmerksame Schauen war ermüdend, wie bei einem überlangen Museumsbesuch. Jede Sekunde unseres Lebens wird von zwei Seiten – der Gegenwart und der Vergangenheit – zusammengepresst wie Kohle. Normalerweise nehmen wir das nicht wahr. Wir realisieren nicht, dass wir in ein Kontinuum eingespannt sind. Manchmal wird der Druck aber auch so intensiv, dass er die gesamte Existenz zu einem Diamanten komprimiert.

Dann rief jemand meinen Namen.

Meine Schultern wurden steif. Immer wieder mal glaubte ich in Wortwechseln auf der Straße meinen Namen herauszuhören oder Fetzen davon, wie in »Cola« oder »Hoppla«. Ich hatte mir antrainiert, nicht darauf zu reagieren. Aber dann hörte ich ihn erneut. Es war die Stimme einer Frau.

Auf dem Gehweg näherte sich Adella, die Freundin einer Freundin. Ich hatte mich immer gefragt, womit Adella ihren Lebensunterhalt verdiente. Immerhin wusste ich, dass sie im Vorstand eines Museums in Mexiko City für Handwerkskunst von Frauen saß, weil ich trotz wiederholter Versuche, mich abzumelden, immer noch in deren Newsletter-Verteiler war. Ich hatte mich damit abgefunden, dass Adella für den Rest meines

Lebens einmal monatlich durch mein Bewusstsein huschen würde wie eine Sternschnuppe.

»Lola, wusste ich's doch, dass du das bist«, sagte sie, als wäre ein Täuschungsversuch meinerseits fehlgeschlagen.

Adella und ich hatten einander nie näher kennengelernt, weil für mich keine Notwendigkeit bestand, Adella näher kennenzulernen – die Anzahl unserer Unterhaltungen konnte ich an einer Hand abzählen. Wir waren Randfiguren im Leben der anderen. Aber selbst wenn ich versessen darauf gewesen wäre, ihr Inneres tiefer zu ergründen, wäre sie dazu einfach zu gut gelaunt gewesen. Alles war bei ihr immer fantastisch. Die Arbeit? Super. Familie? Bestens. Freundschaften? Jede Menge. Wohnung? Frisch renoviert. Zertrümmertes Schienbein? Heilt in Rekordtempo. Nur ein Mal erwähnte sie, dass man sie in Buena Vista mit einem Messer bedroht, ihr die Augen verbunden und sie gezwungen hatte, Geld bei mehreren Banken abzuheben. Dann wechselte sie jedoch sofort wieder das Thema und plapperte etwas über eine App für Haarschnitte.

Aber in diesem Moment empfand ich Adella als Geschenk. Meine Aufmerksamkeit schweifte immer wieder ab, während ich weiter Ausschau hielt. Adella schwadronierte in einem fort und spuckte Informationen in einem Tempo aus, als würde sie Seifenblasen pusten. Sie hatte sich wegen Endometriose ambulant operieren lassen. Sie hatte eine Assistentin eingestellt und sich in sie verliebt. Sie war von Chicago zurück nach New York gezogen, zusammen mit ihrem Freund, den sie ebenfalls liebte. (Ich hatte gar nicht mitbekommen, dass sie überhaupt nach Chicago gezogen war.) Nur bei ihren Erkundigungen nach gemeinsamen Bekannten war meine gelegentliche Beteiligung gefragt, auch wenn ich diese Leute seit Jahren nicht mehr gesehen hatte. Ich hatte insgesamt nicht viel beizutragen. Daher machte sie mit ihren Seifenblasengeschichten weiter: Ihr Freund hatte »eine halbe Etage« in einem Gebäude im East Village geerbt. Ein Anflug von Immobilienneid ließ mich aufhorchen.

»Seine Urgroßeltern hatten dort eine Konservenfabrik«, erklärte sie. »Glück, oder?«

»Absolut unverdient.«

»Sein Vater hat dort gelebt, ist aber kürzlich gestorben. Wir wohnen im vierten Stock, was eigentlich –«

»Warte, was haben sie eingelegt?«

»Wie bitte?«

»Die Großeltern. Was haben sie in Konservenbüchsen eingelegt?«

»Oh … irgendeinen Fisch, glaube ich.«

»Hering?«

»Ja! Woher weißt du das?«

Das Gebimmel von Türglocken ertönte, als Adellas Freund den Eisenwarenladen auf der anderen Straßenseite verließ. Adella winkte ihm heftig zu, als er über die Straße eilte, um seine aktuelle Freundin und mich, seine ehemalige College-Freundin, zu begrüßen.

Ich kramte verzweifelt in meinem Gedächtnis, wann ich Jonathan das letzte Mal gesehen hatte. Konnte die

Antwort lauten: Nicht seit unserer Trennungsnacht? Erneut begann mein inneres Rolodex zu rattern. Wir hatten ungefähr sechs Monate nach unserem College-Abschluss Schluss gemacht, also vor fast zwanzig Jahren. Die Sache war nicht schön gelaufen, aber ich hatte keinen Schimmer mehr, in welcher Hinsicht, was darauf hindeutete, dass ich die Verursacherin des Schmerzes gewesen war. An eines jedoch konnte ich mich erinnern: das Apartment. Jonathans Vater, ein Architekt, hatte dort gewohnt, als wir zusammen waren. Jonathan war in der Gegend aufgewachsen und somit dazu verdammt, die kaputten Straßen und mit Nadeln übersäten Parks seiner Jugend einer Welt zu beschreiben, die sich weigerte, die Härten der Vergangenheit zu begreifen. In einer Winternacht lieh uns sein Vater seinen Porsche, und wir fühlten uns ein wenig wie in *Ferris macht blau*, bis auf der First Avenue das Rücklicht zertrümmert wurde. Danach fühlten wir uns definitiv wie in *Ferris macht blau*. Wir eilten zurück, keuchten die Treppe hinauf und schmollten wie die Teenager, die wir noch vor Kurzem gewesen waren. Jonathans Vater saß über seinen Zeichentisch gebeugt, und an den Fensterscheiben hinter ihm setzte sich langsam der Schnee fest.

Jonathan erzählte ihm von dem Auto, während ich mich in der Küche herumdrückte. Da es ohnehin offensichtlich war, dass ich lauschte, gesellte ich mich schließlich zu ihnen.

»Wenn man es sich nicht leisten kann, etwas zu ruinieren«, sagte sein Vater, ohne den Blick zu heben, »dann kann man es sich auch nicht leisten.«

»Aber«, strapazierte Jonathan die Geduld seines Vaters, »ich habe mir ja gar nichts geleistet, das ist dein Auto.«

»Ich habe eine Versicherung.«

»Es war kein Unfall. Das Auto stand einfach mit dem Heck zu weit auf die Straße.«

Jonathan wollte bestraft werden. Das war eine verblüffende Erkenntnis, wobei ich zu jung war, um sie auf den Sex zu übertragen. In den Nullerjahren waren die meisten Frauen immer noch stark vom zwanzigsten Jahrhundert geprägt, und nicht vom einundzwanzigsten, weswegen ein Großteil des Mainstream-Sexes von einer Haltung des »spiel einfach mit« bestimmt war. Es war schwer genug, sich aus diesem Sumpf der verinnerlichten Sucht zum Gefallen zu befreien. Die Vorstellung jedoch, direkt in einen *anderen* unergründlichen Sumpf zu springen, indem ich Jonathan an der Decke aufhängte und ihn mit einem Paddel verdrosch, war einfach zu beängstigend.

»Sohn«, sagte sein Vater, der nicht an einer Diskussion interessiert war, »diese Welt wird hart für dich ohne meine Hilfe.«

Würde sie das wirklich? Ein wohlhabender weißer Junge ohne College-Schulden?

Natürlich würde das Leben hart werden, weil das Leben an sich hart ist, aber solange Jonathan nichts Schlimmeres zustieß, würden seine Herausforderungen ganz klar in seinem Inneren angesiedelt sein. Jonathan zeichnete sich dadurch aus, dass er sich dessen *bewusst* war und keine Privilegien akzeptieren wollte, selbst wenn sie ihm aufgedrängt wurden und er sie vergeblich abzuschütteln versuchte. Er war stolz auf seine Bemühungen, aus dem Schatten seines Vaters zu treten. Wir hätten unsere Väter tauschen sollen, seinen nonkonformistischen Babyboomer gegen meinen vorstädtischen Babyboomer, einen Mann, der Jonathan für kleine Vergehen mit Freuden hart gemaßregelt hätte.

»Ich mag die Zähne von der da.«

Wir brauchten beide eine Sekunde, um zu begreifen, dass sein Vater von mir sprach. Er hatte mich bisher kaum zur Kenntnis genommen, aber jetzt tat er es und legte seinen Bleistift weg. Ich grinste nervös.

»Siehst du?«, fragte er Jonathan. »Gute Zähne.«

Später in dieser Nacht, als wir auf einem Schlafsofa lagen, das bequemer war als mein eigenes echtes Bett, erzählte ich Jonathan, dass ich so werden wollte wie sein Vater.

»Reich?«, fragte er leicht angesäuert.

»Cool«, antwortete ich. »Fähig, Dinge loszulassen.«

Während Jonathan über die Straße trottete und sich mit erhobener Hand bei einem Auto fürs Nicht-überfahren-Werden bedankte, erklärte Adella den Grund für ihre Anwesenheit. Nach einem Einbruch mussten sie die Schlösser austauschen lassen. Jonathan hatte sich für Schlüssel entschieden, die nur von bestimmten Schlüsseldiensten nachgemacht wurden. Es gab drei dieser Schlüsseldienste in Brooklyn: einen in Queens, einen in Harlem und einen in Lower Manhattan, auf der Forsyth. Adellas Einschätzung zufolge waren sie deshalb hier. Und nicht, weil Clive ihren Freund mit Hilfe von Playlists, gezielter Werbung und moderner Magie herbeschworen hatte. Oder weil ein Grüppchen von Privatermittlern und App-Programmierern die Idee von neuen Hausschlüsseln in das verschlossene Kästchen, das Jonathans Gehirn war, gepflanzt hatte.

Als ich ihn so aus der Distanz betrachtete, fragte ich mich: Hatte dieser Mann meine monatlichen Newsletter über mexikanisches Kunsthandwerk gestaltet?

Beim Näherkommen wurde er langsamer. Er hatte immer noch das gleiche Jungengesicht. Ich bezweifelte, dass Jonathan seine Einkäufe mit eigenem, in einem regulären Job verdienten Geld bezahlte.

»Was machst du hier?«, fragte ich.

Die beiden starrten mich an. Hatten wir das nicht eben schon geklärt?

»Ich meine so im Leben. Ganz allgemein.«

»Oh«, sagte Jonathan. »Ich arbeite für das Ministerium für Umweltschutz.«

»Er rettet den Planeten.«

Ich versuchte, mir die beiden beim Sex vorzustellen. Adella war theatralisch und selbstbewusst, der Typ Frau, die ihr Geschlecht betonte, als würde es ihre ganze Persönlichkeit ausmachen. Womit sie offensichtlich ziemlich gut gefahren war. Jonathan dagegen hatte sich immer unwohl in seiner Haut gefühlt, sich kaum für ein menschliches Wesen, geschweige denn für ein männliches Wesen gehalten. Er errötete angesichts seiner eigenen Erektionen. Nie hatte er etwas offensiv begehrt. Allerdings waren wir inzwischen älter, und vielleicht hatte Jonathan gelernt, seinen Wunsch nach Bestrafung in etwas Befriedigenderes zu verwandeln.

»Nur Massensterilität wird den Planeten retten«, verkündete er trocken.

»Ich finde es toll, dass ihr beide euch kennt.« Adella wechselte das Thema. »Diese Welt ist einfach zu klein. Ich schwöre euch, eigentlich gibt es nur zehn Menschen in ganz Amerika, und der Rest ist ein Spiegelkabinett.«

»Hier war ich am Ende von Amerika«, rezitierte Jonathan Jack Kerouac, »kein Land mehr – und jetzt konnte ich nur noch zurück.«

Jonathan hatte seine Abschlussarbeit über den Personenkult rund um die Beat-Generation geschrieben. Er hatte Leute interviewt, die nach North Beach pilgerten, die das verrostete Auto unter der Brücke in Big Sur fanden. Er hatte sie aufgestöbert, ihren Stolz und ihre Traurigkeit auf Band festgehalten. Er hatte sich ein Tattoo auf die Schulter stechen lassen, eine Zeile aus *Naked Lunch*: *Ein Güterzug schiebt sich zwischen den Prof und die Jugendlichen … Als der Zug durchgefahren ist, sind sie zu Fettwänsten geworden und in verantwortliche Positionen aufgerückt.* Er hatte meine Hand gehalten, während er sich das Tattoo stechen ließ. Seltsam, dachte ich, dass ich die erste Frau war, die es berührt hatte, und Adella würde wahrscheinlich die letzte sein.

Aber so wie es aussah, hatte Jonathan das ihr gegenüber nie erwähnt.

Unter normalen Umständen wäre es kränkend gewesen, nicht bedeutsam genug für so eine Enthüllung zu sein. Aber ich wusste etwas, was keiner von beiden wusste: Ich bedeutete ihm genug, um ihn hierher zu bringen. Und die Prophezeiung von Jonathans Tätowierung war wahr geworden. Er *hatte* jetzt einen dicken Bauch, einen von lange unterdrückten Gefühlen aufgeblähten Emo-Bauch. Und er hatte einen verantwortungsvollen Job. Doch je mehr er erzählte, desto klarer wurde mir, dass er noch der alte Jonathan war. Er schlug Adella vor, es könnte vielleicht lustig sein, tausend verschiedene Schlüssel an die Haustür zu kleben, für den Fall, dass die Einbrecher zurückkämen. Worauf sie ihn ausdruckslos musterte und sich entschuldigte, um einen Anruf von der Arbeit entgegenzunehmen.

Auch das ein subtiler Steuerungsimpuls? War es vielleicht Branded Content?

Jonathan und ich blieben uns selbst überlassen, verglichen wortlos unsere jetzigen Gesichter mit denen von damals. Vielleicht konnte ich mich nicht mehr an unsere Trennung erinnern, aber ich konnte mich sehr gut an unsere Anfänge erinnern – an die Abende im Waschkeller unseres Studentenwohnheims, wo wir auf eine freie Waschmaschine warteten, wie wir auf Partys nach dem anderen Ausschau gehalten hatten, an das Schreiben endloser E-Mails in den Semesterferien. Ich hatte ein Praktikum in der Stadt gemacht und ihm von meiner Vorliebe für »die wabernden Düfte des Stadtmülls« geschrieben. Ich hatte ihm das New York um die Jahrtausendwende in der Phase der ausgefallenen Themenbars geschildert: Korova Milk Bar, Jack Rabbit Slim's, Beauty Bar, Idlewild (wo es echte Sitze aus einer DC-10 gab). Jonathan hatte die schwülen Monate damit verbracht, für Habitat for Humanity zu arbeiten. Er richtete einen eigenen E-Mail-Account für einen Splitter ein und schickte mir eine Reihe von Mails aus der Sicht des Splitters. Der Splitter steckte fest. Der Splitter sehnte sich danach, von meinen Lippen entfernt zu werden.

Wir waren vor lauter Nettigkeit gehemmt – unfähig –, offen über unsere Gefühle zu sprechen. Wir schickten einander Origami, Polaroids und Drogeriemarkt-Geburtstagskarten, auf denen stand: »Rate mal, wer heute 5 wird?« Unsere Beziehung scheiterte aus demselben Grund, aus dem Jonathans Abschlussarbeit in der Luft zerrissen wurde: Sie erstickte an ihren eigenen Ansprüchen. Wie sich herausstellte, war es viel schwieriger, etwas Originelles über William Burroughs zu schreiben, als Leute auf die Schippe zu nehmen, die William Burroughs vergötterten.

Während Adella vor uns auf und ab marschierte und an ihrem Kopfhörer herumfummelte, erklärte Jonathan, wie sein Vater gestorben war. Prostatakrebs. Stadium vier, weil er es lange verheimlicht hatte, weil er nicht zum Arzt gehen wollte. Ein grauenvoller, aber schneller Tod. Ich empfand ein unangemessenes Besitzrecht an Jonathans Vater, an der Wohnung, die ich seit Jahren nicht mehr betreten hatte. Ganz zu schweigen von der Tatsache, dass Adella dort ihre Post erhielt und ihre Kosmetikartikel im Badezimmer aufbewahrte.

»Irgendwie fand ich es seltsam, mich deswegen bei dir zu melden. Ich hätte es tun sollen. Er hat dich immer gemocht.«

»Wirklich?« fragte ich, und meine Stimme stieg unkontrolliert eine Oktave höher. »Er hatte mich nicht gut gekannt.«

»Lola. Man kann dich auch mögen, wenn man dich nicht gut kennt.«

»Das klingt fast wie eine Beleidigung.«

»Du weißt, dass es das nicht ist«, sagte er und wurde rot.

Jetzt erinnerte ich mich wieder. Wir hatten im Zen Palate am Union Square unsere Sojaproteinbällchen verschlungen, bevor sie zu kalt und ungenießbar wurden, und Jonathan war aufgestanden, um auf die Toilette zu gehen. Während er weg gewesen war, hatte ich mein Glas mit lauwarmem Biowein in der Hand gedreht und über das Unvermeidliche nachgedacht, das getan werden musste. Jonathan hatte seine Polaroidkamera dabeigehabt, und als er zum Tisch zurückgekehrt war, hatte er ein Foto geschossen und das Bild geschüttelt.

»Sieh dir diese Komposition an«, hatte er gesagt. Mir war klar gewesen, dies würde das letzte Foto sein, das er je von mir gemacht hatte. Morgen um diese Zeit würden wir nicht mehr zusammen sein. Ich fragte mich, ob er das Foto behalten hatte.

Adella kehrte mit einem forschen »Was habe ich verpasst?« zu uns zurück.

Im Gegensatz zu Willis hatte Jonathan unsere Geschichte nicht heruntergespielt. Er erinnerte sich durchaus. Aber ebenso wie Willis hatte er es nicht versäumt, weiterzuziehen und sein Leben zu leben.

»Und, was läuft bei dir zurzeit so, Lola?«, erkundigte sich Adella.

»Mein Partner und ich werden heiraten.«

Noch nie hatte ich auf diese Frage so geantwortet, denn normalerweise empfand ich es als aufdringlich, wenn Menschen ungebeten ihren Beziehungsstatus bekanntgaben. Auch hatte ich Boots bisher noch nie als »meinen Partner« bezeichnet. Aber ich genoss die Ambivalenz, die versteckte Andeutung von Reife in diesem Wort, die potenzielle Erweiterung sexueller Vorlieben. Ich hatte es nicht nötig, mit Adellas perfekter Welt zu konkurrieren, aber ich wollte auch eine kleine Rolle spielen. Wollte meinen eigenen kleinen Auftritt. *Auch ich bin selbstbewusst. Auch ich habe mich in einer echten Partnerschaft weiterentwickelt. Ich muss weder jemandes Chef sein noch jemandes Marionette.*

Obwohl wir natürlich alle drei Clives Marionetten waren.

»Glückwunsch«, sagten sie, generös, aber nicht zu generös.

Unsere Verabschiedung war eine unbeholfene Stabübergabe der Umarmungen. Als sie davongingen, versuchte ich ihrem Gespräch zu lauschen, aber ihre Worte waren unverständlich.

An diesem Abend holte ich die Schachtel mit den alten Briefen heraus, die ich im hinteren Teil unseres Schranks aufbewahrte, verborgen zwischen luftdicht verpackten Pullis und gefalteten Kartons, die Boots für den Versand seiner Werke brauchte. Wahrscheinlich würde ich mein Geheimversteck bald unter das Bett umquartieren müssen. Er hatte in letzter Zeit so viele Stücke verkauft, dass meine Schutzwälle immer dünner wurden. Ich hatte auf Willis herabgeblickt, weil er all seine Erlebnisse in einer Schachtel ordentlich verstaut und weggepackt hatte, dabei hatte ich genau das buchstäblich getan. Ich grub, bis ich eine von Jonathans alten Karten fand. Sie war mit einem Datum versehen, das mir einen Stich ins Herz versetzte. So viel Zeit war vergangen. Eine Weile war mir jedes Jahr, das mit einer »20« begann, komfortabel zeitgenössisch erschienen. Aber inzwischen waren die im neuen Jahrtausend Geborenen eigenständige Menschen mit Meinungen und Abschlüssen, sogar mit Babys. Als solche schmälerten sie dieses komfortable Gefühl auf eklatante Weise. Sie führten ihre eigenen Debatten, schufen ihre eigenen Erinnerungen, verschickten ihre eigenen Karten, entdeckten Musik mit dem glühenden Eifer frisch Konvertierter. Sie gingen auf Partys und hofften, ihre eigenen Jonathans würden dort sein.

Auf der Glückwunschkarte war die Karikatur einer Go-Go-Tänzerin in weißen Stiefeletten zu sehen, vor einem regenbogenfarbenen Hintergrund mit schwebenden Noten. Die Überschrift lautete: *Jemand ist im Geburtstags-Groove!* Beim Aufklappen spielte sie immer noch eine Melodie, die wie die Sirene eines winzigen Krankenwagens klang.

8

Aber bevor ich zu unserer Wohnung zurückkehrte und zu der Schachtel mit den Briefen, schaute ich noch bei der Golconda vorbei. Vor allem, weil ich sehen wollte, ob sie geöffnet hatte, wobei *geöffnet* natürlich nicht ganz das richtige Wort war. Clive war zu sehr mit dem Laminieren von Prototypen für Angebote befasst gewesen, um mir praktische Informationen wie etwa Öffnungszeiten mitzuteilen. War es möglich, dass die Antwort »immer« lautete, wie bei einem 24-Stunden-Drugstore, wobei sie hier allerdings 250000 Dollar pro Rezept verlangten? Ich wanderte vor der Pforte auf und ab, um die Aufmerksamkeit der Sicherheitskameras auf mich zu lenken. Passanten beäugten mich neugierig, weshalb ich so tat, als würde ich frustriert in mein Smartphone tippen, entsetzt über eine imaginäre Unfähigkeit am anderen Ende. Ich hatte mich nicht mit dem Gedanken anfreunden können, sofort in unsere ewig helle Wohnung zurückzukehren, eine Tüte Chips zum Abendessen zu vertilgen und die Grenzen der Belastbarkeit der Chips-Beutelklammern zu testen. Gerade verfasste ich eine SMS an Clive – *Vielleicht besser weniger Surrealismus, sondern mehr* – als die Türen aufklickten.

Rasch schlüpfte ich hinein, und das Gebäude umhüllte mich mit Dunkelheit. Beinahe wäre ich gestürzt, als eine fliehende Ratte direkt über meinen Schuh preschte. An der inneren Tür empfing mich Errol, begleitet von einer nach Zitrone duftenden Teilchenwolke. Es war nur schwer verständlich, warum jemand mit so viel Charme seine Zeit und seine Talente ausgerechnet Clive zur Verfügung stellte. Obwohl Clive uns alle irgendwann in seinen Dienst gestellt hatte, und zwar nicht nur für Jobs, für die er Gehaltsschecks unterschrieb. Selbst das hatte er nicht zuverlässig erledigt. Bei *Modern Psychology* hatte sich kaum jemand getraut aufzumucken, wenn er um sein Honorar betrogen worden war. Unbezahlte Rechnungen wurden mit einem Missverständnis erklärt, einem Fehler der Buchhaltung oder mit Clives privaten ökonomischen Visionen, die in seine beruflichen einflossen. Klar, Gehaltsschecks waren willkommen, aber sie machten das Leben lediglich bequemer und nicht wirklich lebenswerter. Und so hatten ihn die Menschen in seinem Umfeld mit immer *mehr* versorgt – mehr Partnerschaften, mehr Finanzmitteln, mehr billiger Arbeitskraft. Sie hatten zu spät erkannt, dass sie diese Leistungen nicht freiwillig erbrachten, sondern äußerst geschickt ausgebeutet wurden.

Unwahrscheinlich, dass er sich in der Hinsicht gebessert hatte. Ein Blick auf die Kronleuchter, diese pompösen überteuerten Lichtgebilde, machte deutlich, dass es eher noch schlimmer geworden war. Für mich hatte dieser Missbrauch an den Clive-Hörigen damals etwas Selbstverständliches angenommen, ich hatte im Laufe der Jahre eine Toleranz entwickelt, die nur durch äußeren Zwang endete. Als das Magazin eingestellt wurde, verloren Clives Fänge etwas von ihrer Macht. Aber für Errol war dieser Fanatismus eine neue Erfahrung. Man sah es in seinen Augen. Eines musste man Clive lassen: Er brauchte kein Vehikel mehr für seinen Personenkult, er *war* der Kult.

Errol umarmte mich mit seinem freien Arm und drückte mich mit einer einzigen fließenden Bewegung an seine Brust. Er trug einen marineblauen Pyjama mit weißen Paspeln. Der Stoff schimmerte seidig.

»Schläfst du auch hier?«, fragte ich ernsthaft besorgt.

»Schlafe ich hier? Ob ich hier schlafe? Du bist so eine Komikerin!«

Er begleitete mich hinein, wo es jetzt zwei Baristas gab, aber immer noch keine Kundschaft. Die neue Barista war ein rehäugiges Mädchen mit einem Messy Bun. Blonde Haarsträhnen fielen ihr in den Nacken.

Sie sah aus, als gehöre sie eigentlich in ein wogendes Getreidefeld rund um ein Farmhaus. Auch sie trug einen Schlafanzug und ordnete Strohhalme in einem Glas, während der erste Barista, der Junge, sie dabei mit aufmunternden Worten unterstützte.

»Hierbleiben«, wies mich Errol an.

»Wuff.«

»O mein Gott, *ha*.«

Er verschwand hinter einer nahtlos in die Wand eingefügten Tür. Ich bemerkte eine Bewegung über mir. Mehrere Personen gingen dort vorbei, ihre langen Schatten fielen auf den Marmorboden. Sieh nur, die

Lenker meines Geschicks, wie sie dort herumwuselten. Ich war froh, diesen Ort bevölkert zu sehen, Stimmen zu hören. Ich stellte mich auf die Zehenspitzen und reckte mich. Sie schauten zu mir, die meisten wie zufällig, bevor sie rasch wieder wegblickten. Clives Beschreibung nach hatte ich eigentlich mit einer Mischung aus Mönchen, Nonnen und Promis gerechnet. Begriffe wie »Schneeballsystem« und »manipulative Person« schwirrten mir schon seit Tagen im Kopf herum. Aber diese Leute wirkten wie der Querschnitt eines beliebigen Subway-Waggons. Abgesehen vielleicht von den einfarbigen Pyjamas. Und den *Verbeugungen*.

Eine schwarze Frau mit unzähligen Sommersprossen erzählte einem jüngeren rothaarigen Mann eine Geschichte, während beide an ihrem Kaffee nippten. Sie lachten leise. Dann traten sie auseinander, um eine Frau mit wildem Lockenkopf vorbeizulassen. Sie wirkte wie eine Kindergärtnerin. Alle verbeugten sich voreinander. Ich hustete, um ihre Aufmerksamkeit auf mich zu ziehen. Ohne Erfolg. Die Baristas unterhielten sich leise, dann bot mir das rehäugige Mädchen einen Espresso an.

»Sie will keinen«, flüsterte der Junge scharf.

»Wie Jonestown, nur mit Lattes!«, rief ich ihnen zu.

Das Mädchen kicherte. Eine anämische Frau mit Turban versorgte die Paradiesvogelblumen in der Ecke. War es zu selbstbezogen, davon auszugehen, diese Leute müssten sich für mich interessieren? Wie konnten sie so wenig neugierig auf ihr eigenes Versuchsobjekt sein? Vielleicht aus demselben Grund, aus dem sich keiner gerne mit seinem Essen anfreundet, bevor er es verspeist.

Vadis materialisierte sich im Flur, ein iPad in der Armbeuge.

»Hey«, sagte ich und warf überrascht meinen Kopf zurück. »Ich wusste nicht, dass du hier bist.«

»Ich hatte zu tun«, sagte sie. »Wir bringen eine Schlafmasken-Kollektion auf den Markt.«

»Echt?«

»Für meinen *Job*-Job.«

»Hatte schon fast vergessen, dass du auch so einen hast. Tragen deshalb alle einen Pyjama? Marktforschung?«

»Ja, das sind unsere. Die sind aus Maulbeerseide.«

Erleichtert lächelte ich. Als ich mich wieder umsah, war die Frau mit dem Turban verschwunden, ebenso wie die anderen Mitglieder.

»Wo sind die hin?«

»Wo ist wer hin?«

»Bitte lass mich nicht noch wahnsinniger dastehen als ohnehin schon.«

»Wahrscheinlich sind sie in den Meditationsraum.«

»Darf ich den Meditationsraum sehen?«

»Du bist wiedergekommen«, überging sie meine Frage und konstatierte stattdessen das Offensichtliche.

»Warum kann ich ihn mir nicht einfach mal anschauen?«

»Weil er nicht *für* dich ist, Naseweis.«

»Ich dachte, der ganze Klimbim hier ist für mich.«

»Ist er auch. Vertrau uns.«

»Sicher nicht.«

»Mensch«, sagte sie und sprang rasch auf einen anderen Gedankenzug auf, während der erste noch in Fahrt war. »Du hast so ein Glück, dass Clive dich ausgesucht hat. Lola, du wurdest *auserwählt*.«

»Das könnte man so sagen ...«, sagte ich und deutete auf die Decke, auf den Himmel jenseits davon.

»Es ist wie ein romantischer *Minority Report*«, verkündete Vadis. »Du weißt schon, ein SWAT-Team von Cops und Roboterspinnen, die auftauchen, damit du nicht in eine schlechte Beziehung gerätst.«

»Bin ich in einer schlechten Beziehung deiner Meinung nach?«

»Das habe nicht ich zu entscheiden.«

»Aber ihr seid doch die Cops.«

»Nein«, sagte sie und nahm meinen Arm. »Wir sind bestenfalls die Roboterspinnen. Unsere Mitglieder sind jederzeit eingeladen, ihre Energie zu bündeln. Unter uns gesagt, dieser Teil ist nicht so effektiv wie die konkreteren Elemente, verstehst du? Aber er *wird* es sein.«

»Du glaubst wirklich an all das?«

»Ähm, ob ich an ein Geschäftsmodell glaube, das uns reich machen und gleichzeitig den Menschen dabei helfen wird, über sich hinauszuwachsen? Glaube ich, dass es möglich ist, Energien für die spirituelle Erneuerung einzusetzen? Ähm, ja. Clive ist ein Genie.«

»Das ist ein großes Wort.«

»Fünf Buchstaben.«

»Ein großes Wort für Clive Glenn. Hast du vergessen, über wen wir hier reden? Oder vielleicht weicht dir ja alles Blut aus dem Gehirn, wenn du dich vor ihm *verbeugst* wie eine liebeskranke Geisha.«

»Du bist so was von verbohrt. Und genau deshalb brauchst du Hilfe. Also, wem bist du begegnet?«

Ihre Augen waren wie Untertassen, aber wie fliegende. Sie umkreisten mein Gesicht und suchten nach einem guten Platz zum Landen. Als ich ihr von Jonathan erzählte, konnte sie sich nicht an ihn erinnern. Sie wirkte enttäuscht, dass sie ihn daher nicht in vollem Umfang würdigen konnte.

»Er muss von Clives Liste sein, aus der Zeit, bevor ich dich kannte.«

»Ihr habt Listen angelegt?«

»Klar doch.«

»Kann ich sie sehen?«

»Wenn du dich dem gewachsen fühlst.«

Sie führte mich in ein Büro, das einst einem Rabbiner gehört hatte. Auf der Innenseite des Türrahmens befanden sich zwei schräg angeordnete Löcher. An der hinteren Wand erkannte man noch die Schemen gerahmter Urkunden, in der Mitte hing ein Foto von Soren Jørgensen aus Clives *Modern-Psychology*-Artikel. Jørgensen schien den Rahmen des Bildes zu sprengen und fühlte sich sichtlich unbehaglich, als Page kostümiert und im Aufzug eines Art-Déco-Hotels stehend. Die Überschrift lautete: *Aufwärts? Vernetzung und höheres Bewusstsein.* Das war der Aufzugstechniker, der skandinavische Gigant, dessen »Lehren« Clive nachzueifern und zu vermarkten beschlossen hatte.

An der gegenüberliegenden Wand hing eine alte

Karte des Stadtviertels mit einer blauen Linie in der Mitte, aus der Zeit, als die Canal Street noch ein Kanal gewesen war.

»Wo?«, fragte Vadis.

In der Karte steckten bereits drei Stecknadeln, die für Amos, Willis und Dave standen. Ich deutete auf die Stelle. Vadis drückte eine neue Stecknadel hinein.

»Das wirkt so, als würde man die Tatorte einer Verbrechensserie verbinden«, sagte ich.

Die koreanische Frau in der weißen Tunika, die ich beim letzten Mal schon gesehen hatte, saß in der hinteren Ecke des Raums und trug einen Kopfhörer um den Hals. Sie arbeitete an einem hufeisenförmigen Aufbau von Bildschirmen, Messgeräten und externen Laufwerken, der wie eine geschrumpfte Stadt aus leuchtenden Kuben wirkte. Neben ihr lagen ein Stapel Videokassetten und ein Handbuch. Außerdem gab es ein Gerät, das einem Lügendetektor ähnelte, nur war die Papierbahn kreisförmig wie ein Toilettensitz mit Bewegungsmelder. Vadis stellte mir die Frau als Jin vor, die mich daraufhin bat, an einem Saugnapf zu lecken.

»Nur an einem«, stellte Jin klar und hielt ihn mir hin. »Keine Sorge, wir werden dich nicht mit Elektroden zupflastern. Das Ding dient zur Überwachung deines Biofeedbacks. Besser deine Spucke als meine.«

Ich beugte mich vor und fuhr wie ein Pferd mit der Zunge über den Gummi, den sie in der Hand hielt. Sie verzog das Gesicht.

»Eigentlich wollte ich ihn dir erst geben.«

Ich erlaubte Jin, mein Hemd hochzuziehen. Ihre

Hände waren kalt, als sie Kabel an meinen Handgelenken befestigte und das Klebeband kürzte, damit es nicht zu viel Armhaare verklebte. Dann klemmte sie zwei Pulsmesser an die Finger meiner linken Hand.

»Wo ist Clive?«, fragte ich gewollt beiläufig.

Ich wollte Clive nicht sehen. Aber ich wollte wissen, ob er uns durch einen Einwegspiegel anstarrte.

»Notfall bei Chantal«, sagte Vadis.

»Was ist passiert? Hat sie sich versehentlich einen Schminkstift in den Hintern gerammt?«

Jin unterdrückte ein Lachen, hatte sich aber schnell wieder im Griff. Clive war ihr Oberhaupt. In seinem Tempel lästerte man besser nicht über seine Freundin.

»Wollen wir anfangen?«, fragte Vadis.

Abwechselnd feuerten die beiden nun eine überraschende Anzahl an völlig willkürlichen Fragen auf mich ab. Wenn ihr Ziel darin bestand, mich derart auf die Palme zu bringen, dass ich meine Antworten ungefiltert raushaute, dann war es ein voller Erfolg. Jin drehte ein paar Regler. Sie wollten meinen Geburtsort wissen, meinen Beruf, meine politische Einstellung, irgendwelche Allergien, das letzte Buch, das ich gelesen hatte, Gang oder Fenster, rechte oder linke Seite des Bettes, ein Fehlkauf, ein Kleidungsstück, dessen Nichtkauf ich bereue, mein Sternzeichen, mein Aszendent …

»Ich bin auch Jungfrau«, warf Jin ein, was ich als unprofessionell empfand.

Dass ich allerdings nur wegen dieses vermeintlichen Regelbruchs das ganze Unternehmen rückwirkend als professionell einstufte, war beunruhigend.

»Ich mache mir nichts aus Astrologie«, verkündete Vadis.

»Trotzdem behauptest du doch immer, ich sei urteilend, weil ich Jungfrau bin.«

»Nein, stimmt nicht. Vielleicht sind Erinnerungen an frei erfundene Gespräche typisch für Jungfrauen.«

»Halt bitte still«, befahl Jin. »Und wann hast du das erste Mal die Notrufnummer gewählt?«

»Was hat das alles mit Jonathan zu tun?«

Das Papier auf dem runden Lügendetektor wartete dringend darauf, bekritzelt zu werden.

»Sie versucht, deine EBs zu öffnen«, erklärte Vadis. »Deine Erinnerungsbahnen.«

»Als ich gerade nach New York gezogen war«, lenkte ich ein. »Ich fuhr die Rolltreppe zur Subway runter und dieser Junge hinter mir umklammerte eine schwarze Plastiktüte, die aussah, als wären Batterien drin. Er ließ sie auf der Rolltreppe liegen und rannte dann wieder hoch. Ich rief die Polizei an, aber nichts geschah.«

»Welche Nationalität hatte er?«, fragte Jin.

»Ist Punk eine Nationalität?«

»Sie meint, welche Hautfarbe.«

»Oh, das meint sie also? Braun. Seine Haut war braun.«

»Das erste Mal wählte ich die Notrufnummer mit elf«, sagte Jin. »Mein Vater hatte meiner Schwester mit einem Jagdmesser in den Oberschenkel gestochen und sich dann in der Garage aufgehängt.«

Ich drehte mich zu Vadis um, die den Kopf schüttelte. Ich schwitzte, und der Saugnapf löste sich langsam. Doch dann begannen die Lichter an den Kuben zu blinken, als würde ein Modem erwachen.

»Los gehts«, sprach Jin zu ihren Maschinen gewandt.

»Wann hast du das letzte Mal an Jonathan gedacht?«, fragte Vadis.

Ich lehnte mich in meinem Stuhl zurück. »Vor heute Abend?«

»Ja«, sagte Vadis. »Vor heute Abend.«

Hätten die beiden direkt mit diesen konkreten Fragen begonnen, hätte ich vielleicht keinen Zugang zu den relevanten Informationen gehabt. Terrorverdächtige werden so verhört. Ich wusste das, weil ich für *Modern Psychology* eine Reihe von Militärpsychologen befragt hatte, ob man ihre Taktiken auch anwenden könne, um Menschen zu helfen. Wie eine »abgemilderte Waterboarding«-Variante. Die Leute kündigten daraufhin reihenweise ihre Abonnements. Ehemalige Gefolterte meldeten sich. Zach war empört, weil er plötzlich auf der Seite des Militärs stand, und drohte damit, den Job zu schmeißen. Clive widmete sein nächstes Editorial einer ausführlichen Entschuldigung. All dies geschah vor Twitter, was möglicherweise ein Grund dafür war, warum ihm die Leute bis heute immer noch Geld gaben.

»Wahrscheinlich denke ich die ganze Zeit an ihn, ohne an ihn zu denken.«

»Wie das?«, fragte Jin.

»Vielleicht, wie wenn man auf einer Landkarte das Fehlen Indianas bemerkt und sagt: ›Ich vermisse Indiana auf der Landkarte‹, aber ohne Indiana in der Realität in irgendeiner Form zu vermissen.«

»Das ergibt Sinn«, sagte Jin ermutigend. »Aber waren da irgendwelche Auslöser?«

»Wenn ich Leute sehe, die Zitate auf ihre Schultern tätowiert haben.«

»Was ist mit Zitaten an anderen Stellen?«

»Nein, dann nicht.«

»Was ist mit einzelnen Worten?«

»Ich glaube, es muss ein ganzer Satz sein.«

»Hmmm«, sagte Jin und drehte an einem Regler. »Und wann hast du das letzte Mal konzentriert an ihn gedacht?«

»Im Sinne von einem längeren Gedanken?«

»Eher im Sinne von spontan. Ohne äußere Reize.«

»Gibt es eine andere Art?«

»Lola«, stöhnte Vadis, »hast du auch nur *ein Wort* von dem verstanden, was Clive dir erklärt hat?«

»Nein?«

Jin wandte ihre Aufmerksamkeit einem ihrer Bildschirme zu und klickte auf ihrer Maus herum. Ich versuchte, einen Blick auf den Monitor zu erhaschen, aber sie schwenkte ihn in ihre Richtung.

»Dann wohl nie. Ich denke nie absichtlich an ihn.«

»Warst du jemals in diesen ›Jonathan‹ verliebt?«, fragte Vadis.

Sie war immer noch irritiert, dass sie vor dieser Sache noch nie von ihm gehört hatte.

»Das war zu College-Zeiten. Ich war verliebt in Ska und bunte Cocktails.«

»Hast du ihm jemals gesagt, dass du ihn liebst?«

»Nein.«

»Und hat er dir jemals gesagt, dass er dich liebt?«

»Nein.«

»Aber hat er dich geliebt?«

»Ja.«

»Und du wusstest von dieser Diskrepanz, als ihr zusammen wart?«

»Ja.«

»Ab wann?«

»Gleich bei unserer ersten Begegnung.«

Ich schluckte. Meine Erinnerungsbahnen bescherten mir unwillkommene Gefühle.

»Aber du bist aus Unsicherheit geblieben.«

»Ich blieb aus Hoffnung.«

Die Nadel bewegte sich so ruckartig über das Papier, dass ich dachte, es könnte zerreißen.

»Aus der Angst, Jonathan könnte trotz allem der Richtige sein. Irgendwie denke ich jedes Mal, es könnte der Richtige sein.«

»Im Sinne von ›der einzig Wahre‹?«

»Nein, im Sinne einer vom Aussterben bedrohten Art. Es tut mir leid, wenn das lächerlich klingt, das tut es ganz sicher. Aber das ist der Ursprung der Monogamie, und niemand findet Monogamie lächerlich.«

»Empfindest du Scham deswegen?«, fragte Jin. »Weil du ihn nicht geliebt hast und trotzdem weiter mit ihm zusammen warst?«

Ich dachte nicht so sehr an Jonathan, sondern an andere Männer, die mir etwas bedeutet hatten. Und denen ich wehgetan hatte. Vor allem dann, wenn keiner von uns durchblickte, wo es in unserer Beziehung langgehen sollte. Sie schrieben mir E-Mails, sie könnten es kaum erwarten, mich in den Arm zu nehmen oder mich wahnsinnig glücklich zu machen. Nicht nur glücklich, sondern wahnsinnig glücklich. Sie schickten mir süße Nachrichten, damit ich beim Aufwachen süße Nachrichten vorfand. Nichts davon verpflichtete mich, sie zurückzulieben. Aber es hätte mich zumindest verpflichtet, sie nicht mit meiner Unentschlossenheit zu quälen.

»Nein«, log ich, kapitulierte aber schnell vor der Nadel. »Okay, *ja*. Aber ich möchte kurz was zu der Scham sagen. Ich habe Jonathan nicht abserviert, weil er nett zu mir war. In jüngeren Jahren machst du dir einfach Sorgen darüber, dass dich vielleicht nie wieder jemand lieben wird, und diese Angst lässt dich dummes Zeug machen. Aber was du nicht weißt: Diese Angst ist *nichts* im Vergleich zu der Angst, jemanden nicht zurücklieben zu können.«

»Letzte Frage«, sagte Jin, mehr mit ihren Daten beschäftigt als mit mir.

»Wie schön!«

Ich klatschte in die Hände. Jin zuckte bei dem Geräusch zusammen, das in ihren Ohren widerhallte.

»Hattest du heute Abend während deines Gesprächs mit Jonathan an irgendeinem Punkt das Gefühl, du hättest dich stärker um eine funktionierende Beziehung mit ihm bemühen sollen?«

»Die meisten Menschen haben doch das Gefühl, wenn sie nur etwas toleranter gewesen wären oder sich auf eine *Version* ihrer selbst hätten festlegen können, wären sie potenziell noch mit jedem ihrer Ex-Partner zusammen.«

»Ähm«, sagte Vadis, »niemand denkt so was.«

»Dann denken sie eben nicht gründlich genug darüber nach. Romantik ohne pragmatische Ausrichtung bleibt eine flüchtige Affäre. Liebe ist das Einverständnis, in dem Narrativ eines anderen zu leben.«

»Düster«, entschied Vadis.

»Ist das dein Job hier, zu allem deinen Senf dazuzugeben?«

Sie hob die Handflächen in die Luft, um das Gespräch zu beenden.

»Das ist Wahnsinn. Nicht *das* jetzt. Obwohl, doch, *genau das*. Diese ganze Art der Befragung. Wir sollen glauben, wir trennen uns von Menschen, weil wir wissen, wer wir sind, und weil die andere Person nicht zu uns passt. Deshalb kriegt man als Sitzengelassene diese ganzen Beileidsbekundungen, der andere sei nicht beziehungsfähig. Im wahrsten Sinne des Wortes unfähig. Als ob irgendjemand von uns die Liebesfähigkeit eines anderen beurteilen könnte. Irgendwo am anderen Ende der Stadt bestätigen zur gleichen Zeit der Therapeut, die Freunde, die Familie oder wer auch immer der betreffenden Person, dass du in vielerlei Hinsicht die Falsche für ihn warst. Ein *Arzt* bestätigt irgendeinem Vollpfosten, dass er die einzig richtige Entscheidung getroffen hat. Er ist also nicht kaputt oder verkrüppelt oder ihm fehlt ein Gen, nein, im Gegenteil: Er muss für seine tiefe Selbsterkenntnis gelobt werden. Denn wie sonst hätte er die einzig richtige Entscheidung treffen können, dich loszuwerden? Aber was passiert, wenn Zeit vergeht, er in einer neuen Beziehung ist und denkt, es läuft großartig, aber dann – BUMMS – ist *er* derjenige, der abserviert wird? Liegt es jetzt daran, dass er fehlerhaft ist und die andere Person eine hervorragende Entscheidung getroffen hat?«

»Nein?«, vermutete Jin.

»Nein!«, rief ich. »Natürlich war in dem Fall die Person unfähig, die ihn abservierte. Irgendjemand muss immer der Kaputte oder Unmoralische sein. Vielleicht werden wir mit dem Alter weniger rücksichtslos mit Schuldzuweisungen, keine Ahnung. Vielleicht lernen wir, mehr bei uns zu bleiben, anstatt alles an einen Fremden zu verschleudern. Möglicherweise werden wir besser darin, unsere Verluste zu minimieren und einander die Hände zu reichen. Aber keine Trennung, selbst wenn sie gut gelaufen ist, ist vollständig, solange man nicht wie zwei Trüffelschweine wühlt, um die Hintergründe zu verstehen. So rettet sich die romantische Liebe vor dem Aussterben, richtig? So *schwindelt* sie sich in unser Gefühlsleben. Die Liebe ist vielleicht der älteste Kult der Welt. Sie macht dich zu ihrem Anhänger, wenn du verletzlich bist, nimmt deine tiefsten Ängste als Pfand, gibt dir neue Namen wie ›Baby‹, unterzieht dich einer Gehirnwäsche und lässt dich dann fürchten, dass deine Seele verdorren und *sterben* wird, wenn du die Person gehen lässt, die dich geliebt hat. Du solltest also besser einen verdammt guten Grund haben, um zu sagen: ›Nein, ich hab noch nicht genug davon.‹ Die Liebeslobby ist schlimmer als die Waffenlobby. Mehr

Elend, mehr Abhängigkeit, mehr Köpfe auf Spießen. Und wofür das alles?«

»Das ist doch Blödsinn, Lola.«

»Ehrlich jetzt. Für *was*?«

Jin putzte ihre Brille am Ärmel ihres Pyjamas. Vadis verdrehte die Augen. Sie versuchte mir zu signalisieren, dass meine Argumente nicht ankamen, nicht in diesem Gebäude, nicht bei diesen Menschen. Dabei war *das* im Grunde genau Vadis' Thema. Seit ich sie kannte, hatte sie die Liebe gemieden. Trotzdem sollte ich weiter daran glauben, nur weil ich mich eine Weile darum bemüht hatte?

»Liebe ist letztlich nicht mehr als die Suche nach Vertrautheit.«

»Ach ja?«, schnaubte sie und kreiste mit dem Finger über dem Stadtplan. »Warum funktioniert das hier dann?«

»Weil ich keine Gehirnerschütterung habe! Ich erinnere mich an diese Typen, und sie erinnern sich an mich. Ich habe die Regeln nicht gemacht. Vielleicht hätte Clive mich in ein Flugzeug nach Tokio setzen sollen.«

Ich holte tief Luft. Die Nadel kratzte unaufhörlich übers Papier. Jin drehte an mehreren Knöpfen, drückte Schalter, und das Surren der Maschinen verstummte.

»Ich weiß nicht«, gab ich zu. »Vielleicht liegt mir das mit der perfekten Beziehung noch auf der Zunge, aber ich finde die richtigen Worte nicht. Das ist ein klinisches Phänomen, weißt du. Es ist Metakognition. Du wirst dir kurzzeitig bewusst, dass deine Synapsen feuern.«

»Ich habe damals diesen Beitrag über Metakognition geschrieben«, sagte Vadis.

»Wirklich? Das war ein guter Artikel.«

»Danke.«

»Das wars?«, fragte ich und rieb mir die Schläfen. »Ich komme jetzt jeden Abend hierher und haue diesen Herren meine Einsichten um die Ohren, bis ich von meiner Unentschlossenheit geheilt bin?«

»Dann könntest du mit der ganzen Sache abschließen«, sagte Vadis.

Ich lehnte mich in meinem Stuhl zurück und starrte an die Decke. Sie war nachlässig gestrichen. Ich sah, wo die Rolle mit der frischen Farbe gegen die Wand geklatscht war.

»Männer«, sagte ich und stieß im Aufstehen meinen Stuhl um. »Ich kann mich nie entscheiden, ob ich ihnen zu leicht vergebe oder sie zu schnell bestrafe. Schon mein ganzes Leben.«

Ich zupfte die Monitorkabel von meinen Fingern und zog den Saugnapf ab.

»Wo soll ich die hintun?«

»Wohin du willst«, sagte Jin.

9

Weil es nicht schaden konnte, warf ich mich ein wenig in Schale, wenn ich das Haus verließ oder zum Arbeiten ins Büro ging. Ich trug Schuhe mit Absätzen und schminkte mich. Wobei ich die Tipps nutzte, die ich beim verschämten Studium der YouTube-Tutorials von Chantal gelernt hatte. Der Trick war, die Wimpern stark und dicht am Ansatz zu tuschen, genau dort, wo die Roboterspinnen eindringen. Ich zupfte, schrubbte, tupfte und überpinselte. Ich stellte raffinierte Dinge mit Gürteln an. Meine jüngeren Kolleginnen und Kollegen, mit denen mich über bedeutungslosen Small Talk hinaus nie sonderlich viel verbunden hatte, bemerkten es. Aus »Du siehst heute gut aus« wurde »Du siehst schon die ganze Woche gut aus«, was sich zu einem »Was isst du so?« steigerte. Meistens Kartoffelchips und harten Alkohol. Eine erstaunlich schnell wirkende Diät, wenn man sich voll reinhängt.

Nach der Arbeit mäanderte ich durch Chinatown, bewunderte die Schriftzeichen, die ich nie verstehen würde, kaufte Getränke, die so hochwertig waren, dass sie einen kuppelförmigen Deckel verdienten, und musste mir anschließend mit viel Charme Zugang zu Restauranttoiletten erschwindeln. Ich setzte mich auf

Bänke auf Betoninseln oder auf halbmondförmige, in städtischem Rot gestrichene Stufen. Ich studierte mein verzerrtes Spiegelbild in Edelstahltüren. Oder ich arrangierte Meetings in der Gegend, lockte Journalisten auf einen Drink hierher, angeblich um *Radio New Yorks* Berichterstattung über ihre Publikationen mit ihnen zu besprechen. Selbst abends trieb ich mich dort herum, um meine Chancen zu erhöhen. Die meisten meiner Ex-Freunde standen inzwischen mit beiden Füßen im Erwachsenenleben. Folglich hatten sie tagsüber Verpflichtungen, von denen sie auch durch unterschwellige Manipulation nicht abzuhalten waren. So wachten sie beispielsweise nicht mehr erst gegen Mittag auf, mit jeder Menge Restalkohol im Blut.

Im Rahmen der Möglichkeiten vermied ich zu diesen Zeiten Kontakt mit Boots oder rief ihn nur an, bevor ich loszog (um zu jagen oder gejagt zu werden), aber erst *nachdem* ich einen relativ normalen Tag hinter mich gebracht hatte. In diesem kleinen Zeitfenster konnte ich mich selbst und damit auch ihn davon überzeugen, dass nichts Ungewöhnliches in meinem Leben passierte. So handhaben Menschen Affären, dachte ich. Indem sie jeden Morgen auf den »Löschen«-Knopf drücken und sich selbst belügen, bevor sie jemand anderen anlügen. Das war das Geheimnis: Immer erst selbst die Maske der Verleugnung aufsetzen, bevor man anderen mit ihrer half. Meistens ging bei ihm die Mailbox dran. Wegen der Zeitverschiebung waren seine Meetings oft am Nachmittag. Wenn Boots und ich dann miteinander sprachen, wich ich allen Fragen zu meiner Person aus, wobei ich eine so ballettartige Geschicklichkeit an den Tag legte, dass man sie leicht mit Neugier hätte verwechseln können. Etwa stellte ich ihm so detaillierte Fragen zu Glaswaren, dass er mir einen Job anbot. Oder ich interviewte ihn zum Wetter.

»Weißt du, was Mark Twain über San Francisco gesagt hat?«, fragte ich.

»›Der kälteste Winter, den ich je verbracht habe, war ein Sommer in San Francisco.‹«

»Ja, genau. Das hat er gesagt.«

»Haben wir Jess und Adam eigentlich was geschenkt?«

»Ich vergesse es immer wieder. Höchstwahrscheinlich ist das einzige auf ihrer Hochzeitswunschliste noch Offene ein Schlittenbett.«

»Ernsthaft?«, sagte er und ärgerte sich über dieses Symptom meiner veränderten Prioritäten. »Was hast du denn sonst noch gemacht?«

»Aufs Klo gehen? Keine Ahnung. Kannst du ihnen nicht einfach eine Vase schicken?«

»Ich bin nicht *Der glückliche Baum,* der nichts zu tun hat, als sich Geschenke auszudenken, Lola.«

»Es sind deine Freunde«, sagte ich und betrachtete die Regale mit Glasobjekten. »Ich dachte, du würdest ihnen lieber etwas Selbstgemachtes schicken.«

»Du hast mir *gerade* gesagt, du hast es vergessen.«

»Das ist wahr. Aber so eine Reaktion konnte ich wirklich nicht vorhersehen.«

»Ich habe das Gefühl, ich rede mit Vadis.«

»Ich kann dich beruhigen. Tust du nicht.«

Eines Abends landete ich einen Doppeltreffer. Zuerst dachte ich schon, ich würde nichts sichten. Ich versuchte, meine Spähaktivitäten zu verbergen, indem ich in Schaufenstern von Lampenläden und Gummifachgeschäften die Spiegelbilder der Menschen beobachtete und dabei so tat, als würde ich die Auslage inspizieren (*Wenn es aus Gummi ist, haben wir es!*). Oder ich schielte aus den Augenwinkeln umher, während ich die runden kleinen Flaschenbodenfenster im Gehweg studierte. Sie waren Jahrhunderte alt, stammten aus den Zeiten vor der Erfindung der Glühbirne. Es waren Lichtschächte für die Fabrikarbeiter, die damals in den Kellern schufteten. Es hatten nur ein paar Menschen stehen bleiben und mit ihren Schuhen das Glas verdecken müssen, schon war es unten stockfinster geworden.

Alle Gesichter, die ich in der Menge ausmachte, wirkten insofern normal, als sie mir völlig unbekannt waren. Vielleicht waren Amos, Willis und Dave Zufälle gewesen, und Jonathan ein Glückstreffer, der sich nur deshalb manifestiert hatte, weil er im Doppelpack unterwegs gewesen war. Waren zwei Gehirne leichter zu manipulieren als eines?

Aber dann entdeckte ich Howard, der gerade die Mott überquerte. Zuerst war ich mir nicht ganz sicher. Es war inzwischen dunkel geworden. Außerdem hatte der Howard, den ich gekannt hatte, volles Haar und einen birnenförmigen Hintern gehabt, wie man ihn bei Männern eher selten sieht. Dieser Typ hatte weder das eine noch das andere. Dennoch erkannte ich ihn am Gang. Howard schwang beim Gehen die Hüften, was bedauerlich war, denn Howard hätte nichts lieber vermieden, als beim Gehen die Hüften zu schwingen. Als wir uns kennenlernten, war er ein pummeliger Dozent für Linguistik in Long Island, der seine Speckwülste verhüllte und von einer Festanstellung träumte. Wäre Howard eine Frau gewesen, hätte man ihn als »basic« eingestuft, aber als Mann waren die Erwartungen in puncto äußerlicher Merkmale geringer und der Druck zur Konformität gleichzeitig höher. Howards Neugier beschränkte sich auf alles, was ihm zufällig über den Weg lief. Er blieb bei jedem Straßenverkäufer stehen, testete jede Keksprobe und jeden Spritzer Lotion. Wenn ein Kino Werbung für einen Film machte, ging er hinein und schaute sich den Film an. Seine Schwester war die kreativste ihm bekannte Person. Als Künstlerin malte sie Waldszenen auf Gipsabdrücke ihres Gesichts. Er war stolzer Besitzer rund eines Dutzends dieser Masken, die an einer Wand gehangen und uns mit hohlen schwesterlichen Augen angestarrt hatten.

Da war er also wieder, Howard. Hatte ich nach unserer Beziehung jemals einen Gedanken an diesen Mann verschwendet? Wohl eher nicht. Hatte ich Howard vermisst oder Boots mit ihm verglichen, oder hatte mich irgendetwas in meinem Leben je an ihn erinnert? Ich glaube kaum. Wenn ich überhaupt eine Vermutung bezüglich Howard angestellt hatte, dann die, dass ich ihn nie wiedersehen würde. Das einzige Überbleibsel von Howard war eine Postkarte, die er mir anlässlich einer Kunstausstellung seiner Schwester überreicht hatte. Auf der Rückseite stand: »Ich steh drauf, wenn du kommst«, was umgangssprachlich und ohne jede Anzüglichkeit gemeint war.

Nicht gerade der gewiefteste Linguist, unser Howard.

Howard sprach angeregt in sein Handy. Er sah aus, als hätte er es eilig. Das gefiel mir, denn in den Monaten unserer Beziehung war er immer verunsichert gewesen, hatte versucht Mikrosituationen zu schaffen, in denen er gebraucht wurde, in denen ich auf ihn angewiesen war. So hatte er immer unsere Tickets verwahrt oder mir den Buchstaben unserer Sitzreihe verschwiegen, selbst wenn wir danach suchten. Oder er hatte die Adresse einer Party geheim gehalten, sodass ich mich beim Navigieren auf ihn verlassen musste. *Ich kümmere mich darum, Lola, mach dir keinen Kopf.* Ich hatte mir keinen Kopf gemacht, ich war bloß genervt gewesen. Vielleicht hatte Howard das jetzt nicht mehr nötig. Vielleicht befasste er sich nun mit echten Problemen und wollte sich keine eigenen machen. Ein Problem am Arbeitsplatz. Streit mit der Ehefrau. Die Planung eines Operationstermins. Was auch immer die Quelle seiner Erregung war, ich war froh darüber.

Ich folgte ihm, wobei ich ihn heimlich beobachtete, als würde ich durch eine Maske seiner Schwester blicken, und versuchte, so viel Abstand wie möglich zu halten. Ich hatte nicht das Bedürfnis, mich in Howards Abend einzumischen. Ich wartete ab, bis er ein Taxi anhielt und darin über die Manhattan Bridge entschwand.

Gerade wollte ich mich auf den Weg zur Golconda machen, um brav das Gesichtete zu melden und gewissermaßen meine Quote zu erfüllen, als ich mit Cooper zusammenprallte, der aus der Subway kam. Cooper schoss wie ein Pfeil auf mich zu, durchquerte Raum und Zeit auf diese ihm eigene brancusieske Art, das krasse Gegenteil eines *Hüftschwungs*. Ich hatte Cooper lange vor seinem Coming-out kennengelernt. Sein Vater war der erste schwarze Pfarrer einer Baptistenkirche in Alabama, und seine Mutter war Geschäftsführerin eines Walmart. Sie hatte sechs Monate lang nicht mit ihm gesprochen, nachdem sie erfahren hatte, dass er sich an einem College »im Norden« um ein Stipendium beworben hatte. Ich bezweifelte sehr, dass das Thema vorehelicher Sex in diesem Haus ein Thema gewesen war, ganz zu schweigen davon, mit welchem Geschlecht er stattfand. Eine Zeit lang hatte ich mir eingeredet, nur weil seine Eltern möglicherweise Probleme mit der sexuellen Orientierung ihres einzigen Kindes hatten, müsse er deswegen nicht automatisch etwas zu enthüllen haben. Vielleicht, so hatte ich gedacht, waren die von Cooper verborgenen Persönlichkeitsanteile eher flüchtige *Aspekte* als tiefe Wesenszüge. Mehr *Kuriositäten* als Teile seiner Persönlichkeit. Vielleicht wirkte er zu Hause bei seinen Eltern nur deshalb so gehemmt, weil er nicht zu sehr vom Nordosten beeinflusst wirken wollte, und nicht etwa aus Sorge, zu schwul rüberzukommen.

Cooper hatte immer nur Sex bei ausgeschaltetem Licht gewollt, von hinten, während ich ganz still dalag. Es hatte sich klinisch angefühlt. Oder wie ein Rollenspiel für einen Banküberfall, bei dem meine einzige

Aufgabe darin bestand, nicht von Lasern entdeckt zu werden. Theoretisch hätte das ein Alarmzeichen sein müssen, aber ich war direkt nach Dave mit Cooper zusammengekommen, und, was noch wichtiger war, nachdem ich ein Leben lang die Vorstellung verinnerlicht hatte, Frauen müssten ihre sexuellen Bedürfnisse für Männer sublimieren und anpassen. Daher war es erfrischend gewesen, ja sogar reizvoll, nacheinander mit zwei Männern zusammen zu sein, die mehr erzählerische Elemente und nicht nur bloße physische Reibung brauchten, um in Fahrt zu kommen. Aber das hielt nicht lange an.

Cooper war ein prächtiges Sammelsurium an Widersprüchen: In seinem Badezimmer hing eine gerahmte United-Colors-of-Benetton-Werbung, in seinem Wohnzimmer stand eine ganze Bibliothek von Musical-Soundtracks, und sein Badezimmerschrank war randvoll mit Pflegeprodukten mit äußerst spezifischen Anwendungen. Außerdem besaß er eine schwarze Ledercouch, hatte nie etwas zu essen im Haus und arbeitete in der Merchandising-Abteilung der NBA. Eines Tages fragte ich ihn: Warum ausgerechnet diese Sportart und keine andere? Worauf er ernsthaft erwiderte, bei anderen Sportarten, zumindest bei denen mit Ligen und Verbänden, könne man die Anstrengung der Körper nicht sehen. Es sei nicht möglich, zu verfolgen, wie sich die Muskeln der Sportler an Rücken und Bizeps, an Oberschenkel und Knie spannten.

Es gab kein Zurück mehr.

Cooper verzog keine Miene, als er mich erkannte.

Ich war eine Erinnerung für ihn, immerhin stark genug, um ihn durch die Kraft der Suggestion hierher zu bringen. Aber ich war kein lebenswichtiges Ereignis. Nicht im Vergleich zu allem, was nach mir kam. Ich freute mich darauf, mit ihm zu sprechen, denn es bestand keine Gefahr. Ich würde vor ihm nicht in Tränen ausbrechen, ihn ohrfeigen oder betatschen.

Aber Cooper grinste nur, schwenkte sein Handy von seinem Gesicht weg und gab mir einen Kuss auf die Wange.

»Süß«, murmelte er und deutete auf mein Outfit. Er war weg, bevor ich etwas erwidern konnte.

An sich hielt ich keinen dieser beiden Männer für so bedeutend, um von ihm zu berichten. Aber ihre Anwesenheit verriet mir, dass sie an mich dachten, wenn auch nur sehr selten. Offenbar gab es da kleine Risse in ihrer Oberfläche. Vielleicht kann man mit einer Sache nicht abschließen, indem man sich mit Analysen abmüht, sondern nur durch das Zuckerbrot – und zwar indem das Bedürfnis des verletzlichen Egos nach Bestätigung erfüllt wird. Eine Membran des Stolzes umgibt unser Herz, und wenn dieser Bereich beschädigt wird, ist es schwer herauszufinden, was genau Schaden genommen hat. Manchmal ist es das Herz selbst, aber oft ist es nur seine Zellophanverpackung.

Der Anblick dieser Menschen erinnerte mich daran, dass ich das alles nicht allein durchgemacht hatte. Unter Männern war es ein häufig angewandter Tick, dich niederzuschlagen und dann zu fragen, was du da unten auf dem Boden treibst. Die erwachsene Variante von:

Warum schlägst du dich selbst? Nur dass die meisten die Frage ernst meinten. »Verursacher« war ein Fremdwort für sie. Aber ich begann zu spüren, dass einige von ihnen begriffen, was wirklich vor sich ging. Einige hatten tatsächlich die ganze Zeit die Hände ausgestreckt, um mir aufzuhelfen, ebenso wie ich es bei ihnen getan hatte, während wir uns den Staub vom Hintern klopften und darauf warteten, dass der pochende Schmerz nachließ.

Gehts wieder? Gut! Dann zurück mit dir aufs Spielfeld.

Offenbar machte ich genug Lärm, um die Ratten aufzuscheuchen. Wir hatten eine Abmachung getroffen: Ich würde sie nicht absichtlich töten, und sie würden mich nicht versehentlich töten, indem sie mich in die Luft springen und mit dem Kopf gegen einen Balken prallen ließen. Als ich mich in Jins Stuhl eingerichtet hatte, leckte ich den Saugnapf ab und berichtete über das Nichts meines Abends, darüber, wie das Nichts mich fühlen machte. Ich wollte die Nadel belügen, meine Gefühle vortäuschen oder sie künstlich erzeugen. Es war eine Herausforderung, Emotionen im Moment zu erleben und sie gleichzeitig festzuhalten. Ich hatte einfach zwei Nieten gezogen. Es war in Ordnung gewesen, Howard und Cooper zu begegnen, einfach nur in Ordnung. Vielleicht war das auch der Grund, warum ich mich in Augenblicken des Zweifels an Boots darauf konzentrierte, ihn einfach wertzuschätzen.

Vadis rauschte verärgert aus dem Raum, als sie erfuhr, dass ich mit keinem der beiden Männer gesprochen hatte, einem von ihnen sogar aus *dem Weg gegangen* war.

»Du stehst dir selbst im Weg!«, rief sie.

»Diesen Weg will ich gar nicht gehen!«

»Du bist apodiktisch.«

»Weißt du überhaupt, was dieses Wort bedeutet? Oder ist dein Gehirn vernebelt von Adaptogen-Pulver?«

Nachdem sie die Tür zugeknallt hatte, äußerte ich in Jins Anwesenheit den Zweifel, ob mein Biofeedback wirklich hilfreich sei. Welchen Nutzen hatte mein Herz eigentlich für irgendjemanden, in jeglicher Hinsicht?

»Es ist ein Informationskontinuum«, sagte Jin. »Wir wollen einfach nur wissen, wie es unter allen möglichen Aspekten um deine Psyche bestellt ist, und dann legen wir die Ergebnisse Clive vor, der sie wiederum unseren Investoren präsentiert.«

Ich wusste, ich durfte sie nicht zu sehr herausfordern. Jin war voller Überzeugung dabei. Nicht nur war sie wie Errol völlig vernarrt in Clive, sondern wie für viele tief spirituelle Leute war Technologie für sie eine Glaubensfrage (meine Damen und Herren, ich präsentiere Ihnen das Ouija-Brett, den Traumfänger, die Voodoo-Puppe). Bisher hatte es nie funktioniert. Würde Clive Glenn, der Erfinder eines DSM-Trinkspiels, wirklich einen Code knacken, der die Menschheit schon seit dem alten Ägypten vor ein Rätsel stellte?

»Wie siehst du das Ganze?«, fragte Jin »Kann nie etwas Neues entstehen, weil es davor gar nicht existiert hat?«

»Das habe ich nicht gesagt. Die *kalte Fusion* wird nie neu sein, weil sie davor gar nicht existiert hat. Das Unmögliche und das Unvermeidliche sind nicht dasselbe.«

»Ich hoffe, du nimmst mir das jetzt nicht übel«, sagte sie, wobei sie mir die Manschette eines Blutdruckmessgeräts um den Arm wickelte, »denn du scheinst ein sehr bewusster Mensch zu sein, und Vadis spricht in den höchsten Tönen von dir —«

»Nein, tut sie nicht.«

»— aber ich finde es verrückt, dass du dich für schlauer hältst als Clive.«

»Nein, das tue ich eigentlich nicht.«

»Du stellst alles in Frage, du widersprichst allem, obwohl alles hier nur *für dich* ist.«

»Nicht alles«, sagte ich und deutete durch die Wand auf den Meditationsraum. »Und vielleicht habe ich Fragen, weil wir im Tempel einer Religion sitzen, die auf Debatten basiert. Warum stellst du das alles nicht in Frage?«

»Das habe ich schon«, sagte sie und drückte den Klettverschluss fester zu. »Und ich verstehe, dass du auf deine eigene Reise gehen musst. Aber all die Menschen, die hierherkommen, tun das wegen Clive. Clive ist die Antwort. Dein Paket *funktioniert*. Siehst du denn nicht, warum die Leute dafür bezahlen werden? Clive bietet ihnen eine Chance, ihr Leben zu verbessern.«

»Jin, was machst du eigentlich beruflich? Wenn ich das fragen darf.«

»Ich habe eine Online-Zahlungsabwicklungsfirma gegründet, aber ich habe sie verkauft.«

»Ein großes Unternehmen?«

»Kommt darauf an, wie du *groß* definierst«, sagte sie schulterzuckend.

»Du hast es geleitet?«

»Sicher.«

»Und du hast damit aufgehört, um das hier zu tun?«

»Diese Daten bilden sich nicht von selbst ab«, sagte sie und strich mit einer Spur von Mütterlichkeit über ihren Monitor. »Errol hat seinen Job auch gekündigt. Er hat früher als Berater für einen Senator gearbeitet. Er ist perfekt im Organisieren. Aber sein Job war so seelenlos. Wir alle hier waren mit den Möglichkeiten, unsere Fähigkeiten einzusetzen, an eine Grenze gestoßen. Aber das wurde uns erst bewusst, als wir Clive begegneten. Clive hat mich erweckt. Warum sollte man für globale Märkte recherchieren, wenn man es im Interesse menschlicher Emotionen tun kann?«

»Spielt Geld keine Rolle?«

»Sicher, aber folge der Spur. Die Menschen wollen Geld, damit sie das Gefühl haben, Kontrolle ausüben zu können, und sie wollen Kontrolle ausüben, um glücklich zu sein. Liebe aber macht die Menschen auf direktem Weg glücklich.«

Von einer CEO zu »Liebe macht die Menschen glücklich«. Clive gehörte ins Gefängnis.

»Und, Clive, bezahlt er euch?«

»Nein«, sagte sie, als wäre der Gedanke eine Wanze, die man wegschnipsen müsste.

»Aber ihr seid doch beteiligt, oder? Etwa in Form von Aktien?«

»Oh, nein, Lola. Diese Arbeit wird die Welt verändern. Ich würde das auch umsonst tun.«

»Aber du *tust* es umsonst.«

»Das habe ich doch gesagt.«

Clive stand in der Mitte des Atriums, als ich den Verhörraum verließ. Er telefonierte, nippte an seinem Kaffee, redete schnell, versuchte aber, seine Stimme gedämpft zu halten. Er klang recht aufgeregt, vielleicht nicht für einen Herrscher, aber definitiv für eine Lichtgestalt. Ganz zu schweigen von der Tatsache, dass ein Atrium ein äußerst ungünstiger Ort für Privatgespräche war. Er musste von dem Anruf überrascht worden sein.

Ich versteckte mich hinter dem Garten, damit weder er noch die Baristas mich sahen. War es schon so weit gekommen, dass ich mich hinter Topfpalmen duckte? Ich schnappte ein paar Wörter auf: »Transfer«, »Finanzierung«, »Projektion«, »skalierbar«, »Astralprojektion«. Die Frau, die wie eine Kindergärtnerin aussah, ging an Clive vorbei und machte eine kleine Verbeugung. Ebenso ein Mann mit einer Fensterglasbrille mit transparentem Rahmen. Er trug eine Fleeceweste, obwohl es Sommer war, und eine teuer aussehende Uhr. Das musste der hochrangige Tech-Firmenmitarbeiter im einstelligen Bereich gewesen sein. Als alle verschwunden waren, tauchte ich auf, lässig, als hätte ich nur kurz innegehalten, um am Moos zu schnuppern.

»Problem?«, fragte ich, wobei ich mich Clive mit übertriebener Diskretion näherte.

Er steckte rasch sein Handy in die Tasche, als wolle er Beweismaterial verschwinden lassen.

»Nein, eigentlich nicht. Wie läufts denn so, Lola?«

»Ähm, gut, denke ich? Du weißt schon, normal. Du fragst mich das, als hätte ich lediglich eine neue Diät begonnen.«

»Vielleicht bin ich einfach nur ganz entspannt, weil ich weiß, dass du bereits von dem Prozess profitierst und in die Tiefen deines Liebesbewusstseins vordringst ...«

»Weißt du ...«

»Was? Sprich.«

»Wir haben fast ein ganzes Jahrzehnt damit verbracht, den Leuten zu erzählen, dass man ausschließlich mit harter Arbeit über etwas hinwegkommen kann, dass Medikamente allein, ohne Therapie, nicht funktionieren. Du hast die schnellen Lösungen gehasst. Medikamente haben immerhin eine wissenschaftliche Grundlage.«

»Du bist unsere Medizin«, sagte er, als ob er sich eine mentale Notiz machte, diesen Spruch später irgendwo weiterzuverwenden.

Die Kronleuchter waren leicht gedimmt, und die Aufzugsräder spiegelten sich, verkleinert und verschwommen, in Clives Augen. Keine Frau, nicht ich, nicht Chantal, nicht Clives erste Frau, würde sein Herz je so erobern wie Soren Jørgensen. Clive würde niemals in diesem Ausmaß hinter einer Frau stehen, seine Welt in ihrem Sinn umgestalten. Er war fähig zu geben, das schon. Und es bewahrte ihn davor, ein Soziopath zu werden. Aber er wollte nie *bedürftig* sein.

»Ihr alle hier klingt gleich, wisst ihr das? Vielmehr klingt jeder wie du.«

Gegen seinen Willen lächelte er.

»Das war kein Kompliment. Du machst aus klugen Leuten Matschbirnen.«

»Tue ich das? Ich? Weißt du, dass achtzig Prozent der New Yorker ein Smartphone besitzen? Die Stadt selbst ist mehr Maschine als Mensch. Zum ersten Mal in der Geschichte sind wir selbst diejenigen, die auf Anzeichen von unabhängigem Denken getestet werden müssen. Aber du unterstellst mir *Gehirnwäsche*?«

»Du bist beängstigend.«

»Ach komm, nein, das bin ich nicht«, sagte er und wuschelte mir durchs Haar, genau wie Willis es getan hatte.

10

Könnte ich mit jedem meiner Ex-Freunde noch zusammen sein, wenn ich nur eine *Spur* weniger urteilend gewesen wäre? Sofern es eine Antwort darauf gab, wurde sie in der folgenden Nacht erteilt, in Gestalt Oscars, dem Musterbild eines nicht eingeschlagenen Weges. Oder, na ja, *eines* Weges. Oscar war keine große Liebe gewesen. Aber ich hatte ein fest umrissenes Bild von ihm im Kopf, und er war einzigartig genug, um es regelmäßig durch mein Gedankengewirr zu schaffen, und das ohne »äußere Reize«. Mit mir zusammen gewesen zu sein, disqualifizierte Oscar wahrscheinlich von einer *Mitgliedschaft* in der Golconda. Was eine Schande war. Er wäre der ideale Kandidat gewesen.

Oscar war ein bürgerlicher Bohemien, der sich gegen sein Vorstadtelternhaus aufgelehnt und sich kopfüber in die Alternativmedizin gestürzt hatte. Ölzerstäuber säumten seine Regale, handbeschriftete Tinkturen und Balsame nahmen sein Badezimmer in Beschlag. Als Hobby-Apotheker setzte Oscar Bienenpollen an Stellen ein, wo Bienenpollen nicht hingehörten. Er war auf meinen Aszendenten in einem Ausmaß fixiert gewesen, das mir anfangs fürsorglich erschienen war wie eine ganz eigene Liebessprache, sich aber langsam als

krankhaft erwiesen hatte. Keine meiner Verhaltensweisen hatte ihren Ursprung in mir, sie rührten alle von
ungünstigen Planetenkonstellationen her, von einer
kosmischen Unausgewogenheit. Folglich hatte er den
Großteil unserer gemeinsamen Zeit damit verbracht,
mich zu einem Treffen zu dritt mit Clive zu drängen,
mich zu fragen, was ich von Clives Rede bei einer Er-
öffnungsfeier hielt, oder Clives Tweets an seine eigenen
zweihundert Twitter-Follower zu retweeten. Dass Clive
ihn nur zu gerne als Fan willkommen geheißen hätte,
hatte das Fremdschäm-Gefühl noch verstärkt.

Ich hatte versucht, tolerant zu sein. Ich hatte keinen Mucks von mir gegeben, als Oscar eine Kickstar-
ter-Seite für den Tempel seines Schamanen einrichtete,
nichts gesagt, als er sich von seinem Handy verabschiedete, weil Technologie ein Betablocker war, nichts,
als er mit Kristallen in der Größe von Kürbissen im
Bett schlief. Lass den Mann mit seinen Kristallkürbis-
sen schlafen, dachte ich. Nicht. Urteilen. Einmal ließ
ich ihn einen auf meine nackte Brust legen. Er fragte
mich, ob ich irgendetwas fühle. Ich starrte an die Decke
und fühlte mich wie ein Kadaver. Ich dachte an Willis'
Goldmedaille, an ihr Gewicht auf meinem Brustbein.
War ich ein Mensch, dem Männer gerne Dinge auf-
legten? Wie Münzen auf den Augen der Toten, damit
sie den Fluss Styx überqueren konnten. Schließlich ver-
meldete ich, dass ich etwas fühlen könne, war mir aber
nicht sicher, ob es die Vibration des Kristalls auf mir
oder das Rumpeln der Subway unter mir war.

»Okay«, freute sich Oscar. »Cool.«

Seine unverwüstliche Gelassenheit war nervtötend gewesen. Boots war im Vergleich mit ihm geradezu überdreht. Mit Oscar zusammen zu sein, war wie das Leben in einer Stadt ohne Jahreszeiten. Urteile nicht, dachte ich. Bestrafe nicht. Neurotisches Verhalten muss nicht mit Intelligenz einhergehen. Der Weg zur Akzeptanz ist mit natürlichem Deodorant gepflastert.

Ich lief Oscar zufällig in die Arme, als ich auf der Bowery aus einem Duane Reade kam. Es war später Nachmittag, und die Schleusen des Himmels hatten sich geöffnet, dunkle Bächlein fluteten durch die Rinnsteine. Ich hatte die Hoffnung aufgegeben, auf jemanden zu stoßen – selbst Clive Glenn konnte so einem Wetter nicht trotzen –, und beschlossen, mich ins Grau, den strömenden Sommerregen, zu wagen und mir eine Schachtel Zigaretten zu kaufen. Als Oscar und ich zur gleichen Zeit durch die automatischen Türen gingen, prallten unsere Regenschirme aneinander. Rasch steckte ich die Zigaretten weg. Oscar war keineswegs verwundert über diese zufällige Begegnung. So funktionierte seine Welt – kosmische Konstellationen, Trägheit der Masse, Schicksal. Ich hingegen brauchte einen ganzen Geheimbund, der rund um die Uhr arbeitete, um mich in dieselbe Gedankenwelt zu versetzen.

Oscar trug eine durchsichtige Plastiktüte mit westlicher Medizin bei sich, die er um sein Handgelenk geschlungen hatte.

»Hautausschlag«, erklärte er, ohne dass ich gefragt hatte.

Er schob sein langes Haar zur Seite, um eine Topographie roter Striemen zu enthüllen. Die Striemen gingen ineinander über und bildeten ein Archipel. Ich schnupperte Beinwell, den Hauch einer ranzigen Salbe.

»Vom Amazonas«, sagte Oscar. »Die haben dort unten alles.«

Keine Ahnung, ob er den Ausschlag oder die Arznei meinte.

Die Türen der Apotheke glitten in regelmäßigen Abständen auf, wenn Kunden ein und aus gingen. Ihre Blicke streiften uns, empört darüber, dass Leute sich in diesem ungastlichen Vorraum versammelten und den Durchgang blockierten. Hinter Oscars Schulter rahmte ein Regalgang mit Tampons und Inkontinenz-Windeln den Anfang und das Ende aller Dinge ein. Das Licht der roten Ampel auf der anderen Straßenseite fing sich in den Tropfen auf der Schaufensterscheibe.

»Und da kommst du extra hierher? Ich dachte, du wohnst in Williamsburg.«

Ich wusste, dass Oscar in Williamsburg wohnte; er war schon dort hingezogen, als die Gegend noch ein Schimmer des Begehrens im Auge des Apple Store war. Er würde niemals umziehen, es sei denn, er würde zum Nomaden.

»Alle Apotheken sind geschlossen, also bin ich über die Brücke geschlendert.«

Ich stellte mir vor, wie Oscar die Öffnungszeiten der Apotheken nachschaute, und siehe da: Die nächste offene Apotheke befand sich ausgerechnet in der Lower East Side.

Wir traten hinaus auf den Gehweg, in die feuchte

Schwüle, wo Oscar mir erzählte, dass er gerade von einem »religiösen Retreat« kam und Erfahrungen mit einer unaussprechlichen psychedelischen Droge gesammelt habe, deren Wirkung Ayahuasca wie Hustensaft aussehen ließ.

»Seit wann bist du religiös?«, fragte ich.

»Wir sind alle religiös«, erwiderte er verblüfft.

»Klar.«

»Ich habe mir immer Sorgen gemacht, deine Skepsis könnte dich in die Isolation treiben. Kräfte, die die unseren übersteigen, sind das Vernünftigste, an das man glauben kann. Wie das Pinkeln, bevor man kackt. Hast du schon mal gekackt, bevor du gepinkelt hast? Überleg mal. Nie. Du musst dich dem Natürlichen in der Welt hingeben. Der Kosmos will, dass du glücklich bist. Hey, doppelter Regenbogen!«

Er deutete nach oben, und tatsächlich, zwei blasse Bögen spannten sich über die Dächer. Die Leute auf der Straße richteten ihre Handys in den Himmel.

Wie zum Teufel war es gekommen, dass Oscar mir nicht gleich als Erster über den Weg gelaufen war? Seine Psyche war so leicht zu knacken.

Oscar und ich hatten uns wegen seiner »strukturellen Wellenlängen-Nicht-Konformität« getrennt. Oscar war nicht aus Prinzip monogamiefeindlich, so wie Amos. Oscar konnte sich nicht an eine andere Person binden, weil er sich nicht an seine *eigene* Person binden konnte, an seinen eigenen Körper. Dieser war für ihn nur ein spirituelles Gefäß, gewissermaßen nur eine Leihgabe. Mit Oscar eine Beziehung zu führen, bedeutete, sich mit etwas Elementarem zu verbinden. Luft, Salz oder Rinde. Von Luft, Salz oder Rinde kann man keine Verbindlichkeit erwarten. Ich fragte mich, was ich jetzt von Oscar bekommen würde, was ich damals nicht von ihm bekommen hatte.

»Wie geht es dir?«, fragte er und legte den Kopf schief. »Ehrliche Antwort.«

Ich erklärte ihm, es ginge mir gut, bestens, und drehte meinen Ring mit dem Stein nach innen. Ich wollte von ihm nicht hören, wie toll es sei, dass ich meinen »Seelenpartner« gefunden hatte. Denn das war genau die Sorte Mist, die er mit einer Ernsthaftigkeit von sich geben würde und der beizupflichten ich nicht lange Geduld hatte. Jetzt hatte ich beide Hände in den Hosentaschen, die eine mit den Zigaretten, die andere mit dem Ring, als ob es sich um vergleichbare Gegenstände handelte. In gewisser Weise waren alle, angefangen bei Eliza, deren einziges Ritual es war, zu Starbucks zu gehen, bis hin zu Oscar, der noch nie einen Fuß in einen solchen Laden gesetzt hatte, zu dem Schluss gekommen, ich sei eine pathologische Zynikerin.

Ehrlich gesagt war Boots der Einzige, der Zynismus nicht zu meinen Schwächen zählte.

»Tja«, sagte ich achselzuckend. »Ich würde dich ja zum Abschied umarmen, aber …«

Ich warf einen Blick auf Oscars Nacken.

»Ja, besser nicht. Aber hey, es ist schön zu sehen, dass du mit dir im Einklang bist.«

Ich erinnerte mich, wie wenig mich diese Sprache interessiert hatte, geschweige denn seine spezielle Art der Anwendung dieser. Als ob Oscar ein mit allen Wassern der Alternativbewegung gewaschenes Kind aus der Vorstadt wäre, ich dagegen unterentwickelt, weil ich auf getrennte Seifenstücke zum Hände- und Körperwaschen bestand. Oder sogar auf eine eigene Zahnbürste. Aber vielleicht war das der Grund, warum ich ihm jetzt wiederbegegnen musste: eine warnende Erinnerung an einen Schlag Mensch, zu dem ich beinahe geworden wäre. Oscar markierte eindeutig die Grenze meiner Vorstellung, ich könnte mit *jedem* zusammen sein, wenn ich mich nur auf eine bestimmte Version meiner selbst festlegen könnte. Vielleicht war es Oscars Rolle, mir zu demonstrieren, wie unnötig reizbar ich gewesen war; nichts an seinem Verhalten war dazu bestimmt gewesen, mich zu bekehren, es hatte mich nicht mal tangiert. Vadis hatte recht: Nur weil etwas in mein Blickfeld geriet, hieß das nicht, dass es *für* mich bestimmt war.

»Hey, Oscar!«, rief ich ihm hinterher, als er davonschritt. »Nicht kratzen!«

Wieder öffneten und schlossen sich die Türen klappernd und im Schneckentempo hinter mir.

»Würde mir im Traum nicht einfallen!«

Was dieses Atrium dringend gebrauchen konnte, waren Sessel. Oder vielleicht etwas Niedliches, wie eine kleine Zweiercouch, gepolstert mit den Schamhaaren meiner ehemaligen Liebhaber. Clive nahm die Treppe nach unten, wo ich auf ihn wartete. Die Golconda war in diesem Punkt das genaue Gegenstück zu jedem anderen Gebäude auf diesem Planeten: Die Treppe war für die

Effizienz und der Aufzug für die Theatralik. Außerdem wurde der Aufzug gerade von einem der Mitglieder, kaum dem Teenageralter entwachsen, auf einer Leiter stehend gewartet. Er putzte die Räder von innen mit Metallpolitur. Ein schwarzer Zopf hing ihm über die Schulter, und er war so sehr auf seine Aufgabe konzentriert, für die er nicht qualifiziert schien, dass ich befürchtete, er könnte herunterfallen. Es war, als würde man einer Marionette zusehen, die eine andere Marionette bedient.

Clive kam in meine Richtung geschlendert, eine Aktenmappe fest an seine Rippen gepresst. Errol tauchte neben mir auf, verbeugte sich in Clives Richtung und rülpste dann laut in seine Faust. Er wirkte mitgenommen.

»Alles in Ordnung?«

»Fit wie ein Turnschuh.«

Seine Augen waren blutunterlaufen, seine Stirn glänzte vor Schweiß. »Mir geht es gut«, beharrte er. »Clive hat mich in eins seiner Lieblingsrestaurants eingeladen.«

»Du hattest das General-Tso-Soufflé.«

»Ja!«, sagte er und griff nach meinem Unterarm. »Zuerst wollte es nur in eine Richtung aus mir raus, das ging auch eine Weile gut, aber dann … Es war wie in diesem Song ›Du musst nicht nach Hause, aber du kannst nicht hierbleiben‹.«

Clive öffnete die Mappe, als er sich uns näherte, und blätterte darin. Ich erkannte Passfotos, die an die Ecken von Unterlagen geheftet waren, wie bei Akten der

Mordkommission. Ich erhaschte einen Blick auf Willis' Foto. Selbst platt wie eine Briefmarke war Willis nicht zu übersehen. Clive strahlte derweil förmlich.

»Hast du Glitzer im Gesicht?«, fragte ich und kniff die Augen zusammen.

»Was? Oh«, sagte er und strich sich über die Wangen. »Chantal hat heute Morgen neue Pigmente ausprobiert.«

»In deinem Gesicht?«

»Die sind vegan.«

»Sind die für Kinder? Ich frage ja nur.«

»Lola, manchmal bedeutet Liebe auch, dass man sich vom anderen Glitzer ins Gesicht streuen lässt.«

»Wunderbar. Lektion gelernt.«

»Mist«, sagte er zum Ordner gewandt. »Ich habe Vadis' Liste im Meditationsraum vergessen.«

Ich horchte auf.

»Okay. Was genau geht im Meditationsraum vor sich?«

»Ist das nicht selbsterklärend?«, fragte Clive, und die kleine Narbe an seinem Kinn verzog sich beim Grinsen.

»Nicht wirklich, nein. Für *mich* ist Meditation eine Übung, bei der man seinen Geist befreit und klärt, aber du scheinst dem einen völlig verdrehten Sinn zu geben. Denn die Köpfe in diesem Raum sind nicht frei, stimmts? Weil mein körperloser Kopf in ihnen herumspukt. Was für die eine ›Meditation‹ ist, ist für den anderen ›Lola zum Spaß in den Wahnsinn treiben‹.«

»Nicht zum Spaß«, brummte Errol.

»Entschuldige, dann eben als *Geschäftsmodell*.«

»Es ist nur ein Raum, Lola. Aber er ist im Moment besetzt. Ursprünglich wurde er als Eingang für die Frauen gebaut und dann, glaube ich, für das Studium der Tora genutzt. Wir dachten, es wäre ein passender Ort, um sich auf deine Erinnerungspfade zu konzentrieren. Sieh mich nicht so an, das ist kein Frevel.«

»Du bist derjenige, der eine Kaffeebar in eine Shul eingebaut hat.«

»Und ein Kristallarium!«, warf Errol ein. »Mit einem hundert Pfund schweren Kristall!«

»Tatsächlich? Wo ist das denn?«

»Neben dem Konferenzraum.«

»Was für ein Kristall ist es?«

»Eine Amethystdruse.«

»Wahnsinn, eine Amethystdruse!«

»Sei kein Idiot«, schimpfte Clive.

»Sie ist kein Idiot«, verteidigte Errol meine Ehre.

»Siehst du?«, sagte ich. »Kein Idiot.«

Clive wechselte das Thema und zückte sein Handy. »Sieh dir das an.«

Er zeigte auf eine App mit einem kleinen Bowler-Hut in der Mitte. Ich fragte mich, ab wann dies ein Urheberrechtsproblem würde, oder zumindest ein übermäßiges Bekenntnis zum Symbolismus. Ich fragte mich auch, ob eine App nicht zu viel des Guten für eine Start-up-Sekte war. Clive drückte auf das Icon. Während das Programm lud, glitt ein kleiner Aufzug auf dem Display auf und ab. Clive erklärte, wie sich auf diesem Weg Mitglieder mit anderen Mitgliedern zusammenfinden könnten, die Interesse an denselben Paketen hätten, dasselbe Beziehungs-Terrain erkunden wollten. Wie die Besonderheit der Golconda verstärkt würde, indem die App registrierte, ob ein Nutzer einen Screenshot des Menüs gemacht hatte, außerdem könnte sie das Biofeedback nutzen, um Emotionen zu erfassen. Aber das Beste daran seien die Ortungsdienste.

»Es wird eine Karte geben«, fuhr er fort, »ähnlich der, in die man Stecknadeln steckt, die wir über die existierenden Online-Karten legen, idealerweise lokal begrenzt.«

»Du meinst, was jeder Carsharing-Service und jede Essenslieferungs-App auf dem Planeten bereits nutzt?«

»Es ist auch ein Mittel, um Nutzerdaten zu generieren.«

»Du bist wirklich der Kronprinz des Printjournalismus.«

»Mach dich nur lustig, aber meine Freunde in Silicon Valley sind begeistert. Zuerst nehmen wir uns Chinatown vor, dann den Rest von Manhattan, dann die ganze Stadt und schließlich die Welt.«

»Woher nimmst du all das Geld her?«

»Lola, ich lasse mich jetzt nicht auf ein Gespräch über eine Aktienbeteiligung mit dir ein.«

»Ich will kein Geld von dir, du Dämon. Ich bin nicht mal Teil von dem hier.«

»Wirklich nicht?«

Ich blinzelte. Ich *war* Teil der Maschinerie, die diesen Ort in eine New-Age-Jahrmarktsattraktion verwandelt hatte. Und natürlich erwartete ich nicht, dafür entlohnt zu werden, wenn nicht einmal die Mitarbeiter es erwarteten. Ohnehin schien man hier einhellig der Meinung, mir sei das Geschenk meines Lebens zuteilgeworden.

Der Junge auf der Leiter reinigte das Aufzugskabel und machte dabei langsame, anbetende, sinnliche Bewegungen, als würde er es melken. Auch er tat dies wahrscheinlich aus Hingabe und nicht wegen des schnöden Mammons.

»Hey!«, rief ich, und meine Stimme hallte wider. »Hey!«

»Bitte nicht«, flehte Errol.

»Warum schauen die mich nie an? Als ob sie sich schuldig fühlen.«

»Sie fühlen sich nicht schuldig«, versicherte mir Clive, amüsiert über diesen Gedanken. »Sie müssen sich konzentrieren.«

»Richtig. Auf mich.«

»Apropos, wem bist du heute Abend begegnet?«

»Oscar.« Ich starrte weiter den Jungen an. »Ich bin Oscar begegnet.«

»Oscar!«

Clive schien überglücklich. Ich hatte die beiden einander nie vorgestellt, weniger, weil ich Clive vor einem Superfan schützen wollte, als vielmehr, um Oscar davor zu bewahren, zu seinem hörigen Jünger zu werden. Clive sprudelte über vor Fragen: Wie lange ich mit Oscar gesprochen hatte, wie ich die Trennung von einem so »erleuchteten« Menschen wie Oscar empfand. Aus Clives Perspektive betrachtet, war Oscar der Gewinner der Trennung. Aber wenn ich nur mit Männern was angefangen hätte, die Clive genehm waren, hätte ich einmal im Jahrzehnt Sex gehabt.

Jin tauchte hinter uns auf und lehnte sich mit verschränkten Armen an den Eingang des Verhörraums. Sie trug teuer aussehende Turnschuhe mit pelzigen Zungen.

»Darf ich sie mir kurz ausleihen, Mr. Glenn?«, fragte Jin mit einer Andeutung eines Knickses, eine der Zungen hinter die andere geklemmt.

»Du zwingst die Leute, dich Mr. Glenn zu nennen?«

»Ich *zwinge* niemanden zu irgendetwas, Lola.«

»Eines Tages werden wir beide uns hinsetzen und ein Gespräch über die Bedeutung des Begriffs ›freier Wille‹ führen. Das Verbeugen ist eklig.«

»Das Verbeugen ist organisch.«

»Wow.«

»Es ist eher eine Respektsbezeugung an die Golconda als an mich.«

»Einfach nur wow.«

»Barry nannte mich etwa eine Woche lang Hirte Glenn.« Er tat so, als wäre es ihm peinlich. »Aber ich bat ihn, damit aufzuhören. Ich schätze, es hätte sich sowieso nicht durchgesetzt.«

»Wer zum Teufel ist Barry?«

»Der Barista«, sagte er, als wäre mir der Name meiner eigenen Mutter entfallen.

»Gleich!«, rief Clive Jin zu und wandte sich dann wieder zu mir. »Das alles ist toll, nicht wahr?«

»Wie du meine persönlichen Niederlagen zu Geld machst?«

»Klar, aber auch, dass es tatsächlich funktioniert. Wir sind durch unsere Menschlichkeit vereint, aber irgendwo auf dem Weg werden wir durch unsere individuelle Geschichte vereinzelt. Die Golconda wird dies beheben, indem sie sowohl persönliche Heilung als auch ein neues Konzept für ein emotionales Miteinander bietet.«

Clives abgedroschenes Geschwätz deprimierte mich mehr, als dass es mich empörte. Ich sehnte mich nach den Tagen, in denen er sich über diese Art New-Age-Wortsalat lustig gemacht hatte, eine Zigarette zwischen den Lippen und einen zweiten Drink bestellend, obwohl das Eis noch im ersten klimperte. Bei dem Gedanken daran hätte ich mir am liebsten sofort eine angezündet und ihm den Rauch ins Gesicht geblasen. Zu gerne hätte ich hier drinnen eine Kippe ausgedrückt, um zu sehen, wie die Asche über den makellosen Marmor wirbelte.

»Eine neue Methode zur persönlichen Heilung«, sagte ich. »Das ist die Definition einer Sekte.«

»Wenn überhaupt, dann ist es die Definition einer Religion.«

»Keiner soll dir vorwerfen, dass du deine Ziele nicht hoch genug steckst.«

»Hab ein bisschen Vertrauen in mich, Lola.«

»Das würde ich ja gerne«, sagte ich und deutete in die Runde. »Aber du hast dich damit schon reichlich eingedeckt.«

»Es ist keine Religion, und es ist keine Sekte. Nicht im traditionellen Sinn.«

»Warum muss es denn *überhaupt* ein Kult sein?! Was spricht dagegen, dass du ein Podcast-Imperium gründest wie ein normaler Mensch?«

»Weil das die wichtigste Mission ist, an der ich je teilhaben werde. Lola, wir waren so blind in all den Jahren beim Magazin. Wir haben im Nebel gestochert, um herauszufinden, wer die Leute auf welche Art repariert und was überhaupt mit ihnen los ist. Aber wenn irgendetwas davon wirklich funktioniert hätte, warum mussten wir dann noch eine Ausgabe und noch eine und noch eine veröffentlichen? Es ist frustrierend, nach innen zu schauen und nichts über sich selbst zu entdecken, aber es ist bahnbrechend, es zu tun und alles zu entdecken. Mit Hilfe von maßgeschneiderten Szenarien können wir deine Vergangenheit in kürzester Zeit zu einem zusammenhängenden Ganzen verbinden und so eine tatsächliche Kurskorrektur für die Zukunft vornehmen. Und das fängt damit an, dass Leute wie du« – er stupste mich zwischen die Augen auf den oberen Nasenrücken – »uns alles über Leute wie Oscar erzählen.«

»Sollten wir nicht warten, bis sie angeschlossen ist?«, fragte Errol so sanft wie möglich.

»Auf jeden Fall«, stimmte Clive zu. »Wir wollen doch nicht, dass wertvolle Daten durch leeres Geschwätz verloren gehen.«

11

In den nächsten Tagen entwickelte sich eine gewisse Routine. Jeden Abend hatte ich eine Begegnung, und anschließend begab ich mich in die Golconda, wo Errol mich empfing. Dann meldete ich mich bei Vadis und Jin, die mir am liebsten ein Thermometer in den Hintern geschoben hätten. Errol begleitete mich inzwischen überall hin, was mir mehr als nur ein bisschen pjöngjanghaft vorkam. Jedes Mal wurde mir erklärt, der Meditationsraum sei nicht zugänglich, er befinde sich im Umbau oder es sei keine »Aufsichtsperson« verfügbar. Dabei stand Errol direkt vor mir. Wenn Clive anwesend war, kam er vorbei, beriet sich mit seinen Mitarbeitern und bedankte sich für meine Teilnahme, als hätte ich mich für einen Kaugummi-Geschmackstest angemeldet. Dann verabschiedete er sich zu einer wichtigen Veranstaltung, bei der Manschettenknöpfe erforderlich waren. Bald kannte ich diesen Teil Chinatowns besser als meine eigene Ecke. Ich hätte jede Straßenkreuzung auswendig zeichnen, die Schriftzüge auf jedem Schaufenster nachmalen können. Ich wusste, in welchen Gebäuden die Kartons sorgfältig zerlegt wurden und in welchen nicht, und bei welchen die Fensterbänke breit genug waren, um meine Getränkebecher darauf abzustellen.

Aber die Wiederholung war zermürbend. Anstatt mich in Erwartung der Vergangenheit herauszuputzen, wurde ich immer nachlässiger. Was war schon dabei, wenn jemand, mit dem ich früher geschlafen hatte, mich sexuell nicht mehr attraktiv fand? Wen interessierte es, was diese Männer von mir dachten? Jeden Moment würde ein weiterer dieser Witzbolde auftauchen. Ich fühlte mich wie eine magische Maltafel für Kinder – ich brauchte nur zu blinzeln, und schon wartete ein neues Kapitel meiner Vergangenheit auf mich. Es heißt ja, man verletzt nur die, die man liebt. Aber es stellte sich heraus, dass man viele Menschen verletzen kann, obwohl man sie nur mäßig mag. Ich bekam langsam das Gefühl, mein Dating-Leben sei nichts als ein ausgeklügelter Nachweis dafür, dass ich nicht *wegen* der Persönlichkeit eines Mannes mit ihm zusammengekommen war, sondern wegen all den Persönlichkeiten, die er *nicht* war. Wenn die menschliche Partnerschaft mehr auf der Abstoßung von Eigenschaften als auf ihrer Anziehung beruhte, wozu dann all die Jahre des Herzschmerzes?

Es gibt einen akzeptablen Grad an Ungepflegtheit, bei dem der Sexappeal noch durchschimmert und durch die gewisse Nonchalance sogar noch hervorgehoben wird. Diesen Punkt hatte ich rasch hinter mir gelassen. Ich trug verschiedene Kombinationen der gleichen ungewaschenen Kleidung. Ich hörte auf, auch nur irgendetwas zu zupfen, zu trimmen oder zu rasieren. Ich beschloss, dass Feuchtigkeitscreme unnatürlich war. Die Höhlenfrauen hatten schließlich auch keinerlei Feuchtigkeitscremes benutzt, und einige von ihnen wurden bis zu vierzig Jahre alt. Meine Kopfhaut begann zu jucken. Pferdeschwänze schmerzten, wenn man sie löste. Ich knabberte an meinen Nagelhäuten, bis sie bluteten. Wenn ich badete, dann nur notdürftig. Wachsartige Seifenflocken setzten sich in meinem Nackenhaar fest, die ich dann im Laufe des Tages herausklaubte und schnüffelnd prüfte, ob es sich wirklich um Seife handelte.

So viel Zeit in der Vergangenheit zu verbringen, mit Männern als gemeinsamem Nenner, war auch meiner Psychohygiene nicht gerade zuträglich. Abgesehen davon, dass mich Liebe als Identität abstieß – die Welt stand in Flammen, und ich könnte nicht einmal den Bechdel-Test bestehen –, verschwammen die Konturen meines Verhaltens. Indem ich meine Nächte einer Parallelwelt widmete, fühlte sich meine eigentliche Wirklichkeit wie eine Simulation an. Ich starrte die Leute auf der Straße an, als würde ich eine Sonnenbrille tragen. Eine Frau, die in der Subway neben mir saß, wackelte mit dem Fuß, und der Drang, ihr mit einem Buch gegen das Knie zu schlagen, war so überwältigend, dass ich aufstehen und mich entfernen musste.

Wenn ich mit Boots telefonierte, driftete ich ab oder starrte die Katze an, bis seine Stimme zum inneren Monolog der Katze wurde.

Morgens, wenn ich mir die Zähne putzte, starrte ich auf die Zahncremetube, jetzt schon beunruhigt über die erforderliche mentale Leistung beim Kauf einer neuen, wenn die alte leer war, niedergeschlagen von der ewigen Wiederkehr des Gleichen. Ich stellte mir eine Ecke in einem Museum vor, in der sich leere Zahncremetuben stapelten.

Bei der Arbeit hakten die Leute wegen der E-Mails nach, die sie geschickt hatten, und ich glotzte sie wie durch Gaze an. Sie wandten sich an mein altes Ich, die Tages-Lola von damals, bevor meine Welt auf den Kopf gestellt wurde und Teile der Vergangenheit alles überschattet hatten. Sie fragten nach meinen Plänen für das Wochenende, nur so realisierte ich, dass es Freitag war. Ich starrte auf meinen Monitor, die Helligkeit hochgedreht, als wollte ich mich blenden. Oh, wie viel leichter ist es doch für die Gesunden, die Verrückten zu imitieren, als andersherum. Wer könnte mich jetzt noch verstehen? Kürzlich wiederbelebte Komapatienten? Die ganz bestimmt. Das waren meine Leute. Menschen, die in der Vergangenheit feststeckten und ohne ihr Einverständnis in die Gegenwart zurückgezerrt worden waren.

Fernando war der Sohn eines prominenten Werbefilmregisseurs, der ihm eingetrichtert hatte, alle Frauen seien hinter seinem Geld her. Putz die Zähne, geh schlafen, träum nicht von Goldgräberinnen. Fernando hatte jede Form von Verhalten gemieden, das irgendwie an Großzügigkeit erinnerte. Wir hatten uns immer die Rechnung geteilt. »Das kannst du übernehmen«, war ein gängiger Refrain gewesen. *Da ich die Tickets besorgt habe, kannst du die Snacks übernehmen. Da es mein Auto ist, kannst du das Benzin übernehmen. Da ich mich selbst aus dem Bauch meiner Mutter geholt habe, kannst du deinen Arsch selbstständig nach Queens bewegen.* Fernando hatte mir beim Umzug helfen sollen, was meiner Erwartung nach eine zutiefst verbindende Erfahrung sein würde. Ich hatte Visionen von gemieteten Lieferwagen und Fragen wie: »Brauchst du wirklich so viele Kochbücher?« Aber er war nie aufgetaucht. Zuerst hatte ich ihm Fotos von überfüllten Müllsäcken geschickt, begleitet von Bildunterschriften wie *Ich überlege, es so zu lassen.* Dann hatten sich die Nachrichten zu *NICHT DEIN ERNST?!* gesteigert, bis ich acht Stunden später, als alles in meinem neuen Apartment verstaut war, eines von Oscars alten Räucherstäbchen ausgegraben und jeden Raum ausgeräuchert hatte.

Ich erkannte Fernando durch ein Restaurantfenster in der Hester Street. Er wartete auf ein Date. Er hatte mich in der Stunde der Not geghostet, aber offenbar danach irgendwann wieder an mich gedacht. Durch meine neue Rolle als Nacht-Bürgermeisterin Chinatowns ermutigt, betrat ich das Restaurant, reichte dem Oberkellner einen Zwanzig-Dollar-Schein und nickte in Richtung von Fernandos Tisch. Ich bat den Mann, das Geld bei Vorlage von zwei Kreditkarten für die Rechnung der Frau zu verwenden, bei der Vorlage von nur einer Kreditkarte solle er das Geld behalten. Dann spazierte ich zufriedenen Schrittes wieder hinaus in die Nacht.

Phillip hatte ich in den Pioniertagen des Onlinedatings kennengelernt, weshalb ich halb damit gerechnet hatte, er würde sich bei einer Begegnung in Pixel auflösen. Der Gedanke, dass wir uns gegenseitig aus einem Regal pflücken und uns einfach folgenlos zurückgeben konnten, hatte mich verwirrt, auch wenn es im Vergleich zu dem Jahre später üblichen Wegwischen von Gesichtern entzückend menschlich erschien. *Das ist mein Online-Freund* kroch mir wie ein Nachrichtenticker über die Innenseite meiner Augenlider. Phillip hingegen hatte keine Vorbehalte gegen die Art unseres Kennenlernens gehabt. Er hatte sich geöffnet. Er hatte erzählt, dass er in Pflanzengenetik promovierte, bis zum Alter von fünfzehn Jahren ein Bettnässer war und immer einen EpiPen-Injektor gegen schwere allergische Reaktionen bei sich trug. Ich dagegen war inkonsequent gewesen, hatte in einem Moment meine tiefsten Ängste preisgegeben und im nächsten verschwiegen, dass mein Büro einen Block von seinem Labor entfernt lag. Auch nach drei Monaten hatten wir uns nur einmal pro Woche getroffen. In der höflichsten Trennung aller Zeiten hatte er vorgeschlagen, dass es vielleicht für alle Beteiligten einfacher wäre, die Zahl der Treffen auf null zu reduzieren, anstatt sie auf zwei zu erhöhen.

Wir hätten es dabei belassen sollen, waren aber einen Monat später wieder zusammengekommen, als wir einander in einen überfüllten Stadtbus gequetscht wiedersahen. Die Trennung – eine echte Trennung in der physischen Realität – hatte der Beziehung endlich Leben eingehaucht. Ich kannte Phillip nun nicht mehr aus dem Internet. Ich kannte ihn, weil er nun jemand war, den ich mal gekannt hatte. Jetzt wollte ich ihn die ganze Zeit sehen.

Phillips Schlüsselmoment kam während dieses zweiten Kapitels unserer Beziehung, als er mir einen Schlag ins Gesicht verpasste.

Übertroffen nur noch von dem Moment, als er mich zehn Minuten später abservierte. Zum zweiten Mal.

Wir hatten geschlafen, und er hatte geträumt, er stünde in einem Boxring und schlüge in die Luft. Mitten in der Nacht hatte er sich umgedreht und mich mit einem rechten Haken geweckt. Er war in die Küche gerannt und mit einem Geschirrtuch und einem Becher Eiscreme zurückgekehrt, die er mir gereicht hatte, so wie ein Kind einem Erwachsenen ein kaputtes Spielzeug hinhält. Während ich Eiscreme auf das Auge gepresst hatte, hatte er verlegen am Ende des Bettes gesessen und mir mitgeteilt, dass »das hier« nicht funktionieren würde. Ich würde einfach »meine Deckung nicht fallen lassen«. Was wirklich ein starkes Stück war, angesichts dessen, dass er mir gerade ins Gesicht geboxt hatte.

Was mich an dieser Trennung immer beschäftigt hatte, war neben der Tatsache, dass ich eine Woche lang so übel aussah, wie ich mich fühlte, die Tatsache, dass Phillip mir jegliche weiteren Einzelheiten des Traums verschwiegen hatte. Er hatte mit jemandem oder etwas zu kämpfen ... aber womit? Die Verpflichtung, bei mir zu bleiben? Die Angst, das Bett zu nässen? Hatte er meine Schutzwälle durchbrechen wollen? Vielleicht war es die achtjährige Beziehung gewesen, aus der er

sich kürzlich gelöst hatte und über die wir nie gesprochen hatten. Es war schmerzhaft gewesen, seinen Bemühungen, nicht darüber zu sprechen, zuzusehen.

Ich beobachtete Phillip durch das Schaufenster eines
Herrenbekleidungsgeschäfts, wie er Hahnentritt-Stoff-
muster begutachtete, und war versucht, zu ihm zu
gehen und ihn nach dem Traum zu fragen. Ich hätte
gerne gewusst, ob er sich an diese Nacht genauso gut
erinnerte wie ich. Phillip hatte mir ein paar Wochen
nach unserer Trennung einen Pullover zurückgeschickt,
zusammen mit einem Zettel, den ich aufbewahrt hatte.
Es war mein einziger Beweis für die Beziehung. Auf ein
Stück Schmierpapier hatte er gekritzelt, er hoffe, dass es
mir gut ginge, was ich für eine eklatante Verharmlosung
der Ereignisse hielt. Doch Phillip jetzt wiederzusehen,
brachte mich dazu, den Zettel in einem milderen Licht
zu betrachten. Es waren nur Worte, geschrieben von
jemandem, der um Worte verlegen war. Bis zu dieser
Nachricht hatte ich nie Phillips Handschrift gesehen.
Kann jemand, dessen Handschrift du nie gesehen hast,
dich wirklich tief verletzen?

Phillip verließ den Laden, und ich folgte ihm unbemerkt. Er erreichte eine Bushaltestelle, gerade als ein
Bus hielt. Dann klingelte mein Telefon. Es war Boots.
Wir hatten seit ein paar Tagen nicht mehr miteinander
gesprochen, hatten uns immer verpasst. Hektisch leitete
ich den Anruf auf die Mailbox um, aber es war zu spät.
Ich war zu dicht an Phillip dran, der sich umdrehte und
mich entdeckte. Ich befürchtete kurz, er könne mich
nicht einordnen. Ich stand aus dem Zusammenhang

gerissen da, eine Zeitreisende. Und ich fühlte mich so ausgezehrt, dass ein Teil von mir dachte, ein Wiedererkennen wäre fast eine Beleidigung. Aber während er in den Bus einstieg, deutete er in die offene Tür und schrie: »Bus!« Phillip hatte zu tun, musste Orte aufsuchen, Menschen treffen, Pflanzen veredeln. Und es war, als ob alles, was unsere Beziehung mir je bedeutet hatte, mit ihm im M22 davongetragen würde.

Aaron preschte mit einem Kinderwagen die Mott Street hinunter. Er schoss an mir vorbei, dennoch erkannte ich ihn sofort. All diese Männer hatten ab- oder zugenommen, ihren Kleidungsstil geändert, ihr Haaransatz hatte sich verschoben. Aber ihre Eigenheiten waren so unauslöschlich wie Fingerabdrücke. Ich folgte ihm zu einer Bäckerei, die für ihre Mandelcroissants berühmt war. Auch um sechs Uhr abends bildete sich davor noch eine Schlange. Er begrüßte eine zierliche Frau mit raspelkurzem Haar, die ihm ein Getränk aus einem Becherhalter in einem zweiten Kinderwagen reichte. Die beiden sahen aus, als wären sie nur wegen der Mandelcroissants extra in die Stadt gekommen. Einem oder beiden waren von der Golconda Bilder von Backwaren untergejubelt worden.

Aaron war ein Relikt. Im Sommer vor Beginn der Highschool war ich hoffnungslos in ihn verknallt gewesen. Er war damals Rettungsschwimmer in unserem örtlichen Feriencamp gewesen, wo er Leitender Betreuer und ich Hilfsbetreuerin war. Immer wirbelte das Band mit den Schlüsseln für den Geräteschuppen in kontrollierten Kreisen um seine Finger. Ich hatte den ganzen Sommer überlegt, wie ich diese Finger in mich hineinbekommen könnte. Ich krempelte meine Shorts hoch, zog meinen V-Ausschnitt herunter. Ich täuschte ein exzessives Nachtleben vor. Ich ließ in seiner Gegenwart lässig Anspielungen auf die Jerky Boys fallen und lieh mir in der Videothek die von ihm bevorzugten Actionfilme aus. Ich zahlte ein Heidengeld für ein altes Bruce Lee *Fist-of-Fury*-T-Shirt. Als er mir deswegen ein Kompliment machte, sagte ich, ich hätte es aus einem Altkleidercontainer gefischt.

Als sich der Sommer dem Ende zuneigte und Aaron immer noch keine Annäherungsversuche gestartet hatte, blieb ich bei meiner erzwungenen Verwandlung in eine coole Person. Ich hatte den Anschein erwecken wollen, dass ich einen guten Geschmack hatte, und so wurde ich versehentlich zu jemandem mit gutem Geschmack. Ich hatte unnahbar wirken wollen, und so wurde ich versehentlich unnahbar. Aaron fiel das am letzten Tag des Camps auf. Männer, sogar Jungs, wissen sehr genau, wann sie das Herz einer Frau verloren haben. Als Aaron mich bat, ihm beim Einsammeln der Kickboards zu helfen, fühlte ich mich bereits von ihm belästigt.

Die Wände des Geräteschuppens waren mit billigen Paneelen verkleidet, auf denen das Logo des Herstellers prangte: Biber-Holz. Aaron drückte mich gegen eines der Paneele, seine Zunge erkundete das Innere meines Ohrs. Dieser Typ wollte mir mein Gehirn auslutschen. Er schob seine Hand in meine Shorts und dann unter das Elasthan meines Badeanzugs, sodass sein Unterarm durch zwei Arten von Elastikbändern abgeklemmt wurde. Ich werde nie den besorgten Gesichtsausdruck von Aaron vergessen, der befürchtete, seine Finger in mir könnten mich unbeeindruckt lassen. Am liebsten hätte ich ihm gesagt, es gäbe keinen Grund, sich zu fragen, ob es sich gut anfühlte, denn *natürlich* fühlte es sich nicht gut an. Das hatte ich auch nicht erwartet. Trotzdem war ich plötzlich für dieses Wesen verantwortlich, dem aufgefallen war, dass ich nicht so reagierte wie die Frauen in Filmen. Keiner von uns wusste, wie wir das in Ordnung bringen sollten, also befreite Aaron seine Hand und küsste mich. Er verließ den Schuppen als Erster.

»Wir sehen uns nächsten Sommer«, sagte er, obwohl ich ihm bereits angekündigt hatte, dass dies mein letzter Sommer in diesem Camp war.

Ich beobachtete durch einen Spalt in der Schuppentür, wie er den Pfad den Hang hinaufging. Eine weitere Betreuerin tauchte hinter ihm auf, ein Mädchen in seinem Alter, und boxte ihm zärtlich gegen den Arm. Ich langte mit der Hand nach unten, um an mir zu riechen. Wie vermutet: Chlor.

Am allerwenigsten von allen wollte ich Knox begegnen. Ich hatte gehofft, Clive hätte ihn übersehen, aber wenn das Netz der Golconda selbst Leute wie Howard und Dave einfing, würde ihnen Knox wohl kaum entwischen.

Knox war ein verschlossener Librettist und heimlicher Sadist aus Detroit, der aussah wie der junge Daniel Day-Lewis. Ich hatte ihn für *Modern Psychology* über Wunderkinder interviewt, und nach der Veröffentlichung des Artikels hatten wir uns auf einen Drink getroffen. Knox hatte kultiviert, selbstbewusst und bescheiden gewirkt, ein Mann, der sich gerne öffentlich präsentierte aber ebenso gerne zurückzog, denn schließlich hatte er als gefragter Künstler viele E-Mail-Anfragen zu beantworten. Er war genau die Sorte Mann, von der ich dachte, ich *sollte* mit ihr zusammen sein. Auf diese Weise beging ich das gleiche Verbrechen an Knox, das Dave an mir begangen hatte. Immer wenn Dave annahm, ich wolle mit ihm Klippenspringen gehen, dachte ich: Muss ich für diese Beziehung überhaupt anwesend sein?

Ich gab Knox die Schuld daran, dass ich mich später in Amos verliebte, weil ich einen Künstler daten wollte, der auch ein Intellektueller war. Boots zählte nicht, denn Boots' Kunst war zu handwerklich ausgelegt, um unerträgliches Verhalten meinerseits hervorzurufen. Ich hatte es bei kreativen Typen nie geschafft, die richtige Balance zu finden. Entweder schlich ich auf Zehenspitzen um sie herum, ließ zu, dass sie mich mitten im Satz unterbrachen, um mich auf eine Wolke hinzuweisen und zu erwarten, für diese banale Beobachtung bewundert zu werden. Oder ich war so unsicher wegen meiner eigenen kreativen Beschränkungen und verwandelte mich darum in was auch immer sie in mir sehen wollten.

Deshalb fürchtete ich, Knox zu begegnen. Wegen des Monsters, das ich in seiner Nähe wurde.

Knox' Sorge um mein körperliches Wohlbefinden war der Ausgangspunkt für seine Zuneigung gewesen. Erst dachte ich, sein Umsorgungszwang rühre daher, dass er in eine ältere Kunstform und damit in eine ältere Welt eingetaucht war. Beim Spazieren auf dem Bürgersteig positionierte er sich immer auf der Bordsteinseite. Oder er schickte mir Wagen, die mich abholten. Er rückte unseren Tisch im Café nonchalant von den Fußgängern weg und starrte jeden an, der mich anrempelte, als würde er im nächsten Moment sein Schwert ziehen. Ich entwickelte in seiner Nähe ein ausgeprägtes Körpergefühl. So ertappte ich mich dabei, wie ich in meine bereits behandschuhten Finger pustete, um zu signalisieren, dass ich kalte Hände hatte. Ich berührte ein Flugzeugfenster, weil er neben mir saß und ich wusste, dass er die Silhouette meiner damenhaften Finger bewunderte und über meine schöngeistigen Gedanken spekulierte. Ich war ein zartes, empfindsames Geschöpf in dieser großen, bösen Welt. Wenn ich mir den Zeh stieß, sagte ich so etwas wie: »Ich *glaube* nicht, dass er gebrochen ist.« Im Bett wollte Knox unbedingt meinen Kopf stützen, damit er nicht gegen die Wand knallte, obwohl bei unserem Sex in der Hinsicht keinerlei Gefahr bestand. Wenn ich einschlief, seufzte ich wie ein kleines Bärenbaby, schnaubte ein bisschen durch die Nase und kuschelte mich in das Kissen, während Knox mein Haar streichelte.

Diese Dinge zu tun, bereitete ihm so viel Freude, dass es mir kein Opfer zu sein schien, so zu tun, als wollte ich sie auch.

Eines Morgens, als unsere Körper sich in den Laken aalten, gestand Knox, dass er sich das Klavierspielen nur beigebracht hatte, um etwas Schönes zu tun, während sein Vater seine Mutter prügelte. Mehrfach hatte der Vater versucht, sie zu erwürgen. Es war Knox' Aufgabe gewesen, sie zu trösten und dann, als er älter war, die Polizei zu rufen. Die ganze Nachbarschaft hatte gewusst, wie schlimm es in dem Haus zuging, aber niemand hatte etwas unternommen. Sie hatten ihre eigenen Probleme.

Nach einigem Nachbohren hatte ich herausgefunden, dass *jede* Frau, mit der Knox zusammen gewesen war, überfallen, verlassen, vernachlässigt oder sexuell missbraucht worden war, oft von einem Verwandten. Knox' »Broken-Bird«-Komplex war kein Tick, und mit seinem latenten Münchhausen-Syndrom war er oft kurz davor, selbst Traumas *zuzufügen*, bevor er im letzten Moment zurückschreckte. Je schwerwiegender der Fall war, desto intensiver stieg Knox darauf ein. Als ich meine eigenen, eher harmlosen Wunden nicht mehr in den Vordergrund stellte, hörte ich förmlich, wie die Verbindungsschnur zwischen uns gekappt wurde. Ein Held ohne eine zu rettende Jungfrau war lediglich ein gewöhnlicher Mann. Ich fand heraus, dass ich Knox' Aufmerksamkeit *nur* dann bekam, wenn ich aufgewühlt war. Ihm zuliebe verließ ich Partys, um aufgebracht meinen Emotionen freien Lauf zu lassen. Oder ich behauptete, Vadis und ich hätten düstere Dinge besprochen, geheime Frauendinge, während wir in Wirklichkeit den größten Teil des Frühstücks damit verbracht hatten, die genaue Haarfarbe einer Prominenten zu bestimmen.

Mit sich bildender Toleranz brauchten wir immer stärkeren erzählerischen Schmerz, um dasselbe High zu erreichen. Mir ging das Material aus. Also fing ich an, Lügen zu erfinden. Meine Fummelei mit Aaron im Geräteschuppen wurde zu einer halben Vergewaltigung. Außerdem war ich noch Jungfrau gewesen. Das immerhin stimmte. Als dieser Vorfall nicht mehr zündete, übertrieb ich eine Geschichte über miesen betrunkenen Sex im College. Der Sex unter Alkoholeinfluss verwandelte sich in einen tätlichen Angriff »oder so ähnlich, diese Dinge sind nicht immer eindeutig«, wie ich ihm fast beiläufig bei einem Teller grüner Shishito Chilis verriet.

»Männer sind für mich wie diese Chili-Schoten«, sagte ich, wobei ich mir wie eine Irre eine ganze in den Mund stopfte. »Manchmal tun sie weh, aber meistens sind sie süß.«

Ich war ein gesunder Mensch, der eine kaputte Person spielte, die eine gesunde Person spielte, was sich nicht gesund anfühlte, ganz und gar nicht.

»Hast du Anzeige erstattet?«

Ich neigte den Kopf und schüttelte ihn. Ich empfand Scham, tiefe, bodenlose Scham, bei dem Gedanken, wie viele Frauen *tatsächlich* Opfer sexuellen Missbrauchs waren. Ich beging einen schlimmen Verrat an der Frauenwelt. Und doch empfand ich ein perverses Gefühl der Rache angesichts der haarsträubenden Lügenmärchen, die Männer Frauen erzählten, um sie ins

Bett zu kriegen. Männer, die angeblich eine künstlerische Krise durchlitten, Männer, die über den Tod eines entfernten Verwandten oder die Schließung eines Plattenladens verzweifelt waren, Männer, die bei einer Beförderung übergangen worden waren und eine Muschi brauchten, um zu heilen. Aber es gab kein Zurück mehr. Knox lebte nur auf, wenn wir über meine verstörende sexuelle Vorgeschichte redeten, ansonsten blieb er unbeteiligt.

Ich kramte in meinem Gedächtnis: *War* in jener Nacht im College etwas wirklich Unerfreuliches passiert, das über mangelndes Taktgefühl des Typen hinausging? Wahrscheinlich. Ich hatte mich nicht wohl gefühlt, deshalb war dieser Abend in meiner Erinnerung geblieben. Aber es war so lange her, dass ich die Wahrheit verdrängt hatte. Und jetzt machte sich mein angeblicher Vergewaltiger wieder in meinem Leben breit und hing wie eine Fledermaus über unserem Bett.

Da ich irgendwann keine Lust mehr hatte, mich länger mit diesem imaginären Vergewaltiger herumzuschlagen, um meinen Freund bei der Stange zu halten, blieb nur eine Lösung – die Fledermaus töten. Also tauchte ich eines Nachmittags in Knox' Wohnung auf. Ich hockte mich auf sein Sofa, demonstrativ aus dem Häuschen. Knox legte seine Hand auf mein Knie, während ich auf den Teppich starrte: Mein Vergewaltiger, erklärte ich ihm, sei gestorben. Und wie? Ein Skiunfall. Und wo? In Kanada. Woher ich das wusste? Google Alert?

Ich schätze, die psychologischen Hintergründe *dieser*

Vorgehensweise sollten wir an anderer Stelle noch einmal gründlich untersuchen.

»Einmal ein schlechter Mensch«, sagte Knox, »immer ein schlechter Mensch.«

»Und jetzt nicht einmal mehr ein Mensch.«

»Wie fühlst du dich?«

»Ich fühle mich frei«, sagte ich, die erste ehrliche Aussage seit Monaten.

Der imaginäre Peiniger meiner imaginierten Albträume konnte nicht mehr aufgespürt werden. Ich hatte durch das Drücken von Strg-Alt-Löschen einen Schlussstrich gezogen. Das Problem war nur: Ich hatte nun eine so krasse Lüge erzählt, dass ich auf keinen Fall mit der Person zusammenbleiben konnte, der ich sie erzählt hatte. Wenn Knox in meiner Nähe bliebe, wäre ich auf ewig an diese Geschichte gefesselt gewesen, hätte damit auch zu einer Paarberatung gehen müssen, die eindeutig anstand. Und ich fand die Vorstellung unerträglich, einen Therapeuten dafür zu bezahlen, dass ich ihm Lügenmärchen auftischte.

Nachdem ich Knox' Wohnung verlassen hatte, beruhigte ich mich damit, dass ich ihn nie wiedersehen und daher auch nicht an meine eigene manipulative Ader erinnert würde.

Als ich jetzt Knox auf der Centre Street entdeckte, war er in Begleitung einer Frau, die aufmerksam ihr Spiegelbild in einem Schaufenster betrachtete. Der Sonnenuntergang färbte das Glas in demselben strahlenden Rosa wie die Rosenknospen auf ihrem Sommerkleid. Ihr rechter Fuß steckte in einem schwarzen orthopädischen Stiefel, und sie fischte gerade etwas aus ihrem Auge. Knox hatte seine Hand auf ihrem Rücken, um sie zu beschwichtigen, während sie ihr Augenlid bearbeitete.

Ich rannte zur Golconda, als wäre sie das rettende Botschaftsgebäude in einem fremden Land.

12

Clive hielt sich irgendwo im Gebäude auf, aber es war nicht klar, wo. Was insofern ein Problem darstellte, als er aus einem unerfindlichen Grund Chantal mitgebracht hatte.

Errol zerrte mich am Kragen rein. Er deutete auf die Kaffeebar, und tatsächlich, da stand sie, eine Erscheinung, in nachhaltige Fair-Trade-Mode gekleidet. Zur Freude der Baristas bestellte Chantal einen Chai Latte mit Hafermilch, während sie mit Jin plauderte. Sie stand mit nach außen gedrehten Füßen da, wie es nur ehemalige Balletttänzerinnen – und Influencerinnen tun. Frauen, die sich ihrer Körperhaltung sehr bewusst sind. Chantals Hals ähnelte Willis' Oberschenkeln insofern, als er eine Klasse für sich darstellte. Manche Menschen haben einen Mund mit endlos vielen Zähnen, diese Dame hatte einen Hals mit endlos vielen Wirbeln.

Ich hatte bereits eine leise Vorahnung, dass sie da sein würde. Als ich mit meiner Handy-Taschenlampe den tückischen Weg zum Allerheiligsten ausleuchtete, war mir ein leeres Fläschchen Kokosnusswasser aufgefallen. Chantal kam mir zwar nicht vor wie eine Umweltverschmutzerin, aber wie eine Person, der unbemerkt Dinge aus der Tasche fielen. Wie Oscar pflegte Chantal einen entspannten Umgang mit der physischen Welt. Sie wirkte von ihrem Körper besessen und gleichzeitig von ihm entfremdet, wie ein Mensch, der behauptet, auf äußere Schönheit keinen Wert zu legen, dessen Leben aber ohne sie nur ein schwacher Abglanz wäre. Denn anders als bei Oscar waren für Chantal die sozialen Medien quasi Stellvertreter ihrer Seele.

»Lola!«, kreischte sie, als sie mich bemerkte. »Madame! Wie krass ist diese Bude?«

Sie drehte sich im Kreis, als würde sie den ersten Schnee feiern. Ihr Haar war in sanfte Wellen gelegt und fiel über ein asymmetrisches Oberteil, das einem Gondoliere vom Leib gerissen schien. Außerdem trug sie falsche Wimpern, die guten, die aussahen, als stammten sie von der Ohrspitze eines Luchses. Ich hatte es nur ein einziges Mal gewagt, solche *apparati* zum Einsatz zu bringen, und zwar an Halloween, weil meine Unfähigkeit zur korrekten Applikation dann hoffentlich auf Volltrunkenheit zurückgeführt worden wäre. Trotzdem war mir der Grund ihrer Anwesenheit unverständlich. War Chantal auch Mitglied der Golconda? *Et tu, Chantal?* Ich hatte Mühe mir vorzustellen, dass sie ihre Klappe über dieses Projekt halten konnte oder ein Geheimhaltungsabkommen unterzeichnet hatte. Geschweige denn ein solches Dokument je gelesen hatte.

Sie hatte eine Visitenkarte der Golconda in den Fingern, drückte die Ränder zusammen und brachte die kleine Mappe zum Sprechen.

»Ho-la, Lo-la«, sagte die Mappe mit dämonischer Stimme.

Ich konnte meine Begegnungen mit Chantal an einer Hand abzählen, aber sowohl persönlich als auch online behauptete sie, von allen möglichen Dingen »besessen« zu sein, unter anderem von mir. Aber wie bitte stellt man es an, von einer Duftkerze oder einer Haarbürste oder einem Paar Socken besessen zu sein? Poster von den Socken aufhängen? Am Geburtshaus der Socken vorbeifahren?

»Hallo, Chantal«, sagte ich. »Na, wie gehts?«

Mehr brachte ich nicht über die Lippen. Zum einen wurde ich mir in ihrer Gegenwart meines eigenen unvorteilhaften Erscheinungsbildes verschärft bewusst. Zum anderen hatte die Begegnung mit Knox mich schwer mitgenommen. Ich war auf Gespräche mit anderen Menschen als Vadis oder Jin nicht vorbereitet. Außerdem musste ich meine Small-Talk-Kapazität im Blick behalten. Schon mein »Na, wie gehts?« war verschwendet an sie.

»Nicht so super wie dir!«, sagte sie. »Erzähl mir alles. Du bist so ein Mini-Genie.«

Nur ein Genie normalen Formats hätte erraten können, ob sich der Zusatz »Mini« auf meine Intelligenz oder meine Körpergröße bezog.

»Hat dir der McCarthy-Ausschuss schon ein Genie-Stipendium gewährt?«, fragte sie.

»Noch nicht«, sagte ich und versuchte, mein Gesicht zu entspannen. »Diese ganze Sache mit dem Kommunismus hängt mir immer noch nach.«

Jin verdrehte die Augen, schnappte sich ihren Tee und zog sich in den Verhörraum zurück.

»Bis später, Jen!«, rief Chantal.

Jin zuckte zusammen, drehte sich aber nicht um.

»Also«, fragte ich, »wie läuft das Geschäft mit der Schönheit?«

Wenn ich Chantal allein traf, fühlte ich mich wie ein Elternteil von ihr. Begegnete ich ihr zusammen mit Clive, fühlte ich mich wie das Kind der beiden. Was vermutlich für alle Beteiligten verwirrend war.

»O mein Gott, irre busy. Ich brauche ein zweites Exemplar von mir. Oder ich muss buchstäblich zum Oktopus werden. Eine E-Commerce-Webseite, zwei Newsletter, ein Blog, endlos TikToks und drei Instagram-Accounts machen einen reif für die Psychiatrie. Ich habe mich gerade schon bei Harold ausgeheult.«

»Errol«, verbesserte Errol sie nicht zum ersten Mal.

»Wie auch immer, ich stecke in der Sponsoringhölle. Ich habe keine Praktikantinnen für den Sommer, und ich könnte Kate Hudson *umbringen*. Aber das willst du alles gar nicht so genau wissen.«

»Chantal wartet auf Clive«, erklärte Errol mit zusammengebissenen Zähnen. »Sie gehen ins Theater.«

Aus der Ferne hörte ich Geflüster. Zwei Frauen schritten eilig über uns hinweg, wie ein Ärztepaar auf Visite. Sie waren in Grautöne gehüllt und trugen ovalen Silberschmuck. Eine von ihnen erkannte ich wieder. Ich hatte sie an dem Abend gesehen, an dem Vadis mich hierhergebracht hatte, den Zusammenhang hatte ich aber bisher noch nicht hergestellt. Ihr Foto erschien oft genug in Branchenzeitschriften der Verlagsszene: Jeannine Bonner. Amos' Lektorin. Die, die ihm das Restaurant vorgeschlagen hatte. Ein Abend, der mittlerweile seltsam weit weg schien. Eines musste man Clive lassen, die Reichweite seiner Bemühungen war bemerkenswert. Einen Moment lang verharrte ich schweigend, um mit Jeannine Blickkontakt aufzunehmen, aber das Verlangen blieb einseitig.

»Wir schauen uns *Hamlet* an«, mischte Chantal sich ein und wartete auf eine Reaktion, die ihr möglicherweise verriet, ob es sich um eine Tragödie oder eine Komödie handelte.

»Und aus irgendeinem Grund beschloss Clive, zuerst *hierher* zu kommen, und sie musste ihn begleiten«, fuhr Errol fort. »Musste einfach. Es. Wurde. Kein. Nein. Als. Antwort. Geduldet.«

»Ich wollte schon immer mal eine Führung durch Clives Wellness-Center! Die Gegend hier braucht dringend so was. Du glaubst ja gar nicht, wie viele Kunden ich habe, die hier in der Ecke wohnen und zur Schröpf-Kur bis nach SoHo fahren müssen.«

»Das *Wellness*-Center«, wiederhole ich, wurde aber durch Errols flehenden Blick zum Verstummen gebracht.

»Gwyneth Paltrow werden Jade-Eier aus den Augen kullern, wenn sie das sieht«, fuhr Chantal fort. »Ist dir klar, wie verzweifelt diese Stadt nach einer natürlichen Schnittstelle von Spiritualität und Kreativität lechzt? Warum sollen wir das Burning-Man-Festival nur in der Wüste stattfinden lassen?«

»Wegen des Sandes?«, schlug Errol vor.

»Clive ist ein Genie«, entschied Chantal, in seinem Fall ohne irgendeine Spezifizierung.

Vadis trat in einen Text vertieft aus dem Verhörraum, dann nahm sie Chantal wahr. Sie zwang sich zu einem Lächeln, sog dabei die Mundwinkel tief in die Wangen ein. Chantal war für Vadis das, was Amos für Zach war, eine aufpolierte Version ihrer eigenen am meisten geschätzten Fähigkeiten. In Vadis' Fall war dies eine Kombination aus urbanem Beduinentum und einer sechsstelligen Followerzahl auf vier Social-Media-Plattformen. Aber in diesem Moment war es Panik, nicht Eifersucht, die in Vadis' Gesicht aufblitzte. Denn Chantal fragte, wer von uns Lust hätte, sie spontan durchs Haus zu führen. Sie versprach auch, keine Fotos zu posten.

»Bleibt top secret«, sagte sie. »Und dann mit einem Soft-Opening ganz smooth auf den Markt bringen. Habs *kapiert*. Clive meint ständig, es sei eine Ruine. Sieht aber gar nicht aus wie eine!«

Ich starrte so lange zu den Kronleuchtern hinauf, dass die Glühbirnen schwebende Lichtpunkte hinter meinen Augenlidern hinterließen, die nach oben links wanderten.

»Ich mache mir nur Sorgen wegen der Zeit«, sagte Errol. »Wann beginnt das Theater?«

»Richtig«, sagte Vadis. »Die Zeit ist zu knapp.«

Ihr Tonfall war unangenehm unterwürfig.

»Mach dir keinen Kopf«, sagte Chantal. »Zieh du nur dein Ding durch, Kleines. Lola wird mich rumführen.«

Chantals Arm wand sich wie ein Aal um meinen. Sie hatte keinen Schimmer, dass ich hier die Versuchsperson war. Für sie schien das Ziel des Projekts in etwa zu lauten: »Reinige deine Poren, stabilisiere deine Stimmung.« Vadis versuchte mich mit Blicken zu zermalmen, aber ich ignorierte sie. Chantal ging davon aus, dass ich den Laden schmiss, und wer war ich, ihr das auszureden?

»Es wäre mir eine Ehre«, sagte ich und schritt mit ihr in Richtung Garten, Errol dicht auf unseren Fersen.

»Wir werden schon nichts klauen«, versicherte ich ihm. »Deine Hundert-Pfund-Geode ist sicher.«

»Hier gibt es ein Kristallarium?«, fragte Chantal strahlend.

»Woher hast du deine Bluse?«, fragte ich und schenkte ihr all meine Aufmerksamkeit. »Ich bin total besessen von dem Teil.«

Errol drängte sich vor und bot an, die Führung zu übernehmen.

»Das kann ja heiter werden«, murmelte ich vor mich hin.

Seine Ausführungen zum Garten klangen überzeugend. Die Golconda züchtete hier Pflanzen mit »ayurvedischer Heilwirkung«, gut für alles Mögliche, von »olfaktorischen Wundermittelchen« bis hin zu, na ja, Gewürzen. Er fügte hinzu, der Garten sei ein anschaulicher Beweis dafür, wie das Natürliche, vom Menschen überformt, am Ende wieder zum Natürlichen zurückkehre. Ein lebendes Beispiel für die Reinigung von Energie. Das klang in der Tat sehr nach Wellness. Chantal fand das offenbar auch, denn sie schloss immer wieder die Augen und ließ sich von den Worten erfrischen wie von einem feuchtigkeitsspendenden Gesichtsspray.

»Stimmt das wirklich?«, flüsterte ich Errol zu, während Chantal um die Paradiesvogelblumen schwirrte.

»Es ist ein *Garten*«, zischte Errol. »Mit *Pflanzen*.«

»Bin beeindruckt.«

Seine Erklärung für den Verhörraum war ebenso überzeugend. Chantal kam aus einer Welt der Reiki-Heiler und Chakra-Realignments, sodass sie ohne Weiteres akzeptierte, das Equipment diene zum Erreichen irgendeines höheren physischen Zustandes. Sie nahm einen von Jins Saugnäpfen in die Hand und streichelte damit ihr Gesicht. Ich fragte mich, ob er gereinigt worden war, seit ich ihn das letzte Mal abgeleckt hatte.

»Süße Karte«, sagte sie, deutete auf die Wand und tänzelte wieder zur Tür hinaus.

Von draußen hörten wir den Ausruf: »Schicke Skulptur« und folgten ihr ins Atrium.

»Das ist ein Aufzug«, erklärte ich.

»Funktioniert er?«

»Nein«, sagte Errol und überraschte damit sogar sich selbst.

Ich warf ihm einen Blick zu. Er formte ein stummes »Weiß doch auch nicht« mit dem Mund.

Einige weitere Mitglieder – zwei Frauen und ein Mann – kamen hinter dem Garten hervor. Ich kannte keinen von ihnen. Diese Leute waren wie die Umpa Lumpas aus *Charlie und die Schokoladenfabrik*.

Ich beschloss, selbst ein paar Fragen einzustreuen, um Errol ein wenig zu quälen. Zum Beispiel, was zum Teufel der Sinn einer komplett ausgestatteten Kaffeebar noch vor dem »Soft-Opening« war? Und war es nicht Verschwendung, nicht nur einen, sondern gleich zwei Baristas einzustellen? Errol schob dies geschickt auf Clives Liebe zum Detail. Chantal legte die Hand auf ihr Herz, als ob zwanghaftes Handeln und Liebe zum Detail dasselbe wären.

»Und was ist das für ein Raum hinter dem Garten?«, fragte sie und deutete in die Richtung.

»Hm?«

»Da ist gerade hinter dem Garten eine Tür zuge-schlagen worden.«

»Lagerraum«, schoss es Errol heraus.

»Ich muss pinkeln«, sagte ich und hob meine Hand. »Darf ich austreten?«

»Nein, darfst du nicht.«

»Ich muss auch«, sagte Chantal und presste meinen Arm an ihre Seite. »Harold, kriegen wir die Erlaubnis?«

»Oh, dürfen wir, Harold? Bitte?«

Sie machte einen Schmollmund. Dann machte ich einen Schmollmund.

Errol deutete widerwillig auf den Gang gegenüber dem Meditationsraum. Er konnte uns schlecht in die Kabinen folgen. Stattdessen schaute er uns so lange wie möglich nach, wie Eltern, die ihre Kinder am Schul-bus abgeliefert haben. Kurz bevor wir in der Toilette verschwanden, hörte ich, wie er in den Verhörraum zurückeilte, wahrscheinlich um Vadis zu informieren. Oder um irgendwelche offenen Akten über meine Ver-flossenen zu verstecken. Es war unvorsichtig von Clive, Chantal hierherzubringen, nachdem er ihr irgendwelche Lügenmärchen über diesen Ort erzählt hatte, und sie dann auch noch unbeaufsichtigt zu lassen.

Ich hatte noch nie in der Golconda gepinkelt, war aber nicht sonderlich überrascht, eine stylische Toilette vorzufinden, mit kunstvoll granatapfelfarben gesprenkelten dreieckigen Bodenfliesen. Auf der Tapete schwebten Zebras, und das Waschbecken war ein Steintrog, eingerahmt von Vasen voller Paradiesvogelblumen. Chantal legte ihr Handy auf den Sims unter dem Spiegel ab. So viele Follower und Einladungen, so viel fabelhafte Leichtigkeit waren nur ein Passwort entfernt. Als wir uns die Hände wuschen, hatte ich das Bedürfnis, fester und länger zu schrubben als sie, meine Unterarme mit Seife einzuschäumen und damit unterschwellig ein Gefühl der Überlegenheit zu vermitteln.

Beim Hinausgehen schlug ich eine Abkürzung vor und forderte sie auf, mir zu folgen. Sie kicherte vor Vergnügen. Wir bogen in den Flur hinter dem Aufzug ein und huschten daran vorbei. Man konnte nach wie vor durch das Glas sehen, aber die stillstehenden Messingräder versperrten einen Großteil der Sicht. Hoffentlich galt das auch für Errol, der im Atrium auf und ab schritt und auf unsere Rückkehr wartete. Ich nahm Chantals Hand, duckte mich und eilte voran.

Endlich, dachte ich.

Bisher schien niemand ein Problem damit zu haben, mir unaufgefordert und im Detail die technischen Aspekte des Programms zu erläutern, wie die Golconda in mein Leben eindrang und Menschen wie Schachfiguren umherschob. Es war der meditative Teil — was die

Mitglieder tatsächlich taten, wenn sie hierher kamen –, der vor mir verborgen gehalten wurde. Waren all diese Leute wirklich nur auf Clives Veranlassung hin hier, um zu sitzen und über mich nachzudenken? Es war an der Zeit, das herauszufinden.

Hinter dem Garten befand sich jedoch lediglich eine geschwungene Wand, überzogen mit einer weiß-silbernen Balkenmuster-Tapete, die einer minimalistischen Version des Magritte-Gemäldes ähnelte. Keine Spur einer Tür. Und doch hatten Chantal und ich das Schlagen einer Tür gehört. Das war verwirrend für mich, für Chantal aber anscheinend völlig logisch.

»Ha!«, rief sie aus, als hätte die Tapete ihr einen Witz erzählt. »Clive denkt wirklich an alles.«

Sie drückte auf einen der silbernen Balken, der sich als Griff erwies, und öffnete die Tür.

»Dieselbe Tapete haben wir in unserem Gästebad. Sie macht unsere Haushälterin schier wahnsinnig.«

Ich ließ Chantal den Vortritt und schaute mich wachsam um. Sie steckte den Kopf hinein, im gleichen Tempo wie Rocket beim Heranpirschen an eine Spielzeugmaus. Hinter der Tür war es offenbar strahlend hell, denn Chantal kniff die Augen zusammen. Ich lauschte nach den »Oms«, doch da war nur das Summen einer Klimaanlage. In einer Ecke war die Kante eines Betts mit weißer Tagesdecke zu erahnen.

Mehr bekam ich nicht zu Gesicht, bevor Clive die Tür vor unserer Nase zuzog.

»Babe!«, schimpfte Chantal. »Du hast mir fast die Haut abgezogen.«

Clive und ich zuckten zusammen angesichts der spezifischen Bildwahl. Hinter ihm stand eine finster dreinblickende Vadis. Sein *Gorilla*.

Clive entschuldigte sich für sein Verschwinden. Er kam untypisch ungepflegt daher. Seine hellen Augen waren blutunterlaufen, darunter schimmerten dunkle Halbmonde der Überarbeitung, und seinem Bartschatten nach zu urteilen, lag die letzte Rasur länger zurück. Er hatte wohl vorgehabt, Chantal nicht von der Seite zu weichen, aber etwas hatte ihn in Beschlag genommen. Ich kannte diesen Ausdruck. So hatte er ausgesehen, als ich ihn neulich Abend im Atrium am Telefon erwischt hatte, und an diesem einen Morgen vor Jahren, als er mir das Ende des Magazins verkündet hatte. Es würde sterben, egal was er auch tat.

»Ist schon in Ordnung«, sagte Chantal und fügte schüchtern hinzu: »Und was verbirgt sich hinter Tür Nummer eins?«

Clive nuschelte eine nur halbwegs zusammenhängende Entschuldigung von wegen logistischen Problemen, die ihm Kummer bereiteten. Irgendetwas darüber, dass man niemals sein Schicksal in die Hände anderer Leute legen sollte, vor allem wenn diese ihre Brieftasche in deine gelegt hatten. Er überspielte irgendetwas, das war mir klar. Aber Chantal ließ es dabei bewenden. Und als sei nichts gewesen, hielt sie ihm eine taufrische Wange hin. Ich konnte nachvollziehen, was er an ihr fand. Sie wusste, wann sie ihn necken und wann sie ihm Komplimente machen musste. Sie verstand es, ihren Ärger in die richtigen Worte zu fassen, sodass er ihr bei aufkommenden Krisen zuhörte und dabei diese Form der Beziehungspflege nie als Last empfand. Ich verfügte über keinen solchen Energiespender, nicht für Clive, nicht für Boots, für niemanden. Es war eine Frage des Stolzes. Außerdem hatte es mir nie das gebracht, was ich wollte, nicht ein einziges Mal.

Auf dem Weg zum Ausgang heuchelte Vadis Interesse, als Chantal ihr erklärte, sie verliere jedes Mal Follower, wenn sie »abwesend« war. Clive ließ sich mit mir zurückfallen und flüsterte.

»Wem bist du begegnet?«

»Knox.«

»Der Typ, der dir eine verpasst hat?«

»Das war Phillip.«

»Ich habe Phillip immer gemocht.«

»Klar doch. Knox ist der Librettist mit dem Mutterkomplex.«

»Oh, richtig. Wir haben mal einen Preis für hervorragende wissenschaftliche Leistungen gewonnen für ein Heft zu diesem Thema.«

»Clive.«

»Wie auch immer, wir haben ein klitzekleines Problem. Vielleicht ist es ein gutes Problem. Vielleicht auch nicht so klitzeklein. Das hängt ganz von dir ab.«

»Wenn du jetzt ›freier Wille‹ sagst, dann schwöre ich bei Gott, ohrfeige ich dich in einer Synagoge.«

»Ein paar wichtige Investoren machen mir einen Strich durch die Rechnung.«

»Was ist ihr Problem? Abgesehen von einem verblüffenden Mangel an moralischem Instinkt.«

»Ich – wir – haben vielleicht ein *bisschen* mehr Geld ausgegeben, als in der geplanten Zeitspanne vorgesehen war, also müssen wir eine Pause einlegen, bevor wir eine weitere Runde von Angebotspaketen in Betracht ziehen können.«

»Und wofür brauchst du die weitere Finanzierung?«

Er bog seinen Rücken durch, als wollte er ihn brechen.

»Sie wollen nur mehr Beweise, dass es funktioniert. Geldleute haben keine Visionen, das weißt du. Wenn du gedacht hast, das Zeitschriftengeschäft sei hart, dann probier's mal mit der echten Welt.«

»Ich dachte nie, dass es ein ›Geschäft‹ ist.«

»Wie auch immer. Die Idee war, dass das Cult-Classic-Paket für einen wahren Männerregen sorgt. So wie auf dem Gemälde. Dass dein Leben gewissermaßen die Kunst imitiert. Eine Art *Cadavre Exquis*.«

»Eine Art *Kadaver*?«

»Aber wir müssen ein bisschen Gas geben. Oder besser gesagt, wir müssen vom Gas runter. Wir haben nur noch für genau eine Zielperson Zeit.«

»Was soll das heißen?«

»Nur noch einen Lola-Lovah!«

Clive beschleunigte seine Schritte und rief nach Chantal. Aber ich holte ihn ein und packte ihn am Jackett. Er bewegte sich ruckartig, als wolle er einen Bettler abschütteln, und untersuchte den Stoff auf Anzeichen von Beschädigung.

»Clive!«

»Ich dachte, du wärst erleichtert. Du hast doch selbst

gesagt, du hast mit der Sache nichts zu tun, weißt du noch?«

»Ich – ich bin erleichtert. Ich dachte nur … Es geht hier doch darum, dass ich Zeit habe, die Vergangenheit zu verarbeiten. Was, wenn ich noch nicht gar bin, sozusagen? Was, wenn ich innerlich noch roh bin und das alles nicht abgeschlossen ist?«

»Was soll ich sagen? Schneller kochen? Du willst doch sicher durch sein, bevor dein Verlobter zurückkommt. Wann ist das?«

»In zwei Tagen.«

»Tja, ich würde dir trotzdem empfehlen, dich eine Nacht auszuruhen. Dein Paket ist fast komplett. Und du siehst nicht so gut aus.«

Spürte ich, dass mein Paket fast komplett war? Ich hatte vor, Boots so ziemlich nichts davon zu erzählen. Ich würde es in einer Schachtel verstauen, so wie Willis es mit mir getan hatte und wie ich es mit den Erinnerungsstücken an alle meine Männer getan hatte. Kein Problem. Ich würde diese Wochen für den Rest meines Lebens in mir begraben, so sehr sie mich auch durcheinandergewirbelt und nur noch mehr verwirrt hatten, als ich es ohnehin war. Ich würde sein wie eine Ballerina auf der Bühne unmittelbar nach der Aufführung; ihre Brust hebt und senkt sich hektisch wie die eines Kolibris, aber sie verbirgt alle anderen Anzeichen ihrer Anstrengung.

»Es ist nicht meine Schuld, dass du mit einer Million Leute zusammen warst.«

»Manchmal denke ich, es ist deine Schuld.«

Er schien verletzt. Clives Blick erweckte den Eindruck von Seelentiefe, so wie das Gewicht seiner Hand auf einer Schulter das Gefühl von Empathie vermittelte. Aber das waren Äußerlichkeiten, die wenig mit seiner tatsächlichen Persönlichkeit zu tun hatten.

»Du kannst ein richtiger Scheißkerl sein, weißt du das?«

»Und doch«, sagte er. »Und doch.«

Eine paar Schritte vor uns blieb Chantal stehen. Sie rief Clive etwas zu, wedelte mit ihrem Handy in der Luft wie mit einer Fackel. Ein Wagen wartete draußen auf die beiden, also stapften wir vorsichtig hintereinander durch den verrotteten Vorraum. Die Umgebung schweißte uns zu einem Team zusammen, aber nur bis zur Tür. Chantal ging auf Zehenspitzen an ihrer Flasche Kokosnusswasser vorbei, hob sie aber nicht auf. Vadis und ich sahen zu, wie sie sich auf die Rückbank des Wagens faltete und die leichte Last ihrer Beine darin verstaute, während Clive das Heck umrundete.

»Du kannst jederzeit aussteigen«, rief er, wobei sein Kopf über das Dach des Wagens ragte. »Freier Wille!«

Dann tat er so, als würde er sich selbst ins Gesicht boxen.

Vadis und ich verharrten am Straßenrand, als würden wir sie beim Ablegen eines Dampfers verabschieden. Ihre Bremslichter zuckelten durch den Verkehr und verschwanden.

Wen hatte ich vergessen? Wer kam noch? Ich fühlte mich so entblößt wie nie zuvor. Dann wurde mir klar: Ich *war* entblößt. Meine linke Hand war nackt. Ich hob die Hand, um sie von beiden Seiten zu untersuchen, als ob eine Seite ein besseres Ergebnis liefern könnte als die andere. Ich rieb mit meinem Daumen an der Basis meines Ringfingers, hin und zurück wie eine Grille, und versuchte zu begreifen, was da fehlte. *Wessen Finger war das?*

»Vadis«, sagte ich. »Mein Ring.«

Meine Hand zitterte, die angrenzenden Finger befanden sich in einem Schockzustand.

»Was? O mein Gott!«

Sie packte meine Hand, aber ich entriss sie ihr. Ich wollte freie Sicht, falls der Ring auf magische Weise zurückkehrte, so als könnte ich ihn, wenn ich mich stark genug konzentrierte, wieder zum Vorschein bringen. Oder als könnten die Anhänger der Golconda, wenn sie sich stark genug konzentrierten, ihn mir vielleicht wieder auf die Hand zaubern.

»Drinnen«, murmelte ich, während ich mit einer Hand die andere umklammerte.

»Gut«, sagte Vadis. »In Ordnung. Bleib ganz ruhig. Wir suchen drinnen danach. Gott, ich hoffe, du hast ihn nicht in dem verdammten Vorraum verloren.«

Ich malte mir aus, wie wir mit unseren Handy-Lichtern den Boden absuchten und sie auf eine Ratte fielen, deren Schnauze in dem Ring steckte. Wahrscheinlich würden wir ihn selbst dann nicht erkennen, so glanzlos war der Stein.

»Keine Sorge, Lola, wir finden ihn.«

Das war die Vadis, die ich liebte. Notfall-Vadis. Der einzige Anruf, den du aus einem thailändischen Gefängnis machst. So sehr ich ihre Zusicherungen schätzte, wusste ich doch, dass wir ihn nie finden würden. Selbst die gesamte Gefolgschaft und alle Investoren Clives vereint würden den Ring und mich nicht wieder zusammenbringen. Denn ich erinnerte mich jetzt: Ich hatte sein Klirren im Abfluss gehört, als ich mir die Hände gewaschen hatte. Es lag an all der verdammten Seife. Von der Hygiene gefoppt. In dem Moment hatte ich gedacht, das Geräusch käme von weiter unten aus dem Abfluss oder von Chantals Armreifen, die gegen den Wasserhahn klimperten, während sie davon schwärmte, endlich *Hamlet* zu sehen, ein »aus dem Dänischen übersetztes« Stück. Shakespeare und Soren Jørgensen konnten sich einen Wettstreit liefern, wer sich am heftigsten im Grab herumwälzte.

»Was sollen wir tun?«, fragte ich Vadis völlig außer mir.

»Wir rufen einen 24-Stunden-Klempner an. Mal sehen, ob er die Rohre durchputzen kann oder wie auch immer man das Gegenteil davon nennt. Die Rohre aussaugen? Vielleicht hat er sich verklemmt wie Baby Jessica.«

»Ein Ring ist kleiner als ein Baby«, erklärte ich unnötigerweise.

»Warte, ich schau nach. Siehst du? Hier ist ein Klempner, der kommt ›schneller als der Blitz‹. Was ist schneller als ein Blitz?«

»Licht.«

»Lola, für den Fall, dass wir den Ring nicht finden, war es einfach ein Missgeschick. Er wird dir verzeihen. Ich meine, ich verzeihe dir jetzt schon! Und sorry, aber … muss ich wirklich diejenige sein, die dir sagt, was wir alle denken?«

»Was denken wir denn alle?«

»Er war nicht *abscheulich* abscheulich, aber …«

»Es wird ihm *nichts* ausmachen. Das ist ja das Problem. Es wird ihm egal sein, und er wird ohne Probleme schlucken, dass der Ring in ein Waschbecken gefallen ist. Das Waschbecken in einem Restaurant, unsere eigene Spüle, völlig egal. Der Ring ist versichert, und er wird nie erfahren, wie seltsam es ist, dass er ausgerechnet *jetzt* abgefallen ist. Und er wird nie erfahren, wie schlecht ich bin und wie gut er ist, und dass ich verlogen bin und er nicht, und er gesund im Kopf ist und ich krank im Kopf bin. Und er war nicht *abscheulich*.«

»Ist nicht abscheulich. Er ist noch nicht verloren.«

Ich lehnte mich gegen die Tür und begann zu heulen. Dieser Gegenstand, der sich so lange so fremd an meinem Körper angefühlt hatte, schien auf einmal der schönste seiner Art zu sein.

13

In unserem von ewigem Neonschimmer erhellten Schlafzimmer hob ich meinen Arm über den Kopf und bewegte meine Hand durch die Morgenluft wie durch Wasser. Ich konnte nicht schlafen. Ich war wie betäubt. Ein 24-Stunden-Klempner war tatsächlich vor Ort eingetroffen. Nicht so schnell wie der Blitz, aber nach zwei Zigaretten und einem Whiskey Soda aus der Bar am Ende der Straße. Doch unsere Hoffnung, dass er die Rohre aufschrauben würde, wurden schnell zerschlagen. Das Gebäude war zu alt, die Rohre zu tief verlegt. Es gab keine Möglichkeit, das Problem isoliert anzugehen; er hätte die halbe Wand aufreißen müssen. Als Vadis und ich ihn nach draußen begleiteten und ihm ein Trinkgeld für diese nächtliche Begutachtung gaben, waren meine Beine wie Gummi. Ich bot ihm einen Kaffee an. Er schaute auf seine Uhr, dann wieder auf mich.

Im ersten Moment war ich am Boden zerstört wegen des Verlusts. Ich fühlte immer noch die Nähe des Rings, als hätte das einfach niemals geschehen dürfen. Das war es, was ich Vadis immer wieder sagte, wie eine vergebliche Beschwörung, ein Zauberspruch, der nicht wirken wollte. Aber als ich mich zu Fuß auf den langen

Heimweg begab, akzeptierte ich den Lauf der Dinge und verwandelte sie in Erinnerung. Der Ring war verloren an eine Zeit und einen Ort der Surrealität, an eine Zeit und einen Ort, die für mich kaum Züge »der Gegenwart« trugen, sodass der Verlust des Rings sich nun anfühlte, als wäre er jemand anderem widerfahren.

Hätte ich ebenso abgestumpft reagiert, wenn Boots hier gewesen wäre, neben mir gelegen hätte? Ich vermisste ihn, aber mein Gehirn war zu überladen, als dass die Sehnsucht darin hätte Wurzeln schlagen können. Er glitt durch meine Gedanken wie ein körperloser Kopf.

Unabhängig von Clives Beweggründen hatte ich *tatsächlich* die ganze Zeit gehofft, dass er recht hatte. Der Prolog liegt hinter uns, nicht wahr? Ich war davon ausgegangen, die Begegnungen mit diesen Männern könnten mich von meiner Sucht nach ihnen heilen, so wie das Kettenrauchen einer ganzen Stange Zigaretten mich davon heilen könnte, jemals wieder eine zu wollen. Stattdessen hatte sich die jahrelange unbefriedigte Neugier in gesteigerte Besessenheit verwandelt. So funktioniert Sucht, dachte ich. Wie ein Gast, der nicht mehr geht. Er bricht nicht ein; er wird eingeladen. Schleichend und ohne Vorankündigung verwandeln sich die alten Bedürfnisse in neue. Koffer fliegen in die Luft, Toilettenpapierrollen werden entblättert. An einem Tag wird der Pfannenwender in die falsche Schublade gelegt, und man denkt: »Das ist seltsam«, und am nächsten wurde alle Farbe von den Wänden abgekratzt, und man denkt überhaupt nichts mehr.

Ich stieg aus dem Bett und schreckte die Katze auf,

deren Blick mich des Verrats beschuldigte. Dann ging ich zum Kleiderschrank im Flur, kehrte mit meiner Schachtel voller Erinnerungen zurück und stellte sie zwischen meine Beine, wie ein Mädchen, das vor nicht anwesenden Freundinnen mit seiner Sticker-Sammlung prahlt. Ich begann, die Briefe auseinanderzufalten, die Falze steif vom langen Zusammenpressen. Ich machte mir nicht die Mühe, das Licht einzuschalten, denn ich wollte sie nicht lesen. Ich kannte sie auswendig, bis in die Details der Syntax. Da waren NBA-Ticketabschnitte von Cooper und Briefe von Knox, geschrieben auf Luftpostpapier. Es gab Zeichnungen von Tieren, die mich und ihren Schöpfer Jonathan darstellen sollten. Es gab alle Varianten von Postkarten, die auf Reisen bekritzelt oder aus Restaurants entwendet worden waren, abgegriffene Cocktailservietten mit in die Maserung eingeritzten flirty Wortspielen. Da war Howards »ich steh drauf, wenn du kommst« und Phillips Notiz, der nach all den Jahren immer noch hoffte, dass es mir gut ging.

Ich wollte diese Männer sehen, weil ich die Beweisstücke aufbewahrt hatte, und ich hatte die Beweisstücke aufbewahrt, weil ich diese Männer sehen wollte.

Ich stand vor einem gröberen Problem.

Behutsam legte ich die Briefe zurück, einzeln, wie Gerichtsdokumente. Dabei rutschte etwas Festes und Eckiges heraus, ein seltsamer Gegenstand. Beim Herunterfallen stach er in meinen Oberschenkel. Ich drehte ihn zwischen meinen Fingern und drückte auf die Ecken, um die kleine Mappe zu öffnen. Alles Leugnen der Herkunft des Objekts wurde ausgeräumt, als ich hineingriff und ein Stück Durchschlagpapier herauszog. Es krümmte sich langsam, als ich es gegen das Licht des Fensters hielt. Der Bowler-Hut. Das Bleiglasfenster. Ich betrachtete den Inhalt der Schachtel. Dann wieder das Durchschlagpapier. Hin und her, hin und her, und ein ungutes Gefühl kroch in mir hoch.

Ich arbeitete mich durch die Vergangenheit: Clive hatte die Golconda gegründet, als das Magazin eingestellt wurde. Er hatte eine Vorliebe dafür, das Pferd beim Schwanz aufzuzäumen, also hatte er wahrscheinlich Visitenkarten drucken lassen, bevor er irgendetwas anderes in Angriff genommen hatte. Irgendein Ex hatte vor langer Zeit dafür gesorgt, dass sie bei mir landete, sie vielleicht in einen Umschlag oder eine Jackentasche gesteckt, mit Absicht oder aus Versehen. Ich hatte es nicht bemerkt. Weil ich nicht wollte. Weil sie für das bloße Auge nichtssagend wirkte.

Einer dieser Männer hatte gewusst, dass all das kommen würde.

»Aber wer?«, fragte ich den geordneten Stapel meines Lebens.

Der geordnete Stapel meines Lebens antwortete nicht.

14

Und dann krachte das Bord herab. Offenbar war meine physische Welt wild entschlossen, im gleichen Tempo wie meine mentale Welt in sich zusammenzufallen. Es war das Bord, auf dem fast alle von Boots' Kreationen standen, seine geheime Insel der missratenen Spielzeuge. Keine Ahnung, was die Ursache für den Absturz war, aber es geschah mitten in der Nacht, und ich schreckte durch das Geräusch von zersplitterndem Glas und durch die sich in meinen Unterarm bohrenden Krallen der Katze aus dem Schlaf auf. Ich rannte in den Flur, fegte das Glas zusammen und warf es in den Müll. Als ich am nächsten Morgen erwachte, erschien mir alles für einen Moment lang wie ein Traum. Aber dann ging ich hinaus, um den Schaden zu begutachten. Einiges vom Zerbrochenen waren Probestücke, Krüge mit zu dünnen Henkeln. Neben den kleinen Medusa-Skulpturen und den Vasen mit den vereisten Farben hatte das Bord auch zwei Teile der Wand mit herabgerissen. Ich starrte auf die stillen Trümmer, auf die Löcher in der Wand, die mich wie unförmige Augen anstarrten. Ich wusste nicht, ob die Nachricht von dem verlorenen Ring die Katastrophe um das Bord abmildern würde oder umgekehrt. Es fühlte sich an wie etwas, das ich eigentlich wissen sollte. Etwas, das eine andere Art Freundin sicher gewusst hätte.

So oder so, es würde mehr als nur Spachtelmasse erforderlich sein, mehr als nur unser Hausmeister, der das Problem kurz betrachten und dann nie wiederkommen würde. Es gab nur eine Person für diesen Job – dieselbe, die davon überzeugt war, dass körperliche Arbeit ein Akt der sozialen Revolution war.

»Wahnsinn«, sagte Zach und bewunderte die Krater. »Als hättest du dich auf das Brett gehockt.«

»Stimmt. Habe ich aber nicht.«

»Sieht aber so aus.«

»Wenn ich dir fünfzig Dollar gebe, lässt du es dann so aussehen, als hätte ich es nicht getan?«

Er klopfte an die Wand und presste sein Ohr dagegen.

»Ich glaube, so was macht man bei Parkett. Wenn man einen Herzschlag darunter hören will.«

»Das ist Gips«, verkündete er, als hätte er die Wand bei einer miesen Trickserei ertappt. »Wenn du nicht die richtigen Dübel nimmst, fällt es wieder raus. Das ist ein Wandproblem, kein Regalproblem.«

Zach war den Rest des Tages mit anderweitigen Botengängen beschäftigt, die ich ziemlich unsäglich fand (irgendwelche Leute hatten ihn dafür bezahlt, ihr Auto zum Flughafen zu fahren, es dort zu parken und dann mit der Subway zurück in die Stadt zurückzufahren), aber am Abend kehrte er mit der Bohrmaschine in der Hand zurück. In der Zwischenzeit hatte ich meine Mittagspause in einem bourgeoisen Inneneinrichtungsgeschäft verbracht. Ich wollte erwachsene Regale für ein erwachsenes Leben. Regale für Menschen, die Tagesdecken »Überwürfe« nannten. Ich hatte die Idee, ein Upgrade könnte helfen, wenn Boots das Desaster zu Gesicht bekam. Im Laden wartete eine Verkäuferin in einer grünen Schürze auf meine Entscheidung. Welche Marktstudie hatte ergeben, dass alle Verkäuferinnen den Eindruck erwecken sollten, als wollten sie dich gleich durch die Mangel drehen? Ich schickte Zach Bilder.

Er hatte mich gewarnt, er würde sich möglicherweise verspäten, weil er mich zwischen lukrativere Aufträge geschoben hatte, aber er war pünktlich. Er hatte auch geduscht und sich parfümiert. Ich fühlte mit ihm mit, weil ich wusste, dass das alles nicht für mich bestimmt war. Ich hatte eine transitive Funktion inne, war eine Botin, die über Zachs vollen Terminkalender berichten sollte, darüber, wie gut es ihm ging. Wenn es Zach jemals gelänge, Vadis so zu sehen, wie sie wirklich war, und nicht nur als eine Frau, die man überreden oder erobern musste, dann wüsste er: Ihren Respekt würde er eher dann verdienen, wenn er gar nicht duschte. Oder, noch besser, indem er gar nicht auftauchte.

Niemals würde er sich dazu herablassen, mir direkte Fragen über sie zu stellen. Stattdessen stand er auf meiner Trittleiter, die Augen auf die Blase in seiner Wasserwaage geheftet, und umkreiste das Thema Vadis. Wir hatten jetzt alle so unterschiedliche Leben, nicht wahr? Schon lange keine Mitarbeiterversammlungen mehr. Lange kein kostenloses Mittagessen mehr.

Wo wir gerade beim Thema waren: Fand ich Vadis'
Instagram-Feed nicht auch irritierend kuratiert? Ob
ich mich nicht auch fragte, wer genau all diese Fotos
machte? Sie ständig zu fotografieren, musste ihrem
Freund doch auf die Nerven gehen.

»Sie hat keinen Freund.«

»Oh. Nein?«

»Nein, Zach. Sie ist kein Beziehungs-Typ.«

»Jedes Foto wird also von einem anderen Typen geschossen?!«

Ich hatte keine Lust, mich da einzumischen. Und
selbst wenn, verfügte ich schließlich nicht über den
Live-Feed von Vadis' Herz. Zach spürte, dass er in eine
Sackgasse geraten war, daher ging er zu einem noch
heikleren Thema über: Clive. Für Zach hatte seine Kritik an Clive rein gar nichts mit einem unerwiderten
Verlangen zu tun, und so ließ er seinen ganzen aufge-
stauten Frust über Vadis an unserem ehemaligen Chef
aus. Dieser Dilettant. Dieser Spießbürger. Sein Gott-
komplex. Die altersunangemessene Frisur.

»Meine Güte. Was hat Clive dir getan, außer dich
früher mal eingestellt zu haben?«

»Und was hat Clive *dir* angetan? Du bist mein Safe
Space in dieser Angelegenheit. Warum bist du auf einmal so loyal ihm gegenüber?«

»Bin ich nicht. Wirklich nicht.«

»Es würde zu lange dauern, mit dir die *Liste* der miesen Aktionen Clive Glenns durchzugehen. Ich habe
eine Menge Klagen. Nur ganz spontan fällt mir ein,
dass er gerade eine Firma damit beauftragt hat, Fotos in

seiner Wohnung aufzuhängen, obwohl er den Auftrag *ausdrücklich* mir in Aussicht gestellt hatte.«

»Ausdrücklich in Aussicht gestellt?«

»Er hatte den Scheck praktisch schon unterschrieben.«

»War das beim Abendessen? Er war betrunken.«

»Spielt keine Rolle. Er ist ein verdammtes Fähnchen im Wind.«

Eigentlich hätte ich vermutet, Zach fände die Vorstellung, für Clive zu werkeln, eher abstoßend. Aber offenbar gefiel ihm der Gedanke, Clive zum Grübeln zu bringen, indem dieser etwas von seinem unrechtmäßig erworbenen Reichtum an das Proletariat zurückerstatten musste. Er mochte die Vorstellung, dass Clive seinen Bohrern ausgeliefert war.

»Ich glaube, du überschätzt ihn in der Hinsicht ein wenig.«

»Das ist typisch Clive«, schnaubte Zach. »Ich weiß *genau*, wie der Typ tickt.«

Am liebsten hätte ich seine Taille umarmt. Oder ihn von der Trittleiter gestoßen. Nicht alles, was Zach über Clive dachte, war falsch, sondern im Grunde sogar viel zutreffender, als er es ahnte. Warum bewahrte ich trotzdem Clives Geheimnisse? Es gab eine Zeit, da war Loyalität gegenüber Clive gleichbedeutend mit Loyalität gegenüber mir selbst. So wie es gerade bei Errol, Jin, Barry und allen anderen Anhängern Clives der Fall war. Es war die Wirkung seines Charismas, eine Faszination, die er nach wie vor auf Vadis ausübte. Aber für Zach und mich war das alles längst Vergangenheit.

»Zach.« Ich drehte eine Schraube zwischen meinen Finger. »Ich muss dir etwas sagen.«

Er nahm den Bleistift aus seinem Mund. »Vadis *hat* einen Freund?«

Er schluckte.

Kurz dachte ich an die Geheimhaltungsvereinbarung. Sie bezog sich zwar auf alle menschlichen Ohren, aber eigentlich war sie vor allem für Journalisten gedacht. Echte Journalisten. So einer war ich schon lange nicht mehr, und Zach auch nicht.

»Nein.«

»Du bist schwanger?«

»Nein.«

»Bin ich schwanger?«

»Nein.«

»Was dann?«

»Dafür musst du erst mal herunterkommen.«

Obwohl die Katze Fremden gegenüber normalerweise misstrauisch war, hatte sie in Zachs Schoß ein unbewegtes Körperteil ausgemacht. Er hatte sich seit einer Stunde nicht mehr gerührt und sie auch nicht. Ich fragte mich, ob sie das auch tun würde, wenn ich eines Tages tot auf dem Sofa lag. Boots wäre geschäftlich verreist, und sie würde sich einfach auf meinem Schoß niederlassen, bis ich kalt geworden wäre. Zach streichelte sie geistesabwesend, während ich ihm alles erklärte. Er schnitt ein paar Grimassen, die zeigen sollten, dass er sich übergangen fühlte, verkniff sich aber die Kommentare. Dann starrte er in die Küche, als würde er dort die

Fliesen zählen. Auf der Theke lagen ein paar Asiatische Birnen in diesen dicken weichen weißen Netzen. Ich überlegte, ob ich ihm eine davon anbieten sollte.

»Wie schmeckt der Kaffee?«, fragte er.

»Weißt du was? Ich habe noch nie einen getrunken.«

»Vielleicht ist da etwas drin.«

»Seltsamerweise wünschte ich, es wäre so. Das würde alles vereinfachen.«

»Das denkst du dir doch alles nur aus.«

»Tue ich nicht.«

»Es klingt voll gestört.«

»Wein? Willst du Wein? Da sind aber Korkreste drin.«

»Diese Typen … Diese Typen leben ihr Leben vor sich hin und fühlen sich plötzlich also angeblich gezwungen, Chinatown zu besuchen?«

»Genau so geschieht es«, sagte ich. »Beziehungsweise ist es bereits geschehen. Laut Clive habe ich noch einen ausstehen.«

»Das ist wie bei *Feld der Träume*, nur dass es nicht Baseball ist, sondern deine Vagina.«

»Wie heißt es in dem Film so schön: ›Die Menschen werden kommen, Ray.‹«

»Die Menschen werden verfickt noch mal kommen«, stimmte er zu und schüttelte den Kopf.

»Whiskey?«

»Sie haben dir erklärt, dass es um Social Media und Meditation geht?«

»Unter anderem. Weißt du, was Astralprojektion ist?«

»Ich weiß nur, dass es nicht real ist.« Er dachte angestrengt nach. »Es muss eine plausible Erklärung dafür geben. Wahrscheinlich bezahlen sie deine Typen. Oder sie erpressen sie mit Spyware. Höchstwahrscheinlich verfügen die dort über die entsprechende Ausstattung.«

Das lag nicht außerhalb des Bereichs des Möglichen, dennoch war Clive zu sehr von der Reinheit seines Vorhabens überzeugt. Unter dem ganzen Jargon und der Arroganz verbarg sich echte Leidenschaft. Vermutlich würde er nicht mit etwas so Banalem wie einem Computer-Hack betrügen. Ich zeigte Zach eine der Visitenkarten.

»Was für eine Geldverschwendung«, sagte er und hielt das Durchschlagpapier gegen das Licht.

»Das ist noch gar nichts.«

»Das ist so ein *Inception*-Scheiß.«

»Selbst wenn das mit der Energieübertragung ein Placebo ist, die unterschwelligen technischen Botschaften sind echt. Ich habe es beobachtet. Social Media. Die Suchmaschinenergebnisse. Die Recherchen. Habe ich dir schon erzählt, dass ein Mann für sie arbeitet, der die Algorithmen für gezielte Anzeigen manipulieren kann? Und Privatdetektive? Vielleicht auch ehemalige Mossad-Leute, keine Ahnung.

»Ich fasse nicht, wie viel Geld der Typ hat.«

»Ja, Clive ist reich.«

»Nicht reich. Der Typ schwimmt in der Kohle. Er hat es nicht nötig, eine Sekte zu gründen.«

»Es ist keine Sekte. Nicht im traditionellen Sinn.«

»Bist du sicher?«

»Nein, eigentlich nicht.«

»Ich fasse nicht, wie viel Geld der Typ hat!«

Zach schlug auf die Armlehne des Sofas. Dieses Thema brachte ihn auf, und mir war klar, dass ich mir erst sein Gerede über das Geschäftsmodell anhören musste, bevor wir zum dringenderen Problem kommen konnten: meiner geistigen Gesundheit.

»Wie viel Geld diese Leute haben«, sagte ich und goss ein wenig Benzin ins Feuer. »Angeblich bezahlt er sie nicht. Was aber für niemanden ein Problem zu sein scheint. Einschließlich deiner Freundin. Zach, alle verneigen sich vor ihm.«

»Alle?«, fragte er, mit einem kleinen Hüpfer in der Stimme.

»Ohne Ausnahme.«

»Mein Gott. Das ist wie die Neuauflage des Schneeballsystems. Und das alles, damit jemand mit etwas abschließen kann?«

»Das ist das Zauberwort.«

Er zog den Reißverschluss seines Hoodies hoch und runter.

»Und … fühlt es sich nach einem Abschluss an?«

Ich schüttelte den Kopf. Draußen wurde es dunkel, der Kontrast zwischen Architektur und Himmel wurde weniger akzentuiert, als die Sonne zwischen den Gebäuden hinabglitt. Die Katze sprang von Zachs Schoß, blickte uns an, als wären wir uns unserer Verbrechen bewusst, und verließ den Raum. Ich wartete darauf, dass Zach noch etwas sagen würde.

»Vermutlich ist es befreiend«, sagte er schließlich, immer noch mit dem Reißverschluss zugange, »wenn man an seine Verflossenen denken kann, ohne sich dabei ihren Tod auszumalen.«

»Was für ein schöner Gedanke.«

»Und wer weiß? Vielleicht verrät dir dieser Prozess, was mit dir nicht stimmt.«

»Ich bin gnadenlos, urteilend und unentschlossen. Oh, und verbohrt. Wusstest du das noch nicht?«

»Ich meinte ein allgemeines *dir*, im Sinne von *alle*. Das hat doch jeder schon mal gespürt, oder? Als ob man aus irgendeinem Grund nicht füreinander bestimmt ist. Und an guten Tagen denkt man, hey, das liegt daran, dass mein Herz zu groß ist, um sich durch irgendjemandes Tunnel zu pressen. Und an schlechten Tagen denkt man, mein Herz ist ein winziges, versteinertes Stück Scheiße, das durch andere Menschen hindurchwandert wie ein Nierenstein. Entweder unbemerkt oder mit unerträglichen Schmerzen.«

»Zach, ich habe dich noch nie so emotional erlebt.«

»Depression ist auch ein Gefühl.«

»Vielleicht musst du einfach nur mal richtig flachgelegt werden.«

»Sagt die Stadtmatratze. Kann ich morgen Abend mitkommen?«

Er wischte sich den Wandstaub und die Katzenhaare von seiner Hose. Die Idee, einen Freund zu der Begegnung mitzunehmen, war mir noch nie gekommen.

»Ich fürchte, das könnte das Ganze aus dem Gleichgewicht bringen. Nicht, dass du nicht zufällig in der Gegend sein könntest. Es ist ein freies Land. Und nicht, dass es mich *stören würde* –«

»Verstehe. Du willst mit diesem letzten Kerl allein sein. Was, wenn er Scheiße ist?«

»Das ist er bestimmt. Jeder ist irgendwie Scheiße. Das ist die menschliche Natur.«

Zach nickte. Jetzt sprach ich seine Sprache. Er strich mit den Fingern über die verblassten roten Flecken auf dem Sofa, wo Vadis den Wein verspritzt hatte.

»Und was willst du in der Sache unternehmen?«, fragte er und nickte in Richtung eines Polaroidfotos von Boots und mir, das am Kühlschrank hing.

Es war von letztem Halloween. Vadis hatte sich die Kamera für Partys zugelegt. Im Hintergrund war Zach zu sehen, der ernsthaft gelangweilt wirkte, ganz in Schwarz gekleidet, mit Sonnenbrille und einem »I♥AIDA«-T-Shirt, auf dem das Bild des bekannten Kreuzfahrtschiffes prangte. Er hatte sich als »Blinder Passagier« verkleidet. Vadis sagte, das Kostüm sei geschmacklos, und ich stimmte ihr zu, bis sie hinzufügte, es sei »wie Blackfacing, nur mit behinderten Menschen«, woraufhin ich sie aufforderte, solche Vergleiche künftig bitte zu unterlassen. Boots und ich waren als Mr. und Mrs. Peanut verkleidet. Mrs. Peanut war von Mr. Peanut durch ihre künstlichen Wimpern und ihre Erdnussdosen-Handtasche zu unterscheiden.

»Hast du Boots davon erzählt?«

»Bist du übergeschnappt?«

»Ich fasse es immer noch nicht, dass Vadis darin verwickelt ist. Sie ist zu schlau für so was.«

Ich schnaubte höhnisch.

»Sie ist *deine* Freundin.«

»Na ja. Bei solchen Freunden —«

»Komm schon, ich will Clives Kultstätte von innen sehen.«

»Zach. *Ich* habe ja selbst kaum was davon gesehen. Man kann da nicht einfach reinspazieren. Ich werde auf Schritt und Tritt begleitet. Es gibt angeblich einen Meditationsraum, den ich noch nie zu Gesicht bekommen habe, und Clive verhält sich diesbezüglich besonders verdächtig. Ich kenne den Code für die Eingangstür nicht. Und keiner von uns beiden ist in der Form, den anderen vom Dach abzuseilen.«

»Sprich für dich selbst«, sagte er und tätschelte seinen Bauch.

Wenn Männer »fett« schreien wollten, fassten sie sich an den Bauch. Wenn Frauen »fett« schreien wollten, berührten sie ihre Oberschenkel, Arme, Hüften, Hintern, Wangen und Kinn. Immerhin kultivieren wir einen Reichtum an Variationen. Das lassen wir uns nicht nehmen.

»Sag mir einfach, welche Shul.«

»Ich kenne den Namen nicht. Ist das nicht komisch? Ich weiß nicht, wie sie heißt.«

»Aber du weißt, wo sie ist.«

»Sie ist abgesperrt. Und du wirst sicher nicht in eine Synagoge einbrechen. Du bist Jude.«

»Es ist keine Synagoge. Nicht mehr. Und du bist auch jüdisch.«

»Ja, aber du bist so ein richtig *jüdischer* Jude. Du liest Aramäisch; während ich bei dem Wort an Parfüm denke, du weißt schon, Aramäisch, Aroma und so weiter ...«

»Der verdammte Clive Glenn wird auf deine Kosten *noch reicher*, und du bist nicht einmal neugierig, wie er das anstellt?«

»Ich war neugierig«, sagte ich und rieb mir die Augen. »Wirklich neugierig. Jetzt bin ich nur noch, ich weiß nicht, betäubt.«

Der Anschluss bei der Arbeit klingelte selten. Unsere Festnetztelefone waren vorsintflutliche Relikte wie ein superumständliches internes Walkie-Talkie-System. Deshalb erschrak ich, als das *Brrring* schon vor zehn Uhr morgens schrillte, ehe die Hälfte der Mitarbeiter von *Radio New York* überhaupt zur Arbeit erschienen war. Mein erster Gedanke war: Feuer. Aber es war nur der Wachmann vom Empfang, der verkündete, »ein Zach Goldberg« sei hier, um mich zu sehen.

»Nur der eine?«

»Sollen wir ihn hochschicken?«

»Sicher, danke.«

Der Wachmann entfernte den Mund vom Hörer und bat Zach, seinen Lichtbildausweis vorzuzeigen. Ich konnte einen leisen Wortwechsel hören.

»Er hat keinen Ausweis.«

»Okay. Ich komme runter.«

Ich freute mich schon darauf, Zach mitzuteilen, dass er in puncto Überraschungsbesuche in einer Liga mit Vadis rangierte. Aber als ich durch das Drehkreuz in der Lobby trat, dessen Metallarme mich grüßten, wurde klar, dass ich Zachs Tag nicht noch eigens versüßen musste. Er strahlte bereits wie ein Idiot.

»Warum hast du keinen Ausweis dabei?«

»Man sollte nie einen Ausweis bei sich tragen. Das hat mir die Stasi beigebracht.«

»Dir persönlich?«

»Erst läufst du mit einem Führerschein herum, dann hältst du es für normal, nach deinem Ausweis gefragt zu werden, und als Nächstes spuckst du in ein Plastikröhrchen und stellst deine DNA freiwillig einer Regierungswebseite zu Verfügung.«

»Es ist noch zu früh für solche Diskussionen. Womit verdiene ich diesen geschäftlichen Besuch?«

Er zerrte mich mit sich auf eine Betonbank in der Lobby.

»Ich habe ein Geschenk für dich«, flüsterte er, als ob sich die Sicherheitsleute für ihn interessierten.

Er öffnete die Klappe seiner Umhängetasche, einer No-name-Version der Tasche, die auch Amos besaß. Ich dachte darüber nach, wie sehr dieser Umstand Zach verärgern würde. Dass Clive schicke Sachen besaß, bestärkte Zach in seiner eigenen widerständigen Persönlichkeit, aber dass Amos schicke Sachen besaß, bedeutete, dass es da draußen einen Kerl gab, der es geschafft hatte, dieselbe Persönlichkeit zu Geld zu machen, ohne dass die Welt deswegen weniger von ihm hielt.

»Et voilà«, sagte er und reichte mir ein Stück Papier.

Es war eine Fotokopie, die in der Mitte, wo der Buchrücken sich vom Kopiergerät gelöst hatte, unscharf war. Am oberen Rand standen eine Reihe nummerierter Begriffe: (1) Doppelschiff, (2) südliche Vorhalle, (3) Altarraum, (4) heilige Haupthalle, (5) westlicher

Männeranbau, (6) Frauenbereich, (7) Frauenvorhalle. Darunter war ein Grundriss der Synagoge Beth Shalom in der Lower East Side. Das Buntglasfenster sah aus wie ein Kameraverschluss.

Vor ein paar Monaten hatte mir ein Autor eine Geschichte über »wiederbelebte New Yorker Gebäude« vorgeschlagen, über die Gotteshäuser der Stadt, die in Eigentumswohnungen umgewandelt worden waren. Das berühmteste war das Limelight, das im Laufe der Jahre mehrere Herztransplantationen durchlaufen hatte – von einer katholischen Kirche über Andy Warhols Tummelplatz zum Souvenirladen und schließlich zum High-End-Fitnessstudio. Die Autorin hatte ein Bild entworfen, in dem nun Hanteln dort lagen, wo einst leere Ketaminfläschchen herumrollten, und der Geist von billigem Nippes durch die jetzige Sauna wehte. Sie hatte gescherzt, dieses Gebäude könnte möglicherweise eine weitere komplette Umwandlung erfahren, noch bevor sie den Artikel abschickte. Meine erste Reaktion auf ihren Vorschlag lautete in etwa so: Was ist so revolutionär an Gebäuden, die schon andere Gebäude waren? Trotzdem gab ich die Story in Auftrag. *Radio New York* konnte es sich nicht leisten, hyperlokale Clickbaits von der Bettkante zu stoßen.

»Woher hast du das?«

»Google.«

»Wow.«

»Nein, natürlich nicht *Google*.« Er riss mir das Blatt aus der Hand, zur Strafe dafür, dass ich ihm geglaubt hatte. »Ich habe alle Shuls unterhalb der Fourteenth

Street überprüft, und es gab zwei, die in den letzten zehn Jahren den Besitzer gewechselt haben. Also habe ich die Baubehörde angerufen und nachgefragt, ob für eines davon eine Baugenehmigung beantragt wurde. Dann ging ich zu den öffentlichen Archiven und danach zum Jüdischen Museum. Die schickten mich zum Tenement Museum, das Aufzeichnungen über einen Radius von etwa zehn Blocks besitzt. Ich sag dir, die sind alle völlig inkompetent, keiner hat auch nur den leisesten Schimmer, wer über was verfügen könnte. Und die, die es *wissen*, behandeln dich, als wolltest du alles, was du findest, in die Luft jagen, denn warum solltest du sonst fragen.«

»Du hast auch irgendwie ein ›Anarchistengesicht‹.« Ich zeichnete mit der Hand die Konturen seines Kopfes nach. »Außerdem brauchst du dringend einen Job, der dich erfüllt.«

Er zuckte mit den Schultern.

Ich studierte den Grundriss und drehte ihn so, dass ich mich orientieren konnte. Im Geist projizierte ich den modrigen Eingang der Golconda auf die »heilige Haupthalle«. Er war wie ein Satellitenbild der Erde, faktisch korrekt, aber ohne Seele, es war unvorstellbar, dass ein menschlicher Blick den Grundriss von innen mit Erlebnissen ausfüllen könnte, unvorstellbar, dass ein solcher Blick sich mit der Autorität eines Grundrisses messen könnte. Oder als würde man eine Rezension eines Theaterstücks von einem Journalisten lesen, der es mit einer völlig anderen Besetzung gesehen hatte. Die Frauenbereich war jetzt der Konferenzraum. Die

Kaffeemaschine befand sich im Anbau für Männer. Der Aufzug stand mitten im Altarraum.

»Schau mal«, sagte Zach und zeigte auf eine Reihe schmaler Linien neben der Frauenvorhalle.

»Was ist das?«

»Eine Treppe.«

Ich wusste nichts von einer solchen Treppe. Ich kannte die Halle und ihre verwirrende Tapete, das Schreckgespenst aller Haushälterinnen. Ich kannte die *sichtbare* Treppe. Von einer zweiten geheimen Treppe wusste ich nichts.

»Bist du sicher, dass das der richtige Ort ist? Vielleicht haben alle Shuls den gleichen Grundriss.«

»Du bist wirklich eine miserable Jüdin. Das ist unser Eintrittsticket. Und?«

Er holte einen halb aufgegessenen Müsliriegel aus seiner Tasche und begann zu grinsen, während er auf den Resten herumkaute.

»Oh, nein«, sagte ich und schob den Grundriss von mir weg. »Auf keinen Fall.«

»Ich nehme das als Dankeschön«, sagte er und schob ihn zurück. »Danke, Zach, dass du mir hilfst, diese kapitalistische Clique auffliegen zu lassen, die offensichtlich einen Haufen illegaler Akten über mich und meine unzähligen Männer hortet.«

»Es sind nicht *unzählige.*«

Zach zuckte mit den Schultern.

»Das tu ich nicht. Ich bin nicht der Einbrecher-Typ.«

»Du weißt ganz grundsätzlich nicht, welcher Typ du bist«, sagte er. »Ist das nicht der Punkt dieser Sache?

Dass du keinen Schimmer hast, was du willst? Freud sagte, wer an seiner eigenen Liebe zweifelt, zweifelt auch an allen geringeren Dingen.«

»Freud hielt Frauen auch für schwanzlose Hysterikerinnen.«

»Irrelevant. Der Zweifel ist produktiv, solange er das Wissen nicht in den Schatten stellt.«

»Wer hat das gesagt?«

»Ich, auch ich sag ab und zu Dinge.«

Er hatte nicht ganz unrecht. Religion, Liebe, Ehe – gab es überhaupt ein Glaubenssystem, dem ich anhing oder dem ich mich unterordnete? Was wird aus so jemandem, einer gesellschaftlichen Ketzerin, die nicht einmal einen Ring am Finger behalten konnte? Eines wusste ich mit Bestimmtheit: Mein Leben war kein surrealistisches Kunstwerk. Das war Clives Leben, Clives Mission, das Unbewusste an die Oberfläche zu bringen, die Realität zu unterlaufen. Mein Leben war eher wie ein pointillistisches Gemälde, einzelne Punkte, die zusammengeführt ein Bild ergaben. Keiner von den Punkten hatte alleine eine Bedeutung. Keiner war dazu bestimmt, isoliert und aus der Nähe betrachtet zu werden.

Zach wurde immer gereizter und ließ es an dem Müsliriegel aus. Seit er gestern Abend meine Wohnung verlassen hatte, hatte er mir ständig Nachrichten geschickt. Es sei vollkommen daneben, dass diese Männer nicht wussten, dass sie an einer unkontrollierten klinischen Studie teilnahmen. Und was mich betraf? Ich sei nicht besser als eine Laborratte, die sich zum Nutzen eines Pharmakonzerns in ein Fass mit Säure stürzt.

»Eins weiß ich immerhin«, verkündete ich. »Ich bin definitiv ein Ich-will-nicht-in-den-Knast-Typ.«

»Wie du meinst.«

Jahrelang hatte Zach den Dreier bestehend aus Clive, Vadis und mir, aufzulösen versucht, als wären wir ein rechtswidriges Bankenkonsortium. Er würde zwar behaupten, er sei an der Rolle des Ausgestoßenen gewachsen, der interessierte Zuschauer von außen, aber im Grunde genommen wollte er immer nur dazugehören. Er wollte in unseren Dreierkult eingeladen werden und in ein Gespräch einsteigen können, ohne sein gewohntes »Über wen reden wir hier eigentlich?«. Ich hatte mehrfach versucht, ihn einzubinden, hatte mich dafür verantwortlich gefühlt, aber der Mann hielt keine fünf Minuten aus, ohne Balztänze für Vadis hinzulegen oder Spitzen gegen Clive abzufeuern.

»Mein Privatleben ist dir ziemlich schnuppe«, erklärte ich ihm. »Du willst mich dazu benutzen, dich auf raffinierte Art an Clive zu rächen. Oder du benutzt mich, um an Vadis heranzukommen. Du musst nicht in ein Gebäude einbrechen, um ihr zu beweisen, was für ein toller Hecht du bist. Frag sie einfach, ob sie mit dir ausgeht und schau, was dann passiert.«

»Wenn man bedenkt«, keuchte er entgeistert, »dass ich deinetwegen extra in die Innenstadt gefahren bin.«

»Ich muss zurück an die Arbeit«, sagte ich. »Und am Abend muss ich noch einmal diesen Zirkus mitmachen, bevor Clive endgültig die Zelte abbricht. Boots kommt morgen Abend nach Hause.«

Als wollte ich die Uhrzeit überprüfen, hob ich den

Arm und schaute auf mein Handgelenk. Mein nacktes Handgelenk war so nackt, wie es sein sollte. Mein Blick wanderte weiter zu meinem nackten Finger, so nackt, wie er nicht sein sollte.

Zach stand auf und ließ den Grundriss auf der Bank liegen.

»Ich hätte ihn dir auch einfach per E-Mail schicken können.« Er marschierte auf den Eingang zu und sagte laut: »Und erzähl mir nichts von Legalität, wir wissen beide, dass Clive dich niemals *verhaften lassen* würde. Er braucht dich. Ich benutze dich vielleicht, aber die benutzen dich definitiv. Ich liebe dich wie eine Cousine zweiten Grades, Lola, aber du warst schon immer eine Handlangerin für die Pläne dieses Mannes!«

Der Wachmann blickte auf wie ein erschrockenes Wolfsjunges.

»Damit habe ich mich abgefunden!«, rief ich und ging zurück durch das Drehkreuz.

15

Von Anfang an hatte Clive betont, dass je mehr ich mich in das Experiment einbringen würde, desto wirkungsvoller werde die Golconda. *Du wirst feststellen, dass sich die Zufälle auf ganz natürliche Weise häufen werden.* Außerdem würde das System *selbst* dadurch gestärkt. Es würde sich selbst darauf trainieren, einen Sack Flöhe zu hüten, aufzuspüren, welche Lockmittel gut funktionierten, und so die Reichweite der Golconda erweitern.

Zuerst nehmen wir uns Chinatown vor, dann den Rest von Manhattan, dann die ganze Stadt und schließlich die Welt. Hatte ich bisher daran gezweifelt, war ich jetzt überzeugt. Denn zum großen Finale hin wurde es jetzt international.

Ich brauchte einen Moment, bis ich Pierre wiedererkannte. Er hockte auf einer Betonstufe am Ende des East Broadway, dort wo das Getümmel ganz abebbt. Er las in einem Buch ohne Schutzumschlag, die Beine zu weit auf den Gehweg gestreckt, ungepflegt und lässig. Wie ein verstoßener Angehöriger des Königshauses. Er trank aus einem deckellosen Kaffeebecher, als thronte er hier mit Ausblick auf den Jardin du Luxembourg.

Wer kann es sich leisten, zu völlig willkürlichen Zeiten Kaffee zu trinken?, dachte ich. Nur die Franzosen.

Über Pierres Kopf blinkte eine Reklametafel für Handy-Reparaturen. Er saß zwischen Reihen von billigem, in Plastik verpacktem Gepäck. Schon von Weitem konnte ich erkennen, dass er rauchte, denn er blätterte die Seiten mit einer klauenartigen Hand um. Er verabscheute und bewunderte die Stadt viel mehr als jeder andere herkömmliche Bewohner von Paris, und zwar in einer Weise, die im direkten Gegensatz dazu stand, wie die Amerikaner Paris verabscheuen und bewundern. Außerdem tat er so, als hätte er noch nie etwas von größeren Städten in der Normandie gehört. Nach Amos hatte ich mit dem Rauchen aufgehört, aber an dem Abend, als ich Pierre begegnete, fing ich wieder damit an.

Es war derselbe Abend, an dem Boots und ich einander zum ersten Mal begegneten. Es war Pierres Überraschungsparty.

Seither war Pierre zurück nach Paris gezogen und hatte eine Frau geheiratet, die er gerade datete, als wir uns kennenlernten. Ich hatte sie auf seiner Party angesprochen, als wir vor der Toilette Schlange standen. Sie war Französin äthiopischer Abstammung, aufgewachsen in Belgien und London, und leitete eine Theatergruppe für gefährdete Jugendliche in den Pariser Banlieues (die Wartezeit vor der Toilette war lang). Sie trug einen Button mit dem Bild von Pierre als Baby, von denen eine ganze Schale voll an der Eingangstür stand. Nach der Party waren Pierre und seine Damals-noch-Freundin eine Zeit lang eine meiner bevorzugten Anlaufstellen in den Social Media. Sie verbrachten viel Zeit im

Freien, küssten sich auf die Wangen und hielten ihre Handys so, dass die Sonne sie vorteilhaft ausleuchtete. Während mich Willis' Online-Präsenz eher befremdete, fühlte sich Pierres irgendwie vertraut und nahe an. Ich machte mir immer Sorgen, wenn die Freundin längere Zeit nicht auf den Fotos zu sehen war. Hatte er sie abserviert? Hatte sie sich entliebt oder war gar in einen Kanal gefallen und entglitten? War Pierre fremdgegangen? Immerhin hatte es einen kurzen Moment gegeben, in dem *ich* sie auch gerne von ihrem Platz an der Sonne verdrängt hätte.

Irgendwann im Lauf der Party hatte Boots sich bereit erklärt loszuziehen, um Eiswürfel-Nachschub zu holen, und ich trat hinaus auf den Balkon, um etwas Luft zu schnappen. Pierre stand dort und wirkte, als wäre er auf dem Balkon geboren und dazu bestimmt, für immer dort zu bleiben. Als ich die Tür hinter mir zuschob, um den Lärm des Festes auszublenden, schaute er auf. Er habe keine Lust auf eine Überraschungsparty, sagte er. Wie die meisten Menschen möge er keine Überraschungen, und »wie die meisten Männer liebe ich keine übermäßige Beachtung«. Dabei bot er mir eine Zigarette an, und ich nahm sie ohne Widerspruch. Er zündete sie mir an und hielt dabei seine Hände dicht vor mein Gesicht. Es saßen noch andere Leute mit uns auf dem Balkon, aber da ihnen der Wein ausgegangen war, gingen sie wieder rein.

Pierre und ich unterhielten uns über die offenkundigen Unterschiede zwischen New York und Paris, wobei wir beide so taten, als wären sie aufschlussreicher, als sie tatsächlich waren. Er stellte mit einer Handbewegung eine Verbindung zu der Frau her, die ich beim Warten vor der Toilette kennengelernt hatte. Eine Geste, die besagte, er sei zwar nicht allein hierhergekommen, aber es stehe ihm jederzeit frei, ohne sie zu gehen.

Er wollte wissen, ob ich mit Boots zusammen sei, woraufhin ich ihm erklärte, dass wir einander erst vor ein paar Stunden kennengelernt hätten. Dabei spähte ich über die Schulter, um mich zu vergewissern, dass er noch nicht zurückgekommen war. Wegen der Zigarette. Ich wollte nicht, dass Boots mich rauchen sah.

»Wir sind also beide vergeben«, überlegte Pierre laut.

»Ich bin nicht vergeben«, sagte ich, obwohl ich Boots' Rückkehr mit Spannung erwartete. »Ich kenne ihn noch gar nicht richtig.«

»Ah, siehst du? Aber du *planst*, ihn richtig kennenzulernen. Du kannst mir nichts vormachen, ich habe euch beide gesehen. Du bist vergeben.«

Er wackelte mit dem Finger vor meiner Nase, als wäre ich auf frischer Tat ertappt worden, eine enttarnte Romantikerin. Dabei wich ich nur aus, weil ich aus Aberglaube nichts heraufbeschwören wollte, was noch nicht war und sich zwischen mir und Boots möglicherweise entwickeln könnte. Ich war im Laufe der Jahre in genügend Männer verschossen, und wenn ich mich nicht täuschte, stand keiner von ihnen jetzt mit mir auf diesem Balkon. Pierre dachte, er würde einen kollegialen Scherz unter zwei routinierten Verführern machen, dabei hatte er es mit jemandem zu tun, der sich angestrengter um eine dauerhafte Beziehung bemühte, als es sich dieser etwas schlampige Franzose, für den die Leute Überraschungspartys schmissen, vielleicht vorstellen konnte.

»Schade, dass du vergeben bist, denn du trägst mein Baby.«

Er grinste und deutete auf mein Revers. Auch ich hatte Baby-Pierre an meine Brust geheftet.

»Versuchst du etwa, mir einen Kuss abzuluchsen?«, fragte ich.

Ich wollte es ihm mit gleicher Münze heimzahlen, ihn unbehaglich fühlen machen und den Tenor des Gesprächs ändern.

Irritiert hob Pierre eine Augenbraue.

»Wie machst du das?«, fragte ich.

»Frauen auf Balkons küssen?«

»Nein, das mit der einen Augenbraue.«

»Das ist Muskelgedächtnis«, sagte er. »Du musst die Kontrolle über dein Gesicht erlangen.«

»Du wirst mich nicht auf einem Balkon küssen«, entschied ich. »Das ist ein Klischee.«

»Du sprichst das falsch aus.«

»Was spielt das für eine Rolle?« Ich verdrehte die Augen.

»Für mich spielt es eine Rolle. Es ist mein Geburtstag.«

Dann zog er mich von der Tür weg in eine dunkle, vor Blicken geschützte Ecke. Zumindest geschützt vor relevanten Blicken. Die Leute im Apartmentkomplex gegenüber könnten sich alle möglichen Geschichten über uns ausdenken, genau wie wir uns alle möglichen Geschichten über uns ausdenken konnten. War das nicht der Sinn des Lebens in New York? Er knabberte zart an meiner Lippe und zog mich mit jedem hörbaren Ausatmen aus seiner Nase näher an seine Hüfte. Wir ließen einander gleichzeitig los und lösten die Situation mit Gelächter auf. Es ist unmöglich, sich zu küssen, wenn beide grinsen. Als ob man mit offenen Augen niesen würde.

»Je m'appelle Lola.«

»Du sprichst kein Französisch, Lola. Aber du hast einen charmanten Namen. Wollen wir jetzt wieder rein und unser Leben beginnen?«

Ich lehnte mich nach hinten und verdrehte meinen Hals, bis ich die Party vollständig im Blick hatte. Pierres Freundin tanzte, die Arme in die Luft gereckt, ihre Fingerspitzen streiften die niedrige Decke, ihre Hüften kreisten. Boots war in der Zwischenzeit mit je einem Eisbeutel in den Händen zurückgekehrt. Bei seinem Anblick durchflutete ein warmes Gefühl meinen Körper. Er unterhielt sich mit Leuten, zu denen er bisher nicht vorgedrungen war, weil er die erste Hälfte des Abends mir gewidmet hatte. Dabei spähte er unauffällig im Wohnzimmer umher auf der Suche nach mir, so wie Jonathan und ich es auf dem College getan hatten. Als er mich bemerkte, befanden Pierre und ich uns bereits an unterschiedlichen Stellen im Raum und waren selbst in Gespräche verwickelt. Wie wunderbar war es, die sichtbare Quelle der Erleichterung eines anderen zu sein, seiner ungetrübten Freude. *Gehen wir wieder rein und beginnen wir unser Leben.* Warum nicht? Ernsthaft, warum eigentlich nicht?

Inzwischen war ich verlobt, und Pierre war verheiratet.

Langsam näherte ich mich Pierre und beobachtete seine Eigenheiten. Unser Gespräch und der dazugehörige Kuss hatten auch ihm etwas bedeutet. Offensichtlich. Als ich bis auf wenige Meter heran war, nahe genug, um das Grau in seinen Bartstoppeln zu erkennen, schaute er mit diesen großen braunen Augen zu mir hoch, die mir schon im Schatten des Balkons aufgefallen waren. Dieselbe Nase, an die ich mit meiner gestoßen war und deren Knorpel ich sanft eingedrückt hatte.

Aber irgendetwas war merkwürdig. Pierres Gesichtsausdruck war anders als der aller anderen. Er wirkte weder verblüfft noch nervös noch glücklich, mich zu sehen. Er wirkte … erleichtert. Er ließ sein Buch sinken, küsste mich auf beide Wangen und sagte:

»Wo warst du nur, chérie?«

Ich hatte das Gefühl, als würde alle Luft nach unten gesaugt und der Boden selbst durch die Gitterstäbe nach Luft schnappen. Die Straße verstummte.

»Ich wusste, ich würde dir heute begegnen«, fuhr er fort. »Ich habe es gefühlt, seit wir gelandet sind. Meine Frau ist zu einem Theaterfestival hier eingeladen, und ich habe in letzter Minute beschlossen mitzukommen. Ich war schon immer ein wenig hellseherisch.«

Er grinste, seine Zähne waren buttergelb vom Rauchen. Ich konnte ihn nicht ansehen, so wie man die Augen vor der Sonne abschirmen muss.

»Also bin ich spazieren gegangen«, fuhr er fort. »Und ich dachte mir, ich setze mich hier hin und warte, und wenn Lola von meiner Party nicht kommt, bevor es dunkel wird, dann gehe ich wieder. Aber da bist du! Phänomenal. Sag mal, bist du immer noch in den großen Mann verliebt?«

»Er *ist* groß, nicht wahr?«, sagte ich und lachte unverhältnismäßig lange.

Als ich damit fertig war, nahm ich sanft Pierres Gesicht in meine Hände. Dann küsste ich ihn auf den Mund. Schmeckte ich so, wenn ich nur eine halbe Zigarette geraucht, vielleicht sogar wenn ich mir die Zähne geputzt hatte? Boots hat nie ein Wort darüber verloren. Pierre erwiderte den Kuss, aber die harten Fakten seines Lebens ließen ihn innehalten. Er presste die Lippen zusammen.

»Okay«, sagte er und lächelte wieder. »Gut, okay. Das ist wohl unser Ding. Jetzt haben wir eine makellose Bilanz!«

»Es tut mir so leid.«

»Nein, das macht doch nichts.«

Ich kniff meine Augen zusammen und umarmte ihn, so fest ich konnte. Er war der Falsche zum Umarmen. Dieser mehr oder weniger Fremde, der mich für verrückt hielt und dessen Körperbau mir völlig unbekannt war. Selbst mit Barry, dem Barista, hatte ich mehr Zeit verbracht. Pierre und ich hatten nur einen einzigen Moment geteilt, wenn auch einen bedeutenden. Nun kam es mir so vor, als würde ich alle anderen Männer, denen ich begegnet war, umarmen. Als wären sie zu einer großen Pille gefriergetrocknet worden und Pierre hätte sie geschluckt.

»Geht es dir gut?«

In mir meldete sich die universelle Frage: »Wie komme ich aus dieser Nummer wieder raus?« Ich schüttelte den Kopf und rieb meinen Daumen an meinem freigewordenen Ringfinger. Pierre tätschelte mir den Rücken, ein zaghaftes, aber wohltuendes Tätscheln. Entweder ich ging jetzt sofort, oder ich rückte heraus mit der Sprache. Ich kämpfte gegen den Drang an, mich erneut zu entschuldigen. Es ist die Schuld, dachte ich, die herauswollte.

»Ich habe in letzter Zeit nur viel darüber nachgedacht, wie wir Menschen verlieren.« Das war derselbe beiläufige philosophische Ton, den ich auf dem Balkon angeschlagen hatte, als ich Paris mit New York verglichen hatte, als hätte das noch nie jemand getan.

»Natürlich«, sagte er, erleichtert darüber, auf eine allgemeine Ebene zu wechseln. »Aber finden wir sie nicht genauso oft wieder? Ich habe dich wiedergefunden.«

»Stimmt.«

Knox hatte immer gesagt, sich zu verlieben sei, wie sich an etwas erinnern zu wollen, das man nie gekannt hatte. Beim ersten Mal fand ich es wunderschön. Aber als er es später wiederholte, wie ein in den verdunstenden Teich unserer Liebe geworfenes Stückchen Poesie, da klang es traurig. Denn es bedeutete, dass die Liebe unerreichbar blieb und das Glück immer nur zum Greifen nahe war.

Nachdem Pierre sich verabschiedet – Jetlag – und seinen Blazer über eine Schulter geworfen hatte, um zu seiner Frau zurückzuschlendern, begann ich es endlich zu spüren – mein Paket war jetzt komplett. So etwas wie Frieden. Aber dann traf mich eine Erkenntnis wie ein Pfeil: Ich hatte nie jemandem von Pierre erzählt. Keiner Menschenseele, nicht einmal Vadis. Ich hatte ihn aus dem Narrativ meiner ersten Begegnung mit Boots ausgeblendet, weil in dieser Geschichte, und damit auch für uns beide, der Fokus auf der Dauerhaftigkeit liegen sollte. Eine Irritation durch einen mysteriösen Fremden, der, dadurch dass er ein Mysterium bleiben würde, die Realität von Boots untergraben könnte, war darin nicht vorgesehen. Ich hatte nie in einem Tagebuch oder einer E-Mail über Pierre geschrieben, noch hatte ich Nachrichten ausgetauscht über den Mann, den ich auf dem Balkon geküsst hatte. Ich besaß keine Andenken, weil es da nichts zu bewahren gab. Nicht einmal den Button mit seinem Babygesicht darauf. Ich hatte seine Social-Media-Accounts seit Jahren nicht mehr durchstöbert. Es gab keine Liste, auf der Pierre auftauchte, außer vielleicht auf der unsichtbaren Schriftrolle, die in meinem Gedächtnis begraben lag.

Wie um alles in der Welt war er also hier aufgetaucht?

16

Ich lehnte an einem schmalen Stück Mauer zwischen Treppenaufgängen und starrte das Gebäude auf der anderen Straßenseite an, als wollte ich es in die Luft jagen. Ich hatte die Arme verschränkt, wie ein paar meiner Ex-Freunde auf ihren Profilbildern, und einen Fuß flach gegen die Wand gestemmt, wie es auf Fotos aus den 70ern üblich gewesen war. Seltsam, wie Körperhaltungen einem Trend unterworfen sind. Jahrhundertelang schlenderten Männer gedankenverloren umher, beide Hände hinter dem Rücken verschränkt. Aber egal wie ich stand – Hauptsache, ich war außer Sichtweite der Sicherheitskameras der Golconda.

Ich rief Vadis an, die irgendwo da drinnen war, und log sie an. Ich hätte niemanden getroffen. Ich müsste wohl schon alle meine Verflossenen abgeklappert haben, und derjenige, von dem Clive gedacht hatte, er würde kommen, war nie aufgetaucht. Es war eine Antiklimax, aber trotzdem ein Ende. Das war doch das Ziel, oder? Mit etwas abschließen. Fortschritt. Sie schlug vor, ich solle trotzdem für ein Abschlussgespräch zur Golconda kommen. Es sei wichtig für ihre Forschung; andernfalls sei Jin sehr enttäuscht. Aber ich ertrug allein die Vorstellung des Saugnapfes auf meiner Haut nicht.

Ich behauptete, ich hätte nach zwei Wochen nächtlicher Einsätze Migräne, ganz zu schweigen von einem ständigen Zucken der Augenlider (was tatsächlich stimmte). Clive hatte mehr als genug Daten für seine Investoren. Und um meine Lüge zu bekräftigen, ließ ich eine unabweisbare Wahrheit folgen: Boots würde in ein paar Stunden zu Hause sein. Sein Flieger war bereits in der Luft. Ich brauchte Zeit, mich zu sammeln.

Denn ich hatte endlich eine Entscheidung getroffen. Ich würde es beenden.

Eine Tür schloss sich, ja, aber sie schloss sich für Boots. In meiner Jackentasche hatte ich eine Liste mit Gründen, warum wir nicht zusammen sein sollten. Ich hatte sie an diesem Morgen im Büro auf einen Notizblock von *Radio New York* gekritzelt, was ich als zusätzliche Respektlosigkeit empfand. Die ganze Aktion fühlte sich dermaßen unreif an, als würde ich das Ding mit magentafarbener Tinte schreiben und dann zu einem Dreieck falten. Die Liste war nicht für Boots' Augen bestimmt. Sie diente nur dazu, meine Nerven zu stählen, wenn er sagte, er könne nicht glauben, dass ich unser Leben so in die Luft sprenge. Aber er war einfach zu beständig; er könnte mich nie überraschen. Er war so zufrieden, dass es an Ignoranz grenzte, so ruhig, dass es an ein Koma grenzte. Er war der Mensch, mit dem ich am besten reden sollte, nicht am schlechtesten. Ich mochte weder seine Freunde noch seinen Geschmack, und er mochte diese Dinge auch nicht besonders bei mir. Ich hatte mich hinter ihm versteckt, weil ich keine Lust mehr aufs Alleinsein hatte, und das war schwach und grausam. Zu allem Überfluss hatte ich angefangen, Boots mit allen Männern vor ihm zu vergleichen. Als ob ich mich immer noch für sie entscheiden könnte. Als ob ich immer noch eine Option für sie wäre.

Er hatte etwas Besseres verdient, als mit einer Frau zusammen zu sein, die solche Listen erstellte.

Ich dachte an unser Apartment, an die leeren Regale, an die weißen Farbschichten auf den Türrahmen und all die Auseinandersetzungen, die sich darunter abgespielt hatten, lange bevor wir dort wohnten. Die Freude und die Tristesse so vieler Fremder waren übermalt worden, damit neue Fremde von vorne beginnen konnten. Alles würde wieder übermalt werden, nachdem wir ausgezogen waren.

Mein Telefon vibrierte. Zach hatte angefangen, mir Nachrichten über reiche Leute zu schicken, die Denkmalschutzgesetze unterliefen. *Schau, was sie mit der Bowery gemacht haben! Sieh dir an, was sie mit Dumbo gemacht haben! Sie haben Parkplätze zugepflastert, nur um neue Parkplätze darauf zu setzen!*

Ich kann dich gut verstehen, schrieb ich zurück.

Doch das reichte offenbar nicht aus und trat eine Flut von Antworten los:

Warte

Bist

Du

Gerade

Dort?

Antworte MIR

Ich ignorierte ihn. Mir grauste vor dem Handy selbst,

das wie ein launisches Kind jaulte, und vor der Vergangenheit, die in ihm begraben lag. Der Chat-Friedhof in Reichweite meiner Fingerspitzen. Ich betrachtete die Form von Zachs Nachrichten. Die Sprechblase war bis vor Kurzem den Comics vorbehalten gewesen. Zwischen unserer Assoziation der Sprechblase mit Fiktion und ihrer Übertragung ins reale Leben war nicht ausreichend viel Zeit vergangen. Das machte uns alle zu Schauspielern, die ihren Text aufsagten und zwischen den Zeilen lasen.

Ich tastete nach meiner Liste und schob sie tiefer nach unten. In derselben Tasche war mein Feuerzeug. Wenn ich es jetzt anzündete, würde wenigstens die Liste mit verbrennen. Aber bevor ich mich selbst in Brand steckte, musste ich noch herausfinden, was sich in jenem Raum verbarg.

Weil es mir verboten war. Weil ich befürchtete, andernfalls nie wieder das Innere der Golconda zu Gesicht zu bekommen. Weil Pierres Anwesenheit bedeutete, dass die Meditation doch kein totaler Schwachsinn war. Weil Clive es nicht nötig hatte, mit mir als Rohstoff reich zu werden (Entschuldigung, *wohlhabend*). Weil das Letzte, was er in jener Nacht zu mir gesagt hatte, »freier Wille« war!

Und schließlich: *Wer hatte hier den Grundriss des Gebäudes?*

Und so wartete ich weiter, bereit, zuzuschlagen. Mit Einbruch der Dunkelheit verließen Vadis und Jin als Erste das Gebäude. Es folgten Errol und eine Handvoll Golconda-Mitglieder, darunter Amos' Redakteurin

Jeannine, alle mit Tragetaschen über der Schulter. Dann kamen die beiden Baristas, die sich einen heimlichen Kuss gaben, bevor sie um die Ecke verschwanden. Zehn Minuten später trat schließlich Clive aus dem Gebäude, zog die Tür hinter sich zu und verglich sein Handy-Display mit dem Nummernschild eines schwarzen Wagens.

Um sicherzugehen, dass niemand mehr herauskam oder zurückkehrte, geduldete ich mich noch eine Weile. In der Bodega neben der Synagoge gingen Kunden ein und aus, die beim Kauf von Wasser oder Batterien fast verlegen wirkten, als ob sie sich schämten, einem plötzlichen oder trägen Bedürfnis nachzugeben. Die Plastikkatze stand immer noch auf der Kasse, ihre Pfote war von meiner Straßenseite aus sichtbar. Vielleicht hatte sie gar nicht wahllos irgendwelchen Leuten zugewinkt. Möglicherweise hatte sie die ganze Zeit über versucht, meine Aufmerksamkeit zu erregen.

Ich rauchte eine halbe Zigarette und drückte sie aus. Dann stieß ich mich von der Wand ab.

In der Gasse neben der Bodega stand ein Müllcontainer. Das war das Schwierigste – nicht der Sprung von dort auf die Feuerleiter, die bereits in einer niedrigen Position festgerostet war, oder wie es oben auf dem Dach des Gebäudes weiterging, sondern die Angst, in einen Müllcontainer voller frisch abgeschlagener Menschenköpfe zu plumpsen. Dann müsste ich mich auf die blutigen offenen Hälse stützen, um wieder rauszukommen. Glücklicherweise war der Rand des Müllcontainers breit genug, sodass ich dieses katzenhafte Klettermanöver überstand, ohne eine Tetanusspritze zu benötigen. Und im Übrigen stapelte sich in seinem Inneren nur ein Haufen zersplittertes Holz von einer Baustelle. Der Rest des Wegs war dann einfacher als erwartet. Vom Rand des Müllcontainers aus war es nur ein kleiner Sprung auf die verrostete Leiter. Beim Klettern gelangte ich so weit nach oben, dass die Menschen unter mir wie große Hunde wirkten. Und ihre Hunde wirkten wie Kaninchen.

Natürlich blieb ich nicht völlig unbemerkt. In der Zeit vor Social Media kursierte ein Witz über die New Yorker: Jemand könnte mit einem Konzertflügel auf dem Rücken den Broadway entlanglaufen, ohne dass sie ihn eines Blickes würdigten. Aber die Leute, die mich jetzt sahen, würdigten mich durchaus eines Blickes. Sie schossen sogar Fotos. Gingen dann aber weiter, vermutlich in der Annahme, es handele sich um schlechte Performance-Kunst. Was ich beleidigend fand.

Das Dach war gewölbt, geteert, und überall ragten Lüftungsrohre empor. Der Teer war noch ganz klebrig von der Hitze des Tages. Ich entdeckte die Spitze des Oberlichts der Golconda, eine schmutzverkrustete Glaspyramide. Ein Ventilator wirbelte eine Taubenfeder im Kreis, die an einem der Blätter klebte. Ich ging hinüber zur Backsteinfassade der Golconda und berührte sie mit meinen Händen. Hier hatte ich die Wahl zwischen zwei Fenstern, die auf Zachs Grundriss eingezeichnet waren. Ich versuchte es mit dem ersten Fenster, aber es war verrammelt, entweder von innen verriegelt oder schon so lange geschlossen, dass das Fenster und sein Rahmen über die Jahre hinweg eine unzertrennliche Ehe eingegangen waren. Ich zerrte, bis meine Haut rot wurde und die Adern in meinen Handrücken pulsierten. Das zweite Fenster jedoch erbarmte sich nach ein paar Minuten verzweifelter Bemühungen und rutschte quietschend in seinem Rahmen nach oben.

Auf dem Grundriss war eine schmale Treppe eingezeichnet, die vom Dachboden hinunter in den Flur vor dem heutigen Meditationsraum führte. Wie schwer konnte es sein, ein ganzes Treppenhaus zu finden? Ich hielt den Atem an und kletterte hinein, ein Bein nach dem anderen.

Ich setzte beide Füße auf einen Klapptisch unter dem Fenster und hüpfte hinab, wobei meine Schuhe Abdrücke im Staub hinterließen. Dieser Raum war von Clives Renovierungsarbeiten unberührt geblieben und vermutlich auch von seinen Überwachungskameras. Höchstwahrscheinlich war er nie hier oben gewesen. Im Großen und Ganzen sah es aus wie auf einem stinknormalen Dachboden: alte Möbel, ausgediente Lampen, Pappkartons, Mausefallen, Stapel von Büchern. Der einzige Unterschied war, dass alle Bücher identisch waren. Und dass es sich hier oben friedlicher anfühlte als in jedem anderen Teil der Golconda. Die unteren Etagen erinnerten mich an eine Vergangenheit, der ich nicht gerecht wurde, oder an eine Gegenwart, die mich bewertete. Die Menschen, die früher in der Synagoge Beth Shalom den Gottesdienst besucht hatten, waren nicht an diesen Ort gekommen, ebenso wenig die

Anbeterinnen und Anbeter Clives. Dies war das Fegefeuer. Aber im Fegefeuer gibt es eine klare Regel: Du
musst nicht nach Hause, aber du kannst auch nicht hierbleiben.

Ich scannte den Raum, an der Wand entlangschlei-
chend, während meine Augen sich an die Lichtverhältnisse anpassten. Dann, in der hintersten Ecke, fand ich,
weswegen ich gekommen war – mein Ticket nach unten. Dort befand sich eine quadratische hölzerne Bo-
denklappe. Eine ausklappbare Treppe. Ich grinste. Deshalb hatte ich die Treppe nie bemerkt. Weil sie nicht da
war. Ich hakte meinen Finger in die Schlaufe, zog so
fest ich konnte, die Treppe knarrte vor mir in die Tiefe
und landete auf dem Marmor. Ich war noch nie in der
Golconda gewesen, wenn sie nicht hell erleuchtet und
einigermaßen bevölkert war, oder zumindest das Summen der Espressomaschine im Raum schwebte.

Ich kletterte hinab, vorsichtig jede Sprosse prüfend,
ob sie menschliches Gewicht trug. Der Weg zurück
stand mir offen. Ich konnte jederzeit wieder nach oben.
Kein Lüftchen regte sich, die Kronleuchter waren so
weit heruntergedimmt, dass ihre Birnen ein Glühen an-
deuteten. Sie erinnerten mich an die phosphoreszieren-
den Buchten in Puerto Rico. Ich war einmal dort gewesen, mit Boots. Er hatte darauf bestanden, am Strand
zu bleiben, um den Sonnenuntergang anzusehen, und
so wühlte ich mit den Füßen im Sand und beobachtete
Strandläufer, die den zurückströmenden Wellen hinter-
herliefen und von den brandenden Wellen wieder zu-
rückgetrieben wurden, während die Sandflöhe uns bei

lebendigem Leib auffraßen. Ich wollte keine schlechte Freundin sein, keine Spaßbremsen-Freundin. Schließlich hasteten wir zurück zum Hotel, bevor unsere Bisse zu zahlreich und zu schmerzhaft wurden.

Es war ein merkwürdiges Gefühl, ganz allein auf dieser Etage zu sein. Einerseits hätte ich nicht hier sein dürfen. Andererseits fühlte ich mich wie ein Teenager, der den Haustürschlüssel vergessen hat. Ich tastete mich im Dunkeln an der geschwungenen Wand vor dem Meditationsraum entlang, bis meine Finger kaltes Metall berührten. Ich blieb einen Moment stehen, lauschte und suchte die Decke nach blinkenden Lichtern ab. Zum ersten Mal seit Wochen fühlte ich mich wirklich allein.

Dann drückte ich die Klinke.

Trifft ein inneres Bild auf die Realität, dann erweitert und begrenzt das die Vorstellungskraft. Sie beginnt zu atmen, atmet die neue Sichtweise ein und atmet die alte Sichtweise aus.

Der Meditationsraum erstreckte sich über zwei Etagen und bestand aus der ehemaligen Eingangshalle für die Frauen und dem Raum für das Thora-Studium. Maurische Bögen säumten die Wände. Sie waren das Erste, was ich ausmachen konnte, da sie von einer Reihe kleiner Buntglasfenster erhellt wurden. Unter den Bögen stand eine Regalwand mit schwarzen Aktenordnern. Ihre weißen Etiketten schimmerten in der Dunkelheit. Etiketten aus einem Etikettendrucker. Wahrscheinlich mit den Namen von Männern darauf. Oder von Golconda-Angebotspaketen. Ich tastete nach einem Lichtschalter, aber die Beleuchtung ging an, noch bevor ich etwas drücken konnte. Ich erstarrte, unsicher, was ich getan hatte, um diese Flut von Elektrizität zu verursachen. Hatte ich einen stillen Alarm ausgelöst? Ich blinzelte. Der Raum war mit Halogenlampen bestückt, weit weniger einladend als die Kronleuchter.

Außerdem surrten sie.

Dann hörte ich meinen Namen.

»Lola.«

Ich halluzinierte.

»Lola.«

Ich halluzinierte nicht.

»Lola!«

Das Tempo, mit dem ich mich umdrehte, lässt sich schwer in Worte fassen. Peitschte ich herum und riss meine Augen seitwärts wie in Horrorfilmen? Ich erinnere mich nur noch an einen Mann, der mitten im Raum aufragte. Ein Mann, dessen Größe und Gestalt mir fast so vertraut waren wie meine eigene.

»Max?«, flüsterte ich.

Boots winkte mir einmal kurz zu, als würde er ein Bild von einem Display wischen.

17

Lange Zeit hatte ich einen wiederkehrenden Tagtraum von dem Abend, an dem ich Max kennengelernt hatte. Da ich ihn selbst immer wieder bewusst heraufbeschwor, verlor er mit der Zeit an Attraktivität. Dennoch entrückte er mich von der Realität, ebenso wie unbewusste Träume im Schlaf es tun. In einer Endlosschleife erlebte ich, wie ich vor Pierres Party auf die Straße trat und beinahe vom Bus überfahren wurde. Jedes Mal brachte mich ein anderer Mann in Sicherheit. Herandonnernder Bus. Jemand reißt mich weg. Herandonnernder Bus. Jemand reißt mich weg. Die Haare wehen mir ins Gesicht. Herandonnernder Bus. Jemand reißt mich weg. Die besorgten männlichen Gesichtsausdrücke nahmen Kontur an, einer nach dem anderen, erst wirkten sie panisch, dann heroisch. Ich hatte diese Fantasie unter der Dusche, bei der Arbeit, beim Zahnarzt. Ich schämte mich für das antiquierte Szenario. Schließlich war ich nicht irgendeine hilflose Frau, die in einen Turm eingesperrt war. Sollte ich nicht selbst diejenige sein, die sich rettete?

Es ist nur so, dass einen manchmal jemand auf den herandonnernden Bus hinweisen muss.

Max kam mir noch größer vor, als ich ihn nach zwei Wochen Abwesenheit in Erinnerung hatte. Und weil wir uns in einem Tempel befanden, den einst Menschen aufgesucht hatten, um das Gesetz Gottes zu erlernen, zu rezitieren und von ihm getadelt zu werden, ahnte ich, dass ich in Schwierigkeiten steckte. In massiven Schwierigkeiten. In Schwierigkeiten vom Ausmaß: Ins Büro des Schuldirektors zitiert werden. Er wirkte, als wollte er mich gleich fressen.

»Max?«, wiederholte ich.

Ich versuchte mit äußerster Willensanstrengung, meine Füße zu bewegen. *Modern Psychology* hatte einmal einen Artikel über die plumpe Unterteilung in »Kampf oder Flucht« bei einer Angstreaktion gebracht. Diese Dualität ließ keinen Raum für die häufigste Reaktion: tot stellen. Die meisten Menschen reagieren auf Angst mit Erstarren, während das Herz rast und der Verstand sich abkoppelt. Sie schließen die Augen und hoffen, dass die Gefahr vorüberzieht. Genau das tat ich nun. Aber als ich meine Augen wieder öffnete, war ich noch immer in diesem Raum. Max ging mit steinerner Miene zur gegenüberliegenden Wand und kam mit zwei Metallklappstühlen zurück, die er mit einem Fußtritt öffnete.

»Seit wann bist du zurück?«

Er wirkte müde und angespannt, als hätte er einen langen Flug hinter sich. Er wies auf den einen Stuhl, und ich setzte mich ihm gegenüber.

»Ist *das* deine Frage?«

»Es ist *eine* Frage. Warst du – warst du in San Francisco?«

»Du willst wissen, ob ich dich belogen habe? Das ist ja ganz niedlich.«

»Boots —«

»Nicht. Lass das.«

»Max! Hat Clive dich gekidnappt? Er macht jetzt solche Sachen.«

»Ja, ich war in San Francisco.« Er vermied jeden Blickkontakt. »Für zwei Tage. Übrigens habe ich den Vertrag bekommen.«

»Glückwunsch.«

»Ach, halt die Klappe.«

Ich rang um Selbstbeherrschung. »Halt die Klappe« war in unserer Kindheit lange Zeit die schlimmste Beleidigung gewesen, bevor die gesamte Palette von Schimpfwörtern eingeführt wurde.

Jetzt, bei eingeschaltetem Licht, bemerkte ich ein Podest am Ende des Raumes mit kleinen Ablagen, die vielleicht einmal von der Hebräischschule genutzt worden und jetzt mit zusammengerollten Yogamatten gefüllt waren. Außerdem gab es ein perfekt gemachtes Bett, und auf dem Bord darüber standen die Skulpturen, die Boots online verkauft hatte.

»Was zum Teufel ist hier los? Bist du der Letzte?«

»Der Letzte von was? Der letzte Mohikaner?«

»Max.«

»Keine Ahnung, wo ich anfangen soll.«

»Vielleicht damit, warum du hier bist. Oder woher du von diesem Ort weißt. Oder wie du reingekommen bist. Ich mach den Anfang: Ich bin auf einen Müllcontainer geklettert.«

Er starrte mich an, als würde er direkt durch mich hindurch zur Tür und aus dem Gebäude sehen. Es war der Blick von jemandem, der am liebsten in einen Bus steigen und bis zu seinem Tod den Globus umrunden wollte. Nach einer gefühlten Ewigkeit wandte er sich wieder mir zu.

»Ich *war* hier, du Idiot. Jede Nacht, in der du hier warst, war auch ich hier. Jede Nacht, in der du ausgegangen bist und Gott weiß was mit deinen Ex-Freunden getrieben hast, war ich hier. Einige Male allein, eigentlich so gut wie immer allein. Manchmal holte ich mir was beim Imbiss, was scheiße ist, weil das Rein- und Rauskommen hier eine *Herausforderung* für sich ist. Manchmal hockte ich mit diesen durchgeknallten reichen Freaks im Lotussitz. Die meditieren *echt* gern. Und keine Sorge, Jin hat bei dir eine neue Saugglocke benutzt.«

»Was?«

»Nachdem sie mit mir fertig war.«

»Ich habe das Gefühl, ich kriege gleich einen Herzinfarkt. Du hast hier *geschlafen*?«

»Clive meinte, es sei besser, wenn ich hier schlafe.«

»Gott, der spinnt doch«, sagte ich und versuchte, Boots' Wut von mir abzulenken.

»So schlimm ist es auch wieder nicht. Ehrlich gesagt, ist es ganz schön, meinen Schleimhäuten eine Pause von der Katze zu gönnen. Ich wollte gerade zurück in die Wohnung, um dich zu treffen, weil ich weiß, dass heute dein letzter Abend ist. Zumindest, wenn es nach Vadis geht. Dann habe ich Lärm gehört, und da warst du. Hier bist du. Daher wusste ich es.«

»Was wusstest du?«

»Dass ich demnächst abserviert werde. So läuft das doch, oder? Wenn ich dich hier drin antreffe, ist das eine schlechte Nachricht für Max. Max gibt es jetzt nur noch in der Vergangenheitsform.«

»Nun, es gibt ihn gerade nur noch in der dritten Person. Das zumindest ist nicht gut.«

»Nö!«, sagte er, zog einen Kaugummi aus der Tasche und kaute wild darauf herum.

»Ich habe so viele Fragen.«

»Du siehst übrigens aus wie eine Obdachlose.«

Ich wischte mir mit dem Handrücken über die Stirn. Meine Finger waren schwarz vom Aufstemmen des Fensters. Staub vom Dachboden bedeckte mein Gesicht.

»Du *magst* Clive nicht einmal. Du hast Clive nie gemocht.«

»Lola, halt die Klappe«, knurrte er. »Ich habe Clive *angeheuert*.«

Mir war, als würde ich, als würden wir beide über uns schweben, von oben herab diese Versionen von uns selbst bestaunen, verwirrt und wütend zugleich. Meine wichtigsten inneren Organe wetteiferten darum, durch meine Kehle zu entweichen.

»Noch mal?«, krächzte ich.

»Clive hat mir seine Hilfe angeboten, und ich habe sie angenommen.«

»Hilfe *bei was*?!«

Er sah sich nach einem Ort um, wo er den Kaugummi loswerden konnte, und beschloss dann, ihn unter seinen Sitz zu kleben.

»Max«, rügte ich ihn reflexartig, worauf er mir einen so bösen Blick zuwarf, wie ich ihn noch nie bei ihm gesehen hatte.

»Vor ein paar Monaten«, begann er und stützte seine Hände auf die Knie, »habe ich den Flurschrank ausgemistet und dabei diesen Schuhkarton verschoben. Er war schwer, also habe ich ihn geöffnet, und er war randvoll mit all diesen Briefen und Kram. Da war diese Karte, die ein Lied spielte, und ich dachte, hm, vielleicht hortet Lola hier die Grußkarten, die sie Leuten schenken will. Meine Mutter macht das auch. Aber dann fing ich an, die Briefe zu lesen. Manche waren Trennungsbriefe, manche waren nichtssagend – wir treffen uns dort, wir sehen uns um acht, schöne Schuhe, lass uns vögeln –, aber du hast sie alle aufgehoben. Ich weiß, dass Frauen so was tun. Tut mir leid, dass ich jetzt mit Genderstereotypen komme, aber du musst mir deswegen nicht gleich an die Gurgel gehen. Du hast sogar E-Mails *aus den 90ern ausgedruckt*. Die Schachtel war voll mit Ticketabschnitten und Schmierzetteln, und es hatte was … Zwanghaftes. Wie ein zwanghaftes Horten.«

»Ich kann nicht fassen, dass du meine Sachen durchwühlt hast.«

»Ja? Ruf doch den internationalen Gerichtshof in Den Haag an. Glaub mir, ich habe echt kein Interesse, darüber zu lesen, ob irgendein Vollidiot dachte, deine Augen seien wie Planeten. Aber *dir* bedeutet es offenbar was. War die Schachtel erst mal offen, kam es mir wie Haarspalterei vor, dein Privatleben jetzt plötzlich doch zu respektieren. Vielleicht hatte ich sogar das Gefühl, ich hätte es verdient. Nicht hinzusehen schien mir wie eine bequeme moralische Ausflucht.«

»So wie Julia Roberts in *Pretty Woman* Richard Gere nicht küssen wollte.«

»Mach jetzt keine blöden Witze.«

»Das war kein Witz, sondern eine Analogie.«

»Ich weiß, wir hatten vereinbart, nicht über unsere Vergangenheit zu sprechen. Und klar, es war meine Idee. Es geht auch nicht um die Schachtel, die Schachtel ist nicht das Ende der Welt. Es geht darum, *wofür* die Schachtel *steht*. Ich bin nicht der Idiot, für den du mich hältst. Ich habe gespürt, wie du dich zurückziehst. Du wärst fast mit diesem verrückten Huhn von der Hochzeit abgehauen. Oder du hast es dir zumindest überlegt. Wenn ich ehrlich zu mir selbst bin, und glaub mir, ich hatte viel Zeit, ehrlich zu mir selbst zu sein, dann habe ich seit der Nacht unserer ersten Begegnung, als ich sah, wie du Pierre auf dem Balkon geküsst hast, gespürt, dass bei dir ein Fluchtrisiko besteht.«

»Das hast du gesehen?«

»Und seitdem habe ich versucht, dir zu zeigen, dass ich gut zu dir passe.«

»Warum hast du nie etwas gesagt?«

»Wegen Pierre?«

»Wegen allem, was nach Pierre kam.«

»Vielleicht wollte ich keinen Streit provozieren, wollte das Boot nicht zum Schaukeln bringen, oder ich wollte sehen, wie rasch du mich über Bord wirfst. Keine Ahnung, es ist einfach alles sehr … sehr …«

»Nautisch.«

Er nickte und senkte den Kopf. Sein Uhrarmband war ihm zu weit, trotzdem schob er das Zifferblatt in der Mitte seines Handgelenks zurecht, als würde es dort haften bleiben. Ich stellte mir vor, wie dieser Raum bei voller Besetzung aussah, mit Dutzenden von Mitgliedern, die mit geschlossenen Augen dahockten, einige vielleicht mit Laptops, googelten, Codes eingaben, hackten, manipulierten. Wie das Callcenter in Esalen im Jahr 1969. Max schlief allein in diesem Raum, nachdem sie alle gegangen waren.

»Ungefähr zur gleichen Zeit wie das mit Schachtel«, fuhr er fort, »bekam ich eine E-Mail von einem meiner Kunden. Er wollte, dass ich ihm ein paar Stücke persönlich brachte, anstatt sie ihm zu schicken. Da er bereits drei gekauft hatte und in der Stadt war, willigte ich ein. Und er bat mich, ihn in diesem nervigen Fusion-Restaurant weiter unten an der Straße zu treffen. Als ich den Laden betrat, erkannte ich den bescheuerten Clive. Dann kam aus der Toilette meine zweitliebste Person auf der ganzen Welt ...«

»Vadis.«

»Ehrlich gesagt, hast du dich so seltsam verhalten, dass ich zuerst dachte, du nimmst heimlich Pillen, und sie wollen dich mit meiner Hilfe davon abbringen. Aber dann dachte ich mir, warum hat Clive dann nicht einfach seinen richtigen Namen benutzt?«

»Um zu verhindern, dass du mir von dem Treffen mit ihm erzählst.«

»Du triffst den Nagel auf den Kopf. Normalerweise liefere ich Vadis nur ungern Munition, aber du bist so ziemlich das Einzige, was wir gemeinsam haben. Ich habe ihr erklärt, bei uns liefe es nicht so, weil es die Wahrheit war. Nicht, dass du mich *betrogen* hättest, aber du warst so festgefahren, und ich konnte dich nicht daraus loslösen. Daraufhin wandte sie sich an Clive, der folgende Worte sprach, die ich nie vergessen werde: ›Was, wenn ich sie für dich loslösen kann, Maxwell?‹«

»Unser Pakt der Verflossenen ist nicht in Stein gemeißelt. Du hättest auch mit mir reden können.«

»Ich werde einfach nicht gerne daran erinnert, wie problemlos du Beziehungen beendest. Hast du dich nie gefragt, warum ich nicht gerne über diese Leute rede? Weil es Kapitel in deinem Leben sind, und was unterscheidet mich groß von ihnen? Kapitel enden, so ist das nun mal. Außerdem hättest du auch mit mir reden können. Jederzeit.«

»Das ist nicht fair.«

»Nein? Was wolltest du heute Abend erzählen? Wolltest du beichten, dass du in jedes Arschloch dieser Stadt verliebt bist, außer in den, den du demnächst heiraten wolltest? Hört sich gut an. Clive hat mir sein ›Menü‹ gezeigt.«

»Hab ich auch gesehen.«

»Nein, hast du nicht.«

»Doch, hab ich.«

»Lola«, seufzte er in Richtung der maurischen Bögen und lächelte halbherzig. »Okay, stell dir eine russische Matroschka vor. Ich bin die größere Puppe um dich herum, und Clive ist die größere Puppe um mich herum. Du testest den ›Cult Classic‹, ja?«

Ich nickte.

»Ich habe ›Das große Reinemachen‹ gebucht: Die Chance, deinem Partner ein für alle Mal über alle seine Ex-Partner hinweg zu helfen, indem du ihn dazu bringst, sich seinen Geistern zu stellen und sie loszulassen. *Das* ist das Paket, das Clive gerade testet. Wir haben mich und deine Schachtel benutzt, um eine Liste zusammenzustellen. Das ist keine Hexerei. Es ist noch nicht mal eine *exakte* Wissenschaft.«

Ich blies die Backen auf, prustete beim Ausatmen und fuhr mir mit den Fingern durchs Haar. War das das Romantischste oder das Verrückteste, was je jemand für mich getan hatte? Gab es da einen Unterschied? Max stand auf, als wollte er auf und ab gehen, trat aber stattdessen gegen das Stuhlbein, das darauf über den Boden quietschte. Er wollte einfach nur noch Abstand von mir. Er stieg auf das Podest und setzte sich auf sein Bett, das eher eine Matratze mit einer Lampe daneben war, so wie es sich für einen Junggesellen gehörte. Unter der Lampe stand die gläserne Hand. Ich war verblüfft, wie froh ich darüber war, sie wiederzusehen.

»Warum würde man sich so quälen wollen?«

»Weil ich nicht dachte, dass es so endet!«, schrie er.

»Du kannst andere Menschen nicht kontrollieren.«

»Ohne Scheiß? Das solltest du dir selbst hinter die Ohren schreiben. Hast du irgendeinen von diesen Typen gefickt? Ich will es gar nicht wissen.«

»Habe ich nicht.«

»Ich hab doch gesagt, ich will es nicht wissen! Es gibt eine Welt, in der du hättest ›Nein‹ sagen können. Du hättest sagen können: ›Tut mir leid, Clive, ich brauche keine Siegestour durch die Vergangenheit.‹ Vadis hat mir versprochen: ›Oh, keine Sorge, Max, sie muss nur diese Typen aus ihrem System spülen‹. Und ich wollte ihnen glauben, weil ich dich liebe. Aber als jemand, der dich liebt, kenne ich dich besser als diese Leute. Deine Probleme sind nicht in deinem System, sie sind dein System. Glaubst du, ich merke nicht, wie du abschaltest, wenn meine Freunde alte College-Geschichten erzählen, obwohl dein ganzes Gehirn voller alter Geschichten ist? Warum quäle ich mich? Keine Ahnung, Lola. Warum tust *du* es?«

»Du wolltest mich testen. Das ist echt krank.«

»Danke, gleichfalls. Weißt du, die meisten Menschen beten wahrscheinlich dafür, dass sie nicht zu sehr von den schlimmen Dingen in ihrem Leben beeinflusst werden, von den Menschen, die sie verletzt haben. Ein normaler Mensch versucht, Verantwortung für seine eigenen Entscheidungen zu übernehmen. Aber ich denke, du bist in der Hinsicht nicht normal. Und ich liebe dich, und das ist echt Scheiße.«

Ich schwieg, beobachtete ihn eine Weile, während wir durch die Stille drifteten, Atem holten, bevor wir uns ins Unangenehme stürzten und unser Gespräch wieder aufnahmen. Es ist bedauerlich, dass einige der produktivsten Gespräche der Welt Trennungsgespräche sind. Die Leute denken: »Hätten wir nur die ganze Zeit so reden können, dann wäre alles anders gekommen.« Aber sie waren dazu nicht imstande. Dieses Maß an Ehrlichkeit erfordert eine Entschlossenheit, die man nur in unmittelbarer Nähe des Endes erreicht. Ich hatte nicht geahnt, dass ich beobachtet wurde. Aber Max hatte mich beobachtet. Er hatte mich in einer Vollständigkeit gesehen, die ich selbst nie erreichen würde.

Ich schaute auf die gläserne Hand, eine Nachbildung meiner Hand. Sie wirkte komisch dort auf dem Boden, als wäre sie Teil eines ganzen Körpers aus Glas, der die Hand aus einem Grab reckte. Max hatte die ganze Zeit neben ihr geschlafen.

»Also ja, klar, ich bin der Letzte in der Reihe. Wie lautet nun die Antwort auf meine Frage?«

»Welche Frage?«

»Willst du es beenden? Erwiderst du meine Liebe einfach nicht?«

Die Halogenlampen flackerten und brummten leise. Das Gebäude war hundert Jahre alt, schon klar, aber wie viele Gurus brauchte es, um eine Glühlampe zu wechseln? Trotzdem, die Ablenkung war gut. Gut für mich, der man eine Frage gestellt hatte, gut für Max, der woanders hinschauen konnte, während ich mir Zeit mit der Antwort ließ. Ich ertappte mich dabei, dass ich unbedingt sein Gesicht berühren wollte, als wüsste ich, wo seine Triggerpunkte lagen, aber ich rührte mich nicht.

»Natürlich liebe ich dich«, sagte ich.

Es klang nicht wirklich toll. Es klang nach Gewohnheit.

Kurz nach unserer ersten Begegnung, als mir klar geworden war, dass Max eine gewisse Beständigkeit ausstrahlte, hatte ich ihn Clive vorgestellt. Zu dritt hatten wir eine Comedy-Show besucht, was im Nachhinein betrachtet eine bescheuerte Idee war. Auf dem Programm standen zehn Minuten in der Kälte Schlangestehen, anschließend eine Stunde, in der Clive ihn beobachtete, ob er zu viel oder gar nicht lachte, und dann zwanzig Minuten lang obligatorische Martinis, bei denen keine wichtigen Informationen ausgetauscht wurden, abgesehen von der Enthüllung, dass Clive und Max beide ein wenig farbenblind waren.

»Cool«, hatte Max geurteilt.

Nicht, dass es eine bessere Antwort gegeben hätte, aber ich hätte mir gewünscht, dass er für Clive glänzte. In Wahrheit hätte Clive sich mehr Mühe geben sollen, damit Max sich willkommen fühlte. Am nächsten Tag, bei der Arbeit, kam Clive in mein Büro, zog sich einen Stuhl heran und saß schweigend da, bis er es nicht mehr aushielt.

»Ich mag ihn.«

»Gut.«

»Man merkt, dass ihr euch nicht gegenseitig schaden wollt.«

»Das ist scheiße, so etwas zu sagen. Das ist eine Beziehung, kein hippokratischer Eid.«

Aber er hatte recht. Den anderen vor Schaden bewahren und willkürlichem Unrecht. So waren wir ein Paar geworden, hatten uns in das Leben des anderen eingepflanzt, bis unsere getrennten Nächte zur Seltenheit wurden. Aber ich hatte mir eingeredet, das sei etwas *Schlechtes*, die Stabilität habe uns in zwei beigefarbene Couchkissen verwandelt, die gelegentlich übereinanderlagen. Aber es war nie etwas Schlechtes gewesen. Und wenn ich mich langweilte? Und wenn ich seine Freunde nicht mochte? Ich hätte es ihm nur sagen müssen. Warum hatte ich es ihm nicht einfach gesagt? Die meisten Fehler werden schleichend, fast unmerklich, im Laufe der Zeit begangen. Sie werden nicht in einem plötzlichen Moment der Erleuchtung offenbart. Und trotz allem wollte ich mit Max zusammen sein, ich hatte immer mit ihm zusammen sein wollen. Da mir dieses Verlangen nie Kummer bereitet hatte, hatte ich bis jetzt nicht geahnt, wie sehr ich es wollte.

»Ich liebe dich wirklich«, sagte ich, und dieses Mal spürte ich das Gewicht der Worte.

Ich ging zum Podest hinüber und setzte mich ganz an den Rand des Betts, falls er mich nicht in seiner Nähe haben wollte.

»Ich meine es ernst. Ich liebe dich.« In meinen Augen standen Tränen.

»Ich liebe dich. Ich liebe dich. Ich liebe dich. Ich liebe dich. Ich liebe dich. Ich liebe dich. Ich liebe dich, und ich glaube nicht, dass du ein Couchkissen bist.«

»Was?«

»Ich bin ein Arsch, und ich liebe dich einfach wirklich. Es tut mir leid.«

Ich sank in mich zusammen und schluchzte, wobei ich mich einer ganzkörperlichen Hysterie hingab, in die Menschen nur selten »ausbrechen«. Normalerweise verläuft so etwas in einem langsamen emotionalen Anschwellen, aber dies war eine Sturzflut. Ich konnte ihn nicht ansehen, da ich um die Liste seiner Schwächen in meiner Tasche wusste. Als ob ich selbst keine hätte. Ich konnte meinen Unterkiefer nicht schließen, der vor Selbstmitleid aus den Angeln hing. Meine Nase tropfte. Vielleicht sabberte ich auch ein wenig.

»Bitte mach nicht Schluss mit mir«, sagte ich, schockiert über mein eigenes Elend.

»Himmel, okay«, sagte er, rieb mir den Rücken und versuchte, seine Genugtuung nicht allzu sehr preiszugeben.

»Es tut mir leid«, sagte ich schniefend und lehnte meinen Kopf an seine Schulter. »Es tut mir leid, dass ich dich ausgeschlossen und belogen und mich mit einer seltsamen, teuren Sekte eingelassen habe. Das war falsch.«

»Es ist keine Sekte.«

»Sind wir uns da sicher?«

»Nein.« Er lachte. »Jin hat mir erzählt, Clive habe eine Zeit lang versucht, alle dazu zu bringen, ihn ›Hirte‹ zu nennen.«

»Das hat er mir aber anders erzählt.«

»Was du nicht sagst«, gab Max zurück und lachte.

Zum ersten Mal seit Langem sah ich ihn so an, wie man jemanden ansehen sollte, den man bewundert. So, als könnte man jederzeit dazu aufgefordert werden, das Gesicht dieser Person zu skizzieren.

»Lola, ich weiß, du liebst mich. Alles, was ich je wollte, war, dass deine Liebe zu mir deine Bedenken überwiegt. Alles, was ich je wollte, war, dass du mit mir redest, anstatt über mich.«

Er legte seinen Finger auf ein erhabenes Muttermal

in meinem Nacken. Ich sehe es nie, trage es auf meiner Haut herum wie eine kleine Felsenmuschel.

»Ich habe eine besondere Beziehung zu diesem Muttermal. Manchmal, wenn du schläfst, bleibe ich wach und rede mit ihm. Ich rücke ihm nicht zu sehr auf die Pelle. Ich rede einfach nur mit ihm.«

»Worüber redet ihr?«

»Was glaubst du denn, worüber wir reden?«

Er zog mich näher an sich heran, küsste mich und sagte mir, ich würde nach Salz und Rotz schmecken. Trotz meiner verstopften Nase konnte ich ihn riechen. Die Vertrautheit des Geruchs bewirkte, dass ich am liebsten in seiner Achselhöhle eingeschlafen wäre. Und zum ersten Mal seit Monaten hatte ich Lust, mit ihm zu vögeln. Licht fiel jetzt von draußen in den Raum, die Sonne erhellte träge die Gewölbe. Ich schaute auf mein Handy: 5:30 Uhr morgens. Ich hatte die Golconda noch nie bei Tageslicht gesehen. Ich hatte das Gefühl, aus einer Matineevorstellung zu kommen.

»Clive braucht eine schönere Beleuchtung in diesem Raum«, sagte Max und sah auf. »Hier sieht es aus wie in einer Polizeistation.«

Ich nutzte die Gelegenheit und schmiegte mein Gesicht an seinen Hals. Er hielt meine Hand und drückte sie sanft. Dann wendete er die Hand hin und her, als würde er an einem Türknauf drehen. Der Ring. Er suchte nach dem Ring. Ich konnte förmlich hören, wie er die Szenarien gegeneinander abwog: Natürlich war es besser, den Ring noch zu besitzen, als ihn verloren zu haben, aber den Ring verloren zu haben, war eine geringere Kränkung, als ihn absichtlich nicht zu tragen. Er runzelte die Stirn. Seine Haut war warm auf meiner.

»Können wir vielleicht später darüber reden?«, bat ich.

Dann, als hätten sie sich Max' Kritik zu Herzen genommen, flackerten die Halogenlampen noch einmal brummend und erloschen dann.

Und in diesem Moment hörten wir den Aufprall.

18

In einem Punkt hattest du recht, Clive: Auch wenn wir uns gerne als hydraulische Aufzüge betrachten, sind wir doch Traktionsaufzüge. Ein Traktionsaufzug ist auf äußere Kräfte wie Elektrizität angewiesen, die der Aufzug benötigt, damit er sich nach oben und unten bewegt. In einem *funktionierenden* Aufzug gibt es bei einem Stromausfall eine elektromagnetische Bremse, die automatisch ausgelöst wird. Die Bremse stoppt die Kabine. Bei einem *funktionierenden* Aufzug gibt es regelmäßige Inspektionen. Wartungskontrollen. Normen. Bei einem *funktionierenden* Aufzug ist die Aufzugskabine mit mehreren Seilen ausgestattet, die verhindern, dass der Aufzug herabfällt, falls auch die Bremse versagt. Es handelt sich nicht um einen überdimensionalen Speiseaufzug, der an einem einzigen Seil hängt und von einem durchgeknallten Teenager mit Geschirrtuch gewartet werden sollte.

Ich stieß meinen Kopf von Max' Schulter ab.

Wir sahen uns in die Augen und sprangen gleichzeitig vom Podest.

Gleich beim Betreten des Atriums bemerkten wir überall Glassplitter am Boden, als ob das Gebäude einen Haufen davon in den Armen getragen hätte und gestolpert wäre. Die Aufzugstür war beim Aufprall der Kabine aufgesprungen. Ich schnappte nach Luft. Max bedeckte meine Augen mit der Handfläche, ließ aber gleich wieder los, weil es nichts Schlimmes zu sehen gab. Kein Unterschenkel der Bösen Hexe des Westens lag abgetrennt auf dem Marmorboden, aber zwei schwere Messingstücke waren herausgeschleudert worden und hatten Schrammen auf dem Marmorboden hinterlassen, wie wenn man ein Auto mit dem Schlüssel zerkratzt. Aber nirgendwo Blut. Keine zerfetzten Teile, zumindest nicht von dir. Du warst begraben in dem Wrack, unter einem Haufen aus Metall und Glas.

Wir alle sterben in eine letzte Richtung gewandt, selbst wenn wir an ein Bett gefesselt sind. Vielleicht mit Ausnahme einiger Zirkusartisten, die Pirouetten drehend hinscheiden können. Du bist mit dem Gesicht nach Osten gestorben, in Richtung des Flusses. Offenbar ohne Schmerzen. Du hast dir den Kopf angeschlagen, als der Aufzug nach unten stürzte, wurdest bewusstlos. Du warst schon tot, als du von deiner eigenen Schöpfung zerdrückt wurdest. All das ist wahr, das weiß ich. Trotzdem ist es schwer, an einen schmerzlosen Tod zu glauben. Der Schmerz ist da, aber der Körper hat keine Zeit, sich damit zu befassen.

Keine Ahnung, warum oder wann du in das Gebäude zurückgekehrt bist. Als die Polizei die Überwachungsvideos auswertete, waren alle Aufzeichnungen, die älter als achtundvierzig Stunden waren, automatisch gelöscht worden. Vadis war davon ausgegangen, dass ich nicht mehr vorbeikommen würde. Max wollte

nach Hause, und du hattest keine Termine in der Golconda. Auch deine Armee von Fanatikern hatte kein
nächtliches Treffen geplant. Eigentlich hätte niemand
von uns dort sein sollen. Hattest du etwas vergessen?
Hattest du Streit mit Chantal? Hast du gespürt, dass ich
da war? Vielleicht bist du in der Gewissheit gestorben,
dass deine Machenschaften irgendwie doch erfolgreich
waren. Vielleicht hast du deine Erschaffung so sehr geliebt, dass du in den frühen Morgenstunden von der
Stadt geweckt worden warst und dort Geborgenheit
gesucht hast.

Dir ging das Geld aus. Das war die andere Geschichte. Zach fand es geradezu irreal, wie viel Geld
du hast, und er hatte recht: Es war nicht real. Deine
Investoren hatten dir den Geldhahn zugedreht, und du
hattest die Reste deiner Kriegskasse für Apps und Kris-
talle verbrannt, statt sie in lästige Details wie Aufzugskabel zu stecken. Du warst persönlich bankrott, finanziell
überschuldet. Du warst im Begriff, dein Apartment zu
verkaufen. Du hattest dir Geld von *Chantal* geliehen.
Du hast obszön hohe Mitgliedsbeiträge erpresst, um
immer absurdere Ausgaben zu bestreiten, während du
Investoren vergeblich mit falschen Versprechungen über
Biofeedback hinhalten wolltest. Es stellte sich heraus,
dass Sekten, trotz all der verdienstvollen ehrenamtlichen
Arbeit ein schlechtes Geschäftsmodell sind. Im ganz traditionellen Sinn. Du hattest nie in deinem Leben eine
echte Niederlage erlebt und dass die Dinge sich nicht
zu deinem Vorteil entwickeln. Doch dann ging die
Golconda den Bach runter.

Neben der Trauer um dich muss ich *dir* jetzt auch noch die Lächerlichkeit deines Abgangs erklären.

Dein offizieller Nachruf war so trocken wie der Bericht des Leichenbeschauers. Das Bild, das sie veröffentlichten, stammte aus einem alten Herausgeberbrief, das finstere Foto, auf dem du an deinem Schreibtisch hinter einem echten menschlichen Totenschädel sitzt. Es hätte schlimmer sein können – du hättest den Schädel in der Hand halten können. Aber für die Boulevardpresse warst du auch so ein gefundenes Fressen: *Guru Glenn im Jenseits. Die Sekte mit dem heißen Draht. Glenn der Frevler.* Und irgendwie am traurigsten: *Clive im Fahrstuhl (des Grauens).* Das war das Ereignis, auf das die Gossip-Welt insgeheim gewartet hatte: Ein privilegierter Schnösel hatte das bekommen, was er verdient hatte, nachdem er Investoren hinters Licht geführt und die Philosophien der Welt als seine persönliche Tapas-Bar behandelt hatte. Selbst du musst zugeben, dass du ein gefundenes Fressen warst, eine Figur wie aus einem Scott-Fitzgerald-Roman mit einem horrenden CO_2-Fußabdruck. Die Medien hatten ihren großen Tag, als sie alles aufdeckten, bevor sie rasch wieder das Interesse verloren. Doch so bösartig die Zeitungen auch waren, du kamst glimpflich davon. Ich meine, nicht wirklich glimpflich. Denn du bist tot. Aber ich kann mir vorstellen, dass ein Teil von dir, der alte Teil, es genossen hätte, deinen Namen in den Überschriften der Lokalzeitungen zu sehen, noch einmal fett an den Straßenkiosken zu prangen. Das ist der Teil von dir, den ich immer vermissen werde.

Doch ich vermisste ihn schon, als du noch da warst.

Clive 2.0, der an jenem frühen Morgen ums Leben kam, sollte sich darüber freuen, dass die Golconda nie publik gemacht wurde. Finanziell oder real. Alle Google-Suchen der Welt würden weder etwas darüber zu Tage fördern, *wer* die Mitglieder waren, noch etwas über mich oder Max. Nicht einmal auf den Visitenkarten stand ein Wort. Man wusste lediglich, dass dein mutiertes Clubhaus dich im *Ex-Machina*-Stil ins Jenseits befördert hatte. Und das wusste man vor allem wegen Chantal. Sie postete gleich einen Tag nach deinem Tod zwei Fotos. Das erste von dem Abend, an dem ihr euch *Hamlet* angesehen hattet: ihr beide lächelnd mit euren Programmheften in den Händen, als wären es College-Diplome. Dazu unendlich viele Emojis mit gebrochenem Herzen, die sich wellenförmig ausbreiteten, wie wenn ein schwerer Stein ins seichte Wasser fällt. Dann postete sie ein Foto, das sie heimlich während ihrer Führung gemacht hatte.

Ich bin auch drauf, allerdings nur mein Ellbogen.

Errol war noch vor den Sanitätern und den Polizisten eingetroffen. Er versuchte, einen professionellen Eindruck zu vermitteln, tupfte sich aber die Augen mit seinem Einstecktuch ab. Max und ich mussten nur einen Blick in sein Gesicht werfen und begriffen, wir halfen ihm, alles Belastende aus dem Gebäude zu schaffen. Alle Ordner und Mappen, Jins gesamte Ausrüstung, alle Bänder. Na ja, fast alles. Max schob sich eine laminierte Menükarte unter das Hemd. Nur die Kaffeemaschine konnte Errol nicht mitnehmen. Sie wurde zusammen mit den Möbeln bei einer Auktion versteigert.

Aus der Golconda wurde kein Nachtclub. Sie wurde zu einem Büroraum umfunktioniert – eigentlich zu mehreren Büroräumen, genutzt von mir unbekannten mittelgroßen Unternehmen. Das Gebäude würde in Zukunft von Leuten frequentiert werden, die nie einen Fuß hineingesetzt hatten, als es noch einem Tempel glich. Das Magritte-Gemälde ging zurück an die unbekannte Person, die es dir geliehen hatte, um an einer privaten Wand aufgehängt zu werden, wo es nicht mehr mit einer zweifelhaften Bedeutung aufgeladen sein würde, sondern einfach nur die Trophäe eines wohlhabenden Menschen war. Die Männer darauf würden weiter ahnungslos in der Luft schweben, so wie sie es schon seit Generationen getan hatten.

Und ich wünschte wirklich, ich könnte dir davon berichten, weil du diesen Teil echt genießen würdest: Amos, Willis, Dave, Jonathan, Howard, Cooper, Oscar, Aaron, Phillip, Knox … Sie alle haben sich nach deinem Tod gemeldet, ihre Avatare tauchten auf meinen unterschiedlichen Bildschirmen und Displays auf. Keiner rief an, dafür kannten wir einander nicht mehr gut genug. Alle dachten sie an mich in Verbindung mit dir. Selbst wenn ich mit ihnen zusammen gewesen war, *bevor* ich dich kennengelert hatte, wussten sie von meiner Arbeit bei dem Magazin und daher von einer möglichen Verbindung. Sie sprachen mir ihr Mitgefühl aus.

Ich bedankte mich bei ihnen, erklärte, du seist etwas Besonderes gewesen, und wünschte allen einen schönen Sommer. *Liebe Grüße*. Und ausgerechnet die, mit denen ich bei meinen Sichtungen nicht einmal gesprochen hatte, erklärten, sie hätten *genau in dem Moment* an mich gedacht, als sie von deinem Tod erfuhren. War das nicht seltsam? Es war etwas passiert, das sie dazu veranlasste, sich zu melden. Ein Lied war in ihrer Playlist aufgetaucht, ein Foto in ihrem Feed, oder das falsche Buch war zu ihnen nach Hause geschickt worden. Sie hatten bereits vergessen, was diesen Gedanken ausgelöst hatte. Aber wie groß war die Wahrscheinlichkeit? Wie hoch waren die Chancen?

Deine Beerdigung war zugleich Anlass für Vadis' und Zachs erstes Date. Vadis liebt einfach großes Drama und ihre Rituale, Zach liebt Morbidität und Zeremonien. Vermutlich leben sie beide in permanenter Erwartung einer Tragödie, nur auf unterschiedliche Weise. Eine Beerdigung war vielleicht der einzige Rahmen, der zwischen ihnen eine Beziehung herstellen konnte. Es ist noch zu früh, um das Ergebnis zu beurteilen. Zach legte seinen Arm um Vadis, und Vadis schlug ihn aus Gewohnheit weg, bevor sie sich entschuldigte. Sie arbeitet noch an ihrer neuen Zärtlichkeit. Vielleicht hat ihr die Golconda auch etwas gebracht. Vielleicht hat sie sogar bei ihr am meisten bewirkt.

Aber vielleicht weißt du das ja alles schon, weil du es vorhergesehen hast. Niemand kann sagen, was die Toten wissen. Wir Lebenden gehen von einer Einbahnstraße der Neugierde aus. Wir wollen alles über dich wissen, beten jedoch, dass du uns nicht dabei zusiehst, wie wir an uns herumdoktern und an uns herumreiben. Aber hoffentlich hast du Vadis' Trauerrede gehört. Sie war sehr eloquent. Zach verkündete lauthals, er habe ihr bei der Rede nicht geholfen, woraufhin sie ihm erklärte, dass das fast genauso schlimm wäre, wie sich vor allen zu brüsten, er habe sie für sie geschrieben. Sie forderte uns auf, nicht so sehr an den Schmerz des Verlusts zu denken, sondern dankbar dafür zu sein, dass wir dich überhaupt kennenlernen durften. Deine treue Anhängerin bis zum Schluss.

Ich mied deine Ex-Frau, der ich nie persönlich begegnet war. Wahrscheinlich kennt sie auch keinen von uns. Im Laufe der Jahre bist du sehr gut darin geworden, dein Leben in Quadranten aufzuteilen. Sie brachte eine Freundin zur moralischen Unterstützung mit, umarmte deine Mutter, küsste deinen Sarg und ging. Sie war wie aus einer anderen Zeit hergebeamt worden. Engelsgleich, gutmütig und gebildet repräsentierte sie eine frühere Version von dir. Eine schwarze Strickjacke hing ihr über den Hintern, und sie trug ein von einem Kind geflochtenes Band als Halsschmuck. Sie strich sich die Haare zurück, als sie deinen Sarg küsste. Ich stellte sie mir zu College-Zeiten vor, wie sie sich sturzbetrunken über eine Toilette beugte, sich die Haare zurückhaltend. Vielleicht hast du ihr geholfen. Was für einen Anblick musst du mit zwanzig geboten haben! Deine erste Frau verliebte sich in den jungen Clive, der sicher damals schon ehrgeizig war und aus dem ein Kongressabgeordneter oder ein Professor hätte werden können.

Auch Chantal mied deine Ex-Frau. Sie saß apathisch in der Ecke. Allerdings versäumte sie es bei ihren sporadischen Äußerungen nicht, alle wissen zu lassen, dass sie eine Schönheitskonferenz in Europa abgesagt hatte, um hier zu sein. Es waren noch weitere mir unbekannte Frauen aufgetaucht. Letztendlich gibt es nur eine todsichere Methode, um alle seine Verflossenen an denselben Ort zu locken, ein Paket, das nie versagt. Es ist kostenlos, aber endgültig.

Errol verteilte Papiertaschentücher an alle, die keine eigenen mitgebracht hatten. Er war völlig fixiert auf diese Taschentücher. Das war seine Art der Kontrolle. An einigen Stühlen hatte er Schilder mit der Aufschrift *Reservierte Plätze* angebracht, aber niemand wollte in der ersten Reihe sitzen, nicht einmal die Prominenten, die sich hinten versammelten und ihre Sonnenbrillen nicht abnahmen. Jin war die Einzige, die heulte. Richtig *heulte*. Sie verstand, dass du wirklich weg warst, als es noch niemand so richtig kapierte. Vielleicht wegen ihrer eigenen Geschichte, wegen ihres Vaters, wegen des Jagdmessers und der Garage. Sie heulte, als wüsste sie, was der Tod bedeutet.

Ich riss mich zusammen bis zum Empfang, an dem mich zum ersten Mal so etwas wie Verfolgungswahn heimsuchte, unter dem ich künftig noch häufiger leiden würde. Etwa wenn ich in eine Quiche biss und der Geist der Vergangenheit vor mir aufpoppte wie ein Springteufel. Jedes Mal, wenn jemand auf mich zukam, um mir zu versichern, was für ein toller Mensch du warst, spähte ich ihm besorgt über die Schulter. Es half auch nicht, dass deine Leiche dort aufgebahrt lag, nur einen Raum weiter. Schließlich erklärte ich Max, ich müsse auf die Toilette. Er nickte, küsste mich auf die Wange und zupfte ein Haar von meinem Kleid.

»Geh«, sagte er und sah zu, wie das Haar zu Boden fiel. »Verabschiede dich von ihm.«

Ich schob die Schiebetür hinter mir zu. Auf dir lagen Blumen, in einem langen Strauß wie eine Fleur-de-lis angeordnet. Jemand, wahrscheinlich Jin oder Errol, hatte eine einzelne Paradiesvogelblume dazu gesteckt. Ich hörte, wie sich deine Mutter und der Bestattungsunternehmer im Flur über logistische Fragen unterhielten. Ich zog einen Stuhl heran und sprach auf Augenhöhe mit deinem Sarg. Aber ich wusste nicht, ob ich mit deinem Kopf oder deinen Füßen sprach, also bewegte ich den Stuhl noch einmal, machte einen Kompromiss und wandte mich an deinen Oberkörper.

»Fick dich«, flüsterte ich, nur um zu sehen, wie es klang.

Ich wünschte mir, ich wäre wie Jin gewesen, hätte deinen Tod ganz unmittelbar verstanden. Stattdessen spielte ich die Hauptrolle in einem Stück über eine Frau, die auf einer Beerdigung war. Der Samtvorhang würde bald fallen, und was dann? Ich würde dich im Theater zurücklassen müssen.

»Es hat nicht funktioniert«, sagte ich.

Aber das war eine Lüge. Die Golconda hat funktioniert, nur nicht so, wie du es wolltest. Du dachtest, ich könnte durch Konfrontation geheilt werden. Aber die Vergangenheit ist ein zu tiefer Abgrund, um von der Gegenwart überdeckt zu werden. Wenn so was wie ein

Abschließen existiert, dann besteht er wohl darin, sich mit dem Fehlen eines solchen abzufinden. Man muss die Türen aufschwingen lassen und darauf vertrauen, dass, falls Scharniere als Schlösser gedacht sind, sie auch als Schlösser funktionieren. Du hast Max und mich zusammengebracht, weil du wolltest, dass ich die Zukunft in die Hand nehme, anstatt mich von ihr bestimmen zu lassen. Tief in dir, begraben unter den Schichten von Wahn und Kapitalismus, hattest du etwas sehr Großherziges im Sinn.

So leuchtet eine gute Tat in einer trüben Welt.

Es ist schon komisch: Vorgestern Abend habe ich die Wohnung ausgemistet und dabei einen ganzen Stapel älterer Ausgaben von *Modern Psychology* gefunden. Ich hatte sie aufbewahrt, auch wenn mal kein Artikel von mir darin war und nur mein Name im Impressum stand. Auch Vadis' und Zachs Namen tauchten auf, weiter unten im Stapel. Eine der Ausgaben stammte aus deiner Anfangszeit in der Redaktion, als du selbst noch Beiträge für das Magazin geschrieben hast, und sie enthält meinen Lieblingsartikel von dir, über die soziologischen Implikationen von Bestattungspraktiken auf Inseln. Da Orte wie die Turks- und Caicosinseln so schmal sind, werden die meisten Einwohner übereinander begraben, mit einer Schicht Erde zwischen den Särgen, bis zu fünf pro Grabstelle. Alle paar Jahrzehnte gräbt ein Friedhofswärter das Ganze aus, entfernt die unteren Särge und verbuddelt dann die Knochen irgendwo anders in der Erde. Wie Tetris mit Toten.

Erinnerst du dich? Das Magazin brachte ein Foto

von einem wettergegerbten Friedhofswärter, der sich auf eine Schaufel stützte und so aussah, als sei es ihm völlig gleichgültig, dass du ihm den ganzen Tag folgst und ihn mit Fragen löcherst. Er meinte, die meisten Menschen auf der Insel verbringen ihr Leben damit, auf dem Markt oder im Buswartehäuschen die Person neben sich zu betrachten, weil die Wahrscheinlichkeit recht hoch ist, übereinander begraben zu werden. Und die Frage, die das Magazin stellte – die Frage, die du stelltest –, war: Wie würdest du andere Menschen behandeln, wenn du wüsstest, dass die Person neben dir in alle Ewigkeit Löcher in deinen Hinterkopf starren könnte? Im Großen und Ganzen wurde dadurch das Gemeinschaftsgefühl gestärkt. Aber es hatte auch einen »Wir sehen uns in der Hölle wieder«-Unterton.

Der Friedhofswärter erzählte von einem Wirbelsturm, wodurch Jahre zuvor die Gräber überflutet worden waren. Die Särge gerieten im Schlamm durcheinander, und der Vorgänger des Friedhofswärters, sein unfähiger Cousin, hatte die Hälfte der Särge verkehrt herum wieder eingegraben. Die Fremden lagen nun nicht nur übereinander, sondern teilweise einander zugewandt. Es dauerte lange, bis sie es herausfanden.

Du hast mich von deinem Hotel aus angerufen, während du an dieser Geschichte gearbeitet hast. Ich war so aufgeregt, denn du warst in diesem Paradies mit rosafarbenem Sand und einer Suite mit Meerblick, wo du mit jeder Person hättest zusammen sein oder reden können. Aber du hast mich ausgewählt. Es war schon tief in der Nacht, so spät wie es heute bei mir kaum mehr wird, und ich hörte das Rauschen des Meeres, das gegen die Felsen schlug. Irgendwann während des Gesprächs hast du über das Hoteltelefon den Zimmerservice bestellt. Ich empfand es als sehr intim, zu hören, wie du einen Fremden um etwas batest, weil du plötzlich so normal wirktest. Das war der Höhepunkt meiner romantischen Gefühle für dich (von da an ging es nur noch bergab). In diesem Moment hätte ich dir am liebsten gestanden, dass ich dich liebe, hätte gerne die Spannung zwischen uns angesprochen. Selbst wenn du alle Gefühle verleugnet und alle Bekenntnisse im Keim erstickt hättest, erschien es mir für einen kurzen Moment besser, darüber zu reden, als zu schweigen.

Aber die Gelegenheit bot sich nicht. Du hast in einem fort von dem Friedhofswärter erzählt, von den umgedrehten Särgen, von dem leisen Raunen des Todes.

»Es sind nur noch Skelette«, hast du den Totengräber aus deinem Notizblock zitiert, »alle Haut weg, alle Muskeln weg. Alle Erinnerungen weg. Es sind Männerskelette, und es sind Frauenskelette, und sie sind alle fast gleich.«

Dann hast du den Notizblock zugeklappt.

»Und das, meine Liebe, wird der Knaller.«

Ich war besorgt, es könnte zu morbide sein, selbst für einen Artikel über den Tod. Es könnte Werbekunden vergraulen, die wir auf keinen Fall verlieren durften. Es könnte auch die Leser von *Modern Psychology* vor den Kopf stoßen, die schließlich eine Zeitschrift namens *Modern Psychology* abonniert hatten: Sie waren auf der Suche nach Einsichten und praktischen Tipps und wollten vermutlich nichts über schwimmende Knochen lesen. Das kam schärfer rüber als beabsichtigt. Ich war sauer auf dich wegen des Gesprächs, das wir nicht geführt hatten und nie führen würden. Zuerst hast du gar nichts erwidert. Dann hörte ich, wie die Fliegengittertür aufgeschoben wurde und du auf deinen Balkon getreten bist, um dir eine Zigarette anzuzünden. Ich lauschte auf das Meeresrauschen, um sicherzugehen, dass die Verbindung nicht abgerissen war.

»Lola«, meintest du schließlich, als würdest du bereits in die Zukunft blicken, »manchmal muss man den Leuten erklären, was sie wirklich wollen.«

DANK

Ein Riesendank an meinen Agenten Jay Mandel, der jede Menge ungefiltertes Zeug von mir zu hören kriegt, und an alle Mitarbeiter von MCD und Farrar, Straus und Giroux, insbesondere an meinen scharfsinnigen Lektor, Sean McDonald, sowie an Jonathan Galassi, Mitzi Angel, Sheila O'Shea und Sarita Varma. Auf den ersten Seiten dieses Romans rechnet eine Figur aus, wie viel Prozent ihres Lebens sie mit der Heldin zusammen gewesen sein wird. Wenn ich bedenke, wie wichtig vielen von uns hohe Prozentzahlen in diesem Bereich sind, geht mir das Herz auf. Danke auch an June Park für das phänomenale Cover und an Stephen Weil für seinen unermüdlichen Einsatz für dieses Buch.

Ich danke meiner Familie für ihren seit jeher ungebrochenen Enthusiasmus und meinen außergewöhnlichen und außerordentlich hilfsbereiten Freunden dafür, dass sie mich in ihrer Mitte aufgenommen haben. Ich liebe euch. Außerdem bin ich Yaddo dankbar für die Übernachtung, Scribe für den kalifornischen Traum und der großartigen Stadt New York dankbar auf ewig.

ZITATNACHWEIS

Das Zitat von C. S. Lewis stammt aus *Was man Liebe nennt*. Brunnen Verlag 1986, Basel. In der Übersetzung von Dorothee Degen-Zimmermann.

Das Zitat von William S. Burroughs stammt aus *Naked Lunch: Die ursprüngliche Fassung*. Nagel & Kimche Verlag 2009. In der Übersetzung von Michael Kellner.

DARIA SHUALY
Lockvogel

»Daria Shualy kreiert ein abgründiges Panorama der
Metropole Tel Aviv und enthüllt ein Geheimnis, das tief
in den Staatsapparat hineinreicht. Rasant!«
Rolling Stone

Eine unschlagbare Privatdetektivin mit eigenen Spielre-
geln: Masi Morris, Einzelkämpferin, Femme fatale und
hartgesottene Detektivin in einem, heizt sowohl der Polizei
als auch der High Society von Tel Aviv ordentlich ein. Eine
Ermittlerin mit ebenso unangemessenem wie unwider-
stehlichem Verhalten macht sich auf die Suche nach Jasmin
Schechter, der Tochter einer der reichsten Familien des
Landes.

Roman
Broschiert, 432 Seiten
Aus dem Hebräischen von Ruth Achlama
ISBN 978-3-0369-6196-5

Auch als eBook erhältlich
www.keinundaber.ch

CALLA HENKEL
Ruhm für eine Nacht

»Unter den unzähligen Berlin-Romanen, die in den
letzten Jahren erschienen sind, gibt es kaum einen, der
es schafft, sowohl geistreich, komisch und düster,
als auch literarisch interessant zu sein. Calla Henkel hat
mit *Ruhm für eine Nacht* einen solchen geschrieben.«
WELT am Sonntag

Zoe und Hailey kehren New York City den Rücken, um im
Berlin der Nullerjahre Kunst zu studieren und exzessiv ins
Nachtleben einzutauchen. Und sie landen einen Glückstreffer: Die Krimi-Autorin Beatrice überlässt ihnen ihre
Altbauwohnung zur Untermiete. Doch schon bald häufen
sich unerklärliche Ereignisse, und die ungleichen Freundinnen fühlen sich zu Hause nicht mehr sicher. Manipuliert
Beatrice sie als Inspiration für ihr neues Buch? Kurzer-
hand beschließen die beiden, ihre Geschichte selbst in
die Hand zu nehmen – mit einer düsteren Wendung.

Roman
Broschiert, 448 Seiten
Aus dem Amerikanischen von Verena Kilchling
ISBN 978-3-0369-6193-4

Auch als eBook erhältlich
www.keinundaber.ch

Die Originalausgabe erschien 2022 unter dem Titel
Cult Classic bei Farrar, Straus & Giroux, New York
Copyright © 2022 by Sloane Crosley

Alle Rechte vorbehalten
Copyright © 2023 (unter dem Titel *Cult Classic*)/2025 by Kein & Aber AG
Zürich – Berlin
Kein & Aber AG, Bäckerstrasse 52, CH-8004 Zürich, info@keinundaber.ch
Kontakt in der EU: Kein & Aber Verlag, Württembergallee 12, D-14052 Berlin,
berlin@keinundaber.de
Die Nutzung dieses Werkes für Text und Data Mining im Sinne von
§ 44b UrhG behalten wir uns explizit vor
Covermotiv: Edward B. Gordon »Bei den Kastanien«, www.gordon.de
Satz: Dörlemann Satz, Lemförde
Druck und Bindung: CPI books GmbH, Leck
ISBN 978-3-0369-6195-8
Auch als eBook erhältlich

www.keinundaber.ch